플랫폼

PLATEFORME
by Michel Houellebecq

Copyright ⓒ Michel Houellebecq & Editions Flammarion, Paris, 2001
Korean Translation Copyright ⓒ Munhakdongne Publishing Corp., 2002, 2015

This Korean edition was published by arrangement with Editions Flammarion
through Shinwon Agency, Seoul.

이 도서의 국립중앙도서관 출판예정도서목록(CIP)은
서지정보유통지원시스템 홈페이지(http://seoji.nl.go.kr)와
국가자료공동목록시스템(http://www.nl.go.kr/kolisnet)에서 이용하실 수 있습니다.
(CIP제어번호: CIP2015021016)

Plateforme

미셸 우엘벡 장편소설

김윤진 옮김

문학동네

자신의 삶이 추악할수록, 사람은 그 삶에 매달린다.
그때 삶은 모든 순간들에 대한 항의며 복수다.

오노레 드 발자크

차례

1부

열대 태국

1

아버지는 일 년 전에 죽었다. 부모의 죽음을 맞아야 비로소 진짜 어른이 된다는 말을 나는 믿지 않는다. 진짜 어른이 되는 법이란 절대 없으니까.

노인네의 관 앞에 있으니 언짢은 생각들이 떠올랐다. 이 비열한 늙은이는 삶을 실컷 누렸다. 그리고 자기가 거물이라도 되는양 요령껏 잘도 살았다. "자식새끼도 낳았잖아, 영감탱이. 내 어머니의 그곳에다 그 커다란 성기를 처넣었겠지." 그래도 약간 긴장이 되긴 했다. 집안에 사람 죽는 일이 매일 있는 것은 아니니까. 나는 시신을 보지 않겠다고 했다. 내 나이 마흔이니, 이미 시체를 볼 기회가 여러 번 있었다. 하지만 더이상은 피하고 싶었다. 애완동물을 사지 못하는 이유도 바로 그래서였다.

나는 결혼도 하지 않았다. 기회는 여러 차례 있었지만, 매번 마다했다. 그렇지만 여자는 무척 좋아한다. 독신이라는 것이, 살면서 약간은 후회가 되긴 한다. 특히 바캉스 철이 되면 부담스럽다. 사람들은 지긋한 나이에 접어들어 혼자 바캉스를 떠나는 남자를 경계한다. 그런 남자는 상당히 이기적이고 약간은 못됐다고 생각하는 것이다. 그들의 생각이 틀렸다고는 할 수 없다.

장례식이 끝난 뒤, 나는 아버지가 여생을 보낸 집으로 갔다. 그곳에서 아버지의 시신이 발견된 것은 일주일 전이었다. 벌써 가구 주변과 방구석마다 약간의 먼지가 쌓여 있었고, 창문틀에는 거미줄이 쳐져 있기도 했다. 시간, 즉 엔트로피와 이 모든 것들이 조용히 그 공간을 점령해가고 있었다. 냉장고는 비어 있었다. 부엌의 찬장에는 유독 낱개로 포장된 웨이트 워처스 다이어트 식품과 향이 첨가된 단백질 통조림, 네모난 에너지 바들이 들어 있었다. 나는 마그네슘이 함유된 사블레 과자를 깨지락거리며 1층 여기저기를 돌아다녔다. 보일러실에서 잠깐 헬스 사이클을 탔다. 아버지는 일흔을 넘어선 나이에도 체력이 나보다 월등히 좋았다. 매일 한 시간씩 체력 단련 운동을 했고, 일주일에 두 번 수영장에 다녔다. 주말이면 비슷한 연배의 사람들과 테니스를 쳤고, 자전거를 탔다. 그들 가운데 몇 명을 빈소에서 만났다. 한 산부인과 의사가 큰 소리로 말했다. "그분이 우리 모두의 체력을 단련시킨 거였다네! 우리보다 열 살은 더 많았는데, 2킬로 미터 되는 해변을 달릴 적이면 늘 일 분 앞서 도착하곤 했지." 나 는 생각했다. 아버지, 아버지, 당신의 허영심은 너무도 지나쳤군 요. 왼편으로 헬스 기구와 아령이 눈에 띄었다. 이내 나는 부질 없이 온 힘을 다해 가슴근육을 부풀리고 있는, 반바지 차림의 놈 팽이를 떠올렸다. 주름지긴 했지만, 나와 거의 흡사한 얼굴이었 다. 나는 생각했다. 아버지, 아버지, 당신은 모래 위에다 집을 지 으셨군요. 줄곧 페달을 밟다보니 점점 숨이 차기 시작했고, 허벅 지가 약간 당겨왔다. 사이클을 겨우 레벨 1에 맞춰놓았을 뿐인 데. 다시 장례식을 떠올리자, 내가 전체적으로 기막힌 인상을 주 었겠다 싶은 생각이 들었다. 나는 언제나 머리를 바짝 깎는데다 가 어깨가 좁은 편이다. 서른 살 무렵에 대머리 초기 증세가 나 타나기 시작해서, 머리를 아주 짧게 깎기로 작정했었다. 주로 회 색 양복을 입고 눈에 띄지 않는 넥타이를 매며, 딱히 쾌활해 보 이는 편도 아니다. 바짝 자른 머리에 고급 안경을 쓰고 찌푸린 상을 한 채 고개를 살짝 숙이고 기독교 장례식의 혼성 합창을 듣 고 있자니, 그 상황이 무척 편안하게—예를 들자면 결혼식 때보 다 훨씬 편안했다는 말이다—느껴졌다. 아무렴, 이런 장례식 분 위기는 딱 내 분위기지. 밟고 있던 페달을 멈추고 가볍게 기침을 했다. 주변의 초원 위로 어둠이 내려앉고 있었다. 보일러를 설치해놓은 콘크리트 구조물 옆으로 완전히 지워지지 않은 갈색 얼룩 하나가 눈에 띄었다. 바로 그곳에서 아버지가 반바지와 'I love New York'이 쓰인 셔츠를 입고 두개골이 깨진 채 발견되었다. 부검을 담당한 의사는 사흘 전에 죽은 거라 했다. 만부득이한 경우, 기름 웅덩이 위로 미끄러졌을 거라든지 아무튼 무언지 모를 원인을 추정해 사고라고 결론지을 수도 있었을 것이다. 그러나 그곳 바닥은 완전히 메말라 있었다. 게다가 아버지의 두개골은 여러 곳이 쪼개져 있었고, 심지어는 뇌 일부가 땅바닥 위로 흩어져 있기까지 했다. 따라서 살인과 연관되어 있을 가능성이 더 높았다. 셰르부르 경찰서의 쇼몽 경관이 그날 밤 나를 만나러 집에 들르기로 되어 있었다.

거실로 돌아와 텔레비전을 켰다. 32인치 스크린에, 16:9 와이드 모드가 지원되고, 서라운드 음향 시스템과 DVD 플레이어가 내장된 소니 텔레비전이었다. TF1 방송에서 내가 제일 좋아하는 연속극 중 하나인 〈여전사 제나〉가 방영되고 있었다. 몸에꽉 붙는 금속 재질의 조끼와 가죽 미니스커트를 입은, 우람한 근육질의 두 여자가 서로 칼을 맞대고 겨루고 있었다. "타그라타!네 시대는 이제 끝났다! 나는 서부 초원의 여전사, 제나다!" 하고 금발이 외쳤다. 그 순간 누군가 문을 두드렸고 나는 볼륨을

줄였다.

밖을 보니 날이 저물어 있었다. 바람에 나뭇가지들이 가볍게 흔들리며 맺혀 있던 빗방울을 떨어뜨렸다. 스물다섯 정도 되어 보이는 북아프리카 타입의 여인이 현관에 서 있었다. "전 아이샤 라고 해요. 일주일에 두 번씩 르노 씨 댁에서 파출부 일을 했어 요. 짐을 좀 챙기러 왔거든요" 하고 그녀가 말했다.

"그러시다면……" 나는 어서 들어오라는 투의 제스처를 취하 며 말했다. 그녀는 집안으로 들어왔고, 힐끗 텔레비전 화면 위로 시선을 던졌다. 이제는 두 여전사가 몸이 뒤엉킨 채로 화산 바로 옆에서 싸우고 있었다. 이런 광경에 나름대로 자극적인 구석이 있다는 이야기를 들은 적이 있는데, 일부 레즈비언들에게는 그 럴 거라는 생각이 들었다. "제가 괜히 방해하는 건 아닌가 싶네 요. 오 분이면 돼요." 아이샤가 말했다.

"방해라뇨. 사실 제게 방해될 건 없습니다." 내 말에 그녀는 알아듣겠다는 듯이 고개를 끄덕였고, 잠시 내 얼굴에 시선을 두 었다. 아버지와 외모가 얼마나 닮았나 보려는 게 분명했다. 정신 적으로는 얼마나 닮았을까 유추해보면서. 그녀는 몇 초간 나를 쳐다보더니 등을 돌려 침실로 이어지는 층계를 올라갔다. "느긋 하게 하세요……" 나는 가까스로 소리내어 말했다. 그녀는 아 무런 대답도 하지 않고 거침없이 계단을 올라갔다. 내 말을 아예 듣지 못했을지도 모른다. 나는 그녀와의 대면에 지쳐 다시 소파에 앉았다. 그녀에게 외투를 벗으라고 권했어야 했다. 외투를 받아주는 게 찾아온 손님에 대한 예의니까. 나는 그제야 집안이 끔찍스럽게 춥다는 것을 알아차렸다. 습하고 살을 에는 듯한 지독한 추위, 지하 납골소의 한기였다. 나는 보일러 켜는 법을 몰랐고, 그냥 한번 켜볼 마음조차도 들지 않았다. 이제 아버지가 죽었으니 나도 곧바로 꺼져버렸어야 했다. 프랑스3 채널을 틀었더니, 마침 〈퀴즈 챔피언〉 결승전이 나오고 있었다. 발 푸레 지방 출신 2승 챔피언 나데주가 3승에 도전하겠다고 쥘리앵 르페르에게 말하는 순간, 아이샤가 가벼워 보이는 여행가방을 어깨에 메고 계단에 나타났다. 나는 텔레비전을 끄고 재빨리 그녀 쪽으로 걸어갔다. "쥘리앵 르페르를 보면 언제나 감탄스러워요. 〈퀴즈 챔피언〉 도전자들의 출신 도시나 마을을 구체적으로는 잘 모르면서도, 벽촌일지라도 그들의 출신지에 대해 언제나 기어코 한마디 정도는 하고야 마니까요. 적어도 그 지방의 기후나 자연경관에 관해 어렴풋하게나마 알고 있는 거죠. 그리고 특히 인생이 뭔지 알아요. 도전자들을 인간이라는 존재로 보기 때문에, 그는 그들의 어려움을 알고 그들의 기쁨을 알죠. 도전자들의 인간적 실재를 이루는 그 어떤 것도, 그가 낯설어하거나 적대시하는 것은 없어요. 어떤 도전자이든 간에 그는 그들로 하여금 자기 직업과 가족, 자신의 열정, 요컨대 그 자신이 인생의 구성 요소라고 보는 모든 것들에 대해 얘기하도록 만들죠. 도전자들이 브라스 밴드나 합창단 소속인 경우가 꽤 있어요. 그런 사람들은 지방 특유의 축제를 여는 것에 매우 집착하거나 어떤 인도주의적인 대의에 헌신합니다. 그런 도전자들의 경우 종종 그네들 자녀들이 방청석에 응원을 나와 있곤 하죠. 대개 이 프로를 보면 사람들이 행복하다는 느낌을 받게 돼요. 그리고 보는 사람조차도 더욱더 행복하고 근사해지는 느낌이 들죠. 그렇지 않나요?"

그녀는 웃음기 없는 표정으로 나를 바라봤다. 머리칼을 모아 틀어올렸고 거의 화장기 없는 얼굴에다 옷차림도 다소 수수했다. 한마디로 참해 보이는 아가씨였다. 그녀는 잠깐 주저하더니, 수줍음 때문에 약간 목이 잠긴 건 아닌가 싶을 만큼 낮은 목소리로 말했다. "댁의 아버님을 많이 좋아했어요." 나는 대답할 말을 찾을 수 없었다. 그녀의 말이 내겐 이상하게 들렸으니까. 하지만 어쨌거나 그럴 수도 있는 법이다. 그 노인네는 분명 할 얘기가 많았을 것이다. 콜롬비아, 케냐, 그 밖에 나도 모르는 여러 곳을 여행했고, 쌍안경으로 코뿔소를 관찰하기까지 했으니까. 서로 얼굴을 마주하게 될 적마다 노인네는 공무원이라는 내 신분에 대해, 또 그 직업에서 비롯되는 안이함에 대해 늘 비꼬아댔다. "참 편한 일자리도 얻었다……"며 경멸감을 드러낸 적도 한두 번이 아니었다. 가족관계라는 건 언제나 약간은 애매한 법이다. 아이샤가 말을 이었다. "간호사 공부를 하고 있어요. 근데 부모님 집에서 나와 혼자 살다보니, 파출부 일을 할 수밖에 없어요." 나는 적절한 대답거리를 찾느라 머리를 쥐어짰다. 그 순간 내가 셰르부르의 집세가 얼마나 되는지 물어보기라도 했어야 하는 걸까? 결국 내가 택한 대답은 "아, 예⋯⋯"였다. 이 말 속에 나는 그 어떤 삶에 대한 이해를 담고자 했다. 그 대답이면 족했던지, 그녀는 문 쪽으로 걸어갔다. 나는 유리창에 얼굴을 바짝 붙이고 그녀의 폭스바겐 폴로가 진흙투성이 길에서 유턴하는 것을 지켜보았다. 프랑스3 방송에서는 19세기를 배경으로 한 듯한 시골풍의 영화가 방영되고 있었다. 체키 카리오가 소작인으로 나왔다. 두 번의 피아노 레슨을 받는 사이, 주인집 딸—주인 역할은 장피에르 마리엘이었다—이 매력적인 시골 총각에게 지나친 친밀감을 표시하고 있었다. 그들의 포옹 장소는 어느 외양간이었다. 체키 카리오가 박력 있게 오간자 천으로 된 그녀의 속바지를 벗기는 순간 나는 잠에 빠져들었다. 잠에 완전히 빠지기 전에 내가 마지막으로 본 것은, 조그마한 돼지떼들을 비춘 장면전환 컷이었다.

고통과 추위에 잠이 깼다. 불편한 자세로 잠이 든 터라 목덜

미가 뻣뻣했다. 몸을 일으키면서 심하게 기침을 했다. 숨을 내쉴 적마다 그 공간의 차디찬 대기에 김이 무럭무럭 올랐다. 이상하게도 텔레비전에서는 TF1 방송의 〈낚시광〉이 나오고 있었다. 아무래도 내가 잠을 깨긴 깼던 모양이다. 아니 적어도 리모컨을 작동시킬 정도의 의식이 들었던 것은 틀림없다. 하지만 아무런 기억도 나지 않았다. 그날 밤 프로는 메기에 관한 것이었다. 비늘 없는 그 큼지막한 물고기들이 기후 온난화 현상이 나타나면서부터 프랑스 전역의 강에 더 자주 출몰하고 있다는 내용이었다. 게다가 이 메기들은 특히 핵 발전소 부근을 좋아했다. 이 탐방 프로는 몇 가지 신비를 밝혀보고자 했다. 다 자란 메기의 몸길이는 실제 3, 4미터에 달했다. 드롬 지방을 예로 들자면 몸길이가 5미터를 넘는 놈들도 있다고 했다. 여기까지는 모든 게 별 의심 없이 믿어졌다. 그러나 이 물고기들이 육식동물의 습성을 보인다든가 수영하는 사람들을 공격한다든가 하는 이야기는 정말이지 믿을 수가 없었다. 메기를 둘러싼 이런 보편적인 의혹이 어떤 점에선 메기 낚시꾼들에게 유리하게 작용하는 면이 있는 것 같았다. 소규모인 메기 낚시꾼들의 모임은 훨씬 큰 규모의 낚시꾼들 모임에서 그다지 인정받지 못하고 있었다. 이 때문에 고심하던 메기 낚시꾼들은 이 방송을 통해 자신들의 부정적인 이미지를 씻을 수 있었으면, 하고 바라고 있었다. 분명, 메기의 식용 가치를 낚시 동기로 들어 자신들의 이미지를 높일 수는 없는 노릇이었다. 메기의 살은 엄밀하게 말해 먹을 수가 없는 것이니까. 하지만 메기 낚시는 지적이면서 동시에 스포츠와도 같은 아주 근사한 낚시였다. 곤들매기 낚시와 유사한 점이 없진 않지만, 곤들매기보다 훨씬 더 많은 애호가를 거느릴 만했다. 방안에서 몇 발짝 움직여보았지만, 그렇게 해서는 몸을 녹일 수가 없었다. 하지만 아버지의 침대에서 잔다는 것은 도저히 생각조차 할 수 없었다. 결국 나는 위층으로 올라가서 베개들과 담요들을 가져다가 소파에 그럭저럭 자리를 잡고 누웠다. '메기의 비밀'이라는 자막이 흘러나왔다. 나는 곧바로 텔레비전을 껐다. 밤은 불가해했다. 침묵도 마찬가지였다.

2

모든 것에는 끝이 있고, 밤도 마찬가지이다. 쇼몽 경관의 또렷하고도 쩌렁쩌렁 울리는 목소리에 나는 도마뱀 같은 혼수상태에서 빠져나왔다. 그는 전날에는 들를 시간이 없었다며 미안해했다. 나는 그에게 커피를 내주겠다고 했다. 물이 데워지는 동안, 그는 부엌 식탁 위에 노트북을 펼쳐놓고 프린터 코드를 꽂았다. 이렇게 하면 가기 전에, 작성한 진술서를 내가 다시 읽고 사인할 수 있을 거라고 했다. 나는 중얼거리는 말로 동의했다. "경관들이 행정 업무에 너무 시달리다보니 정작 주임무인 수사에는 충분히 할애할 시간이 없어 힘들어들 한다지요." 내가 여러 텔레비전 프로그램들을 보면서 추론해낸 거였다. 이번에는 맞장구치듯 그가 내 말에 동의했다. 상호 신뢰감이 형성된 분위기 속에서 심문은 순조롭게 시작되었다. 윈도가 자그맣게 유쾌한 소리를 내며 작동을 했다.

아버지가 죽은 날은 11월 14일 저녁 혹은 밤이었다. 그날 나는 일하고 있었다. 15일에도 마찬가지로 나는 일하고 있었다. 물론 내가 차를 몰고 하룻밤 새 왔다갔다하면서 아버지를 죽일 수도 있었을 것이다. 11월 14일 저녁 혹은 밤에 나는 무엇을 하고 있었던가? 내가 아는 바로는 아무것도, 주목할 만한 일은 아무것도 하지 않았다. 어쨌든 아무런 기억이 없었다. 나의 이런 상태는 근 일주일 전부터 계속된 거였다. 내게는 주기적으로 만나는 섹스 파트너도, 진정으로 절친한 벗도 없었다. 상황이 이런데 무슨 기억을 하겠는가? 하루하루가 흘러갔다는 것, 그뿐이었다. 나는 쇼몽 경관을 유감스러운 눈빛으로 쳐다보았다. 이 사람을 도와줄 수 있다면, 아니 최소한 수사의 가닥이라도 잡게 해줄 수 있다면 좋을 텐데. "수첩을 한번 보겠습니다……" 하고 말했다. 그러면서도 나는 아무것도 기대하지 않고 있었다. 그런데 이상하게도 14일 날짜에 '코랄리'라는 이름 아래 휴대폰 번호가 적혀 있었다. 코랄리가 누구지? 이놈의 수첩은 정말 도움이 안 된다.

"머릿속에 쓸데없는 것들만 가득해서…… 잘은 모르겠지만, 아마 전람회 행사에 갔을 겁니다." 나는 실망스럽다는 듯이 미소를 지으며 말했다.

"전람회 행사요?" 그는 자판기 몇 센티미터 위로 손가락들을 멈춰둔 채 참을성 있게 대답을 기다렸다.

"네. 문화부에서 일하거든요. 전시회나 가끔씩은 공연의 재정 지원을 위한 서류들을 준비하는 일을 맡고 있습니다."

"공연이라고요?"

"현대무용…… 같은 것 말입니다." 나는 부끄러운 나머지 절망감마저 들었다.

"그러니까, 문화 예술 분야의 일을 하시는 거군요."

"네, 맞습니다…… 그렇다고 할 수 있지요." 그는 진지함이 깃든 동정 어린 태도로 나를 응시했다. 그도 문화 예술이라는 부문이 존재한다는 것 정도는 알고 있었다. 그 앎이 모호한 것이긴 했지만. 직업상, 그는 온갖 부류의 사람들을 만날 수밖에 없으리라. 그러니 그 어떤 사회계층도 그에게는 완전히 낯설 수가 없었다. 경관은 곧 인문학자다.

나머지 심문은 그런대로 순조롭게 진행되었다. 이미 텔레비전에서 비슷한 사건들을 다룬 영화들을 본 적이 있는 터라, 나는 이러한 유형의 대화에 준비가 되어 있었다. 내가 아버지의 적들을 알고 있느냐고? 아니, 솔직히 말하면 아버지의 친구조차도 모른다. 어쨌든, 아버지는 적을 둘 만큼 영향력 있는 사람은 아니었다. 아버지의 죽음으로 덕 볼 사람이 누가 있을까? 뭐, 나라고 대답할 수 있겠지. 내가 마지막으로 아버지를 본 것이 언제였던가? 아마도 8월이었을 거다. 8월에는 정말이지 사무실에서 이렇다 하게 할 만한 일이 없다. 직장 동료들은 아이들 때문에 파리를 떠날 수밖에 없다. 나는 파리에 남아 컴퓨터로 솔리테어 게임을 한다. 그리고 15일께 어느 주말을 택한다. 그러니까 아버지를 방문한 날은 이때쯤일 것이다. 요컨대 내가 아버지와 사이가 좋았던가? 그렇기도 하고 아니기도 하다. 아니, 아니라는 대답이 맞겠다. 그렇지만 일 년에 한두 번은 아버지를 보러 가곤 했으니, 뭐 그리 사이가 나빴다고는 할 수 없다.

그는 고개를 끄덕였다. 진술서 작성이 이제 다 끝났다는 느낌이 들었다. 좀더 얘기했으면 싶었는데. 쇼몽 경관에게 설명할 수 없는, 그 어떤 비정상적인 호감을 갖게 된 것 같았다. 그는 작성한 진술서를 벌써 파일로 저장하고 있었다. "아버지는 운동을 무척 좋아하셨어요!" 하고 불쑥 말이 튀어나왔다. 그는 수사관다운 시선으로 나를 쳐다보았다. "모르겠습니다…… 그저 아버지가 무척 운동을 좋아하셨다는 걸 말하고 싶었어요." 나는 낙담하여 두 손을 펼쳐 보이며 말했다. 그는 아랑곳하지 않고 출력키를 눌렀다.

진술서에 서명한 후 쇼몽 경관을 문까지 배웅했다. 내가 기대에 어긋나는 증인이지 않았느냐고 물었다. "증인이란 하나같이

기대에 못 미치게 마련이지요……" 하고 그가 대답했다. 나는
이 진부한 말에 대해 잠깐 동안 생각해보았다. 우리 앞으로 권태
의 들판이 끝없이 펼쳐져 있었다. 쇼몽 경관은 푸조 305에 올라
탔다. 그는 수사가 진척되는 대로 알려주겠다고 했다. 직계존속
이 사망하였을 경우 공무원들은 사흘의 휴가를 받게 된다. 따라
서 나는 지역 특산물인 카망베르 치즈를 사면서 아주 한가로이
파리로 돌아갈 수도 있을 터였다. 그렇지만 곧바로 파리행 고속
도로를 달렸다.

　휴가의 마지막 날은 여기저기 여행사들을 둘러보며 보냈다.
나는 바캉스 여행 상품 카탈로그에서 발견하게 되는 추상적인
기법, 세상 곳곳을 가능한 행복과 가격이라는 한정적인 시퀀스
로 바꿔놓는 방식 등을 좋아했다. 특히 기대할 수 있는 행복의
밀도를 가리켜주는 별점 시스템이 마음에 들었다. 나는 행복하
지는 않았지만 행복을 믿고 있었고 계속해서 열망하고 있었다.
마셜의 모델에 따르면, 구매자는 가격 면에서의 만족감을 극대
화하려 드는 합리적인 개인이다. 반면, 베블런의 모델은 구매 과
정에 끼치는 집단의 영향력을 (그 과정에서 개인이 스스로를 드
러내고자 하느냐 아니면 정반대로 감추려 드느냐에 따라) 분석
하고 있다. 코플랜드의 모델은 구매 과정이 제품/서비스의 범주
(일상적인 구매, 신중한 구매, 특별한 구매)에 따라 다르다는 것

을 보여준다. 하지만 보드리야르-베커 모델은 소비하는 것 역시 기호를 생산해내는 것이라고 평가하고 있다. 사실상 나는 마셜의 모델에 가장 가까운 것 같았다.

다시 출근한 나는 마리잔에게 휴가가 필요하다고 말했다. 마리잔은 직장 동료다. 우리는 함께 전시회 관련 서류들을 준비하고 현대 문화에 관련된 일을 한다. 그녀는 금발의 생머리에 짙푸른색 눈을 가진 서른다섯 살의 여자다. 하지만 그녀의 사생활에 대해서 나는 전혀 아는 바가 없다. 서열로 따지자면 그녀가 나보다 약간 높다. 그렇지만 그녀는 부서 내에서 항상 공동 작업을 강조하는 터라 그런 면을 굳이 내세우려 들지 않는다. 실질적인 중요 인사들(조형예술 부서의 대표자나 문화부 위원)의 방문이 있을 적마다 그녀는 팀이라는 개념을 강조한다. 내 사무실로 들어오면서, "부서에서 제일 중요한 사람이에요! 회계 결산표와 수익을 마음대로 주무르는 사람이잖아요…… 이 사람 없이는 완전 끝장난다구요" 하고 큰 소리로 소개하곤 한다. 그래놓고 그녀는 웃는다. 중요한 손님들도 따라 웃는다. 아니면 적어도 흐뭇한 미소를 짓는다. 나도 할 수 있는 한 미소를 띤다. 광대처럼 보이도록 애쓴다. 하지만 사실 나는 단순한 산술 작업이나 관리하면 그만이다. 이렇다 하게 하는 일이 없어 보이긴 하지만 엄밀히 말해 실제로는 마리잔의 일이 제일 복잡하다. 그녀는 갖가지 움직임, 연락망, 추세에 대해 샅샅이 알고 있어야 한다. 하지만 문화부의 책임을 떠맡은 이상, 언제나 보수주의, 더 나아가 반계몽주의라는 의혹을 받을 수 있다. 이러한 위험에 그녀는 스스로 알아서 대처해야 하며 이로써 문화부의 이미지도 관리할 수 있어야 한다. 또한, 나로서는 어렴풋하게나 알고 있는 예술가와 화랑 주인, 잡지사 사장들과 정기적으로 접촉하고 있다. 그런 유의 전화 통화를 하며 그녀는 늘 즐거워한다. 그녀에게는 정말 현대 예술에 대한 열정이 있으니까. 나로 말하자면 현대 예술에 대해 적대적이지는 않다. 그렇지만 나는 전문가를 옹호하는 사람도 아니고, 미술계가 전통으로 되돌아갈 것을 지지하는 사람도 아니다. 나는 회계 관리자에 어울리는 신중한 자세를 고수한다. 미학적, 정치적인 문제들은 나에게 어울리지 않는다. 새로운 자세, 세상과의 새로운 관계들을 만들거나 선택하는 것은 내 소관이 아니다. 어깨가 굽고 슬픈 표정으로 얼굴이 변해가면서 그런 것들은 포기해버렸다. 지금까지도 기념할 만한 것으로 얘기되고 있는 수많은 전시회와 전람회 행사, 퍼포먼스들을 보아왔다. 이제 나의 결론은 확실하다. 예술이 삶을 바꿔놓진 못한다. 어쨌거나 내 삶만큼은 그렇다.

마리잔에게 내가 상중喪中이라고 알렸다. 그녀는 나를 연민으로 맞아주었고 내 어깨에 손을 얹기까지 했다. 나의 휴가 요청은 그녀가 보기에 지극히 당연한 것이었다. "미셸, 당신은 좀 쉬면서 스스로를 돌아볼 시간이 필요할 거예요." 나는 그녀가 한 말의 내용을 머릿속에 떠올려보려 했고, 분명 그녀의 말이 옳다는 결론을 내렸다. "당신 대신 세실리아가 예산을 마무리짓게 될 거예요. 내가 그녀한테 말해둘게요." 그 말은 정확히 무엇을 암시하는 걸까, 그리고 세실리아는 누구지? 주변을 둘러보다 공연 프로그램 초안이 눈에 띄었고 기억이 났다. 세실리아는 두 달 전우리 부서에 들어와 연신 캐드베리 초콜릿을 먹어댔던, 뚱뚱한빨강 머리 여자였다. 계약직인데다가 공공사업 고용원, 요컨대별로 대수롭지 않은 인물이었다. 그리고 아닌 게 아니라, 아버지가 죽기 바로 직전 내가 하던 일이 전시회 예산 일이었다. 1월에부르 라 렌에서 개최할 예정인 '손들어!'라는 전시회였다. 이블린 지방에서 원격 카메라 렌즈에 포착된 야만적인 경찰 사진들을 전시하는 거였다. 그렇지만 문서 작업보다는, LA 경찰청을 소재로 한 여러 경찰 시리즈물들을 조금씩 보여주면서 공간을 무대화하는 작업이 관건이었다. 사진작가는 흔히 사람들이 그런전시회에 대해 기대하는 사회 비판적인 접근보다는 재미난 접근방식을 선호했다. 요컨대 그다지 비용이 많이 들거나 복잡하지않은, 그저 흥미로운 구상에 지나지 않았다. 세실리아 같은 멍청이도 마무리할 만한 일이었다.

대개 퇴근하고 나면 나는 핍쇼peep show를 보러 가곤 했다. 구경하는 데 오십 프랑, 때로 사정射精이 늦어지면 칠십 프랑이 들었다. 움직이는 여자의 음부들을 보면 내 머릿속이 깨끗이 비워졌다. 현대 예술 비디오의 모순적인 향방, 문화유산 보존과 새로운 창작 지원 사이의 균형…… 이 모든 것들이 움직이는 음부의 능란한 마법 앞에서는 재빨리 사라져버렸다. 나는 얌전히 고환을 비웠다. 같은 시각, 세실리아는 문화부 근처의 과자점에서 초콜릿 과자를 잔뜩 먹고 있었을 것이다. 그녀나 나나 우리 둘의 행위 동기는 거의 매한가지였다.

아주 가끔씩은 오백 프랑 하는 개인 룸을 사용하기도 했다. 그런 경우는 내 페니스의 상태가 좋지 않을 때, 페니스에서 치즈 냄새가 나고, 그것이 쓸데없는 조그마한 돌기처럼 성가시게 여겨질 때였다. 그럴 때면 나는 그것을 손에 쥐고, 불뚝 선 음경, 넘쳐나는 정액에 거짓으로라도 흥분해주는 매춘부가 필요했다. 어쨌든 간에 일곱시 삼십분 전에는 집에 도착했다. 집에 들어서면 예약 녹화를 해둔 〈퀴즈 챔피언〉부터 봤다. 그러고는 이어서 국내 뉴스들을 봤다. 나는 주로 치즈 넣은 무슬린 퓌레를 먹었으므로 광우병 파동이 그다지 흥미롭지 않았다. 그리고 저녁시간은 계속되었다. 128개의 채널이 있으니 나는 불행하지 않았다. 새벽 두시경, 마지막으로 터키 뮤지컬영화들을 봤다.

이렇듯 꽤 평온한 일상이 며칠간 계속되었다. 그리고 쇼몽 경관으로부터 다시 전화가 왔다. 수사가 많이 진척되어 살인 용의자를 붙잡았는데, 단순한 추정 수준이 아니라 그 용의자가 자백을 했다는 거였다. 이틀 후 현장검증이 있는데 참석하시겠습니까? 오, 그럼, 그럼요, 하고 나는 대답했다.

마리잔은 나의 이런 과감한 결단을 칭찬했다. 그녀는 상사喪事, 혈연이라는 불가사의에 대해 말했다. 어떤 한정된 목록에서 발췌한 듯 사회적으로 용인될 수 있는 단어들만 사용했지만, 그게 그렇게 중요한 건 아니었다. 그녀가 나에게 애정을 품고 있다는 것을 느끼게 되었으니까. 그건 놀라운 일이었고 좋은 거였다. 어쨌거나 여자들에게는 애정이라도 있군, 하고 셰르부르행 열차에 오르면서 생각했다. 여자들은 직장에서까지 애정관계를 만들려는 경향이 있으며 모든 애정관계가 박탈된 세계에서는 살아가기 힘겨워한다. 그런 세계란 곧 여자들이 활짝 피어나기 힘든 환경이다. 여자들은 이러한 나약함 때문에 고통스러워한다.『마리 클레르』의 '심리상담 코너' 페이지들은 여자들에게 이러한 사실을 지속적으로 상기시켜준다. 따라서 여자들은 직장과 애정 문제 간에 명확한 선을 긋는 게 나을 것이다. 하지만『마리 클레르』의

'경험담' 페이지들이 마찬가지로 지속적으로 입증해주는 바와 같이, 여자들은 그렇게 하지 못한다. 루앙쯤에 이르러 나는 사건의 요소들을 하나하나 다시 생각해보았다. 쇼몽 경관이 알아낸 가장 획기적인 사실은 아이샤가 아버지와 '친밀한 관계'를 유지했다는 것이다. 횟수는 어느 정도였고, 어느 수준까지였을까? 이에 대해 그는 아는 바가 없으며 그러한 점이 수사에는 무의미한 것으로 밝혀졌다고 했다. 아이샤의 남자 형제들 중 하나가 늙은이에게 '해명을 요구하러' 왔다가, 얘기가 제대로 되지 않자 늙은이를 죽여 보일러실 콘크리트 바닥에 버려두었다고 자백했다는 것이다.

현장검증은 원칙적으로는 예심판사가 주도했다. 예심판사는 플란넬 바지와 어두운 빛깔의 폴로셔츠를 입은 자그마한 체구의 무뚝뚝하고 근엄해 보이는 사내로, 줄곧 짜증스럽게 입을 비죽대며 얼굴을 찌푸리고 있었다. 그렇지만 쇼몽 경관이 재빨리 이 행사의 진짜 주인 행세를 했다. 그는 민첩하고 쾌활하게 참석자들을 맞이하며 일일이 어서 오라는 인사말을 건네고 각자의 위치로 안내해주었다. 그는 무척 행복해 보였다. 이번이 그가 맡은 첫번째 살인 사건이었는데 한 주도 안 되어 매듭짓게 되었기 때문이다. 따라서 그가 바로 이 불결하고 시시한 이야기의 유일한 주인공이었다. 머리에 검은 끈을 두른 채 눈에 띄게 주눅든 모양

새로 의자에 구부정하게 앉아 있던 아이샤는 내가 도착하자 겨우 고개를 들었다. 그녀는 노골적으로 그녀의 오빠가 서 있는 쪽을 외면하고 있었다. 그 작자는 두 명의 경찰에게 둘러싸여 고집스럽게 땅바닥만 뚫어져라 내려다보았다. 그야말로 평범한 폭도의 모양새를 하고 있었다. 그에 대해서는 눈곱만큼의 동정심도 들지 않았다. 그는 고개를 들어 나와 시선이 마주치자, 내가 누구인지 알아보는 눈치였다. 사전에 얘기를 들었을 테니 내 역할을 알고 있을 터였다. 저 작자의 야만스러운 사고방식대로라면, 내가 아버지의 피를 받은 혈육으로서 복수할 수도 있을 거라고 생각할 테지. 나는 우리 사이에 성립되어 있는 관계를 의식하며 시선을 피하지 않고 그를 뚫어지게 바라봤다. 서서히 증오감에 사로잡히면서 숨쉬기는 점점 편해졌다. 유쾌하고 강렬한 감정이었다. 내게 무기가 있었더라면 그를 주저 없이 처치했으리라. 그런 보잘것없는 쓰레기를 죽인다는 것은 대단찮은 행위일 뿐만 아니라 유익하고 긍정적인 방식처럼 여겨졌다. 경찰 한 명이 땅바닥에 분필로 표시를 했고, 현장검증이 시작되었다. 피의자의 말에 따르면 상황은 매우 간단했다. 얘기를 하던 중에 짜증이 나서 아버지를 난폭하게 밀어버렸는데, 아버지가 뒤로 넘어지더니 바닥에 부딪혀 두개골이 파열되었고 그 바람에 자신은 질겁하여 곧바로 도망쳐버렸다는 것이다.

뻔한 거짓말이었다. 쇼몽 경관은 별 어려움 없이 이를 입증해
냈다. 피해자의 두개골을 조사한 결과, 가차없는 폭력 행위가 있
었음이 밝혀졌던 것이다. 필시 수차례에 걸친 발길질 때문에 생
겨난 것으로 보이는 수많은 멍자국도 있었다. 그 밖에도 아버지
의 얼굴을 눈알이 으깨질 정도로 바닥에 세차게 짓이겼던 것으
로 드러났다. "더이상은 모르겠습니다. 정말 제정신이 아니라 미
쳐 있었습니다" 하고 피의자가 말했다. 힘줄이 불룩 드러나 보이
는 군센 팔과 옹졸하고 사악해 보이는 얼굴을 주의해 보면 그러
고도 남았을 인물이었다. 미리 계획한 것이 아니라 아마도 콘크
리트 바닥에 두개골이 부서지고 피가 흐르는 것을 보고 충동적
으로 저지른 행동인 듯했다. 그의 방어기제는 분명하고 믿을 만
한 것이었으며, 법정에서는 그 점이 유리하게 작용할 수도 있을
것 같았다. 그렇게 해서 고작 몇 년의 집행유예 정도나 받을 것
이다. 그날 오후의 진척 상황에 만족한 쇼몽 경관은 현장검증을
마무리지으려 했다. 나는 의자에서 일어나 창문 쪽으로 걸어갔
다. 어둠이 깔렸다. 양 몇 마리가 우리로 돌아가고 있었다. 저놈
들도 어리석다. 아마 아이샤의 오빠보다 훨씬 더. 그렇지만 저들
의 유전자에는 그 어떤 폭력적인 반사작용도 입력되어 있지 않
다. 생의 마지막 날 저녁이면 양들은 두려움에 울어대고 절망적
으로 몸부림치리라. 그리고 한 방의 총알이 발사되고 나면 양들

의 생명은 빠져나가고, 육신은 고깃덩어리로 변해버릴 것이다. 우리는 서로 악수를 하고 헤어졌다. 쇼몽 경관은 내게 참석해줘서 고맙다고 했다.

다음날 나는 아이샤를 또 보게 되었다. 부동산에서 충고한 대로 사람들이 집을 보러 오기 전에 집안을 완벽하게 청소할 필요가 있었다. 나는 그녀에게 열쇠를 다시 내주었고, 이어 그녀는 나를 셰르부르 역까지 바래다주었다. 짙은 안개 무리들이 울타리 저 너머로 차곡차곡 쌓이면서 겨울이 전원을 점령해가고 있었다. 우리 둘의 관계는 그리 편할 수가 없었다. 그녀는 내 아버지의 생식기관을 알고 있었고 이 사실이 다소 부적절한 친밀감을 만들어주는 듯했다. 전반적으로 보면 그 모든 것이 놀라웠다. 그녀는 무척 조신한 여자 같았고, 아버지에게는 여자가 반할 만한 매력적인 구석이 전무했으니까. 그래도 아버지에게 내가 알아보지 못했던 그 어떤 매력적인 용모나 특징 같은 것이 있었으리라. 실제 나는 아버지 얼굴의 윤곽조차도 기억해내기가 어려웠다. 인간은 황소처럼 서로서로 나란히 이웃해 살아간다. 어쩌다 가끔씩 술 한 병을 나눠 마시게 될 경우 딱 그렇다.

아이샤의 폭스바겐이 역 광장에 멈춰 섰다. 헤어지기 전에 몇 마디라도 건네는 것이 낫겠다는 생각이 들었다. "저 그럼……" 하고 말했다. 몇 초 후 그녀가 흐릿한 목소리로 말을 건넸다. "이곳을 떠날래요. 파리에 있는 친구가 서빙 자리를 알아봐주겠다고 했거든요. 그리로 가서 공부를 계속할래요. 어쨌거나 우리 식구들은 저를 창녀 취급하니까요." 나는 이해한다는 듯이 몇 마디를 중얼거렸다. 그러고는 결국 힘겹게 내뱉은 말이 "파리에는 이곳보다 훨씬 사람이 많지요……"였다. 아무려나 파리에 대해 내가 할 수 있는 말은 그뿐이었다. 궁색하기 그지없는 답변이었건만 그녀는 아랑곳하지 않는 듯했다. 그녀는 분노를 억누르며 말을 이었다. "가족들한테는 아무것도 바라지 않아요. 가난뱅이에다 머저리들이니까요. 아버지가 이 년 전 메카로 성지순례를 다녀오셨지요. 그런데 그후로는 정말 아버지한테 바랄 게 아무것도 없어요. 형제들은 더해요. 서로 죽이 맞아 바보 같은 짓거리를 일삼는가 하면, 아니스 술에 취해서는 서로 진정한 신앙을 아는 사람은 자기라고 우겨대지요. 그러고는 자기네 족속의 얼간이와 결혼하지 않고 공부하려 든다고 저를 더러운 년 취급하죠."

"사실, 이슬람교 전체를 보면 그게 그리 심한 얘긴 아니지요……" 하고 나는 당혹스러워하며 말했다. 그러고는 여행가방을 집어들고 차 문을 열었다. "당신은 잘 헤쳐나갈 수 있을 겁니다……" 나는 별 확신도 없이 중얼댔다. 이 순간, 혈관처럼 뻗어 유럽을 가로질러가는 움직임 같은 환영이 보였다. 이슬람교도들이 쉽사리 어우러지지 못하고 더디고 더디게 흡수되는 혈전처럼 보이는 것이었다. 아이샤는 미심쩍은 표정으로 나를 쳐다보았다. 한기가 차 안으로 들이쳤다. 나는 이슬람 여성의 질에서 그 어떤 매력을 느낄 수 있으리라는 생각이 들었다. 다소 부자연스럽게 나는 웃어 보였다. 그녀는 좀더 솔직한 표정으로 웃어 보였다. 그녀와 오래도록 악수했다. 그녀의 손가락에서 온기가 느껴졌고, 손바닥에서 가만가만 뛰고 있는 피가 느껴질 때까지 나는 그녀의 손을 잡고 있었다. 차로부터 몇 미터쯤 멀어졌을 때 뒤를 돌아보며 그녀에게 살짝 손을 흔들었다. 어쨌거나 그것도 하나의 만남이었다. 헤어지는 마지막 순간에 무언가 생겨났으니까.

코라유 열차 안에 자리를 잡고 앉는 순간, 그녀에게 돈을 줬어야 했다는 생각이 들었다. 또 한편 그렇지 않다는 생각도 들었다. 그랬더라면 그녀가 이상하게 받아들일 수도 있는 거니까. 바로 그 순간에 이상하게도, 내가 부자가 될 거라는 사실을 처음으로 의식했다. 말하자면 현재보다는 부유해질 거라는 얘기였다. 이미 아버지의 통장 계좌에 있던 돈이 이체되었다. 나머지 것들로 말하자면, 아버지의 자동차를 파는 일은 자동차 정비소 주인에게 맡겼고 집은 부동산업자에게 맡겨두었다. 가능한 한 모든 것을 간단하게 처리했다. 아버지가 남긴 재산의 가치는 시장의 법칙에 따라 정해질 터였다. 물론 협상의 여지야 있겠지만 10퍼센트 선, 그 이상은 아닐 것이다. 세금 문제 역시 매우 간단했다.

국세청에서 발간하는 소책자들을 찾아보기만 하면 되는 거였으니까.

아버지는 분명 내게 재산을 물려주지 않겠다는 생각을 여러 차례 했을 것이다. 그러다 결국에는 포기할 수밖에 없었겠지. 결과가 불확실할 게 뻔한데 절차가 너무나 복잡하고 번잡롭다고 생각했을 테니까(온갖 제재가 가해지는 법의 틈바구니에서 자식들에게 재산을 상속하지 않는 것은 쉽지가 않다. 자식새끼들은 부모 생전에는 부모의 인생을 썩이고 부모가 죽고 나면 그들이 갖은 고생을 다해가며 쌓아온 모든 것들을 이용한다). 특히 아버지는 그래봤자 아무런 이득이 없다고 생각했을 것이다. 자기가 죽은 뒤 무슨 일이 일어나든 그게 무슨 상관이랴 싶었을 테니. 내 마음대로 아버지의 사고방식을 추론해본 것뿐이다. 어쨌든 영감탱이는 죽었으며, 그가 말년을 보낸 그 집을 내가 되팔게 되었다는 것은 명백한 사실이다. 또 아버지가 셰르부르의 대형 마트 카지노 제앙에서 에비앙 물병 팩들을 사나르던 토요타 랜드 크루저도 팔 참이었다. 국립식물원 바로 옆에 사는 내가 토요타 랜드 크루저를 가지고 무엇을 하겠는가? 무프타르 시장에서 리코타 치즈가 든 라비올리를 실어나를 수도 있겠지만, 아마 그게 전부일 것이다. 직계 상속일 경우 애정이 그렇게 긴밀하지 않더라도, 상속세는 그리 높지 않다. 세금을 공제하면 삼백만 프랑을 손에 쥐게 된다. 이 액수는 내 연간 수입의 약 열다섯 배에 달하는 것이다. 또한 서유럽에서 비숙련 노동자가 평생 일해 벌 수 있는 금액에 해당한다. 그러니 꽤 괜찮은 액수다. 지긋지긋한 일에서 벗어날 수 있는, 적어도 그렇게 시도해볼 수 있는 길이 열리는 것이다.

몇 주 후면 분명 은행으로부터 편지가 날아올 것이다. 열차가 바이외에 가까워져갈 무렵, 나는 벌써부터 얘기가 어떻게 전개될지를 상상할 수 있었다. 담당 직원은 내 계좌에 잔고가 엄청나다는 것을 확인시켜주면서 나와 이에 관해 얘기하려고 할 것이다. (어느 누구든 살다보면 투자 파트너가 필요할 때가 있지 않나?) 약간은 반신반의하면서도 나는 안전한 쪽을 선택하려 들 것이다. 그러면 그는—종종 접해보았을—그런 나의 반응을 살며시 미소지으며 받아들일 테지. 대부분의 풋내기 투자자들은 수익률보다는 안전을 선호한다는 것을 잘 알고 있는 것이다. 자기네 동료들끼리 종종 그런 투자자들 얘기를 하면서 재미있어했을 테니까. 나로서는 이런 측면에 대해 오해해선 안 된다. 상속 재산 관리에서 몇몇 나이 지긋한 사람들은 영락없는 신출내기처럼 처신한다. 그의 입장에서는 다소 다른 시나리오로 내 관심을 끌려고 노력할 것이다. 물론 내게 충분히 생각할 시간적 여유를 줄 것이다. 정말이지 내 재산의 삼분의 이를 수익률이 높진 않아도 안전한 투자에 내어놓지 못할 이유가 뭐가 있겠는가? 다소 위험부담이 있긴 하지만 실질적인 가치 상승의 가능성이 있는 투자에 나머지 삼분의 일을 내어놓지 못할 이유는 또 뭐가 있겠는가? 확신컨대, 나는 며칠 동안 고민하다 결국 그의 설득에 넘어갈 것이다. 나의 승낙에 힘입은 그는 신이 나서 관련 서류들을 준비할 것이다. 그리고 헤어지는 순간 우리는 희색을 드러내며 뜨겁게 악수를 나눌 것이다.

나는 물질적 재산의 소유가 엄격한 법제에 의해 보장되고 은행 제도는 철저히 강력한 국가의 보증을 받는, 온건 사회주의로 일컬어지는 나라에 살고 있다. 합법성의 한계를 벗어난 적이 있었는지는 모르겠지만 공금횡령이나 위장 파산 따위는 시도조차 해본 적이 없었다. 간단히 말해, 내겐 더이상 심각한 고민거리가 없었다. 사실 그 이전까지도 그래본 적이 아예 없었다. 나는 특별히 뛰어나게 잘하진 못했지만 착실하게 공부를 마치고 재빨리 공기업 쪽으로 진로를 정했다. 그때가 80년대 중반 즈음, 사회주의의 현대화가 진행되기 시작한 초창기로, 고명한 전 문화부 장관 자크 랑 덕분에 문화 예술 관련 국영 기관들이 한창 잘나가고 있던 시기였다. 따라서 나의 초봉은 꽤나 괜찮았다. 이후로 나는 계속되는 정책 변화를 별다른 동요 없이 지켜보면서 나이를 먹었다. 나는 예의바르고 정직했으며 상관들과 동료들로부터 존중

받았다. 그렇지만 그다지 열성적인 기질이 아니어서 진정한 친구를 갖는 데는 실패했다. 리지외 지방에는 저녁시간이 일찍 찾아들었다. 왜 나는 직장에서 마리잔에 비견되는 열정을 내보이지 못했던 것일까? 더 넓게 보아 왜 나는 내 삶에 열정다운 열정을 갖지 못했던가?

은행으로부터 별 연락 없이 또 몇 주가 지났다. 그리고 12월 23일 아침, 나는 택시를 타고 루아시 공항으로 향했다.

3

　나는 멍청이처럼 혼자서, 누벨 프롱티에르 여행사 창구를 몇 미터 앞에 두고 서 있었다. 축제 기간중의 어느 토요일 아침이었고, 여느 때와 마찬가지로 루아시 공항은 만원을 이루었다. 서유럽 사람들은 며칠만 휴가다, 하면 서둘러 세상 저 끝으로 가려 하고 비행기로 세계의 절반을 가로질러가며 그야말로 탈옥수처럼 행동한다. 나는 이 점을 비난하지 않는다. 왜냐하면 나 또한 그들처럼 행동할 준비가 되어 있으니까.

　나의 꿈들은 보잘것없다. 서유럽 사람들처럼 나도 여행하기를 바란다. 요컨대 언어 장벽, 조직적이지 못한 대중교통, 절도나 사기의 위험 등 어려움이 있긴 하다. 좀더 노골적으로 말하자면 내가 사실상 바라는 것은 관광을 체험해보는 것이다. 꿈은 마음껏 가질 수 있다. 그리고 내 꿈이라는 것은, 누벨 프롱티에르의 카탈로그 세 권의 테마를 빌려 말하자면, '정열의 투어' '다채로운 휴양' 그리고 '선택의 즐거움'을 끝없이 이어가는 것이다.

여행을 한번 다녀오기로 대뜸 마음은 먹었으나, '럼주와 살사'(일련기호 CUB CO 033, 14박 16일, 더블 침대 1만 1250프랑, 침실 한 개 추가시 1350프랑 추가)와 '열대 태국'(일련기호 THA CA 006, 13박 15일, 더블 침대 9950프랑, 침실 한 개 추가시 1175프랑 추가)을 두고 꽤 고민했다. 사실 더 마음이 끌리는 것은 태국 쪽이었다. 그렇지만 쿠바는 아마도 그리 오래가지 않을 마지막 남은 공산주의국가들 중 하나라는 점, 소멸해가고 있는 체제라는 측면, 정치적으로 이국적인 정서를 준다는 매력이 있었다. 결국 나는 태국행을 택했다. 확실히 팸플릿의 소개말이 재치 있고 보통 사람들을 유혹하기에 적합했다.

모험을 맛볼 수 있는 열대의 '쿨'한 여행, 대나무 뗏목을 타고 콰이 강을 건너 꼬 사무이 섬에 이르러, 끄라 지협地峽을 근사하게 횡단하고 푸껫 난바다의 꼬 피피 섬으로 여러분을 모십니다.

정확히 여덟시 삼십분을 알리는 종이 치면, 자크 마요는 13구블랑키 가에 있는 자택 문을 쾅 닫고는 스쿠터에 올라타고 동쪽에서 서쪽으로 수도를 가로지르기 시작한다. 목표 지점은 그르넬 가에 있는 누벨 프롱티에르 본사. 이틀에 하루꼴로 그는 서너 군데 지사에 들른다. "최신 카탈로그들을 배포하고 우편물을 수거하며 한 번씩 둘러보는 거죠"라고 사장은 설명한다. 매우 활동적인 그는 늘 이상야릇하게 생긴 얼룩덜룩한 넥타이를 매고 다닌다. 사장의 바로 이런 면이 직원들에게 활력소가 된다. "앞으로 우리 각 지점의 여행사들 매상이 올라갈 겁니다……" 그는 미소지으며 설명한다. 사장의 말에 눈에 띄게 감탄하고 있던 『카피탈』지의 여기자는 또 한번 놀란다. 소수의 반체제 학생들이 만든 소규모 협회가 그렇게 도약하리라고 1967년 당시 어느 누가 예견할 수 있었겠는가. 파리 당페르 로슈로 광장에 처음으로 문을 연 누벨 프롱티에르 여행사 앞에 68년 5월 혁명 당시 늘어서 있었던 수천 명의 시위자들도 물론 알지 못했으리라. "텔레비전 카메라가 정면에 있었으니 위치가 마침 좋았던 거지요……" 과거 보이스카우트였고 프랑스 전국학생연맹 활동을 한 좌파 기독교 신자 자크 마요는 회상한다. 이것이 케네디 전 미국 대통령의 '뉴프런티어' 연설에서 이름을 딴 이 기업의 첫번째 광고였다.

열렬한 자유주의자인 자크 마요는 항공 교통수단 부문의 민주화를 위해 에어 프랑스 사의 독점에 맞서 싸워 이겼다. 삼십여 년 만에 프랑스 제일의 여행사가 된 누벨 프롱티에르의 파란만장한 역사는 경제 전문 잡지들에 매력적인 것이었다. 대형 서점 프낙처럼, 클럽 메드처럼 여가 문명과 함께 탄생한 누벨 프롱티에르는 현대 자본주의의 새로운 얼굴을 상징할 수 있었다. 관광 산업은 2000년 들어 처음으로 수익 면에서 세계 최고의 경제 부문으로 각광받게 되었다. '열대 태국'은 참가자들에게 특별히 우수한 신체 조건을 전제로 하고 있진 않았지만 '모험 투어'로 분류되어 있었다. 숙박 유형도 다양했고(기본, 표준, 고급) 여행자들 간에 최상의 결속력을 유지하도록 하기 위해 패키지 참가자 수를 스무 명으로 제한하고 있었다. 등에 배낭을 메고 내 쪽으로 다가오는 두 명의 예쁘장한 흑인 여자들을 보면서, 그녀들이 나와 같은 투어를 선택했으면 하는 마음이 들기 시작했다. 하지만 이내 나는 시선을 내리깔고 여행 관련 서류들을 찾으러 갔다. 비행시간은 열한 시간하고도 조금 더 걸렸다.

어떤 항공사의 비행기이든, 목적지가 어디든 오늘날 비행기를 탄다는 것은 곧 비행 내내 짐짝 취급을 받겠다는 거나 다름없다. 옆 사람들 모두를 불편하게 하지 않고는 일어설 수가 없는, 궁색하고 우스꽝스럽기까지 한 그 좁은 공간에 오그리고 앉아, 거짓 미소를 공공연히 내보이는 스튜어디스들의 입을 통해 나오는 일련의 금기 사항들의 습격을 받는다. 일단 탑승하고 나면 스튜어디스들이 하는 첫번째 행동은 당신의 개인 용품들을 빼앗아 캐비닛에 넣어두는 것이다. 그리고 당신은 그 어떤 구실을 내세워도 비행기가 착륙할 때까지 이 캐비닛에 절대 접근할 수 없다. 이어 그녀들은 일체의 움직임, 더 일반적으로 말하자면, 음료수 홀짝임, 미국 영화 시청, 면세 상품 구입과 같은 한정된 범주의 행동을 제외한 일체의 행동을 금하면서 당신을 갖가지로 박대하려 든다. 혹시 모를 비행기 추락 사고에 대한 두려움으로 가중되는 그 변함없는 불안감 그리고 그 좁은 공간에서 절대 꼼짝할 수 없다는 사실은, 장거리 항공 때 가끔씩 심장병을 일으켜 죽는 승객들의 사례에서 보듯 그렇게나 지독한 스트레스를 유발한다. 승무원들은 평소대로 스트레스를 해소하려 드는 당신을 저지하면서 이러한 스트레스를 고조시키려 든다. 흡연과 독서가 불가하며 더욱 빈번하게는 음주도 금지된다. 다행히도 망할 것들이 아직 몸수색은 하지 않고 있다. 따라서 경험 많은 승객으로서 나는 니코패치 21밀리그램과 수면제 캡슐 한 판, 서던 컴퍼트 한 병 등 생존을 위한 약간의 필수품을 챙겨가지고 있을 수 있었다. 구舊동독 상공을 나는 순간, 나는 반죽같이 질척스러운 잠에 빠져들었다.

묵직한 것이 내 어깨를 누르고 미지근한 숨결이 와 닿는 바람에 잠이 깼다. 나는 깨거나 말거나 별로 신경쓰지 않고 내 왼편

에 앉은 사람의 고개를 제자리에 똑바로 돌려놓았다. 그는 나지
막이 투덜대는 소리를 내긴 했으나 눈을 뜨진 않았다. 밝은 밤색
의 바가지 머리를 한 삼십대의 거구였다. 그리 불쾌하거나 심술
궂어 보이는 인상은 아니었다. 막일로 굳은 듯한 그 큼지막한 손
을 무릎에 얹은 채, 항공사에서 제공한 부드러운 파란색 담요를
덮고 있는 모습이 사뭇 애처로워 보이기까지 했다. 나는 그의 발
치에 떨어져 있는 포켓북을 주워들었다. 프레더릭 포사이스인지
뭔지 하는 인간이 쓴 형편없는 영국 베스트셀러였다. 전에 이미
마거릿 대처에 대한 경의와 구소련을 '악의 제국'에 빗대는 엽기
적인 암시로 가득한 이 머저리의 작품을 하나 읽은 적이 있었다.
베를린장벽이 붕괴된 후 그가 어떻게 그곳을 빠져나왔는지 궁
금했다. 그의 신작을 대강 훑어보았다. 얼핏 보아 이번에는 세르
비아의 극우 성격을 띤 극좌들과 그 밖의 민족주의자들을 악역
으로 설정해놓고 있었다. 아무튼 그는 시사 문제에 관한 한 훤한
작가다. 그가 좋아하는 주인공, 그 재미없는 제이슨 멍크로 말하
자면, 필요한 경우 체첸의 마피아와 결탁하면서 다시 CIA 일을
했다. 암! 옆 사람 무릎 위에 책을 되돌려놓으면서 나는 생각했
다. 영국 베스트셀러 작가들의 정신상태는 퍽도 근사하다니까!
세 번 접힌 종잇장 하나가 책갈피에 끼워져 있었는데, 제대로 보
니 누벨 프롱티에르의 소집장이었다. 그러니까 방금 나는 처음

으로 내 여행의 동반자를 만난 거였다. 선량해 보이는 사내로 분명 나보다는 자기중심적이지 않거나 신경쇠약 증세가 훨씬 덜하리라는 확신이 들었다. 비행 진행 상황을 표시해주고 있는 비디오 화면을 쳐다보았다. 비행기가 날아온 거리로 미루어볼 때 아마도 체첸은 지나친 듯했다. 외부 기온은 영하 53도, 비행 고도는 10,143미터, 현지 시각은 0시 27분이었다. 다시 새 지도가 펼쳐지면서 모든 표시가 교체되었다. 우리는 아프가니스탄 상공에 다가서고 있었다. 물론 둥근 창으로 보이는 건 온통 암흑뿐이었다. 어쨌든 탈레반들도 때에 전 채 잠들어 있으리라. "탈레반들이여 잘 자, 잘 자라고…… 좋은 꿈 꾸고……" 나는 중얼거리며 두번째 수면제를 삼켰다.

4

비행기는 새벽 다섯시경 돈 므앙 공항에 착륙했다. 나는 힘겹게 눈을 떴다. 내 왼편에 있던 사람은 벌써 일어나 비행기를 빠져나가려는 대열에 서서 발을 동동 구르고 있었다. 입국 홀로 이어지는 통로에서 그는 금세 내 시야에서 사라졌다. 다리 힘이 쭉 빠지고 입안은 침이 말라 있었다. 게다가 귓속에는 지독한 귀울음이 가득했다.

자동문을 통과하자마자 이내 더위가 입처럼 나를 집어삼켰다. 기온이 최소한 35도는 되는 듯했다. 방콕의 더위는 공해 때문인지 특이하게도 기름기가 느껴지는 듯했다. 늘 놀라는 일이지만, 밖에 오래도록 있다가 실내로 들어와보면 공해 오염 물질은 한 켜도 뒤집어쓰지 않았다. 삼십여 초쯤 지나서야 그곳 대기에 맞춰 호흡을 조절할 수 있었다. 가능한 한 태국 가이드와 간격이 벌어지지 않게 쫓아가려 했다. 가이드는 신중하고 교양 있어 보인다는 점을 빼고는 별반 이목을 끄는 여자가 아니었다. 하지만 그녀뿐만 아니라 많은 태국 여자들에게서 이와 동일한 인상을 받을 수 있을 것이다. 등에 멘 배낭 때문에 어깨가 빠개질 듯했다. 배낭은 비외 캉푀르에서 찾아낸 최고가의 모델, 로우 프로 히말라야 트래킹으로 품질이 평생 보증되는 거였다. 스냅 훅과, 이 회사가 특허를 낸 특수 벨크로와, 영하 65도의 기온에서도 사용 가능한 지퍼가 달린 진회색의 기가 막힌 물건이었다. 그렇지만 안타깝게도 그 안에 넣을 수 있는 양은 매우 한정되었다. 반바지와 티셔츠 몇 벌, 수영복, 산호충 위를 걸을 수 있도록 고안된 특수 신발(비외 캉푀르에서 125프랑 한다), 『무전여행 안내서』에 필수 불가결하다고 적혀 있는 약들을 담은 세면도구 케이스, JVC HRD-9600 MS 캠코더와 그 배터리 및 교체용 테이프, 그리고 우연찮게 공항에서 구입한 미국 베스트셀러 두 권이 전부였다.

누벨 프롱티에르 관광버스는 100여 미터 떨어진 곳에 세워져 있었다. 64석짜리 메르세데스 M-800, 이 고성능 차량의 내부는 에어컨이 워낙 철저히 가동되고 있어서 차에 오르는 순간 냉장고에 들어가는 느낌이 들었다. 관광버스의 한가운데쯤, 왼편 창가 옆에 자리를 잡았다. 비행기에서 내 옆 좌석에 있었던 사람을 포함해 약 십여 명의 나머지 승객들이 어렴풋이 눈에 들어왔다. 내 옆에 와 앉는 사람은 아무도 없었다. 팀에 합류할 수 있는 첫 번째 기회를 완전히 놓친 것이었다. 게다가 감기마저 된통 걸린 듯했다.

아직 동이 트진 않았으나 방콕 도심지로 이어지는 6차선 고속도로에는 벌써 차들이 밀집해 있었다. 우리가 달리는 도로변으로 강철과 유리로 된 빌딩들, 또 가끔씩은 소련의 건축물을 연상케 하는 거대한 콘크리트 건물들이 번갈아 나타났다. 은행 본점 건물들, 대형 호텔들, 전자 회사들(거의가 일본 회사들이었다). 짜투짝으로 빠지는 분기점을 지나고 나니, 고속도로는 도시 중심부를 에워싸고 있는 간선도로 위를 지나고 있었다. 조명으로 장식된 호텔 건물들 사이로, 방치된 공지 한가운데에 옹기종기 자리잡은 함석지붕의 자그마한 주택들이 눈에 띄기 시작했다. 환하게 네온 불을 밝히고 수프와 쌀을 파는 노점상들의 양철 냄비에서는 모락모락 김이 났다. 관광버스는 뉴 펫차부리 로드로 빠져나가기 위해 약간 속도를 늦췄다. 둘레가 환상적으로 생긴 입체교차로가 잠깐 눈에 띄었는데, 아스팔트로 포장된 나선형의 교차로는 공항 투광기의 빛을 받으며 마치 하늘 한가운데에 매달려 있는 듯 보였다. 관광버스는 이어 긴 커브길을 지나 외부 순환도로로 접어들었다.

방콕 팰리스 호텔은 머큐어 호텔과 유사한 체인 호텔로 식사와 손님 접대 수준도 머큐어와 비슷하다. 이것은 일정이 어떻게 되는지 기다리는 동안 홀에서 집어든 소책자를 읽어 알게 된 것이다. 아침 여섯시가 조금 넘은 시각—아무런 이유도 없이, 파리 시각은 자정이겠군, 하는 생각이 들었다—이었지만 조찬 룸이 막 개장돼 있었고 벌써부터 분위기가 활기찼다. 나는 긴 의자에 앉았다. 귓속이 계속 심하게 웅웅거려서 멍한 상태였고 배도 아프기 시작했다. 기다리는 모양새를 보고 우리 여행팀의 몇몇을 알아볼 수가 있었다. 날라리 축에 드는—어쨌거나 몸매는 썩 잘 빠진—스물다섯 정도 되어 보이는 두 여자가 경멸하는 듯한 눈빛으로 주위를 둘러보고 있었다. 반면 퇴직했을 법한 나이의 부부—남자는 쾌활해 보였고 그에 비해 여자는 다소 생기가 없어 보였다—는 거울, 금도금 장식물, 샹들리에 등으로 이루어진 호텔 내부 장식을 눈여겨보며 감탄하고 있었다. 단체생활이 시작되고 나서 처음 몇 시간 동안 목격하게 되는 것은 대개 상대방과 교감을 갖고자 하는 정도의 사교성뿐이다. 그러니까 어느 경우에나 통용될 수 있는 말을 건네고 오해의 소지가 있는 언행은 삼간다는 얘기다. 에드먼즈와 화이트에 따르면 소집단의 형성은

처음으로 함께 여행할 경우, 때로는 처음으로 함께 식사할 경우
에나 파악될 수 있다.

갑자기 실신할 것 같은 느낌에 나는 순간적으로 놀라 소스라
쳤고 정신을 차리기 위해 담배에 불을 붙였다. 수면제 약효가 지
나치게 셌다. 아예 사람을 아플 지경으로 만들어놓았으니. 반면
이전에 복용했던 수면제들은 전혀 효과가 없어서 그때마다 정말
속수무책이었다. 나이 지긋한 부부는 천천히 제자리를 맴돌았는
데 사내가 약간 폼을 잰다는 느낌이 들었다. 누군가 자기를 주목
하여 미소를 주고받을 수 있기를 기대하면서, 자신의 시선이 닿
는 어느 대상에게나 활짝 미소를 지어 보이려 했다. 유일하게 해
볼 수 있는 추측이란, 그들이 틀림없이 전생에 소상인이었을 거
라는 정도였다. 차차 여행팀의 일원들은 뿔뿔이 흩어졌다. 그들
은 이름이 호명되는 대로 가이드에게 열쇠를 받아서 침실로 올
라갔다. 가이드는 낭랑한 목소리로 우리에게 그 즉시 아침식사
를 할 수 있다고 알려주었다. 또 각자 방에서 쉬어도 된다고 했
다. 선택은 전적으로 자유였다. 어쨌든 간에 끌롱* 관광을 하기
위해 오후 두시, 홀에서 모이기로 되어 있었다.

내 침실 창은 바로 외부 순환도로 쪽으로 나 있었다. 아침 여

* 태국어로 '운하'라는 뜻.

섯시 삼십분이었다. 통행량이 많았지만 이중 유리창 덕분에 소음은 미미하게 들렸다. 간밤에 켜 있던 조명들은 꺼졌지만 아직 강철과 유리가 햇빛에 반사되는 시각은 아니었다. 따라서 하루 중 이 시간이 되면 도시는 잿빛을 띠었다. 나는 룸서비스로 더블 에스프레소를 주문해서, 에페랄강 두통약 한 알과 돌리프란 해열제 한 알, 오실로콕시넘 감기약 두 알을 함께 삼켰다. 그러고는 자리에 누워 잠을 청해보았다.

어떤 좁은 공간에서 여러 형체가 천천히 움직이고 있었다. 그리고 지독하게 윙윙거리는 소리를 냈다. 아마도 공사장 기계이거나 거대한 곤충인 듯했다. 저 안쪽에서는 한 사람이 작은 청룡도를 들고 칼날을 유심히 들여다보고 있었다. 그는 터번을 하고 헐렁한 흰색 바지를 입고 있었다. 별안간 대기가 붉은빛을 띠고 끈적거리더니 거의 액체가 되다시피 했다. 액화되어 내 눈앞에 형성된 물방울들을 보고서야 내 앞에 유리가 놓여 있다는 사실을 깨달았다. 그 사내는 별안간 보이지 않는 힘에 붙들려 한 발짝도 꼼짝하지 못했다. 공사장 기자재들이 그의 주변으로 무리무리 모여들었다. 지게차 여러 대와 작은 불도저 한 대가 있었다. 지게차들이 모두 마디진 팔을 들어올리더니 그 끝을 사내 쪽으로 쳐들었고, 이내 그의 몸을 일고여덟 부분으로 토막냈다. 그렇지만 그의 머리는 신들린 듯이 활기차게 움직여댔고, 심술궂은 미소가 줄곧 그의 수염 난 얼굴을 주름지게 만들었다. 이번엔 불도저가 나서서 사내 쪽으로 다가갔고 이어 사내의 머리는 달걀처럼 터져버렸다. 으스러진 뇌와 뼈가 몇 센티미터 내 얼굴 앞에 있는 유리창 위로 분사되었다.

5

요컨대 여행은 감각의 추구와도 같아서, 그것이 만들어내는 유희적인 사교성 및 그것으로부터 생겨나는 이미지들과 더불어, 외부 세계와 이타성을 점진적으로, 그리고 고통 없이 파악하는 코드화된 장치이다.

—라시드 아미루

정오 무렵에 잠에서 깼다. 에어컨은 나직하게 윙윙 소리를 냈고 머리는 아까보다 덜 아팠다. 나는 킹사이즈 침대에 가로누워 여행이 어떻게 전개될 것이며 무엇이 여행의 관건일지 파악했다. 이제껏 불완전한 형태를 띠고 있던 여행팀이 활기찬 공동체로 변모하게 될 것이다. 그날 오후부터 나는 팀 내에서 내 자리를 잡아가야 했고, 미리 끌롱을 유람할 때 입을 반바지를 골라놓아야 했다. 너무 몸에 꼭 끼지 않으면서 너무 짧지 않게 허벅지 중간쯤 오는 길이의 청바지를 골랐고, 상의는 라디오헤드의 티셔츠를 선택했다. 그리고 배낭에 몇 가지 소지품들을 쑤셔넣었다. 목욕탕 거울에 비친 내 모습을 바라보니 불쾌감이 들었다. 관료주의에 찌든 내 얼굴이 비극적이게도 전체적인 차림새와 어울리지 않았다. 바캉스 동안 젊은이 행세를 하려 드는 사십대의 공무원, 요컨대 거울 속의 나는 있는 그대로의 나와 정확하게 닮아 있었다. 기운이 쑥 빠졌다. 창가 쪽으로 걸어가 커튼을 활짝 젖혔다. 28층에서 내다보는 바깥 경치는 근사했다. 왼편에 우뚝 서 있는 웅대한 매리엇 호텔 건물은, 반쯤 발코니에 가려진 창문들이 일렬로 줄지어 있는 까닭에 가로로 된 검은 줄무늬가 새겨진 백악 절벽 같아 보였다. 천정점에 이른 태양의 광선 때문에 그 단면들과 모서리들이 유독 두드러져 보였다. 바로 정면으로는, 피라미드 모양과 원추형의 복잡한 건물 골격 위로 코팅된 유리의 빛이 한없이 반사되고 있었다. 지평선 즈음에는 그랜드 플라자 프레지던트 호텔의 거대한 콘크리트 입방체들이, 계단처럼 쌓아올려진 피라미드의 층층과 엇비슷하게 포개져 있었다. 오른편으로는, 룸피니 공원의 바람에 살랑이는 녹음 위로 황갈색의 성채 같은 각진 모양의 두싯 타니 탑들이 보였다. 하늘은 이를 데 없는 완벽한 파란빛이었다. 나는 돌이킬 수 없는 것에 대한 개념을 깊이 생각해보면서 천천히 싱하 골드 한 병을 마셨다.

아래층에서는 가이드가 조식 쿠폰을 나눠주기 위해 일종의 출석을 부르고 있었다. 그로써 나는 두 날라리 계집들의 이름이 바베트와 레아라는 것을 알게 되었다. 바베트는 금발의 곱슬머리, 요컨대 원래 곱슬이 아니라 분명 일부러 웨이브를 넣은 머리였다. 또한 가슴이 예뻤다. 그 더러운 년이 반투명한 튜닉—이국적인 느낌을 물씬 풍기는 것으로 보아 필시 상표가 트루와 스위스일 것이다—을 입고 있어서 뚜렷하게 가슴이 드러나 보였다. 바지 역시 그와 같은 반투명한 천이어서 팬티의 하얀 레이스가 선명하게 눈에 띄었다. 레아는 피부가 햇볕에 새까맣게 그을려 있었고 바베트보다 훨씬 호리호리했다. 또 한마디하자면 까만 사이클룡 바지를 입어 도드라진 엉덩이선이 예뻤고, 끈 없는 샛노란 브래지어 아래 유두가 봉긋이 선 가슴은 도발적이었다. 좁은 배꼽에는 자그마한 다이아몬드 장식이 달려 있었다. 나는 두 망할 계집들을 영원히 잊어버릴 양으로 매우 주의깊게 눈여겨보았다.

조식 쿠폰 배급은 계속되었다. 가이드인 손은 여행자들 모두를 이름으로 불렀다. 그래서 나는 기분이 언짢았다. 빌어먹을, 우린 모두 성인이라고. 그래도 그녀가 그 나이 지긋한 부부를 '로블리주아 씨 부부'라고 성을 붙여 부르는 순간, 잠시나마 희망을 가졌다. 그렇지만 이내 희열에 찬 미소를 지으며 '조제트와 르네'라는 이름을 덧붙여 말했다. 혹시나 싶었는데 역시나였다. 남자는 누구보고 들으라는 건지 "내 이름이 르네요"라며 확인이라도 시켜주듯 말했다. "참 운이 없군……" 하고 나는 궁시렁댔다. 그의 부인은 '르네, 입 좀 다물어요. 다들 성가시게 만들지 말고'라고 말하는 듯한 피곤한 시선으로 그를 쳐다봤다. 순간, 그

가 연상시키는 인물이 누구인지 명확하게 떠올랐다. 발젠* 광고
에 나오는 플뤼스 아저씨였다. 혹은 바로 그가 아닌가 싶기도 했
다. 나는 직접 그의 부인에게 말을 건넸다. 전에 조연으로 연기
한 적이 있었나요? 전혀 아닌걸요, 하고 그녀가 알려주었다. 우
린 돼지고기 장사를 했어요. 아, 그렇군, 그렇게 봐도 썩 잘 어울
리는군. 이 쾌활한 사내가 원래는 돼지고기 장수였단 말이지(부
인의 상세한 설명에 따르면 클라마르 지방에서 장사를 했었단
다). 그러니까 예전에 그 지역 하층민에게 음식을 제공하던 어느
볼품없는 건물에서, 그가 자랑스레 농담에 허풍을 떠벌렸단 말
이로군.

   이어, 앞 커플에 비해 별로 눈에 띄진 않지만, 정체불명의 애
매한 유대감으로 결속되어 있는 듯 보이는 두 커플이 더 있었
다. 이 두 쌍은 이미 함께 여행을 다녀온 적이 있었던 걸까? 아
침식사를 같이하며 서로 알게 된 걸까? 여행의 현 단계에서는
전부 가능한 얘기였다. 이중 첫번째 커플 역시 매우 불쾌한 인
상을 풍겼다. 사내는, 상상의 날개를 펼쳐본다면, 앙투안 배슈
테르**의 젊었을 때 모습을 닮은 듯했다. 그렇지만 밤색 머리에

---

* 독일의 과자 전문 회사.

** 프랑스의 환경보호주의자.

턱수염은 단정하게 깎은 얼굴이었다. 요컨대 앙투안 배슈테르보다는 오히려 로빈 후드를 닮았으며, 스위스적 분위기 혹은 더 자세히 말하자면 쥐라의 산악 지대 분위기를 풍기는 듯했다. 잘라 말하면 딱히 누굴 닮았다기보다는 한마디로 머저리 같아 보였다. 차분하게 멜빵바지 차림을 한 그의 부인이 젖 잘 나오는 암소 같아 보이는 것은 더 말할 것도 없었다. 이미 번식을 하면 했지 안 했을 리 없겠군. 분명 롱 르 솔니에에 사는 부모 집에다 아이 하나를 맡겨두고 온 거겠지. 더 나이가 들어 보이는 두번째 커플은 나이만큼 연륜 있는 차분한 인상을 주진 않았다. 깡말랐으나 기력이 좋아 보이는 체구에 짙은 콧수염을 기르고 있는 사내는 자신을 자연요법 전문가라고 소개했다. 무지한 나를 앞에 두고 그는 식물 등 될 수 있으면 자연물을 가지고 자기 몸을 관리한다고 자세히 설명했다. 무뚝뚝하고 몸매가 호리호리한 그의 부인은, 어떤 부류의 범죄자를 말하는 것인지는 모르겠지만 알자스 지방의 초범들을 사회에 편입시키는 사회복지 부서에서 일하고 있었다. 그들은 성관계를 하지 않은 지 삼십 년은 넘어 보였다. 사내는 나와 자연요법의 장점들에 대해 얘기를 나누고 싶어하는 듯했다. 그렇지만 나는 그 첫 대화에서부터 약간 어리둥절해 있던 터라 근처의 긴 의자로 가 앉아버렸다. 그 자리에서는, 돼지고기 장수 부부가 시야를 반쯤 가리는 바람에 나머지 세

명의 참가자들을 제대로 알아보기 힘들었다. 프티부르주아 타입으로 보이는 로베르라는 이름의 오십대 사내는 묘하게 강한 인상을 풍겼다. 그와 동년배로 검은 곱슬머리에다 얼굴이 심술궂으면서도 신중하고 맥없어 보이는 여자의 이름은 조지안이었다. 마지막 참가자는 더 어려 보이기는 하나 정확히는 모르겠고 아마 스물일곱은 넘지 않았을 것 같은 여자였다. 조지안을 강아지처럼 졸졸 쫓아다녔으며 이름은 발레리라 했다. 흠, 발레리에 대해서는 앞으로 다시 얘기하게 될 것이다. 다시 얘기할 기회야 얼마든지 있지, 하고 나는 관광버스 쪽으로 걸어가며 침울하게 생각했다. 손이 줄곧 승객 리스트를 뚫어져라 바라보고 있는 것이 눈에 띄었다. 그녀의 얼굴은 긴장되어 있었으며 무의식적으로 단어들이 그녀 입 밖으로 튀어나왔다. 그 표정에서 거의 혼란에 가까운 두려움을 읽을 수 있었다. 승객 숫자를 세어보니 인원이 열세 명이었던 것이다. 종종 태국인들은 중국인들보다 미신 숭배 경향이 더 짙다. 그래서 건물의 층계나 번지수를 매길 때, 오로지 13이라는 숫자의 언급을 피하기 위해 12 다음에 14로 넘어가는 경우가 빈번하다. 나는 관광버스 중간쯤에서 통로 왼쪽 자리에 앉았다. 사람들은 이런 식의 단체 이동을 할 때면 꽤 재빠르게 자기 위치를 잡는다. 일찌감치 자기 자리를 잡고 그 자리를 고수하며 몇몇 개인 소지품이라도 늘어놓아야, 말하자면 그 자리를 적극적으로 제 것으로 만들어야 평온한 법이니까.

무척이나 놀랍게도, 발레리가 관광버스 좌석이 사분의 삼이나 비어 있음에도 불구하고 내 옆에 와 앉았다. 두 열 뒤에 앉은 바베트와 레아가 빈정거리는 듯한 몇 마디 말을 주고받았다. 망할 것들, 잠자코 있는 게 좋을 거야. 나는 은밀히 옆자리 젊은 여인에게로 관심을 집중시켰다. 그녀는 긴 검은 머리를 하고 있었고, 잘은 모르겠지만 무난하다고 할 수 있는 얼굴, 정확히 말하자면 그리 예쁜 것도 못생긴 것도 아닌 얼굴이었다. 잠깐 동안 별별 생각을 다 하고서 나는 간신히 입을 열었다. "너무 덥지 않습니까?" "아, 아뇨, 버스 안은 괜찮네요." 그녀는 미소를 짓지는 않았지만, 내가 대화의 물꼬를 텄다는 데에 안도한 듯 재빠르게 대답했다. 정말이지 내 말은 어리석기 그지없었다. 사실 우리는 그 관광버스 안에서 꽁꽁 얼어버릴 지경이었으니까. "이전에 태국에 와본 적 있으세요?" 하며 그녀가 적절하게 대화를 이었다. "네, 한 번 와봤죠." 그녀는 재미난 이야기라도 들으려는 듯이 꼼짝도 않고 내 대답을 기다렸다. 내가 전에 태국에 왔던 이야기를 그녀에게 해줄 참이었던가? 아마 곧바로는 아니었다. "좋았지요……" 하고 결국 나는 시시한 내 답변을 보충할 양으로 열정적인 어조로 말했다. 그녀는 만족스러운 듯 고개를 끄덕였다. 그제야 나는 그녀가 결코 조지안한테 깜빡 죽어 있었던 게 아니라는 것을 알아차렸다. 그녀는 대체적으로 남에게 순종적이었고 새로운 제 주인을 찾아 모실 만반의 준비가 되어 있었다. 두 열 앞에 앉아 우리 쪽으로 심술궂은 시선을 던지며 『무전여행 안내서』를 신경질적으로 뒤적이고 있는 조지안한테는 아마도 벌써 질려버린 듯했다. 낭만은 무슨 놈의 얼어죽을 낭만!

배는 빠얍 페리 선착장을 지나 바로 끌롱 삼센으로 우회전했고, 우리는 새로운 세계로 침입해들어갔다. 지난 세기 이후로 그곳 생활은 거의 변한 게 없는 것 같았다. 기둥 위에다 티크로 만든 집들이 운하를 따라 연이어 늘어서 있었고 차양 아래로는 세탁물이 마르고 있었다. 몇몇 여자들이 창가 쪽으로 몸을 내밀고 우리가 지나가는 것을 지켜보았다. 어떤 여자들은 한창 빨래를 하다 잠시 일손을 멈추기도 했다. 아이들은 물놀이를 하다가 기둥 중간에 매달려 몸을 흔들며 물기를 떨었다. 그러면서 우리에게 힘껏 손을 흔들어 보였다. 도처에 식물들이 널려 있었다. 우리가 탄 카누는 흐드러지게 핀 수련과 연꽃 한가운데를 헤쳐나갔다. 끈질긴 생명력이 우글우글 도처에서 불쑥 나타났다. 대지와 대기와 수중에 빈 공간이 눈에 띌라치면 이내 도마뱀과 나비와 잉어로 뒤덮여버리는 듯했다. 손은 태국이 한창 건기라고 했다. 그렇지만 대기는 물기를 거둬낼 수 없을 정도로 습하기 짝이 없었다.

발레리는 내 옆에 앉아 있었다. 그윽한 평화가 그녀를 둘러싸고 있는 듯했다. 그녀는 발코니에서 파이프 담배를 피우고 있는 늙은이들, 물놀이하는 아이들, 빨래하는 아낙들과 손을 흔들며 인사를 나눴다. 쥐라 지방의 그 자연보호론자 부부 또한 평온해 보였다. 그런가 하면 자연요법 전문가 부부조차도 거반 그래 보였다. 우리 주위로는 미미한 소리와 웃음소리뿐이었다. 발레리가 내 쪽을 돌아봤다. 그녀의 손을 잡고 싶은 마음이 들었다. 그렇지만 별다른 이유 없이 나는 자제하기로 생각을 바꿨다. 배는 더이상 미동도 없었다. 우리는 행복한 오후의 짤막한 영접 속에 머물러 있었다. 바베트와 레아조차도 입을 다물고 있었다. 그녀들은, 조금 뒤 부두에 이르러 레아가 썼던 표현을 빌려 말하자면, 다소 초연한 태도를 취하고 있었다.

다 같이 오로라 사원을 방문하는 동안, 나는 문을 연 약국이 있으면 비아그라를 사야겠다고 머릿속에 메모해두었다. 호텔로 돌아오는 길에 발레리가 브르타뉴 지방 출신이며 그녀의 부모님이 예전에 트레고루아에 농장을 하나 가지고 있었다는 사실을 알게 되었다. 나로 말하자면 그녀에게 마땅히 할 애깃거리를 찾지 못했다. 그녀가 지적으로 보였으나 나는 지적인 대화는 하고 싶은 마음이 없었다. 감미로운 목소리와 가톨릭교인답고 소소하게 느껴지는 그 열정, 말할 때면 눈에 띄는 그녀 입술의 움직임이 마음에 들었다. 분명 그녀의 입은 진정한 친구의 정액을 즉각적으로 삼킬 준비가 되어 있는 화끈한 입임에 틀림없었다. 하지만 결국에 내가 한 말은 실망스럽게도 "오늘 오후, 즐거웠죠?……"였다. 사람들을 너무 멀리하며 지나치게 혼자 있는 데 익숙하게 살아왔기에, 나는 더이상 어떻게 처신해야 할지 몰랐다. "아, 예. 즐거웠죠?……" 하고 그녀가 대답했다. 그녀는 까다롭지 않았다. 정말이지 선량한 여자였다. 그렇지만 관광버스가 호텔에 도착하자마자 나는 서둘러 바로 달려갔다.

석 잔의 칵테일을 마시고 나서야 나는 내 태도를 후회하기 시작했다. 홀을 한 바퀴 둘러보러 나갔다. 오후 다섯시였다. 아직 우리 여행팀 사람들은 아무도 보이지 않았다. 사백 밧만 있으면 원하는 사람은 '태국 전통 무용'을 곁들인 디너쇼에 참석할 수 있었다. 쇼가 시작하는 시각은 오후 여덟시였다. 발레리는 쇼에 참석할 게 틀림없었다. 나로 말하자면 삼 년 전, 쿠오니 사가 제안한 '북부의 장미'부터 '천사들의 도시'까지 태국 고전 투어를 했던지라 그런 태국 전통 무용에 대해서는 이미 피상적으로나마 알고 있었다. 그때의 여행은 뭐 그리 나쁘진 않았지만 가격이 조금 비쌌고 참가자들의 학력이 하나같이 최소 석사 이상이라 교양 떨어대는 것이 혐오스러웠다. 라따나꼬신 시대에 만들어진 서른두 가지 포즈의 불상이며 태국-미얀마, 태국-캄보디아, 태국-태국 양식 등 그들은 정말 모르는 게 없었다. 여행 가이드북 『기드 블뢰』가 있었더라면 그렇게 여행 내내 나 자신이 우스꽝스럽게 여겨지진 않았을 것을. 아무튼 그때 나는 여행에서 녹초가 돼서 돌아왔다. 당장에는 섹스를 하고 싶은 마음이 굴뚝같았다. 점점 더 커지는 망설임에서 벗어나지 못한 채 홀 안에서 원을 그리며 맴돌고 있던 그 순간, 아래층을 가리키는 '헬스클럽' 간판 하나가 눈에 띄었다.

빨간 네온과 주렁주렁 매달린 색색깔의 전구들이 입구를 밝히고 있었다. 하얀 바탕의 조명판에는 가슴을 다소 과장되게 부풀린, 비키니를 입은 세 인어들이 내 쪽을 향해 샴페인 잔을 내밀고 있었다. 원경으로는 어렴풋하게나마 알아볼 수 있게 대충 에펠탑이 그려져 있었다. 요컨대, 머큐어 호텔에 있는 헬스 센터와는 완전히 차원이 달랐다. 안으로 들어가 바에서 버번위스키 한 잔을 주문했다. 유리창 뒤에 있던 열두어 명 정도의 소녀들이 내 쪽으로 고개를 돌렸다. 그 가운데 몇몇은 선정적인 미소를 띠고 있었다. 내가 유일한 손님이었다. 규모가 작은데도 불구하고 소녀들은 동그란 번호판을 달고 있었다. 나는 재빨리 7번을 택했다. 예뻤고 텔레비전 프로그램에 지나치게 관심을 갖는다든지 옆 여자와의 대화에 넋이 빠진 것 같아 보이지도 않았기 때문이었다. 실제로 그녀는 자기 이름이 호명되자 매우 흡족한 표정으로 일어섰다. 바에서 그녀에게 콜라 한 잔을 사주었고, 그러고 나서 우리는 방으로 갔다. 그녀의 이름은 내가 알아들은 대로라면 오옹이었고 태국 북부―치앙마이 옆에 있는 작은 마을―출신이었다. 나이는 열아홉이었다.

함께 목욕을 하고 나서 나는 몸에 비누거품이 가득한 채로 매트리스 위에 길게 드러누웠다. 이내 나는 오옹을 택한 것이 후회 없는 선택이었음을 깨달았다. 오옹은 너무나도 능숙하고 부드럽게 움직였다. 물론 그녀가 딱 알맞게 충분히 비누칠을 한 것이었다. 어느 순간 그녀는 가슴으로 내 엉덩이를 한참 동안 애무했다. 그녀만의 창의적인 발상이었다. 모든 여자들이 그렇게 하진 않으니까. 비누칠이 제대로 된 그녀의 음부가 거친 작은 솔처럼 나의 장딴지를 비벼댔다. 놀랍게도 내 페니스는 곧장 일어섰다. 그녀가 나를 바로 누이고 발로 페니스를 애무하기 시작했을 때는 더이상 못 참겠다는 생각마저 들었다. 엉덩이의 벌림근이 딴딴해지도록 불끈 힘을 주는 엄청난 노력 끝에 간신히 참아냈다.

침대에서 그녀가 내 위로 올라왔을 때, 나는 내가 아직은 한참 동안 견뎌낼 수 있으리라고 생각했다. 그러나 그런 기대는 이내 물거품이 되고 말았다. 새파랗게 어리다고는 했지만 그녀는 자기 음부를 어떻게 쓰는지 너무나도 잘 알고 있었다. 처음에는 매우 부드럽게, 귀두쯤에 머물며 조금씩 여러 차례 수축했다. 이어 좀더 힘을 주어 조이면서 몇 센티미터 아래로 내려갔다. "오, 안 돼, 오옹, 그만!……" 하고 나는 소리쳤다. 그녀는 자기 능력에 만족하여 웃음을 터뜨렸고, 세차게 그러면서도 느릿느릿 질의 외벽을 수축하며 계속 내려갔다. 그와 동시에 그녀는 장난기가 역력한 표정으로 내 눈을 쳐다보았다. 그녀가 내 음경 뿌리에 이르기 한참 이전에 나는 오르가슴에 도달하고 말았다.

우리는 침대 위에서 서로를 끌어안은 채 잠깐 이야기를 나눴다. 그녀는 무대 위로 되돌아가는 것에 그다지 조급해하지 않는 듯했다. 손님이 많지 않아, 하고 그녀가 말했다. 그곳은 경험할 건 다 해봐서 웬만한 것에는 시큰둥한 그저 그런 여행객들이 막판에 들르는 호텔이었다. 프랑스인들이 많이 오긴 하지만, 보디 마사지를 좋아하는 사람은 드문 것 같았다. 마사지를 받으러 오는 이들은 점잖은 편인데, 대개가 독일과 호주 사람들이었다. 가끔 일본인들도 오는데, 오옹은 그들을 별로 좋아하지 않았다. 그들은 이상했다. 늘 때리거나 끈으로 묶으려 했고, 아니면 그냥 그녀의 신발만 바라보면서 그 자리에서 용두질을 했다. 그럼 득될 게 아무것도 없었다.

그렇다면 그녀는 나에 대해 어떻게 생각하고 있었을까? 싫어하진 않았을 것이다. 다만 내가 좀더 오래 끌길 바랐을 것이다.
"좀더……" 하고 그녀는 자기 손가락 사이에서 이미 쭈그러들
어 있는 내 물건을 가만가만 흔들며 말했다. 하긴 내가 그녀에게
친절한 사람이라는 인상을 준 것 같긴 했다. "당신은 조용한 사
람……" 하고 그녀가 말했다. 그렇게 본다면 약간은 착각한 거
다. 하지만 어쨌거나 그녀가 내게 평안을 되찾아줬던 것은 사실
이다. 나는 그녀에게 삼천 밧을 줬다. 지난 기억에 의하면 그 정
도면 적당한 가격이었다. 그녀의 반응으로 역시 그렇다는 것을
알 수 있었다. "컵 쿤 카(감사합니다)!" 그녀는 이마께로 두 손
을 올리고 함지박 미소를 지으며 말했다. 그러고 나서 내 손을
잡고 나를 출구까지 데려다주었다. 문 앞에서 우리는 서로의 뺨
에 여러 차례 키스하며 인사를 나누었다.

　계단을 오르다 조지안과 정면으로 마주쳤다. 언뜻 보아 그녀
는 내려갈까 말까 망설이고 있는 듯했다. 그녀는 저녁 파티용 복
장으로 가장자리가 금박으로 장식된 까만 튜닉을 입고 있었다.
하지만 그렇게 입었어도 그녀에게는 전혀 호감이 가지 않았다.
기름기로 번들거리는 그 지적인 얼굴이 흔들림 없이 나를 응시
했다. 방금 머리를 감고 나온 모양이었다. 못생긴 얼굴은 아니었
다. 암, 아니지. 그녀를 미인으로 볼 수도 있을 터였다. 원한다면
그녀를 예쁘게 볼 수도 있었을 것이다. 나로 말하자면 예전에는

68

그녀 타입의 레바논 여자들을 높이 샀던 적도 있었으니까. 그렇지만 그녀는 원체 표정이 심술궂어 보였다. 그녀가 그 어떤 것이든 자신의 정치적 의견이 어떻다고 거침없이 떠들어대는 모습은 상상이 되고도 남았다. 요컨대 그녀에게서는 눈곱만큼의 동정심도 찾아볼 수 없었다. 또한 그녀에게 별로 할말도 없었다. 나는 고개를 숙였다. 약간 거북스러웠는지 그녀가 말문을 열었다. "아래층에 재미난 거라도 있나요?" 나는 너무나도 짜증이 나서 하마터면 "매춘 바요"라고 대답할 뻔했다. 그렇지만 결국에는 거짓말을 하고 말았다. 그게 더 간단하니까. "아뇨, 잘 모르겠군요. 미용실 같은 게 있나……"

"디너쇼에는 안 가셨군요……" 하고 망할 년이 알은체를 했다. "댁도 마찬가지 아닌가요?……" 하고 나는 잽싸게 되질렀다. 이번에는 그녀가 대답하기를 주저하더니 이렇게 점잔을 뺐다. "어, 네, 저는 그런 거 별로 안 좋아해요." 그러고는 이어 무슨 라신 극에 나오는 배우처럼 과장되게 팔을 움직여대며 말했다. "너무 관광용이라는 티가 나잖아요." 이게 대체 무슨 소리야? 모든 게 다 관광거리인걸. 고놈의 아가리에 주먹을 한 방 날려주고 싶은 것을 한번 더 참았다. 나는 인내심을 발휘할 필요가 있었다. 필요할 경우면 과격하기도 했던 서간문 작가 성 제롬, 그 또한 상황에 따라 어쩔 수 없게 되면 기독교적인 인내심의 미덕을 내보일 줄 알았다. 바로 그런 까닭에 그가 오늘날까지도 대성인, 교회의 학자로 여겨지고 있는 것이다.

그녀는 태국 전통 무용을, 자기가 내심 비도송* 취급하고 있는 조제트와 르네 같은 사람이나 좋아할 것이라고 했다. 께름칙하게도 그녀는 나를 자기편으로 끌어들이고 싶어했다. 사실 이제 곧 여행이 태국 내륙 지방으로 접어들게 되면 우리는 식사때마다 두 테이블로 나뉘어 앉게 된다. 따라서 이제 자기편을 택해야 할 때였다. "에, 저, 그럼……" 하고 나는 한참 만에 입을 열었다. 바로 그 순간, 기적처럼 우리 위쪽으로 로베르가 나타났다. 그는 층계를 지나가려 하고 있었다. 나는 계단 몇 개를 성큼성큼 올라 민첩하게 그 자리에서 빠져나왔다. 서둘러 식당 쪽으로 달려가 문턱에 들어서기 바로 직전, 뒤를 돌아보았다. 조지안은 여전히 꼼짝도 않고 서서, 별안간 발걸음을 돌려 마사지 룸 쪽을 향해 가는 로베르를 뚫어져라 바라보고 있었다.

바베트와 레아는 샐러드 바 근처에 있었다. 나는 선메꽃 줄기를 그릇에 덜기 전에 최소한의 인사치레로 고개를 까딱해주었다. 그녀들 역시 태국 전통 무용을 조잡하다고 보는 것임이 틀림없었다. 내 테이블로 오다 보니, 두 염병할 것들이 몇 미터 거리

---

* 프랑스어로 '멍청한 프랑스인'이라는 경멸적인 뜻.

에 앉아 있었다. 레아는 'Rage against the machine'이 새겨진 티셔츠와 무릎까지 내려오는 꼭 들러붙는 청 반바지를 입고 있었고, 바베트는 안감 없이 여러 색깔의 비단 띠와 투명한 부분이 번갈아 이어진 옷을 입고 있었다. 그녀들은 언뜻 듣기로 뉴욕에 있는 몇몇 호텔들을 언급하며 정신없이 수다를 떨고 있었다. 저런 여자들과 결혼한다는 건 분명 끔찍한 공포일 거라는 생각이 들었다. 테이블을 다시 옮겨도 될까? 아니, 그렇게 하기는 좀 뭐했다. 나는 적어도 그녀들에 등을 돌리고 있기라도 할 양으로 맞은편에 있는 의자에 앉았고, 신속하게 식사를 해치운 뒤 침실로 올라갔다.

욕조에 들어갈 준비를 하는데 바퀴벌레 한 마리가 나타났다. 내 생애 바퀴벌레 같은 우울함*이 치밀어드는 순간이었다. 그러니까 바퀴벌레가 딱 적절한 순간에 출현한 것이었다. 그 조그만 녀석은 재빨리 타일 위로 도망쳤다. 나는 눈으로 슬리퍼 짝을 찾았다. 그렇지만 내심 내가 그놈을 짓뭉개버릴 가능성은 거의 없다는 것을 알고 있었다. 싸워 뭐하겠는가? 기가 막힐 정도로 신축성 좋은 질을 가진 오옹도 별수없었을 것이다. 우리는 그렇게 공존하며 살아갈 수밖에 없다. 바퀴벌레들은 볼품없이, 이렇다

---

* 프랑스어에서는 우울함을 바퀴벌레에 비유한다.

할 즐거움도 모른 채 짝짓기를 한다. 그렇지만 그놈들의 짝짓기는 이루 헤아릴 수 없으며 유전자 이전도 재빠르게 진행된다. 따라서 이런 바퀴벌레에 맞서 우리는 무능할 수밖에 없다.

옷을 벗기 전에 또 한번 오옹, 그리고 태국의 모든 매춘 여성들에게 경의를 표했다. 그 여자들이 하는 일은 쉬운 일이 아니었다. 분명, 상대할 만한 신체적 조건을 갖추고 점잖게 협력하여 즐길 것만을 요구하는 선량한 사내를 손님으로 맞는 일이 그리 흔하진 않을 테니까. 일본인들은 들먹일 가치도 없다. 생각만으로 온몸이 부르르 떨렸고, 『무전여행 안내서』를 움켜쥐었다. 바베트와 레아는 태국의 매춘부처럼 할 수 없을 거라는 생각이 들었다. 그녀들은 그럴 인물이 못 된다. 발레리는 그럴 수도 있을 것 같았다. 그녀에게는 약간은 가정주부 같기도 하고 약간은 요부 같기도 한 무언가가 잠재되어 있는 듯했다. 현재까지로 보아서는 유독 친절하고 상냥하고 진지한 여자였다. 또한 지적이기도 했다. 발레리만큼은 내 마음에 들었다. 나는 편안한 마음으로 책을 읽기 위해 가볍게 자위 행위를 했다. 몇 방울이 떨어졌다.

『무전여행 안내서』는 태국 여행의 준비 요령을 알려주겠다고 해놓고서, 실제로는 아주 엄격한 신중함을 내보이며 머리말에서부터 섹스 관광을 추한 노예제도로 매도하고 비난해야 한다는 의무감에 사로잡힌 듯했다. 요컨대 이 안내서의 저자들은, 관광객들을 증오하며 그것도 모자라 그들의 소소한 마지막 즐거움까지도 망쳐버리는 것을 유일한 목표로 삼고 있는 불평꾼들이다. 게다가 이 안내서의 군데군데에서 발견되는, "오, 마담, 히피 시대에는 태국이 어떠했는지를 아신다면!……" 하는 식의 비꼬는 문장들만 보더라도 그들이 마음에 들어하는 것은 아무것도 없다는 것을 알 수 있다. 가장 고약한 것은 분노를 억누르느라 부들부들 떠는, 그 차분하면서도 엄하고 단호한 어조였다. "지나치게 수줍어해서 이러는 게 아니다. 파타야*는 싫다 이 말이다. 거긴 정말 너무 지나치다." 좀더 뒷부분에서는, 어린 태국 소녀들을 데리고 으스대는 "배불뚝이 서구인들" 얘기를 덧붙이고 있었다. 그들은 그런 인간들이 "진절머리나게 구역질난다"는 것이었다. "이 책을 위해 도움을 준 멋진 친구들"은 바로 인도주의적인 신교도라고 하는 얼간이들이었다. 이들의 낯짝은 친절하게도 안내서 후기에 올려져 있었다. 그 책자를 힘껏 방구석에 던져버렸고, 그것은 소니 텔레비전을 가까스로 비껴갔다. 나는 체념한 채 존 그리샴의 『그래서 그들은 바다로 갔다』를 주워들었다. 미국의 베스트셀러로 손꼽히는, 말하자면 가장 잘 팔리는 책 중 하나였다. 명석하고 잘생긴 주인공은 앞날이 창창한 젊은 변호사

---

* 태국 동부의 휴양지로, 세계적인 매매춘 지역으로 알려져 있다.

로 주당 여든 시간을 일했다. 이 빌어먹을 책은 추잡한 부분까지 미리부터 시나리오화되어 있을 뿐만 아니라 주인공 역은 당연히 톰 크루즈가 맡을 것으로 앞서 캐스팅까지 염두에 뒀다는 느낌이 든다. 일하는 시간이 주당 스무 시간밖에 되지 않지만 주인공의 아내도 꽤 능력 있는 여자다. 반면 이 역할에는 니콜 키드먼이 어울리지 않았다. 그건 곱슬머리 여자보다는 드라이로 머리를 돌돌 만 여자한테 어울리는 역이다. 새끼 멧비둘기 같은 이 젊은 커플에게 아이가 없다는 건 다행이다. 아이로 인해 생겨나는, 끔찍스럽게 거슬리는 장면들을 피할 수 있으니까. 서스펜스가 있는 이야기, 요컨대 다소 완화된 서스펜스가 있는 이야기였다. 2장부터는 회사의 경영진이 돼먹지 못한 놈들이라는 것이 분명해진다. 주인공이 마지막에 죽지 않으리라는 건 뻔할 뻔 자다. 아내도 물론 안 죽는다. 다만 작가는 내용에 진실성을 가미하기 위해 간간이 조연급 인물 중 호감 가는 몇몇을 희생시킬 것이다. 따라서 남은 문제는 누가 희생될 것인가 하는 점이었고, 이것을 알아냄으로써 독서의 가치가 있었다. 아마도 주인공의 아버지일 수 있겠지. 그가 재고를 극소화하는 경영방식에 적응해나가지 못해 사업이 난관에 봉착해 있었으니까. 추수감사절 얘기가 쓰여 있는 페이지를 읽으면서 나는 그것이 그가 맞는 마지막 추수감사절일 거라는 생각이 들었다.

6

발레리는 유년 시절을 갱강에서 북쪽으로 몇 킬로미터 떨어진 트레메뱅이라는 마을에서 보냈다. 7, 80년대 초, 정부 및 지방자치단체들은 브르타뉴 지방에 영국과 덴마크와 겨룰 수 있을 만한 대규모 돼지고기 생산단지를 조성하겠다는 야심을 품고 있었다. 집약적 생산단지를 개발한다는 데 고무된 젊은 양돈업자들—발레리의 아버지도 이들 가운데 하나였다—은 크레디 아그리콜 은행에 엄청난 빚을 졌다. 1984년 들어 돼지고기 가격은 폭락하기 시작했다. 발레리 나이 열한 살 때였다. 발레리는 차분하고 혼자 있기를 좋아하는 착실한 학생으로, 갱강 공립중학교 1학년에 올라갈 준비를 하고 있었다. 그녀의 오빠 역시 모범생으로 대입자격시험을 막 통과하고, 렌 고등학교의 농학 그랑제콜 준비 과정에 등록한 상태였다.

발레리는 1984년 크리스마스이브 날 밤을 기억하고 있었다. 그녀의 아버지는 그날 하루종일 농업인조합 국립연맹의 회계원과 있었다. 거의 크리스마스 성찬 내내 아버지는 침묵으로 일관했다. 디저트가 나올 때쯤, 그는 샴페인을 두 잔 들고 아들에게 말을 건넸다. "너한테 농장을 물려받아 계속 일하라고는 못하겠구나. 동트기 전부터 일어나 저녁 여덟시, 아홉시가 되도록 일하고 산 지 올해로 이십 년째란다. 네 어머니하고 휴가라는 걸 떠나본 적이 단 한 번도 없었지. 이제 기계며 축사는 농장과 함께 몽땅 팔아버리고 별장 같은 데다 투자나 하면 될 게야. 그러면 햇살 아래 드러누워 여생을 보낼 수 있을 테지."

그후로도 몇 년간 돼지고기 가격은 폭락세를 거듭했다. 희망을 잃어버린 농민들의 격렬한 시위가 발생했다. 여러 톤의 가축 분뇨가 앵발리드 기념관 광장 위로 쏟아부어졌고, 팔레 부르봉* 앞에는 도살된 돼지 몇 마리가 널렸다. 1986년 말, 정부는 긴급히 지원 방안을 마련하기로 결정하고 이어 축산업자들을 위한 부양책을 발표했다. 1987년 4월, 발레리의 아버지는 대략 사백만 프랑 남짓한 가격으로 농장을 팔았다. 그 돈을 갖고 그는 생 케 포

---

* 프랑스 국회의사당.

르트리외에 큰 아파트를 마련하고 토레몰리노스에다 스튜디오를 세 채 샀다. 그러고도 남은 백만 프랑은 신탁증서를 사는 데 투자했다. 또한 어린 시절 꿈이었던 작은 범선을 사들이기도 했다. 씁쓸함과 약간의 혐오감을 느끼며 그는 매도 증서에 서명했다. 농장의 새 주인은 막 농업 공부를 마친, 라니웅 지방 출신의 스물세 살 먹은 미혼의 젊은 청년이었다. 그 젊은이는 여전히 정부의 부양책을 신뢰하고 있었다. 당시 발레리의 아버지는 마흔여덟, 어머니는 마흔일곱이었으니, 그들은 인생의 황금기를 별 희망도 없는 일에 고스란히 바친 셈이었다. 그들이 사는 나라는 생산적인 투자가 투기에 비해 실질적으로는 아무런 득이 되지 않는 그런 곳이었다. 그녀의 아버지는 이 사실을 그제야 깨달았던 것이다. 첫해부터 스튜디오의 집세로 얻은 수익은 그가 수년 동안 일해 얻은 수익보다 많았다. 그는 낱말 맞추기에 재미를 붙였고 만(灣)으로 나가 배를 타거나 때로 낚시 모임에 참가하기도 했다. 또 그의 부인은 새로운 생활에 훨씬 더 쉽게 적응하여 다시 독서와 영화 감상, 외출에 취미를 붙이게 되었고, 남편에게 큰 힘이 되어줬다.

농장을 팔 당시, 발레리는 열다섯 살로 막 화장을 시작할 나이였다. 그녀는 욕실에 있는 거울로 점점 커져가는 자기 가슴을 유심히 관찰하곤 했다. 이사 전날, 그녀는 한참 동안 농가 건물들 사이를 산책했다. 제일 큰 외양간에 아직까지 남아 있던 십여 마리의 돼지들이 다정스레 꿀꿀거리며 그녀에게로 다가왔다. 그날 저녁이면 그놈들은 소매상에게 끌려가 머지않아 도살될 것이었다.

그후 찾아온 여름은 이상한 시기였다. 트레메뱅에 견주어볼 때 생 케 포르트리외는 자그마한 도시라 할 수 있었다. 집을 나서면, 그녀는 이제 더이상 풀밭에 길게 드러누워 있거나 구름 가는 대로 혹은 강물 흐르는 대로 이리저리 상념에 내맡길 수 없게 되었다. 그러니까 이전처럼 완벽하게 휴식을 취할 수 없게 된 것이었다. 8월 말경 그녀는, 생 브리외의 고등학교에 함께 진학하게 될, 공립중학교에 다니는 베레니스라는 소녀를 알게 되었다. 베레니스는 그녀보다 한 살이 더 많았다. 그래서 이미 화장도 하고 고급스러운 치마를 입고 다녔다. 얼굴은 턱이 뾰족하고 예쁘장했으며, 머리칼은 매우 긴데다 다소 붉은 기가 도는 보기 드문 금발이었다. 그녀들은 생트 마르그리트 해변을 함께 거닐곤 했다. 그렇게 산책길을 나서기에 앞서 둘은 늘 발레리의 방에서 옷을 갈아입었다. 어느 날 오후, 발레리는 브래지어를 벗다가 자기 가슴을 쳐다보고 있는 베레니스와 시선이 마주쳤다. 그녀 자신도 자기가 동그랗고 처지지 않은 기막히게 멋진 가슴, 너무나도 탄력 있게 부풀어올라 마치 인공적으로 만든 것처럼 여겨지는 그런 가슴을 가졌다는 것을 알고 있었다. 베레니스는 손을 뻗어, 그녀의 둥그런 가슴선과 유두를 슬며시 만졌다. 발레리는 베레니스의 입술이 자기 입술로 다가오는 순간, 입술을 포개고 눈을 감았다. 그러고는 키스에 입술을 완전히 맡겨버렸다. 베레니스가 한 손을 그녀의 팬티 안으로 슬며시 집어넣었을 때, 그녀의 음부는 이미 촉촉이 젖어 있었다. 그녀는 다급히 팬티를 벗고 침대 위에 쓰러지듯 몸을 던져 두 다리를 벌렸다. 베레니스는 그녀 앞에 꿇어앉아 그녀의 음부에 입을 갖다댔다. 배 위로 뜨거운 경련이 일었고, 온정신이 무한한 천상의 공간으로 빠져드는 듯한 느낌을 받았다. 그러한 즐거움이 있으리라고는 단 한 번도 생각조차 해보지 못했던 것이다.

그녀들은 개학날까지 매일같이 그 일을 반복했다. 첫번째는 오후가 시작될 무렵, 해변에 가기 전이었다. 그러고 나서 함께 햇살 아래 길게 누웠다. 발레리는 점차 욕망이 살갗 속에서 꿈틀거리며 올라오는 것을 느꼈고 베레니스의 눈에 가슴이 보이도록 수영복 상의를 벗었다. 그녀들은 거의 뛰다시피 방으로 돌아가, 또 한번 사랑을 나눴다.

개학 첫 주부터 베레니스는 발레리를 멀리했고 함께 하교하는 것도 피했다. 그리고 얼마 지나지 않아 한 남학생과 사귀기 시작했다. 발레리는 별 슬픔도 느끼지 못한 채 베레니스와의 이별을 받아들였다. 마땅히 그렇게 되어야 하는 법이었으니까. 아침이면 잠에서 깨어나 자위를 하는 것이 그녀의 습관이 되었다. 매번 몇 분 만에 오르가슴에 도달하곤 했다. 정말이지 그것은 그녀의 하루를 즐거움 속에 놓아두는, 그녀 안에서 이루어지는 쉽고도 경이로운 하나의 일과였다. 그녀는 사내들에 대해서는 더욱 조심스러워했다. 〈핫 비디오〉 몇 부를 기차역 가판 매점에서 산 이후로, 사내들의 신체 구조, 생식기, 여러 성관계 유형 등에 대해 훤히 알게 되었다. 그렇지만 그들의 털, 그들의 근육에 대해서는 슬그머니 혐오감이 들 뿐이었다. 또 사내들의 피부는 두툼하고 거칠어 보였다. 쭈글쭈글하고 갈색빛 도는 불알의 살갗, 신체 내부를 적나라하게 까발려놓은 것처럼 생긴, 발갛게 맨들거리는 포경수술한 귀두…… 특별히 매력적인 것은 아무것도 없었다. 어쨌거나 그녀는, 팽폴의 나이트에서 열린 저녁 파티가 끝난 후, 마침내 덩치 큰 금발의 고3 남학생과 같이 자게 되었다. 그렇지만 그녀는 별로 즐겁지 않았다. 고등학교 2, 3학년을 보내는 동안, 여러 차례 또다른 남학생들과 관계를 가졌다. 사내들을 유혹하는 건 쉬웠다. 미니스커트를 입고 다리를 꼬고 앉아, 가슴이 두드러져 보이도록 파이거나 투명한 천으로 된 블라우스를 입기만 하면 되었다. 하지만 그런 경험 가운데 그녀가 실제로 매혹

되었던 적은 단 한 번도 없었다. 그녀는 일부 여자들이 자기네의 그 은밀한 곳 깊숙이 페니스가 삽입될 때 갖게 되는, 달콤하면서도 성취감이 느껴지는 감정이 무엇인지를 머리로는 깨닫게 되었다. 그렇지만 실제로는 그와 유사한 어떤 감정도 느껴보지 못했다. 콘돔은 정말이지 아무짝에도 도움이 되지 않았다. 라텍스 때문에 반복적으로 자그맣게 생겨나는 그 물컹한 소리는, 줄곧 그녀를 현실에 붙들어두었고 그녀의 정신이 관능적인 감각의 무한대로 빠져들지 못하게 만들곤 했다. 대입자격시험을 치를 무렵에는 성관계를 더이상 하지 않게 되었다.

그후 십 년이 지난 지금까지 정말 제대로 관계를 가져본 적이 없네, 하고 그녀는 생각했다. 방콕 팰리스 호텔 방에서 잠을 깬 그녀는 우울해졌다. 아직 동이 트지 않은 시각이었다. 그녀는 천장등을 켜고 거울에 비친 자기 몸을 쳐다보았다. 열일곱 살 이후로는 변한 게 없는 그녀의 가슴은 여전히 탄력적이었다. 엉덩이 역시 비곗살이라곤 없이 동그랗고 탱탱했다. 두말할 필요도 없이 그녀의 몸은 매우 아름다웠다. 그렇지만 아침식사를 하러 내려가기에 앞서 그녀가 걸친 옷은 헐렁헐렁한 티셔츠와 모양 없이 무릎까지 내려오는 반바지였다. 방문을 닫고 나오기 전에 한 번 더 거울을 들여다봤다. 그녀의 얼굴은 평범한 편에 그저 유쾌해 보이는 정도였고, 어깨 위로 아무렇게나 내려뜨린 검은 생머리도, 짙은 갈색 눈도 실제 별다르게 매력 있어 보이지는 않았다. 분명 그녀는 화장을 한다거나 색다르게 모자를 쓴다거나 스타일리스트에게 자문을 구한다거나 해서 그런 부분들을 좀더 돋보이게 할 수도 있었다. 그녀 또래의 여자들은 대부분 적어도 주당 몇 시간을 그런 일에 바친다. 그렇지만 그녀는 그렇게 한다고 해서 무언가가 크게 달라질 거라고 생각하지 않았다. 사실 그녀에게 결핍되어 있는 것은 유혹하고자 하는 욕망이었다.

우리는 아침 일곱시에 호텔을 떠났다. 벌써 통행하는 차들이 꽤 많았다. 발레리는 내게 고개를 까딱하며 인사하고 나서 나와 같은 열, 통로 건너편에 앉았다. 관광버스 안에서는 아무도 입을 열지 않았다. 거대한 회색 도시가 천천히 깨어나고 있었다. 남녀가 쌍쌍이 스쿠터를 타고 만원 버스들 사이를 쏜살같이 달리고 있었다. 그들 중에는 품에 아기를 안은 여자들도 있었다. 강 근처에 있는 몇몇 골목길에는 여전히 옅은 안개가 끼어 있었다. 곧 해가 아침 구름을 뚫고 대기를 후끈하게 달굴 것이다. 논타부리쯤에 이르자 시가지가 듬성듬성해지고 논이 눈에 띄기 시작했다. 진흙탕에서 꿈쩍 않고 있던 물소들이 꼭 암소들처럼 관광버스를 눈으로 좇고 있었다. 쥐라 지방의 자연보호론자 부부 쪽에서 발 구르는 소리가 들리는 듯했다. 분명 그들은 물소 사진을 두세 장 찍고 싶었을 것이다.

버스가 처음 멈춘 장소는 깐짜나부리. 가이드들이 한결같이 활기차고 유쾌한 분위기를 강조해 말하는 도시였다. 『미슐랭 가이드』는 그곳을 "주변 고장들을 둘러보기에 딱 좋은 출발 지점"으로 얘기하고 있고, 『무전여행 안내서』는 "괜찮은 베이스캠프"라고 평가한다. 여행의 다음 일정에는 꽈이 강을 따라 구불구불 나 있는 죽음의 철길을 몇 킬로미터 둘러보는 것이 포함되어 있었다. 꽈이 강에 대한 얘기는 제대로 이해하고 알아들은 적이 없었던 터라 나는 가이드의 설명을 귀기울여들으려 했다. 또 다행스럽게도, 『미슐랭 가이드』를 갖고 있던 르네가 혹 설명이 잘못됐다 싶으면 정정해줄 태세를 하고 가이드의 얘기를 쭉 경청하고 있었다. 요약해본다면 1941년 전쟁에 뛰어든 일본은 싱가포르와 미얀마를 연결하기 위해—장기적으로는 인도를 침범할 목적으로—철도를 건설하기로 결정했다. 철로는 말레이시아와 태국을 통과해야 했다. 그렇다면 2차세계대전 당시 태국인들은 대체 무얼 한 겁니까? 사실, 별로 대단하게 한 건 없다고, '중립'을 지켰다고 손이 내게 다소곳이 알려주었다. 르네의 보충 설명에 의하면, 실제 그들은 일본과 군사협정을 맺었으면서도 연합군에게 전쟁을 선포하진 않았다고 한다. 그것은 현명한 방법이었다. 그들은 다시 한번 그 교묘한 정신을 내보인 거였고, 이로써 이백여 년 동안 강대국 프랑스와 영국의 제국주의 틈바구니에서 꼼짝 못하면서도 어느 국가에도 항복하지 않고, 동남아시아에서는 유일하게 단 한 번도 식민 치하에 놓이지 않은 국가로 존재할 수 있었던 것이다.

어찌됐든 간에 1942년, 육만 명에 달하는 영국과 호주, 네덜란드, 미국의 전쟁 포로들과 '헤아릴 수 없이 많은' 아시아인들이 강제로 동원되어, 콰이 강 위에서 철도 건설공사가 시작되었다. 1943년 10월, 철도는 완공되었지만, 만 육천 명의 전쟁 포로들이 목숨을 잃었다. 식량 부족과 열악한 기후, 일본인들 특유의 잔악성을 생각해볼 때 그럴 법한 일이다. 얼마 지나지 않아 연합군의 폭격으로 핵심적인 군수시설인 콰이 강 다리가 파괴되었고, 이로써 철도는 사용이 불가능하게 되었다. 요컨대 결국 아무 짝에도 쓸모없게 될 것을 위해 숱한 이들이 목숨을 잃은 것이었다. 그후로 상황은 거의 변화된 게 없었다. 그러니까 싱가포르와 델리를 제대로 잇는 철도 건설은 여전히 불가능한 상태였다.

연합군 포로들이 겪었던 끔찍스러운 고통들을 잊지 않도록 하기 위해 건립된 제스 박물관을 둘러보기 시작했을 때, 나는 약간 비탄에 빠져 있었다. 이 모든 게 정말 참 애석하다 싶은 생각이 들었다. 그렇지만 2차세계대전 동안 이보다 더한 일도 있었다.

나는 포로들이 폴란드나 소련 사람들이었더라면 그런 박물관 따위는 없었을 거라는 생각을 하지 않을 수가 없었다.

잠시 후에는 연합군 전쟁 포로들—어떤 면에서 보면 궁극적인 희생을 했다고 볼 수 있는 이들—의 묘지를 방문해야 했다. 하나같이 똑같이 생긴 하얀 십자가들이 가지런히 줄지어 있었다. 그런 곳에서 발산되는 건 구렁텅이 같은 권태였다. 오마하 비치가 생각났다. 그곳도 역시 내게는 별반 감동적이지 않았다. 솔직히 말해 오마하 비치를 봤을 때는 오히려 현대 예술 작품들을 늘어놓은 게 아닌가 싶은 생각이 들었으니까. 슬픔이라고 말하기엔 불충분하지만 아무튼 미약하나마 측은한 감정으로 나는 생각했다. '여기 한 무더기의 바보 천치들이 민주주의를 위해 죽어 있는 게로군.' 이른바 콰이 강의 묘지라고 하는 그곳은 규모가 매우 작아서 무덤들을 세어보려면 세어볼 수도 있을 정도였다. 그렇지만 나는 이내 실행에 옮기기를 포기했다. 그러면서도 "만 육천은 안 될 거야……" 하고 큰 소리로 셈을 해버렸다. "정확해요!" 하고 줄곧 『미슐랭 가이드』를 들고 있던 르네가 내게 알려줬다. "사망자의 수는 만 육천 명으로 추정된답니다. 하지만 이 묘지에는 무덤이 오백여든두 개뿐이지요. 이들을 가리켜 (그는 손가락으로 가이드북을 한 줄 한 줄 짚어가며 읽었다) '오백여든두 명의 민주주의 순교자'라고들 한답니다."

열 살 적, 스키 학교에서 중급 코스 합격증을 따고, 과자점에 가서 그랑 마르니에 리큐어가 들어 있는 크레이프를 실컷 먹은 적이 있었다. 혼자만의 작은 파티였다. 내겐 그런 기쁨을 함께할 친구가 없었으니까. 매년 같은 때면 샤모니에 있는 아버지 집에서 머물렀다. 아버지는 산악 가이드이자 자타가 공인하는 등산가였다. 아버지의 친구들은 아버지와 비슷하게 용감하고 남자다웠다. 그래서 나는 그들 틈에 있으면 기분이 좋지 않았다. 남자들 틈에 있으면서 기분좋았던 적은 한 번도 없었다. 처음으로 여자아이가 내게 자기 음부를 보여준 것은 내 나이 열 살 때였다. 보자마자 나는 경탄을 금치 못했고, 묘하게 갈라진 그 작은 기관에 홀딱 반해버렸다. 그애 이름은 마르틴이었고 내 또래여서 체모가 많지 않았다. 그애는 내가 볼 수 있도록 팬티를 들추고 한참 동안 넓적다리를 벌리고 있었다. 그렇지만 내가 손을 가까이 가져가려 하자 겁을 먹고 도망쳐버렸다. 그 모든 것이 꼭 바로 얼마 전의 일처럼 여겨졌고 그 당시와 비교해 난 별로 변한 게 없는 것 같았다. 그 은밀한 곳을 향한 내 열정은 줄어들지 않았으며 심지어 내게 남아 있는 순수한 인간적인 면들 중 하나가 바로 거기에 있다고 생각하고 있었다. 그렇지만 나의 나머지 인간적인 면모에 대해서는 더이상 그다지 잘 알지 못했다.

우리가 관광버스에 올라타자 잠시 후 손이 오늘 저녁 묵을 숙소로 간다고 말했다. 그리고 강조해 덧붙였다. "이 숙소, 아주 특별한 곳이에요. 텔레비전도 비디오도 없어요. 전기 대신 초, 욕실 없고 강물을 써요. 매트리스 대신 돗자리. 완전히 자연으로 돌아가요." 자연으로의 회귀라, 나는 이 말을 머릿속에 메모해뒀다. 자연으로의 회귀는 일련의 박탈인 듯했다. 쥐라의 자연보호론자 부부—관광 도중 어느 결에 이들의 이름이 에릭과 실비라는 걸 알게 됐다—는 빨리 가고 싶어 안달을 하며 좋아 어쩔 줄 몰라했다. "오늘 저녁 프랑스 요리" 하고 손은 앞서 한 얘기와 무관하게 말을 맺었다. "우린 지금 태국 음식 먹어요. 작은 식당. 강가에 있어요."

식당은 무척 매력적인 곳이었다. 나무가 테이블에 그늘을 만들어주었다. 환하게 해가 비추고 있는, 입구 근처의 연못에는 거북이들과 개구리들이 있었다. 한참 동안 개구리들을 관찰했다. 그런 기후에서도 놀랍게도 생명체가 번식한다는 사실에 또 한번 충격을 받았다. 희끄무레한 물고기들이 물속에서 헤엄치고 있었다. 좀더 수면 가까이에는 수련과 물벼룩이 있었다. 곤충들이 끊임없이 날아와 수련 위에 머물렀다. 거북이들 역시 그네들의 평온한 자태로 이 모든 것을 지켜보고 있었다.

손이 내게 와서 식사가 시작되었다고 알려주었다. 나는 강가의 식당 쪽으로 걸어갔다. 6인용 테이블이 두 개 차려져 있었는데, 자리가 꽉 차 있었다. 슬며시 겁에 질린 눈으로 주변을 둘러보자 르네가 재빨리 나를 구제해주었다. "괜찮아요. 우리 테이블로 오세요! 요 끝에 한 자리 더 만들면 되죠." 그는 인심 좋게 말했다. 그렇게 해서 나는 그야말로 커플끼리만 앉은 것으로 보이는 테이블에 앉게 되었다. 그 테이블에는 쥐라 자연보호론자, 자연요법 전문가 부부—이번 기회를 통해 이들이 알베르와 쉬잔이라는 이름을 부르면 대답한다는 것을 알게 됐다—그리고 전직 돼지고기 장수 부부가 있었다. 나는 이러한 자리 배치가 실질적인 사람들 간의 친근성과는 무관하며 테이블 배치 때 발생했을 긴급한 상황 탓이었음을 이내 곧바로 확신할 수 있었다. 그러니, 여느 긴급 상황처럼 커플은 본능적으로 끼리끼리 모인 거였다. 요컨대 그 점심은 서로서로를 관찰하기 위한 탐색전에 지나지 않았다.

자연요법 전문가 부부가 마사지가 비싸더라는 말을 꺼냄으로써, 대화는 우선 마사지 얘기로 흘러갔다. 전날 밤, 알베르와 쉬잔은 전통 무용을 보지 않고 굉장한 등 마사지를 받았다고 했다. 르네는 살짝 음탕스러운 미소를 지었다. 그렇지만 알베르는 그에게 그런 식의 미소는 가당치 않다는 식의 표정을 지어 보였다. 태국 전통 마사지는 뭔지는 모르겠지만 흔히들 말하는 그런 관행과는 전혀 상관이 없습니다, 하고 그는 흥분하며 말했다. 이것은 중국의 침놓는 부위에 대한 교습과 완벽하게 상통하는, 백년, 더 나아가 천 년 이상 된 문명의 발현입니다, 우리도 몽벨리아르에서 마사지를 해주고 있습니다만 태국 전문 마사지사들의 솜씨에 비하면 당연히 어림도 없지요, 어젯밤 정말 제대로 배웠습니다, 하고 말을 끝맺었다. 에릭과 실비는 그들의 얘기에 도취되어 듣고 있었다. 르네는 머쓱하여 헛기침을 했다. 이 몽벨리아르의 부부는 사실 추잡한 이미지하고는 거리가 멀었다. 대체 누가 프랑스를 상스러운 농담과 방탕의 나라라고 소문을 냈단 말인가? 프랑스는 음산한 나라, 음산한데다 행정에 찌든 나라다.

"저도 등 마사지를 받았는데 여자애가 불알까지 해줬어요……" 하고 난 별생각 없이 말했다. 캐슈너트를 씹어먹다 한 소리라 내 말을 들은 사람은 아무도 없는 것 같았다. 하지만 실비는 들은 듯했다. 그녀는 내게 아연한 시선을 던졌다. 나는 맥주를 한 모금 삼키고 태연하게 그녀의 시선을 모른 척했다. 대체 이 여자는 제대로 페니스를 다룰 줄이나 알까? 이제까지 본 바로는 절대 그럴 것 같지가 않았다. 그사이 나는 커피를 기다렸다.

"여기 여자애들이 예쁘긴 예뻐요……" 하고 조제트가 파파야 한 조각을 집으며 말하자, 전체적인 분위기는 한층 더 거북스러워졌다. 커피는 아직도 나오지 않고 있었다. 식사를 마치고 담배를 피울 수 없다면 뭘 하겠는가? 서로 간의 권태로움이 더해가는 것을 나는 잠자코 지켜보았다. 우리는 기후에 대한 얘기를 몇 마디 나누고 힘겹게 대화를 마무리했다.

아버지가 갑작스레 의기소침해져서 넋을 잃고 침대에 못박힌 듯 누워 있는 모습―그렇게 활동적인 사람에게는 끔찍스러운 것이다―이 떠올랐다. 그리고 아버지의 등산 친구들은 그런 고통 앞에서 어찌할 바를 모르고 난처해하며 아버지를 빙 둘러싸고 있었다. 한번은 아버지가 내게 이렇게 설명한 적이 있었다. 내가 그렇게 운동을 하는 건, 정신을 둔하게 만들기 위해서다. 생각을 안 하려는 것이지. 아버지는 성공한 거였다. 나는 아버지가 인간 조건에 대한 그 어떤 실질적인 의문을 느껴보지 못한 채 생을 마치는 데 성공했다는 확신이 들었다.

7

관광버스 안에서 손이 다시 입을 열었다. 우리가 곧 도착하게 될 국경 지방에는 카렌족 미얀마 난민들도 산다면서, 그렇다고 문제되는 건 전혀 아니라고 했다. 손은 카렌족 착해요, 용감하고 아이들, 학교에서 열심히 공부해요, 문제없어요, 하고 말했다. 북부의 몇몇 부족들하고도 전혀 다르고, 또 우리가 여행중에 그 부족들을 만날 일도 없다고 했다. 그렇다고 아쉬워할 필요도 없다는 것이었다. 그녀는 특히 아카족에게 원한을 품고 있었다. 정부의 노력에도 불구하고 아카족은 전통적으로 해오던 양귀비 재배를 포기할 수 없었던 것 같다. 그 부족은 대략 정령숭배자라고 할 수 있으며 개를 잡아먹는다. 이 나쁜 아카족들은 양귀비 재배와 과일을 따 모으는 것 말고는 아무것도 할 줄 몰라요, 또 아이들 학교에서 공부 안 해요, 돈 많이 써도 소용없어요, 완전히 하찮은 족속들이에요, 하며 손이 훌륭하게 아카족에 대해 종합적인 평을 내렸다.

호텔에 도착하고 나서, 나는 강가에서 분주히 움직이고 있는 그 유명한 카렌족들을 호기심 어린 눈으로 지켜보았다. 가까이서 보니, 기관총을 지니지 않은 그들이 그리 심술궂어 보이진 않았다. 가장 분명한 사실은 그들이 코끼리를 무척 사랑한다는 점이었다. 물에 몸을 담그고 코끼리 등을 솔질해주는 것이 그들의 가장 큰 즐거움인 것 같았다. 사실 이들은 카렌 반군이 아니라 평범한 카렌족이었다. 다시 말해, 이런저런 갖가지 사태에 진력이 나고, 카렌 독립이라는 명분에는 거의 무관심해지다시피 해서 전쟁터에서 도망쳐나온 이들이었다.

방에 있는 안내서를 통해 리조트의 역사에 대한 몇 가지 사실을 알게 되었다. 리조트의 역사는 무엇보다도 기막히게 멋진 인간 모험 그 자체로 묘사되어 있었다. 요컨대 그것은, 그곳의 매력에 빠져 60년대 말부터 아예 '눌러앉아버렸다'는 무전여행자 시조 격인 베르트랑 르 모알의 모험 이야기였다. 오늘날 전 세계 관광객들이 찾는 '생태학 천국'은, 바로 그가 카렌족 친구들의 도움으로 끈질기게 조금씩 조금씩 일궈 세워놓은 것이었다.

정말이지 기막히게 멋진 곳이었다. 티크 목재로 된 자그마한 오두막집들이 강물 위에 세워져 있어서, 오두막에 서 있노라면 발밑으로 강물이 물결치는 것을 느낄 수 있었다. 비탈이란 비탈은 온통 짙은 밀림으로 뒤덮여 있는 매우 험준한 계곡 깊숙한 곳에 숙소가 있었다. 테라스로 나가는 순간, 무거운 정적이 흘렀다. 몇 초 지나서야 왜 그런지 알 수 있었다. 온갖 새들이 단번에 일제히 노래를 멈춰버린 것이었다. 밀림이 밤을 준비하는 시각이었다. 이 숲에서 거대한 포식동물이라고 하면 어떤 놈들일까? 분명 그리 대단찮은 표범 두세 마리 정도겠지. 뱀과 거미도 빼놓을 순 없을 것이다. 빠른 속도로 날이 저물고 있었다. 덩그러니 혼자 떨어진 원숭이 한 마리가 강 건너편에서 나무 사이를 껑충 껑충 뛰어가고 있었다. 그놈은 짤막한 비명을 내질렀다. 초조해하며 서둘러 제 무리에 합류하려는 것 같았다.

방으로 들어가 촛불을 켰다. 가구는 간소했다. 티크로 된 테이블 하나, 원목으로 된 침대틀 두 개, 슬리핑백 그리고 돗자리가 있었다. 십오 분 동안 기계적으로 생크 쉬르 생크 모기약을 몸에 발랐다. 강은 참 마음에 든다. 하지만 알다시피 모기를 유혹한다. 방갈로에는 불에 녹이면 모기를 쫓아주는 시트로넬라 양초도 있었다. 주의 사항을 따라야 할 듯싶었다.

저녁을 먹으러 방을 나설 무렵에는 완전히 깜깜한 밤이었다. 색색의 전구들이 집들 사이사이에 널려 있었다. 그러니까 이 마을엔 전기가 있긴 있군. 단지 전기를 방에다 설치할 필요가 있다고는 생각지 않았던 것이다. 잠시 가던 길을 멈추고 난간에 기대서서 강을 지켜보았다. 달이 떠서 수면 위로 반짝거리고 있었다. 정면으로는 어렴풋이 어둑한 밀림의 모습이 보였다. 가끔씩 밀림에서 야행성 새가 지르는 칼칼한 비명소리가 들려왔다.

사람은 적어도 셋이 모이면 으레 서로 적대적인 두 개 무리로 갈라서려는 성향이 뚜렷하다. 저녁식사는 강 한가운데 떠 있는, 바닥을 평평하게 개조한 배 위에 차려져 있었다. 이번에는 우리를 위해 8인용 테이블이 두 개 준비되어 있었다. 자연보호론자 부부와 자연요법 전문가 부부는 이미 한 테이블에 자리를 잡았다. 반면 이번에는 전직 돼지고기 장수 부부가 그들과 떨어져 다른 테이블에 있었다. 무엇 때문에 이들이 이렇게 갈라서게 된 걸까? 아마 그날 정오, 그다지 유쾌하지 못했던 마사지 얘기 때문일지도 모른다. 그 밖에도 아침부터 검소하게 온통 하얀색으로 튜닉과 아마 바지를 입고 있던—비쩍 마른 몸매를 강조하기에 딱 알맞았다—쉬잔이 조제트의 꽃무늬 원피스를 보고 웃음을 터뜨린 일이 있긴 했다. 어쨌든 편가르기는 이미 시작되었다. 다소 비겁한 짓이긴 하지만 나는 비행기에서 내 이웃이었고 이제는 방갈로 이웃이 된 리오넬이 나를 앞질러 가도록 발걸음을 늦췄다. 그의 선택은 거의 무의식적이었는지 매우 빨리 이뤄졌다. 이렇게 그를 따르기로 한 나의 결심은 그 어떤 친근감이 아닌, 일종의 계층적 유대감(나머지 사람들은 전직 소매상들인 데 비해 그는 프랑스 가스공사에서 일하는 공무원이었으니) 혹은 학력 수준에 따른 유대감 때문이 아닌가 싶었다. 르네가 우리를 맞이하는 표정에는 안도감이 역력했다. 이렇게 자리를 찾아 앉는 단계에서 어느 테이블에 앉는가 하는 것이 그렇게 결정적인 것은 아니었다. 하지만 다른 이들과 합류해 앉았다면 전직 돼지고기 장수 부부가 고립되어 있음을 뚜렷이 확인할 수 있었을 것이다. 정작 우리는 테이블 좌석 배치를 새롭게 한 것뿐인데.

잠시 후 바베트와 레아가 도착해 조금도 주저하지 않고 옆 테이블에 자리를 잡았다.

한참 뒤—전체 요리가 이미 나왔을 무렵—발레리가 배 저 끝에서 모습을 드러냈다. 그녀는 고민하는 듯한 눈빛으로 사위를 둘러봤다. 옆 테이블에는 바베트와 레아 옆에 두 좌석이 남아 있었다. 그녀는 계속 망설이다 살짝 멈칫하더니 내 왼편에 와 앉았다.

조지안은 평소보다 준비하고 나오는 데 시간이 훨씬 오래 걸렸다. 촛불 빛에 화장을 하자니 쉽지가 않았을 것이다. 지나치지 않게 상체를 약간 노출시킨, 그녀의 검은 벨벳 원피스는 그리 나쁘지 않았다. 그녀 역시 잠시 멈칫하더니 맞은편으로 와 앉았다.

로베르는 주저주저하는 걸음걸이로 제일 늦게 도착했다. 분명 식사를 앞두고 폭음을 한 게 틀림없었다. 좀 전에 메콩 위스키 병을 들고 있는 걸 봤으니까. 그는 발레리 왼편에 있는 긴 의자에 풀썩 주저앉았다. 짤막하면서도 끔찍한 비명소리가 근처 밀림에서 들려왔다. 아마도 조그만 포유동물이 생을 마친 모양이었다.

손은 다들 식사를 잘하고 있는지, 우리가 편하게 자리잡고 앉았는지를 확인하며 테이블 사이를 지나갔다. 그녀는 저녁을 운전사와 함께 먹었다. 점심식사 때부터 조지안은 그녀가 외따로 앉는 것이 별로 민주적이지 않다며 열을 냈다. 그렇지만 사실 나는 그녀가 특별히 우리한테 반감이 있어서 그러는 게 아니라 해도 그녀에겐 그게 편했으리라 생각한다. 아무리 노력한대도 프랑스어로 오래도록 대화를 나누는 것이 그녀로선 다소 부담스러울 테니까.

옆 테이블에서는 그 지방의 아름다움, 문명과 멀리 떨어져 완전한 자연 속에 있는 즐거움, 근본적인 가치 등에 대한 유쾌한 이야기꽃이 활짝 피었다. "와우, 정말 멋지지요, 다들 보셨죠? 정말 밀림이잖아요…… 이런 곳이 있을 줄은 생각도 못했어요" 하고 레아가 말했다.

우리는 공통적인 대화 소재를 찾는 게 더욱 힘들었다. 내 맞은편에 앉은 리오넬은 노력은커녕 잠자코 먹기만 했다. 나는 안절부절못하고 곁눈질로 눈치를 살피고 있었다. 어느 순간 뚱뚱한 털보가 주방에서 나와 종업원들에게 거칠게 장광설을 늘어놓고 있는 게 눈에 띄었다. 그 유명한 베르트랑 르 모알임에 틀림없었다. 지금까지 생각해본 바로 그의 가장 확실한 공적은 카렌족들에게 도피네식 그라탱 요리법을 가르쳐줬다는 점이다. 정말 맛있었다. 또 구운 돼지고기 요리도 바삭바삭하면서 부드러운 것이 그야말로 일품이었다. "레드 와인만 조금 있으면 딱 제격이겠는걸……" 하고 르네가 향수에 젖어 말했다. 조지안은 경멸하듯 입술을 일그러뜨렸다. 여행하면서 레드 와인을 찾는 프랑스 관광객들에 대한 생각일랑 그녀에게 물어봐선 안 되는 것이었다. 발레리가 르네 편을 들며 한 소리는 어설프기 짝이 없었다. 태국 요리를 먹으면 레드 와인이 전혀 필요 없다는 생각이 들어요. 하지만, 와인이 약간 있으면 좋지요. 어쨌거나 저는 물만 있으면 돼요.

조지안은 끈질기게 설득했다. "그 지방 고유의 요리를 먹고 그 지방 고유의 관습들을 따르기 위해 외국 여행을 하는 거죠!……그렇지 않음, 그냥 집에나 있는 게 낫죠."

"맞습니다!" 하고 로베르가 큰 소리로 외쳤다. 열변을 토하다

말이 끊긴 그녀는 그를 적개심에 찬 눈으로 쳐다봤다.

"그래도 태국 요리는 더러 맛이 너무 강하잖아요." 조제트가
조심스레 말했다. 그러고는 분위기를 누그러뜨리려고 그랬는지
나에게 말을 걸었다.

"그쪽은, 괜찮은가봐요……"

"그럼요. 전 무척 좋아합니다. 맛이 강하면 강할수록 좋지요.
파리에 있을 적부터 중국 요리를 즐겨 먹었거든요." 나는 서둘러
대답했다. 이렇게 해서 화제는 중국 음식점 얘기로 옮겨갈 수 있
었다. 그 무렵 파리에는 중국 음식점들이 우후죽순처럼 많이 들
어서 있었다. 발레리는 특히 중국 음식점의 점심 요리가 마음에
든다고 했다. 전혀 비싸지도 않고 패스트푸드보다 훨씬 더 나은
데다가 아마 건강에도 더 좋을걸요. 조지안은 회사 구내식당을
이용하는 터여서 이 문제에 대해 할말이 없었다. 로베르로 말하
자면 자기에게는 적합하지 않은 주제라고 판단했다. 요컨대 디
저트가 나올 때까지는 상황이 어느 정도 순탄하게 돌아갔다.

모든 건 찹쌀 요리가 나왔을 때 발생했다. 내가 보기에 그것은
살짝 구워 계피 향을 넣은 특이한 요리였다. 이 순간 조지안이
분위기를 산산조각내며 다짜고짜 섹스 관광 얘기를 꺼냈다. 제
생각에 섹스 관광은 한마디로 구역질나요. 태국 정부가 그런 일

을 묵인하고 있다니 파렴치하기 짝이 없어요. 국제사회가 힘을 모아야 한다구요. 로베르는 심상치 않게 빈정거리는 미소를 지으며 그녀 얘기를 듣고 있었다. 파렴치하지만 놀랄 일은 아니죠, 하고 그녀는 이어 말했다. 실제로 그런 일이 벌어지는 건물들(갈보집 말고는 달리 부를 말이 없다)의 소유주가 대부분 장군들이거든요. 그래서 그런 건물들이 유지될 수 있는 거죠.

"내가 장군이요……"하고 로베르가 끼어들었다. 그녀는 비참하게도 아래턱을 내려뜨린 채, 그의 말에 어안이 벙벙해 있었다. "이런, 이런, 농담이오 농담…… 난 군생활 해본 적도 없소." 그는 살짝 입을 비죽거리며 말을 정정했다.

그런 말에 그녀가 웃기라도 할까, 어림없었다. 잠시 후 평정을 되찾긴 했지만, 이어 더욱더 강하게 말했다.

"속물들이 이런 곳에 와서 별 탈 없이 그 가엾은 어린 소녀들을 데리고 놀 수 있다는 건 정말 수치스러운 일이라구요. 그런 여자아이들이 하나같이 태국에서 가장 빈민 지역인 북부나 북동부 지방 출신이라는 점도 알아야죠."

"다 그렇진 않소. 방콕 출신도 있으니까." 그가 반박했다.

"딴말 필요 없이, 그게 바로 성노예라구요!……" 조지안은 울부짖듯 말했다.

나는 슬쩍 하품이 나왔다. 그녀는 나를 적의에 찬 눈으로 한

번 쳐다보더니 그 자리에 있는 모든 이들을 증인 삼듯 이어서 말했다.

"어떤 속물이든지 간에 푼돈으로 어린 여자애들을 마음대로 할 수 있다는 게 정말 파렴치하지 않나요?"

"푼돈은 아닙니다…… 전 삼천 밧이나 지불했는걸요. 이 정도면 거의 프랑스와 맞먹는 가격이죠." 나는 신중히 이의를 제기했다. 발레리가 내 쪽으로 몸을 틀더니 놀란 눈으로 쳐다봤다. "좀 비싸게 줬군요. 그래도 여자애가 그럴 만했다면 뭐……" 하고 로베르가 말했다.

조지안은 사지를 부들부들 떨었다. 나는 조금씩 걱정이 되기 시작했다. 그녀가 찢어질 듯 날카로운 목소리로 소리를 질렀다. "나 참! 돼지같이 더러운 인간이 돈만 내면 어린애한테 페니스를 처넣을 수 있다니 정말 역겹군요!"

"이봐요 아가씨, 내가 언제 당신더러 가이드라도 해달랬소?" 하고 그는 침착하게 대답했다.

그녀는 찹쌀 요리가 담긴 자기 접시를 손에 들고 부들부들 떨며 자리에서 일어섰다. 옆 테이블에서는 모든 대화가 중단되었다. 그녀가 그의 낯짝에다 접시를 던져버리겠구나 싶었건만, 그녀를 붙든 건 일말의 두려움이었던 것 같다. 로베르는 그녀를 무척이나 심각하게 쳐다보고 있었다. 폴로셔츠 아래로 그의 근육이 불룩거렸다. 내가 보기에 그냥 가만있을 사람이 아니었다. 그녀에게 따귀라도 한 대 갈길 것 같았다. 그녀는 결국 접시를 제자리에 난폭하게 내려놓았고 그 바람에 접시는 세 조각이 났다. 그녀는 홱 돌아서더니 방갈로 쪽을 향해 재빠르게 걸어 컴컴한 암흑 속으로 사라졌다.

"쯧쯧……" 하고 그는 점잖게 혀를 찼다.

그와 나 사이에 앉아 있던 발레리는 꼼짝도 않고 있었다. 그는 정중하게 일어나 테이블을 돌더니 조지안의 자리에 가 앉았다. 발레리 역시도 자리를 뜨겠다 싶어 자리를 비켜준 모양이었다. 하지만 그녀는 그냥 가만히 있었다. 그 순간 웨이터가 커피를 날라왔다. 발레리는 커피를 두 모금 마시고 나서 다시 내 쪽을 돌아봤다. 그러고는 "근데, 정말 돈을 주고 여자애를 샀단 말이에요?……" 하고 슬그머니 물었다. 놀란 듯했지만 노골적으로 비난하는 어조는 아니었다.

"여기 애들이 그렇게 가난하진 않습니다." 로베르가 한마디했다. "스쿠터와 옷가지들을 사기도 하죠. 심지어는 가슴 성형수술을 하는 애들도 있습니다. 돈이 만만치 않게 들 텐데 말이죠. 사실 자기 부모를 돕기도 하죠……" 그는 생각에 잠긴 듯 말을 맺었다.

옆 테이블 사람들은 낮은 목소리로 몇 마디씩 주고받더니 재빨리 흩어져버렸다. 분명 연대감이 작용한 것이다. 매춘 관광 반대자들은 싹 다 물러가버린 것 같았다. 달이 우리 배 위를 가득히 비추었고 그 빛에 배는 슬며시 반짝거렸다. "여기 마사지 걸들이 그렇게 좋단 말이죠?……" 르네가 몽상에 잠긴 듯 물었다.

"아, 궁금하신가보군요!" 로베르는 부러 과장되게 말했지만 내가 듣기에는 진지하게 숙고한 끝에 하는 소리인 듯했다. "감탄할 만하지요! 정말 감탄 그 자체랍니다! 더욱이 파타야는 잘 모르시겠군요?" 그러고는 열을 내며 말했다. "거긴 음란함과 난잡함이 가득한 동부 해변 휴양지랍니다. 그곳을 제일 먼저 찾은 건 베트남전쟁 때 미국인들이었습니다. 그리고 이어 많은 영국인과 독일인이 왔고, 이제는 폴란드인과 러시아인도 그곳을 찾는답니다. 거기선 모두가 대접받죠. 동성애자, 이성애자, 트랜스젠더 등 갖가지 취향대로 다 있습니다. 소돔과 고모라를 합쳐놓은 곳이죠. 레즈비언까지 있으니 금상첨화랍니다."

"아……" 전직 돼지고기 장수는 생각에 잠긴 듯했다. 그의 부인은 슬그머니 하품을 하고는 실례하겠습니다, 하더니 남편 쪽을 돌아봤다. 무척 자러 가고 싶은 모양이었다.

"태국에서는 누구든지 원하는 것을 얻을 수 있습니다. 그리고 누구든지 좋은 것을 가질 수 있죠. 브라질이나 쿠바 여자들 얘기는 많이 들어봤을 겁니다. 내가 여행을 제법 많이 해봤죠. 즐기기 위해 여행한 겁니다. 근데 까놓고 말해서, 내가 볼 땐 태국 여자들이 세계 최고의 연인입니다." 로베르가 말을 맺었다.

그의 맞은편에 앉아 있던 발레리는 매우 진지하게 귀를 기울이고 있었다. 잠시 후 그녀는 옅은 미소를 드리운 채 사라졌고, 조제트와 르네도 그 뒤를 따랐다. 저녁시간 내내 한마디도 않고 있던 리오넬도 일어섰다. 나도 그의 뒤를 따랐다. 로베르와 대화를 계속하고 싶은 마음은 별로 들지 않았다. 결국 나는 그를 컴컴한 어둠 속에 홀로 남겨두었고, 그 명철함의 화신은 코냑을 한 잔 더 주문했다. 그는 복잡하고 진지한 생각에 사로잡혀 있는 듯했다. 만의 하나 그가 상대적 가치를 인정할 줄 아는 그런 타입이 아니라면. 그런 경우에도 겉보기엔 복잡하고 진지해 보이기 십상이니까. 방갈로 앞에서 마음속으로 리오넬에게 밤 인사를 했다. 대기는 앵앵거리는 곤충들의 소리로 가득차 있었다. 요컨대 그날 밤 내가 잠을 이루지 못하리라는 것은 불을 보듯 뻔했다.

문을 밀어젖히고 촛불을 켠 채 다소 체념하듯 『그래서 그들은 바다로 갔다』를 읽기로 했다. 모기들이 몰려들었는데, 촛불에 날개를 완전히 태워버리는 놈들이 있는 터라 촛농 속에 시체가 드문드문 잠겨 있었다. 그 어떤 모기도 내게 와 앉는 놈은 없었다. 난 살갗까지도 영양가 높고, 맛있는 피로 가득차 있는데. 하지만 그놈들은 다가왔다가도 모기약 냄새 때문에 이내 도로 물러나기만 했다. 열대지방용 모기약을 만든 로슈 니콜라 연구소를 칭찬할 만했다. 촛불을 불었다 다시 켜고, 날아다니는 불결한 조무래기들이 점차 운집해들며 추는 발레를 지켜보았다. 칸막이벽 건너편, 그 컴컴한 데에서 리오넬이 가늘게 코 고는 소리가 들려왔다. 나는 일어나 다시 시트로넬라 초 하나를 녹이기 시작했고, 이어 오줌을 누러 갔다. 욕실 바닥에는 동그란 구멍이 하나 뚫려 있었다. 곧바로 강으로 통하는 구멍이었다. 물고기들이 지느러미를 찰랑대는 소리가 들렸다. 나는 그 아래 무엇이 있는지 생각지 않으려고 애썼다. 다시 자리에 눕는 순간, 리오넬이 줄창 길게 이어지는 방귀를 뀌었다. "이봐! 자네가 옳다니까. 마틴 루서 킹의 말대로, 슬리핑백 안에서 방귀 뀌는 것보다 좋을 게 뭐가 있겠어!" 하고 나는 힘껏 외쳤다. 이상하게도 내 목소리는 그 어둠 속에서 물 흐르는 소리와 집요하게 앵앵대는 곤충들 소리 너머 쩌렁쩌렁 울렸다. 실재하는 세상의 온갖 소리를 듣는 것 자체가 이미 하나의 고통이었다. "귀 씻어내는 면봉이 천국이지 뭐야! 들으라고 있는 귀니 들으라고!" 하고 나는 어둠 속에서 다시 부르짖었다. 리오넬은 침대 안에서 몸을 뒤척이더니 깨지 않은 채 뭐라 중얼댔다. 달리 뾰족한 수가 없었다. 수면제를 한 알 더 먹어야 할밖에.

8

풀숲이 강물에 휩쓸려 떠내려가고 있었다. 옅은 안개가 낀 밀림에서는 다시 새들의 노랫소리가 들려왔다. 계곡 입구인 정남쪽에서는 미얀마 산들의 기묘한 등고선들이 멀찌감치 모습을 드러냈다. 푸른 기가 도는 둥그런 형상은 이미 본 적이 있지만, 거칠게 수평 단층으로 잘린 모습들은 처음이었다. 고등학교 시절 박물관을 견학하면서 본 이탈리아 원시주의 화가들의 풍경화에서나 봤을까. 여행팀 사람들은 아직 일어나지 않았다. 아직은 기온이 따스한 시각이었다. 나는 제대로 잠을 이루지 못했다.

전날의 사건 이후, 아침식사 테이블에는 그 어떤 호의적인 분위기가 조성되어 있었다. 조제트와 르네는 기분이 아주 유쾌해

보였다. 반면 쥐라 자연보호론자 부부는 기분이 영 말이 아닌 듯
했다. 그들이 어기적어기적 걸어올 때부터 알아봤다. 우리 이전
세대의 프롤레타리아들은 현대의 안락함이 제시되면 별 거리낌
없이 이를 받아들이는가 하면, 또 환경이 불편해지면 그 자식 세
대들보다 훨씬 더 잘 버텨낸다. 분명 자식 세대들 또한 '자연보
호론자적인' 태도를 내보이기 마련이다. 에릭과 실비는 밤새 잠
을 이루지 못한 것 같았다. 게다가 실비는 모기에 물린 발그레한
자국들이 말 그대로 온몸을 뒤덮고 있었다.

"네. 모기들이 죄다 나만 물더군요." 그녀는 쓸쓸히 말했다.

"연고 있는데 드릴까요? 효과가 무척 좋아요. 가지고 올게요."

"네, 바르면 좋겠어요. 친절하기도 해라. 커피 좀 들고 같이 가
죠."

커피는 너무 묽어 구역질이 났고 거의 못 마실 정도였다. 적어
도 이런 점에서 보면 그곳은 완전 미국식이었다. 이 젊은 커플은
정말이지 머저리 같아 보였다. 그들 눈앞에서 그들의 '생태학 천
국'이 박살나는 걸 봐주자니 애처로울 지경이었다. 어쨌거나 오
늘은 모든 게 다 고달플 것 같다는 생각이 들었다. 다시 남쪽을
쳐다봤다. "저기 미얀마는 참 아름다울 것 같군요." 나는 낮은
목소리로 혼잣말처럼 중얼댔다. 실비가 진지하게 응수했다. "사
실 무척 아름답긴 하죠. 그렇다는 얘길 들은 적이 있긴 해요." 이

말은 곧, 자기는 미얀마에 갈 생각이 없다는 의미이다. 그런 독재 정부에 외화벌이를 해주면서 공모자가 될 수는 없다는 거였다. 암, 암. 외화라…… 그렇지, 하고 나는 생각했다. "중요한 건 인권이라고요!" 그녀는 거의 비탄에 젖은 듯 소리쳤다. 사람들이 '인권'에 대해 말할 적마다 나는 늘 다소 그들이 실제는 인권에 대해 진지하게 생각하지 않고 있다는 느낌을 받곤 한다. 하지만 그녀는 그런 것 같지 않았다.

"개인적으로 나는 프랑코가 죽은 뒤로는 스페인에 다신 안 갑니다" 하고 로베르가 우리 테이블에 앉으며 끼어들었다. 그 작자가 다가오는 건 보지 못했다. 그는 컨디션이 무척 좋아 보였다. 분위기 망치는 재주도 재충전된 듯했다. 그는 죽을 지경으로 취해서 잠자리에 들었더니 아주 달게 잤다고 말했다. 방갈로로 돌아가는 길에는 몇 번이나 강물에 풍덩 빠질 뻔했는데 결국엔 무사했다고 했다. "인샬라" 하고 그는 쩌렁쩌렁한 목소리로 말을 맺었다.

먹은 것 같지도 않은 아침식사가 끝나자, 실비는 내 방까지 나를 따라왔다. 가는 길에 우연히 우리는 조지안과 마주쳤다. 그녀는 무표정했고 침울해 보였으며 우리에겐 시선도 주지 않았다. 게다가 좀처럼 마음을 풀 것 같아 보이지 않았다. 르네가 농담조로 그녀가 사회에서는 문학교수라고 얘길 해서 그 사실을 알고 있었다. 나한테는 그리 놀랄 만한 얘기가 아니었다. 여러 해 전 내가 문학 공부를 포기하게 된 게 바로 그런 부류의 망할 년들 때문이었으니까.

실비에게 연고를 건네줬다. "바로 갖다드릴게요" 하고 그녀가 말했다. "가지셔도 됩니다. 앞으로는 모기 만날 일은 없을 테니까요. 모기들이 바닷가는 싫어할걸요." 그녀는 내게 고맙다고 인사하고는 문 쪽으로 가다 멈칫거리며 나를 돌아봤다. "당신은 그래도 아동 성 착취에 찬성하진 않으시겠죠!……" 그녀는 불안스레 소리쳐 물었다. 그런 식의 말이 나오리라 예상을 하긴 했었다. 나는 고개를 젖히고 권태롭게 대답했다. "태국에 아동 매춘이 그렇게 많진 않습니다. 유럽보다 더하진 않을 겁니다. 제 생각엔 그렇습니다." 그녀는 내 말에 제대로 수긍하진 않았으면서도 고개를 끄덕이고는 방을 나갔다. 사실 나는 지난 여행 때 구입한 'The White Book'이란 제목의 이상야릇한 책을 통해 좀 더 상세한 정보를 갖고 있었다. 작가나 발행인의 이름도 없이 명목상 '2000 취조'라 불리는 협회에서 출판한 책이었다. 매춘 관광을 비난한다는 명목하에 그들은 나라별로 온갖 주소를 내놓고 있었다. 정보를 제공하는 각 장 앞에는 성범죄를 처단하기 위한 신성한 계획과 사형 제도 부활을 촉구하는 신랄한 내용이 짤막하게 한 단락씩 있었다. 소아 성범죄 문제에 대한 그 책의 입장은 분명했다. 그들은 분명하게 태국 쪽은 이젠 별 볼 일 없다며, 예전부터 태국은 그래왔다는 식으로 만류했다. 필리핀으로 간다거나 더 좋게는 캄보디아에 가는 것이 더 낫다고 쓰여 있었다. 위험한 여행일 수도 있겠지만 그럴 만한 가치가 있다는 말이었다.

크메르 왕국의 전성기는 앙코르와트가 건축되던 시기인 12세기였다. 이어 왕국은 쇠퇴기에 접어든다. 그리고 그때부터 태국 최대의 적은 미얀마인들이었다. 1351년, 라마티보디 1세는 아유타야를 세운다. 1402년 그의 아들인 라마티보디 2세는 몰락해가고 있던 앙코르 제국을 침략한다. 서른여섯 명의 아유타야 왕들이 연속적으로 불교 사원과 궁전을 지음으로써 자신들의 통치 흔적을 남겼다. 프랑스와 포르투갈 여행자들의 묘사에 따르면, 16세기와 17세기의 아유타야는 아시아에서 가장 멋진 도시였다. 미얀마인들과의 전쟁은 계속되었고 아유타야는 15개월 동안 버티다 결국 1767년에 무너지고 만다. 미얀마인들은 금불상을 녹이며 도시를 약탈하고 폐허만을 남겨두었다.

이제 이곳은 잔잔한 산들바람이 사원들 사이사이로 먼지를 불러일으킬 뿐, 상당히 평화로웠다. 라마티보디 왕이 남긴 것은,

『미슐랭 가이드』의 몇 줄을 제외하곤 별게 없었다. 반면, 부처의 이미지는 매우 강렬했고 온갖 미덕들을 간직하고 있었다. 미얀마인들은 몇백 킬로미터 떨어진 곳에 동일한 사원들을 건축하기 위해 태국의 장인들을 강제로 이주시켰다. 권력욕은 실재하며 역사라는 형태로 드러난다. 그렇지만 본래 그 자체로는 비생산적이다. 부처의 미소는 줄곧 폐허 위를 감돌고 있었다. 오후 세시였다. 『미슐랭 가이드』에 따르면 제대로 구경을 하는 데는 사흘이 걸리고 재빨리 구경하려면 하루가 걸린다고 한다. 그렇지만 사실 우리에게 주어진 건 세 시간뿐이었다. 따라서 캠코더를 꺼내들어야만 했다. 나는 파나소닉 캠코더를 들고 콜로세움에서 담배를 피우고 있는 샤토브리앙을 상상해보았다. 아마도 골루아즈 레제르보다는 벤슨 담배가 더 잘 어울리리라. 기독교와 마찬가지로 근원적인 이 불교라는 종교를 마주하였더라면 그의 입장은 분명 약간은 달랐을 것이다. 나폴레옹에 대한 찬미도 덜했을 것이다. 확신하건대 그는 분명 뛰어난 불교의 정수를 쓸 수 있었을 것이다.

조제트와 르네는 사원을 방문하는 동안 다소 지루해했다. 이내 제자리를 맴맴 돌고 있는 듯했다. 바베트와 레아도 마찬가지였다. 반면에 쥐라 자연보호론자 부부는 자연요법 전문가 부부처럼 물 만난 고기들 같았다. 그들은 사진 도구들을 어마어마하게 펼쳐놓았다. 발레리는 생각에 잠긴 채 산책로를, 포석 위를, 풀밭을 걸었다. 문화란 바로 이런 것이다. 약간 지루한 것, 따라서 좋은 거지, 하고 나는 생각했다. 제각기 자신만의 무無로 되돌려보내지는 것이다. 그건 그렇다 치고, 아유타야 시대의 조각가들은 대체 어떻게 한 걸까? 어떻게 했길래 석가모니상에 그토록 빛나는 관대한 표정을 살려놓을 수 있었던 걸까?

아유타야 왕조가 무너진 후 태국 왕국은 태평한 시기로 접어들었다. 방콕에 수도가 세워졌고 이것이 라마 왕조의 시초였다. 두 세기 동안(그리고 사실상 오늘날까지), 왕국은 이렇다 할 만한 외부와의 전쟁이나 내전 혹은 종교전쟁도 그리 많이 겪지 않았다. 또한 갖가지 유형의 식민 지배도 용케 피했다. 기근도, 심각한 전염병 따위도 겪지 않았다. 이와 같은 상황에서, 땅이 비옥하여 풍성한 수확을 내어준다면, 판을 치는 질병도 없고, 평온한 종교가 의식을 지배한다면, 인류는 성장하고 번식한다. 요컨대 그들은 대체로 행복하게 살아간다. 그러나 이제는 상황이 달라졌다. 태국은 자유로운 세상, 말하자면 시장경제 시대에 들어서 있었다. 오 년 전, 갑작스레 경제 위기가 닥쳐 자국 통화 가치가 절반이나 하락하고 최고의 번영을 누리던 기업들이 파산 위기를 맞은 적이 있었다. 이백여 년 이래 처음으로 이 나라에 닥친 비극이었다.

우리는 상당히 인상적인 침묵 속에서 한 명 한 명 관광버스에 올라탔다. 버스는 해질녘에 출발했다. 방콕에서 수라타니행 야간열차를 탈 예정이었다.

9

수라타니(주민 816,000명)에 대해서는 어떤 가이드북을 보아도 별반 특별한 얘기가 없다. 고작해야 꼬 사무이로 가는 페리선을 타기 위해 반드시 거쳐야 하는 기항지라는 게 전부다. 그렇지만 그곳에도 사람들이 살고 있으며, 『미슐랭 가이드』는 그 도시가 오래전부터 제철업의 요충지라고, 또 최근 들어서는 철강 제조업에서 상당한 역할을 하고 있는 지역이라고 적어놓고 있다.

그런데 철강 제조업이 없다면 어떻게 될까? 철광석은 이름 없는 하찮은 지역에서 캐내어져 화물선으로 운반된다. 한편 공작기계들은 대개 일본 기업들의 감독 아래 생산된다. 철광석과 공작기계의 만남은 수라타니와 같은 도시에서 이루어진다. 이렇게 해서 자동차, 열차, 페리선 등이 만들어지는 것이다. 이 모든 것이 넥이나 제너럴 모터스, 후지모리의 상표를 달고 생산된다. 그리고 생산물의 일부는 서구 남성 여행객들 혹은 바베트와 레아 같은 서구 여성 여행객들을 나르는 데 사용된다.

같은 단체 여행팀의 일원으로서 나는 그녀들에게 말을 건넬 수 있었다. 그렇지만 누군가의 애인이 될 수 있을 법한 여지를 남길 수는 없었다. 그랬다가는 할 수 있는 대화가 단번에 제한될 수밖에 없을 테니까. 하지만 나는 그들과 똑같은 출발 티켓을 지불했다. 따라서 어느 정도 관계를 만들 수는 있었다. 바베트와 레아는 같은 이벤트 회사에서 일한다고 했다. 중요한 건 그녀들이 이벤트를 기획한다는 사실이었다. 이벤트라? 그렇다. 각종 후원 행사 전담 부서를 개발하고자 하는 기관의 관계자들 혹은 기업들과 함께 일하는 것이다. 돈은 꽤 벌겠다 싶은 생각이 들었다. 그럴 수도 있고 아닐 수도 있겠지. 이제는 인권 문제를 등한시하고는 투자가들을 끌 수가 없는지라 기업은 인권 문제에 촉각을 더욱 곤두세웠고 투자는 더디게 이루어졌다. 그래도 요컨대 별문제는 없었다. 나는 그녀들의 월급이 얼마인지 들었다. 괜찮은 액수였다. 더 좋을 수도 있겠지만 그쯤이면 괜찮았다. 대략 수라타니의 제철업에 종사하는 노동자가 받는 금액의 스물다섯 배나 되니까. 경제는 불가해했다.

호텔에 도착한 뒤, 일행은 흩어졌다. 요컨대 나는 그들 틈에서 빠져나왔다. 다른 이들과 함께 점심식사를 하고 싶은 마음은 별로 들지 않았다. 타인과 함께한다는 게 좀 지긋지긋했다. 커튼을 치고 누웠다. 이상하게도 금방 잠이 들었고, 지하철 안에서 춤을 추는 아랍 여자의 꿈을 꿨다. 적어도 얼굴이 아이샤는 아니었던 것 같았다. 여자는 고 고 바go go bar의 여자들처럼 지하철의 중앙 기둥을 붙잡고 있었다. 그녀는 가슴을 가리고 있던, 면으로 된 얇은 천조각을 차츰차츰 벗었다. 가슴을 완전히 드러내며 그녀는 미소지었다. 탱탱하게 부풀어 구릿빛을 띤 가슴은 아주 근사했다. 이어 자기 손가락을 핥더니 자신의 유두를 매만졌다. 그러고 나서 내 바지에 한 손을 얹고 지퍼를 열더니 페니스를 꺼내 용두질을 하기 시작했다. 승객들은 우리 주위로 지나가며 각자 내릴 역에서 내렸다. 그녀는 손으로 바닥을 짚더니 미니스커트를 쳐들었다. 치마 속으로는 걸친 게 아무것도 없었다. 매우 짙은 흑색의 치모에 둘러싸인 음부는 선물처럼 나를 반갑게 맞아들일 준비가 되어 있었다. 나는 삽입해들어갔다. 열차 안은 절반이 꽉 차 있었건만 우리를 주목하는 이는 아무도 없었다. 이 모든 건 어떤 경우를 막론하고 일어날 수가 없는 일이었다. 그것은 갈망의 꿈, 이미 나이를 먹을 대로 먹은 사내의 우스꽝스러운 꿈이었다.

다섯시경에 잠을 깨어보니 시트 전체가 정액으로 얼룩져 있었다. 야밤의 오염이라…… 참 눈물겨웠다. 게다가 무척 놀랍게도 아직도 성기가 발기되어 있었다. 그곳의 더운 기후 탓인 듯했다. 바퀴벌레 한 마리가 머리맡 탁자 한가운데에 발라당 누운 채 죽어 있었다. 녀석의 다리를 세세하게 분간할 수 있었다. 이놈은 아버지 말마따나 이제 더이상 걱정거리가 없겠군. 아버지는 2000년 말 죽었다. 그때 죽길 잘했다. 그 결과 아버지는 흉측하게도 자신의 의미심장한 일부를 이루었던 그 20세기 안에서 자기 실존을 완전히 마감할 수 있었으니까. 나로 말하자면 그럭저럭 별로 튀는 일 없이 아직 살아남아 있었다. 사십대, 그것도 사십대 초반이니 요컨대 사십 평생밖에 살지 못했다. 이제 겨우 반쯤 달려온 것이다. 아버지의 죽음은 내게 어떤 자유를 주었다. 그리고 내 생은 다하려면 아직 멀었다.

꼬 사무이 섬의 서쪽 해안에 있는 그 호텔은 여행사의 소책자 갈피에 접혀 포개넣어진 전단에서 말하는 바 그대로 열대 천국의 이미지를 연상시켰다. 부근에 있는 언덕들은 모두 짙은 밀림으로 뒤덮여 있었다. 잎이 우거진 초목에 둘러싸인 낮은 건물들은 저 아래 있는 거대한 타원형의 수영장에 이르기까지, 각각의 열 끝에 분류식 기포 목욕탕을 하나씩 두고, 계단식 좌석처럼 층을 이루고 있었다. 섬같이 수영장 한가운데에 있는 바Bar까지 헤엄쳐서 갈 수도 있었다. 몇 미터 더 아래쪽에는 하얀 모래사장과 바다가 있었다. 나는 조심스레 주변을 둘러보았다. 저멀리, 어딘가 문제가 있어 보이는 돌고래처럼 파도 틈에서 몸을 부르르 떨고 있는 리오넬이 보였다. 나는 가던 길을 되돌아와서 수영장 위로 나 있는 자그마한 다리를 지나 바에 이르렀다. 일부러 여유를 부리며 칵테일 메뉴를 들여다보았다. 덕분에 저렴하게 술을 마실 수 있는 해피 아워에 타이밍을 딱 맞출 수 있었다.

싱가포르 슬링을 선택했을 때 바베트가 나타났다. 나는 그저 "으흠, 으흠……" 소리만 냈다. 그녀는 전체적으로 담청색과 짙은 청색이 잘 어우러진, 꼭 끼는 반바지에 널찍하게 가슴을 천으로 가린 비키니를 입고 있었다. 천이 무척이나 얇아 보였다. 그러니까 일단 젖었다 하면 진가가 발휘되는 그런 수영복이었다. "물에 안 들어가세요?" 하고 그녀가 물었다. "글쎄요, 뭐……" 하고 나는 말했다. 이어 레아가 등장했다. 그녀는 바베트보다 고전적인 섹시함이 풍겨나는, 새빨간 원피스 수영복을 입고 있었다. 인조피혁으로 된 수영복이었는데 살갗 위로 트인 까만 지퍼가 달렸고(이 가운데 하나는 왼쪽 가슴을 가로지르고 있어서 틈새로 유두가 드러났다) 아래쪽은 넓게 V형으로 패 있었다. 그녀는 내게 고개를 까딱하며 인사하고는 물가에 있는 바베트에게로 갔다. 그녀가 뒤돌아서는 순간, 나무랄 데 없이 완벽한 엉덩이가 눈에 들어왔다. 처음에 그녀들은 나를 불신했다. 하지만 내가 페리선에서 말을 건넨 이후로 내가 위험하지 않으며 비교적 유쾌한 인간이라는 결론을 내린 것 같았다. 그녀들이 옳았다. 대강 그런 게 사실이니까.

그녀들은 함께 물속으로 들어갔다. 나는 고개를 돌려 딴 데를 보는 척하며 슬그머니 곁눈질을 했다. 옆 테이블에는 로베르 위[*]와 꼭 닮은 사람이 있었다. 바베트의 수영복은 일단 물에 젖고 나니 정말 볼 만했다. 유두와 엉덩이 갈래 선이 완벽하게 드러났다. 비록 짧게 깎기는 했으나 약간 남아 있는 체모가 다소 지나치게 불룩한 것까지도 눈에 띄었다. 이 순간에도 일하며 유익한, 때로는 무익한 소비 물자들을 생산하는 사람들이 있겠지. 그들은 생산한다. 나는 사십 평생 동안 무엇을 생산했던가? 솔직히 말해 별게 없었다. 나는 정보들을 정리하고 정보 조회와 전송을 수월하게 만들었다. 또 가끔씩은 송금 일도 했다(액수야 그리 많진 않았다. 대개 그다지 크지 않은 액수의 청구서를 지불하는 수준이었다). 한마디로 말해 내가 하는 건 3차산업 부문의 일이었다.

---

[*] 프랑스 공산당 전(前) 총재.

나 같은 사람들이 없어도 사람들은 살아갈 것이다. 그래도 나의 무용성은 바베트와 레아에 견주면 별것도 아니었다. 하지만 나는 보잘것없는 기생충 같은 존재로, 내 일을 즐기지도 않았으며 그런 척이라도 해야 할 일말의 필요성조차 느끼지 못했다.

날이 저물어 호텔로 들어가는데, 홀에서 리오넬과 마주쳤다. 햇빛에 타서 온몸이 불긋불긋한 그는 그날 하루에 무척 만족해했다. 해수욕을 많이도 한 모양이었다. 이런 곳은 아마 꿈도 못 꿔봤던 것이다. "이렇게 여행을 오려고 무척 절약했거든요. 아무튼 잘 왔다 싶군요" 하고 그가 말했다. 그는 안락의자에 걸터앉았다. 자신의 일상생활을 다시금 떠올리고 있었다. 그는 파리 변두리 남동 지구의 프랑스 가스공사에서 일했고 사는 곳은 쥐비시였다. 종종 그는 가스를 불법으로 끌어다 쓰는 가난한 노인네들 같은 극빈자들의 집을 방문해야 했다. 돈을 내고 합법적으로 설비를 갖출 방법이 없다고 하면 여지없이 가스 공급을 중단시켜야만 했다. "그런 형편에 사는 이들도 있답니다…… 상상조차 할 수 없는 상황이지요" 하고 그가 말했다.

"종종 별의별 일이 다 있어요……" 그는 고개를 절레절레 흔들며 덧붙였다. 그 자신은 별문제가 없다고 했다. 그렇지만 그가 사는 지역은 형편없는 정도가 아니라 솔직히 위험하기까지 한 그런 곳이었다. 그는 "아예 피하는 게 나은 그런 데도 있어요" 하고 말했다. 아무려나 전반적으로 보면 그럭저럭 살 만은 한 것이다. "어쨌거나 지금은 휴가잖아요." 그는 말을 끝맺고 식당으로 갔다. 나는 몇 가지 정보지들을 주워들고 방으로 향했다. 나는 늘 타인과 저녁을 먹는 게 썩 내키지 않았다. 스스로를 자각하게 되는 것은 바로 타인과의 관계 속에서이다. 바로 그런 까닭에 타인과의 관계를 못 견뎌 하게 되는 것이다.

꼬 사무이 섬이 열대 천국일 뿐만 아니라 광란의 장소라는 것은 레아로부터 들어 알고 있었다. 만월의 밤이면 꼬 란따 섬에 이웃해 있는 이 작은 섬에서는 엄청난 레이브파티가 펼쳐지며 여기에 참가하기 위해 호주나 독일에서 오는 이들도 있다고 한다. "약간 고아*와 비슷하군⋯⋯" 하고 내가 말하자 그녀는 "고아보다 훨씬 낫지요" 하고 딱 잘라 말했다. "고아는 완전히 한물갔어요. 그래서 레이브파티를 즐기려면 이젠 꼬 사무이 섬이나 롬복 섬으로 가야 하는 거라구요."

그러한 것들은 사실 내게 그리 절실한 게 아니었다. 당장에 내가 바라는 것은 오럴섹스같이 유쾌한 섹스를 곁들인 아주 깔끔한 보디마사지였다. 언뜻 보면 복잡할 게 전혀 없었다. 그렇지만

---

* 인도 해변.

120

소책자들을 훑어보면서 복받쳐오르는 슬픔과 함께 보디마사지는 그곳의 명성과는 무관하다는 사실을 확인할 수밖에 없었다. 침술이나 향기 치료요법 마사지, 채식 요리나 태극권 같은 것은 많이 있었으나 보디마사지나 고 고 바에 대해서는 일언반구도 없었다. 게다가 모든 게 고통스럽게도 '건강한 생활'이나 '정신 수양 활동'을 축으로 한 미국적인, 더 나아가 캘리포니아적인 분위기에 절어 있는 것 같아 보였다. 잡지『사무이 소식』에서 기 홉킨스라는 독자의 편지를 훑어보았다. 자칭 '건강 중독자'라고 하는 이 독자는 이십여 년 전부터 주기적으로 꼬 사무이 섬을 찾는다고 했다. 그러고는 "배낭여행객들이 이 섬에 뿌려놓은 분위기는 돈 많은 여행객들에 의해 쉽사리 지워질 것 같지 않다"라고 끝을 맺었다. 맥빠지는 내용이었다. 호텔이 온갖 것들과 뚝 떨어져 있는 터라 모험하듯 길을 나설 수도 없는 노릇이었다. 솔직히 말해 모든 게 멀리 떨어져 있었다. 거기엔 정말 아무것도 없었다. 섬의 지도에는 조용한 해변에 있는 우리 숙소 같은 방갈로 촌이 몇 군데나 있을까. 마사지 센터 따위는 전혀 눈에 띄지 않았다. 그 순간, 몇몇 가지 방탕한 일탈을 피할 수 있다고『무전여행 안내서』가 찬사를 퍼부으며 이 섬을 묘사해놓았던 것이 살 떨리게 떠올랐다. 나는 독 안에 든 쥐새끼 신세였다. 그렇지만 다소 이론적이긴 해도 섹스하는 것처럼 느낄 수 있는 방법이 있다

는 생각에, 모호하게나마 안도감이 들었다. 체념하듯 『그래서 그
들은 바다로 갔다』를 다시 집어들고 이백 페이지를 휙 넘겼다가
다시 오십 페이지를 뒤로 넘겼다. 우연찮게도 마침 정사 장면을
묘사한 페이지였다. 계략은 상당히 진척되어 있었다. 톰 크루즈
는 이제 케이맨제도에 있었고, 잘은 모르겠지만 탈세 행위에 대
해 설명하는 것인지, 아니면 비난하고 있는 것인지 아무튼 그러
고 있었다. 어쨌든 간에 그는 기가 막히게 멋진 혼혈 여자를 알
게 되었는데, 무척 대담한 여자였다. "툭, 하는 소리가 들리더니
두 줄만 달랑 있는 티팬티를 드러내며 아이린의 치마가 발목까
지 미끄러져내렸다." 나는 바지 지퍼를 내렸다. 다음 단락에서
는 심리학적으로 정말 납득이 가지 않는 이상한 내용이 이어졌
다. "그에게 마음의 목소리가 속삭였다. 가버려, 맥주병은 바다
에, 치마는 모래 위에 던져버려. 당장 도망쳐서 아파트까지 달려
가버리라고. 꺼져버려!" 다행히도 아이린은 그 소릴 듣지 못한
다. "그녀는 아주 느린 동작으로 자기 등 뒤로 손을 뻗어 비키니
브래지어를 푼다. 비키니가 미끄러지며 그녀의 가슴이 드러났고
온전히 다 드러난 가슴은 훨씬 더 풍만해 보였다. '내가 계속 이
걸 걸치고 있었으면 좋겠어요?' 그녀는 깃털만큼이나 가볍고 부
드러운 흰색 비키니 상의를 그에게 내밀며 물었다." 나는 조막
만한 비키니를 걸친 혼혈 여인을 떠올려보고자 애쓰면서 열심히

용두질을 했다. 밤마다 그랬다. 그리고 만족스럽게 한숨을 내쉬며 책갈피에다 사정했다. 철썩 달라붙겠군. 아무려나 두 번 읽을 책은 아니니까.

아침에는 해변에 인적이 없었다. 아침식사가 끝난 직후 나는 물속에 몸을 담갔다. 대기는 미적지근했다. 곧 태양이 백인의 피부암 발병률을 높이며 떠오를 테지. 나는 대략 청소부들이 내 방을 정리할 동안만 머물다가 방으로 들어가, 있는 대로 에어컨을 켜고 시트를 덮은 채 누워 있을 작정이었다. 이렇듯 지극히 평온한 마음으로 자유로운 하루를 계획하고 있었다.

한편 톰 크루즈는 그 혼혈 여자와의 사건 때문에 끊임없이 고민했다. 심지어는 그 얘기를 자기 부인(사랑받는 것으로 만족할 줄 모르는 정말 골칫덩이였다. 게다가 언제나 세상 어느 여자보다도 섹시하고 매력적이고 싶어했다)에게 털어놓을 작정까지 했다. 이 바보 같은 작자는 마치 그 일에 결혼생활의 미래가 걸려 있는 것처럼 행동했다. "그녀가 침착성을 잃지 않고 관대하게 나온다면, 그는 후회한다고, 마음속 깊이 후회한다고 말하며 다시는 그런 일이 없을 거라고 약속할 것이다. 반대로 그녀가 울음을 터뜨리면 그는 용서를 간청하며—필요하다면 무릎이라도 꿇고—성서를 두고 다시는 그런 일이 없을 거라고 맹세하리라."

분명한 건 이러나저러나 결론은 별반 다를 게 없다는 것이었다. 하지만 부질없는 주인공의 가책은 끝도 없이 계속되어 결국에는 사건—어쨌거나 중대한 사건—과 얽혀들게 된다. 아주 못돼먹은 마피아와 FBI가 있었고, 아마 러시아인들도 등장하는 것 같았다. 읽다보면 처음에는 짜증이 나다가 끝에 가서는 정말이지 반감마저 드는 책이었다.

여행 떠나면서 챙겨온 또다른 미국 베스트셀러, 데이비드 발다치의 『토털 컨트롤』을 읽으면서도 시도해보았다. 하지만 나을 게 없었다. 이번 주인공은 변호사가 아니라 젊고 유능한 정보처리 기술자로, 주당 110시간을 일했다. 반면 변호사인 그의 부인은 주당 90시간을 일했다. 그러면서도 이들에겐 아이가 하나 있었다. 악역은 어떤 시장을 손에 넣기 위해 부정한 수작을 부리는 어느 '유럽' 회사의 몫이었다. 이 시장은 정상대로라면 주인공이 일하는 미국 회사의 소유가 돼야 했다. 주인공이 유럽 회사의 악당들과 대화를 나누는데, 그 악당들이 '조금도 양해를 구하지 않고' 담배에 불을 붙였다. 공기가 말 그대로 매캐해지지만 주인공은 잘도 버텨낸다. 모래 속에 조그만 구멍을 파고 이 두 권의 책을 묻었다. 이제 문제는 읽을 만한 무언가를 찾아야 한다는 것이었다. 책 없이 사는 건 위험하다. 그저 사는 데에만 만족해야 하고, 그러다보면 위험한 짓을 감행하게 될 수도 있으니까. 열네 살 적, 안개가 유난히 짙게 꼈던 어느 날 오후, 나는 스키를 타다 길을 잃었다. 눈사태 나기 딱 좋은 트랙 위로 굴러떨어졌던 것이다. 특히 아주 낮게 드리워진 납빛 구름, 깨질 것 같지 않던 산의 정적은 뚜렷이 기억에 남아 있다. 눈덩이들은 내가 갑작스레 움직인다거나, 심지어는 뚜렷한 이유도 없이 체온에 조금만 녹아도, 살짝 바람이 불어도 단번에 와르르 쏟아져내릴 수 있었다. 눈사태에 휩쓸린다면 내 몸뚱이는 바위투성이인 저 아래쪽까지 몇백 미터 정도 내던져질 것이었다. 그러면 아마도 즉사할 테지. 그렇지만 나는 전혀 두렵지 않았다. 다만 상황이 그런 식으로 전개된다는 것에 짜증이 났고, 나 자신에 대해 그리고 다른 이들에 대해 짜증이 났다. 어떤 병에 걸려, 어떤 격식을 갖추고 눈물로 뒤범벅이 된, 어떻게 보면 좀더 세인에게 알려질 수 있는, 좀더 준비된 죽음을 맞이했으면 하고 바랐다. 솔직히 제일 아쉬웠던 점은 여자의 나체를 본 적이 없었다는 것이었다. 겨울이면 아버지는 2층을 세놓았다. 그해에는 건축가 부부가 세 들어왔다. 그들의 딸인 실비도 열네 살이었다. 그녀는 나한테 마음이 있는 것 같았다. 적어도 나를 졸졸 쫓아다녔으니까. 호리호리하고 매력적이었으며 머리카락은 까맣고 곱슬곱슬했다. 체모도 까만 곱슬일까? 힘겹게 산등성이를 가는 동안 나는 생각했다. 이후로도 종종 나는 이렇듯 위험, 심지어 죽음을 코앞에 두고 그 어떤 특별한 감정도, 아드레날린의 배출도 느끼지 못했던 이 특이한 상황에 대해 의아해하곤 했다. '극한을 즐기는 스포츠맨들'을 유혹하는 그런 격한 감정을 내 나름대로 찾아보려 했지만 부질없었다. 나는 결코 용감하지 않으며 가능한 한 위험은 피해버린다. 하지만 경우에 따라서는 온순한 황소처럼 그냥 받아들이기도 한다. 물론 거기서 어떤 의미를 구하려 들어선 안 된다. 그건 단지 기술적인 일, 호르몬 배출량의 문제이니까. 겉보기엔 나와 비슷해 보이는 다른 인간들은, 그 당시에도 그리고 지금도 가끔씩 나를 억제할 수 없는 무아지경에 빠뜨리곤 하는 여성의 육체를 마주하고도 아무런 감동을 느끼지 못하는 것 같다. 이제까지 여체를 앞에 두고 나는 대부분의 경우 거의 환기 장치만큼이나 자유로웠다.

태양이 무더운 열을 발산하기 시작했다. 바베트와 레아는 먼저 해변에 와 있었다. 나는 그녀들로부터 10여 미터쯤 떨어진 곳에 자리를 잡았다. 그날 그녀들은 똑같이 젖가슴을 드러낸 채 흰색 브라질산 수영복 팬티만 달랑 걸치고 있었다. 언뜻 보니 사내 녀석들을 만난 것 같았다. 하지만 그들과 같이 잘 거라는 생각은 들지 않았다. 녀석들이 제법 근육질인 것이 영 아닌 건 아니었지만, 그렇다고 썩 괜찮은 것도 아니었으니까. 요컨대 뭐 중간쯤이라고 해야 할까?

나는 일어나 소지품을 챙겼다. 바베트가 『엘르』를 자기 목욕 타월 옆에 놓아뒀다. 나는 바다 쪽으로 시선을 던졌다. 그녀들은 사내들과 장난치며 물놀이를 하고 있었다. 나는 재빨리 몸을 낮추고 잡지를 내 가방 속에 쑤셔넣었다. 그리고 쭉 해변을 따라 거닐다 다시 자리를 잡고 앉았다.

바다는 고요했다. 서쪽으로는 저 먼 곳까지도 시야에 들어왔다. 저편엔 캄보디아나 베트남이 있겠지. 수평선 중간쯤에서 요트 한 척이 눈에 띄었다. 아마 몇몇 억만장자들이 저렇게 전 세계 바다를 누비고 다니며 시간을 보내는 듯했다. 그런 삶은 내게는 단조롭고도 비현실적인 삶이었다.

발레리가 다가오고 있었다. 그녀는 종종 다소 세차게 밀려오는 파도를 피하려고 장난치듯 폴짝폴짝 옆으로 뛰면서 물 가장자리를 따라 거닐었다. 조신해 보이는 비키니를 입은 그녀의 몸매가 너무나도 눈부시게 매력적이라는 것을 고통스레 의식하면서 나는 팔꿈치를 대고 상체를 일으켜앉았다. 그녀의 가슴은 비키니 브래지어를 가득 채우고 있었다. 나는 그녀가 나를 알아보지 못했나 싶어 살며시 손짓을 했다. 그러나 사실 그녀는 이미 비스듬히 돌아 내 쪽으로 걸어오는 중이었다. 하릴없이 헤매는 여자들을 붙잡는 것도 쉬운 일은 아니다.

"『엘르』보세요?" 하고 그녀는 약간은 놀랍다는 듯이, 약간은 빈정대듯 물었다.

"예…… 뭐……" 하고 내가 말했다.

"봐도 돼요?" 하며 그녀는 내 옆에 앉았다. 그녀는 몸에 밴 듯 자연스럽게 잡지를 훑어보았다. 최신 유행에 관한 페이지들을 한번 보고는 잡지의 처음 부분을 펼쳐보았다. 그녀*는 읽고 싶어 한다, 그녀는 외출하고 싶어한다……

"어제저녁에도 마사지 받으러 갔었나요?" 그녀는 나를 곁눈질로 쳐다보며 물었다.

"어…… 아뇨. 여긴 없던걸요."

그녀는 짧게 고개를 끄덕이고는, '당신은 그를 오래도록 사랑할 수 있나요?'라는 커버스토리를 주의깊게 읽기 시작했다.

"무슨 말을 하려는 거죠?" 내가 잠자코 있다가 물었다.

"난 사랑하는 사람 없어요." 그녀는 간결하게 대답했다. 이 여자는 나를 완전히 무너뜨리고 있었다.

그녀는 곧바로 이어 말했다. "이 잡지는 이해가 잘 안 가요. 유행에 대한 얘기뿐이잖아요. 무얼 가서 봐라, 무슨 책을 읽어라, 무슨 신조에 맞서 싸워라, 새로운 대화 소재가 뭐다, 온통 최근

---
* 프랑스어로 '엘르'는 '그녀'를 의미한다.

경향만 다루고 있잖아요. 이 잡지를 읽는 여성 독자들이 여기 나온 모델들이랑 똑같은 옷을 입을 순 없는 거라구요. 그리고 여자들이 최근 경향에 뭐하러 관심을 갖겠어요? 대개 제법 나이든 여자들이나 이런 걸 재밌어하죠."

"그렇게 생각하세요?"

"물론이죠. 저희 어머니도 읽으시는걸요."

"아마도 기자들이 독자들의 관심사가 아니라 자기들의 관심사를 다루나보죠 뭐."

"경제학적으로 이렇게 해선 살아남을 수가 없을 텐데요. 원래 모든 게 고객의 입맛에 맞추게끔 되어 있잖아요."

"그게 고객 입맛에 맞나보죠 뭐."

그녀는 잠시 생각하더니 망설이며 "그럴 수도……" 하고 대답했다.

"당신이 예순이 되었을 때는 최근 경향에 관심이 안 갈 것 같아요?" 하고 나는 고집스레 말했다.

"그렇지 않길 바라죠……" 그녀는 솔직히 말했다.

나는 담배에 불을 붙였다.

"계속 있으려면 크림을 발라야겠군요……" 나는 우울하게 말했다.

"수영하죠! 크림은 나중에 바르고."

그녀는 벌떡 일어서더니 해변으로 나를 잡아끌었다.

그녀는 수영을 잘했다. 나로 말하자면 수영을 제대로 한다고
는 할 수 없다. 배영 비슷한 자세를 취하기는 하는데 금방 지치
고 만다. "금방 지치네요. 담배를 많이 피워서 그럴 거예요. 운
동을 해야지요. 제가 가르쳐드릴게요!……" 하고 말하더니, 그
녀는 내 알통을 비틀었다. 오, 안 돼, 안 된다고. 그녀는 결국 평
정을 되찾고 머리를 문지르며 물기를 떨구더니 선탠을 하겠다고
해변으로 돌아갔다. 헝클어뜨린 까만 긴 머리와 더불어 그 모습
그대로 그녀는 아름다웠다. 그녀가 비키니 브래지어를 벗지 않
는 게 유감이었다. 그녀가 비키니 브래지어를 벗어, 바로 그 순
간 그 자리에서 그녀의 가슴을 봤으면 했다.

그녀는 자기 가슴 쪽을 향해 있는 내 시선을 알아채고는 이내
미소를 머금었다. 잠깐 침묵이 흐른 뒤 그녀가 "미셸……" 하고
말했다. 나는 그녀가 내 이름을 불렀다는 것에 소스라치게 놀랐
다. "왜 스스로 그렇게 나이를 먹었다고 생각하는 거죠?" 그녀는
내 눈을 똑바로 바라보며 물었다.

정곡을 찌르는 질문이었다. 나는 덜컥 숨이 막히는 듯했다.
"당장 대답하실 필요는 없어요……" 그녀는 상냥하게 말했다.
그러고는 "이 책, 한번 읽어보세요" 하며 가방에서 책을 꺼냈다.
놀랍게도 그것은 표지가 노란, 애거사 크리스티의 『할로 저택의

비극』이란 책이었다.

"애거사 크리스티 책요?" 나는 얼이 빠져 말했다.

"아무튼 읽어보세요. 재밌어하실 것 같아요."

나는 멍청이처럼 고개를 끄덕였다.

잠시 후 "점심 안 먹어요? 벌써 점심시간이네요" 하고 그녀가 물었다.

"아뇨…… 생각 없어요."

"그렇게 단체생활이 싫으세요?"

대답하는 건 부질없었다. 나는 미소만 지었다. 우리는 소지품들을 챙겨 같이 일어섰다. 가는 도중 리오넬과 마주쳤다. 그는 수심에 찬 듯 이리저리 거닐고 있었다. 우리에게는 상냥하게 인사했지만, 이미 그는 전에 비해 여행에 흥미를 잃은 듯 보였다. 휴양지에 혼자 온 남자들이 이렇게 드문 게 다 이유가 있다. 레크리에이션 시간이면 언제나 그들은 잔뜩 긴장하여 겉돌기만 한다. 거의 대부분이 같이 어울리려고 하다가도 관둬버리는 것이다. 하지만 때로는 선뜻 나서서 참여하기도 한다. 나는 식당 테이블 앞에서 발레리와 헤어졌다.

셜록 홈즈 시리즈에서는 물론 작품마다 등장인물의 특징적인 성격들을 발견하게 된다. 그 밖에도 작가는 잊지 않고 새롭고 특이한 소재들(코카인, 바이올린, 마이크로프트라는 형의 존재, 이탈리아 오페라에 대한 흥미…… 과거 유럽 왕조에 바쳤던 그 어떤 충성심…… 셜록이 청년 시절 처음으로 해결한 사건)을 등장시킨다. 세부적인 사항이 새롭게 밝혀질 적마다 또다른 암흑 지대가 생겨나고, 종국에 가서는 등장인물이 아주 매혹적으로 그려지게 된다. 코난 도일은 새로이 발견하는 즐거움과 알아보는 즐거움을 완벽하게 혼합시키는 데 성공했다. 반면 내 생각에 애거사 크리스티는 언제나 알아보는 즐거움에 너무 많이 치우친 것 같았다. 푸아로의 초기 묘사를 보면 그녀는 이 인물의 가장 뚜렷한 특징들(균형미에 대한 편집광적 취미, 에나멜 구두, 콧수염에 대한 애착)을 가리키는 데 몇몇 특정 문장만을 사용하는 경향이 있었다. 그래서 그녀의 가장 졸렬한 작품들을 보면 그렇게 인물을 제시하는 문장들이 이 책 저 책에서 도로 베껴온 거라는 느낌마저 든다.

아무려나 『할로 저택의 비극』의 흥밋거리는 다른 데 있었다. 심지어 애거사 크리스티가 야심적으로 심혈을 기울인 등장인물, 헨리에타조차도 흥밋거리가 아니었다. 조각가인 이 인물을 통해 애거사 크리스티는 창작의 고뇌(힘겹게 완성한 자기 조각품을 무언가가 결핍된 것 같다고 느끼고 완성하자마자 부숴버리는 장면)뿐만 아니라 예술가라는 사실에 들러붙어 있는 특별한 고통, 즉 진실로 행복할 수도, 불행할 수도 없고, 진실로 증오나 절망, 환희, 사랑을 느낄 수 없는 괴로움, 예술가와 세계 사이에 불가피하게 놓인 일종의 미적 여과기 등을 제시하려 했다. 애거사 크리스티는 자기 자신의 많은 면모들을 이 인물에 투영시켰고, 그런 측면에서의 성실성은 두드러지게 눈에 띈다. 그렇지만 불행하게도 어떤 점에서 볼 때 세상으로부터 동떨어져 있다고 할 수 있는 이 조각가는 모든 것을 이중적인, 모호한 방식으로만 생각하려 했고, 그 결과 캐릭터가 덜 두드러졌으며, 요컨대 그다지 흥미롭지 못한 인물이 되고 말았다.

본래가 보수적이고 부의 사회적 재분배에 관한 갖가지 이념들에 대해 적대적인 애거사 크리스티는 소설가로서 경력을 쌓아가는 동안 줄곧 이념적으로 매우 뚜렷한 입장을 취했다. 이렇듯 분명한 이념적 입장을 취하면서도, 실제 그녀는 스스로가 그렇게 옹호한다는 영국의 특권층을 묘사할 때 가끔씩은 거리낌없이 상당히 노골적인 태도를 내보이곤 했다. 레이디 앙카텔은 어쩜 저럴 수가 있을까 싶을 정도로 우스꽝스럽고, 때론 소름끼칠 정도로 겁나는 인물이었다. 작가는 평범한 인간들에게 적용되는 규칙까지도 망각해버린 그런 자신의 창조물을 만드는 데 매료되어 있었다. 이를테면 "집에 살인 사건이 났을 때는 사람들과 진정한 친분을 쌓는 것이 너무나도 힘들다" 따위의 문장을 쓰면서 그녀는 무척 재미있어했을 것이다. 그렇지만 정작 그녀가 친근함을 가지고 그려낸 인물은 분명 레이디 앙카텔이 아니었다. 반대로 그녀는 미지라는 마음 따뜻한 인물을 그려놓았다. 미지는 주중에는 돈을 벌기 위해 점원으로 일하고 주말에는 일이라는 것에 대한 개념이 눈곱만큼도 없는 그런 이들과 어울린다. 용감하고 활동적인 미지는 에드워드를 사랑하나 그것은 희망 없는 사랑이었다. 에드워드는 스스로를 낙오자라 여겼다. 평생 아무것도 할 수가 없으며 심지어 작가조차도 될 수 없다고 생각하는 것이다. 그는 무명의 애서가 잡지에 실리는, 환멸 뒤섞인 빈정거림으로 가득한 소소한 시평들을 편집한다. 그는 세 번이나 헨리에타에게 청혼했으나 매번 거절당했다. 헨리에타는 존의 정부였다. 그녀는 존의 빛나는 인간미와 능력을 좋아했다. 그렇지만 존은 유부남이었다. 존의 암살은 이 두 인물을 엮어놓고 있던 채워지지 않는 미묘한 욕망의 균형관계를 뒤엎어버렸다. 에드워드는 결국 헨리에타가 결코 자신을 원하지 않으리란 것을, 그리고 자신은 결코 존이 될 수 없다는 것을 깨닫는다. 하지만 그렇다고 미지와 가까워지진 못한다. 그의 인생은 완전히 박살난 듯 보인다. 바로 이때부터 『할로 저택의 비극』은 감동적이고도 기묘한 작품이 된다. 마치 깊디깊으면서도 고여 있지 않고 흐르는 물 앞에 있는 듯하다. 미지가 자살하려는 에드워드를 구해내고 그에게 결혼하자고 하는 장면에서 애거사 크리스티는 아주 아름다운 그 무엇, 찰스 디킨스식의 경이라 할 수 있는 그 무엇에 이르러 있다.

그녀는 그를 품에 꼭 끌어안았다. 그는 그녀에게 미소지었다.
"미지, 넌 참 따뜻해. 정말 따뜻하구나⋯⋯"
그래, 이게 바로 절망이구나, 하고 미지는 생각한다. 얼음같이 차가운 그 무엇, 끝없는 한기와 고독. 그때까지 그녀는 절망이 차갑다는 것을 한 번도 깨닫지 못했다. 그녀는 언제나 절망이란 불타오르듯 격렬하며 과격한 느낌이라 생각했다. 하지만 아니었다. 절망이란 바로 차디찬 어둠, 견뎌낼 수 없는 고독의 바닥 없는 심연이었다. 그리고 목사들이 말하는 절망이라는 죄는, 따뜻하고 생명력 있는 인간과의 모든 접촉으로부터 스스로를 차단시켜버리는 바로 그 차디찬 그것이었다.

저녁 아홉시경 나는 책에서 손을 뗐다. 그리고 일어나 창문으로 걸어갔다. 바다는 고요했다. 빛을 발하는 수없이 많은 자그마한 점들이 수면 위에서 춤추고 있었다. 흐릿한 광채가 둥근 달을 둘러싸고 있었다. 그날 밤 꼬 란따 섬에서 풀 문 레이브파티full moon rave party가 열린다는 것을 나는 알고 있었다. 분명 바베트와 레아는 거기 갈 테지. 손님도 많을 테고. 삶을 포기하는 것, 자기 삶을 등한시하는 것은 무척 쉽다. 파티가 시작되고 택시가 호텔 앞에 줄지어서고 모두가 통로에서 분주히 움직이는 순간, 나는 그저 침울한 안도감만을 느낄 뿐이었다.

10

안다만 해海와 태국 만을 갈라놓는 좁은 산악 지대인 끄라 지협의 북부에는 태국과 미얀마의 국경이 가로지르고 있다. 미얀마 남단인 라농 부근의 지협은 그 너비가 22킬로미터밖에 되지 않는다. 그곳은 점차 넓어지면서 말레이시아 반도를 이룬다.

안다만 해에 산재한 수백여 개의 섬 가운데 사람이 살고 있는 곳은 몇몇 군데에 지나지 않으며 미얀마 영토에 속하는 섬은 그 어떤 곳도 관광지로 개발되어 있지 않다. 반면, 태국 영토인 팡응아 만灣의 섬들은 이 나라 연간 관광 수익의 43퍼센트를 차지하고 있다. 가장 수입이 큰 곳은 푸껫으로, 이곳에서는 80년대 중반부터 주로 중국과 프랑스의 자본에 의해(오로르 그룹은 발 빠르게, 동남아시아를 자신들의 세력 확장의 핵심적 근거지로 삼았다) 리조트가 개발되었다. 『무전여행 안내서』가 적개심과 저속한 엘리트주의, 공격적인 마조히즘을 최고조로 극심하게 드러낸 부분이 아마도 푸껫에 관한 장일 것이다. "어떤 이들에게 푸껫은 떠오르는 섬이겠지만, 우리에게 푸껫은 이미 가라앉고 있는 섬이다"라고 그들은 싸잡아 얘기한다.

그리고 이어 말한다. "'인도양의 진주'에 대해서는 반드시 짚고 넘어가야 한다…… 몇 년 전만 해도 푸껫은 태양과 꿈의 해변, 삶의 즐거움으로 예찬의 대상이었다. 이 아름다운 심포니를 깨뜨리게 될지라도 진실을 고백해야겠다. 푸껫은 더이상 사랑할 수가 없다! 가장 유명한 해변, 빠똥 비치는 콘크리트로 뒤덮여 있다. 도처에 보이는 관광객들은 남자들뿐이고 매춘 바가 우후죽순처럼 생겨나고 있으며 미소가 매매되고 있다. 여행자들을 위한 방갈로도 이른바 '불도저'가 휩쓰는 재개발 작업으로 인해, 혼자 그곳을 찾은 배불뚝이 유럽 남성들을 위한 호텔에 자리를 내주게 되었다."

빠똥 비치에서 이틀 밤을 보내기로 되어 있었다. 나는 기꺼이 혼자 온 배불뚝이 유럽 남성의 역할을 소화해낼 양으로 기대에 차서 관광버스에 올라탔다. 전통적으로 천국 같은 곳이라 여겨지고 있는 꼬 피피 섬에서의 사흘간의 자유 관광을 절정으로 우리 여행은 끝나게 되어 있었다. 『무전여행 안내서』는 "꼬 피피 섬에 대해 무슨 말을 하겠는가? 그건 마치 이뤄지지 않은 사랑의 이야기를 들려달라고 하는 것과 비슷하다…… 좋은 점들을 얘기하고 싶지만 목구멍이 꽉 막혀든다"라며 한탄하고 있다. 이해타산을 따지는 마조히스트라면, 자신이 불행한 것으로는 만족하지 못한다. 다른 이들도 그래야 한다고 생각한다. 관광버스는 30킬로미터를 달리다 기름을 넣기 위해 정차했다. 나는 『무전여행 안내서』를 주유소 쓰레기통에 던져버렸다. 서구식 마조히즘이지 뭐야, 하는 생각이 들었다. 다시 2킬로미터 정도 달렸을 때, 이번에는 이제 내 손에 읽을 것이 정말 없다는 사실을 알아차렸다. 외부세계에 맞서 방패로 쓸 수 있는 손바닥만한 종이 한 장도 없이 여행의 막바지를 견뎌야만 한다니. 주변을 둘러보았다. 내 심장박동은 점점 빨라졌다. 외부세계가 단숨에 너무나도 가깝게 느껴졌다. 통로 건너편의 발레리는 좌석을 뒤로 젖힌 채 앉아 있었다. 그녀는 얼굴을 창가 쪽으로 돌린 채 공상에 잠겨 있거나 잠을 자고 있는 듯했다. 나도 그녀처럼 해보려 했다. 바깥에는 다양한 식생들로 이뤄진 풍경이 쫙 펼쳐져 있었다. 궁여지책으로 르네에게서 『미슐랭 가이드』를 빌렸다. 그로써 파라고무나무 경작과 라텍스가 그 지역 경제에서 핵심적인 역할을 하며, 요컨대 태국이 세계 제3의 고무 생산국이라는 사실을 알게 되었다. 그러니까 그 어수선한 식물들이 콘돔 생산에, 또 타이어 생산에 쓰이는 것이다. 인간의 재간은 실로 놀랍다. 여러 관점에서 인간을 비판할 수 있겠지만 이런 재간만큼은 뭐라 할 수 없는 인간의 장점이다. 분명 우리는 재간 있는 포유류다.

꽈이 강에서의 저녁식사 이후로 테이블 자리 배치는 확고해졌다. 발레리는 스스로 '속물 진영'이라고 부르는 편에 합류했고, 조지안은 정신 수양을 위해 어떤 일들을 습관적으로 해야 하는가 하는 식의 이런저런 가치들을 공유하고 있는 자연요법 전문가 부부 쪽으로 찰싹 달라붙어버렸다. 이렇게 해서 나는 점심식사 동안, 프랑슈 콩테라는 벽촌에 사는지라 분명 그다지 그런 광경을 별로 보지 못했을 자연보호론자 부부가 흥미롭게 지켜보는 가운데, 알베르와 조지안이 펼치는 그야말로 '어느 편이 더 평온한가 겨루는 시합'을 멀리서 지켜볼 수 있었다. 바베트와 레아는 파리 근교에 사는 사람들이면서도 가끔씩 "정말 대단하네요……"라고 한마디하는 것을 제외하고는 별말을 하지 않았다. 그녀들에게 정신 수양 어쩌고 하는 것은 그저 그 순간의 이야깃거리에 지나지 않았다. 요컨대, 적극적인 공모를 꾀할 수도 있는 이 이성異性의 타고난 리더들을 축으로 막상막하의 테이블이 형성되어 있었다. 우리 편은 시작부터가 조금 더 힘들었다. 조제트와 르네는 꼬박꼬박 메뉴를 보며 평을 했다. 그들은 태국 요리에 매우 잘 적응했으며 심지어 조제트는 조리법 몇 가지를 알아가 겠다고까지 했다. 가끔씩 그들은 다른 테이블 사람들을 가리켜 거드름 피우고 잘난 척한다고 비난했다. 그런 유의 얘기들로 우 리 테이블 분위기가 나아질 리는 만무했고, 나는 그저 초조하게 디저트가 나오기만을 기다렸다.

르네에게 『미슐랭 가이드』를 돌려주었다. 네 시간만 더 가면 푸껫이었다. 식당 바에서 메콩 위스키를 한 병 샀다. 네 시간 내 내 나는 가방에서 술병을 꺼내 조용히 내 아가리를 가득 채우고 싶은 마음을 억누르는 수치심과 싸웠다. 결국 수치심이 승리했 다. 비치 리조텔의 입구에는 '샤제 소방관 여러분을 환영합니다' 라는 현수막이 쳐져 있었다. "참 재밌네요…… 샤제면 당신 여 동생이 사는 데잖아요……" 하고 조제트가 말했다. 르네는 기억 이 안 난다고 했다. "맞아요, 맞다고요……" 그녀는 고집했다. 내 방 열쇠를 받으려는데 그녀가 "결국 끄라 지협을 횡단한다고 하루를 버린 거네" 하고 또 쫑알대는 소리가 들렸다. 더 나쁜 건 그녀의 말이 맞다는 사실이다. 나는 킹사이즈 침대에 털썩 주저 앉아 한 잔 가득 술을 따라 마셨다. 그리고 또 한 잔 마셨다.

자고 일어나니 머리가 깨질 듯이 아팠고, 결국 화장실 변기에 다 한참 동안 토했다. 새벽 다섯시였다. 매춘 바에 가기에는 너 무 늦었고 아침을 먹기에는 너무 이른 시각이었다. 머리맡 탁자의 서랍 속에 영어로 된 성경과 불교 교리에 관한 책이 들어 있었다. 거기에서 이런 말을 읽었다. "무지로 인해 사람들은 언제나 잘못된 생각을 하고 언제나 올바른 관점을 잊어버린 채, 자신의 에고에 집착하며 잘못된 행동을 한다. 그 결과 그들은 기만적인 존재에 집착하게 된다." 내가 제대로 이해했다는 확신은 들지 않았지만 마지막 문장은 분명 그 순간의 내 상태를 기막힐 정도로 잘 표현해주고 있었다. 그 문장을 읽고 나서부터는 안도감을 가지고 아침식사 시간을 기다릴 수 있었다. 옆 테이블에는 덩치가 어마어마한 미국 흑인들이 떼거리로 몰려 있었다. 무슨 농구팀 같았다. 좀더 멀찍한 곳에는 홍콩계 중국인들이 있었다. 지저분한 걸 보면 바로 알 수 있었다. 서양인의 입장에서는 이미 못 봐줄 지경인데다가 태국 종업원들로서는 당혹감, 그나마 익숙해져서 조금은 누그러진 그런 당혹감을 감추지 못했다. 어떤 경우든 지나칠 정도로 꼼꼼한, 더 나아가 점잔 뺀다 싶을 정도로 깔끔하게 행동하는 태국인들과는 정반대로, 중국인들은 게걸스럽게 먹고, 사방으로 음식물이 튀어나가는 줄도 모르고 입을 크게 벌리고 웃으며, 땅바닥에 침을 뱉어대고, 손가락으로 코를 후빈다. 그야말로 돼지처럼 행동한다. 정말 있는 그대로 말하자면 돼지 떼거리이다.

빠똥 비치의 거리들을 몇 분간 걸은 후, 나는 문명화된 세계가 관광객을 위해 만들어낼 수 있는 것들이 바다를 정면에 둔 2킬로미터의 해안에 모두 모여 있다는 것을 깨닫게 되었다. 몇십 미터의 거리를 걸으면서 몇몇 북유럽 사람들과 부유한 남미 사람들은 물론이거니와 일본인, 이탈리아인, 독일인, 미국인들과 마주쳤다. 여행사 여직원이 내게 한 말 그대로다. "모두 다 똑같죠. 다들 볕드는 곳을 찾거든요." 나는 여느 전형적인 관광객처럼 행동했다. 매트리스가 있는 긴 의자와 파라솔을 빌렸고 스프라이트를 몇 모금 마셨다. 그리고 적당히 물속을 들락거렸다. 파도는 잔잔했다. 그날 그 순간까지 누린 자유도 만족스러웠지만 남은 하루도 흡족하게 보내기 위해 다섯시경 호텔로 돌아왔다. 나는 기만적인 존재에 집착했다. 이제 매춘 바에 가는 일만 남아 있었다. 어디로 갈까 정하기에 앞서 여러 식당들이 늘어서 있는 거리를 한가로이 거닐었다. 로열 사보이 시푸드 앞에서 왜 저러나 싶을 정도로 유난스레 바닷가재를 뚫어져라 바라보고 있는 미국인 커플을 보게 되었다. '갑각류 앞의 포유류 두 마리' 하고 나는 생각했다. 종업원이 가재의 신선함을 자랑하려는 것인지 함빡 웃는 얼굴로 그들에게 다가갔다. '이젠 세 마리로군' 하는 생각이 무의식적으로 들었다. 계속해서 홀로, 혹은 가족과 함께, 또는 커플로 온 온갖 사람들이 쏟아져나왔다. 이 모든 것이 순수라는 인상을 자아냈다.

때로 오십대의 독일인들은 술을 많이 마시게 되면 끼리끼리 모여 끝 모를 애절함이 담긴 노래를 늘어지게 부르곤 한다. 이를 무척 흥미롭게 본 태국 종업원들은 약간의 탄성을 지르며 이들을 에워싼다.

매춘 바 거리에서 활기차게 "아흐!"와 "야"를 주고받는 세 명의 오십대 사내들의 뒤를 따라 걷는 내내 나는 마땅히 들어갈 만한 바를 찾지 못했다. 미니스커트를 입은 소녀들이 서로 경쟁하듯 달콤하게 속삭이며 블루 나이트, 노티 걸, 클래스룸, 메릴린, 비너스 등으로 오라고 유혹했다. 결국 나는 노티 걸을 선택했다. 손님이 그리 많진 않았다. 약 십여 명의 서양인들—특히 이십대 후반의 영국과 미국 젊은이들—이 테이블 하나를 차지하고 앉은 게 다였다. 댄스홀에는 십여 명의 소녀들이 복고풍 디스코 리듬에 맞춰 물결치듯 천천히 움직이고 있었다. 일부는 하얀 비키니 차림, 또 나머지는 비키니 브래지어를 벗은 채 티팬티만 걸치고 있었다. 모두가 스무 살 안팎으로 보였으며 하나같이 햇빛에 탄 갈색 피부에 자극적이고도 유연한 몸매였다. 내 왼편에는 나이 많은 독일인 하나가 칼스버그 한 병을 시켜두고 앉아 있었다. 툭 튀어나온 배에 허연 수염하며 안경을 낀 폼이 퇴직한 대학교

수 같았다. 그는 자기 눈앞에서 움직이고 있는 젊은 육체들을 완전히 넋을 잃고 쳐다보고 있었다. 하도 꿈쩍도 않아서 한순간 그가 죽은 건 아닌가 싶은 생각도 들었다.

여러 대의 포그 머신이 작동하기 시작했고 음악은 폴리네시안 슬로로 바뀌었다. 원래 있던 소녀들은 무대를 비우고 가슴과 허리께에 꽃목걸이를 한 십여 명의 또다른 소녀들이 나왔다. 그녀들이 부드럽게 제자리를 맴돌자 꽃목걸이 사이로 젖가슴 혹은 엉덩이 골이 약간 드러나 보이곤 했다. 독일 늙은이는 줄곧 무대를 고정된 시선으로 쳐다보고 있었다. 그리고 어느 순간 안경을 벗고 안경알을 닦는데, 눈이 촉촉이 젖어 있었다. 그는 천국에 있었다.

엄밀히 말해 그녀들이 호객 행위를 하는 것은 아니었다. 그렇지만 그중 한 명을 불러 술을 한잔 사주고 잠깐 얘기를 나눈다든지, 또 경우에 따라 오백 밧의 자릿세를 지불하고 가격을 협상한 뒤 호텔로 데려갈 수도 있었다. 꼬박 하룻밤을 같이 있으려면 가격이 사천이나 오천 밧—대략 태국 비숙련 노동자의 한 달 월급—은 됐던 것 같다. 하지만 푸껫은 값비싼 휴양지였으니 그럴 법도 하다. 독일 늙은이는 내내 하얀 티팬티만을 걸친 채 무대에 오르려고 대기하고 있던 소녀들 중 한 명에게 슬쩍 신호를 보냈다. 이내 그녀가 다가왔고 친근하게 그의 넓적다리를 비집고 앉왔다. 그녀의 동그랗고 싱그런 젖가슴을 마주하게 된 늙은이의 얼굴은 너무 좋아 어쩔 줄 모른 나머지 빨갛게 홍조를 띠었다. 그녀가 그를 "파파"라고 부르는 것이 들렸다. 다소 거북한 느낌이 들어 나는 레몬을 탄 테킬라의 값을 지불하고 그곳을 빠져나왔다. 늙은이가 누릴 수 있는 마지막 기쁨 중 하나를 목격한 기분이 들었고, 그건 정말 지나칠 정도로 감동적이고 지나칠 정도로 친근한 것이었다.

바를 나와 바로 옆에 있는 노천 식당을 발견하고는, 자리를 잡고 앉아 게를 넣은 쌀 요리를 주문했다. 정말이지 서양 남자—보통 캘리포니아 사람들에 대해 우리가 갖고 있는 이미지대로라면 대부분이 캘리포니아 사람들 같아 보였다. 어쨌거나 모두가 비치 샌들을 신고 있었으니까—와 태국 여자로 이루어진 커플들이 테이블이란 테이블은 모조리 차지하고 있었다. 실은 어쩌면 호주 사람들이었는지도 모른다(이렇게 착각하기가 쉽다). 어쨌든 간에 그들은 건강하고 활동적이며 영양상태가 양호해 보였다. 그들은 세계의 미래였다. 옆 테이블에는 펑퍼짐한 몸매의 삼십대 태국 여자 둘이 신나게 수다를 떨고 있었다. 그녀들의 맞은편으로는 빡빡 밀어버린 머리에 포스트모더니즘적인 죄수 옷차림을 한 두 명의 영국 젊은이들이 맥주 한 모금 넘길 새도 없이 떠들어대고 있었다. 좀더 떨어진 곳에서는 짧게 깎은 빨간 머리에 멜빵바지를 입은 무척이나 땅딸막한 두 명의 독일 레즈비언들이 긴 검은 머리에 형형색색의 사롱*을 두른, 아주 천진난만해 보이는 얼굴의 매혹적인 소녀를 불러 동석하고 있었다. 또 국적을 알 수 없는 두 명의 아랍인들이 외따로 떨어져 있었다. 그들은 텔레비전에 야세르 아라파트가 나올 적이면 늘 보게 되는 행주 같은 것을 머리에 두르고 있었다. 요컨대 부자 혹은 부자 행세를 하는 인간들이 거기 모여 아시아 여성의 음부의 한결같이 달콤한 유혹에 응하고 있었다. 정말 이상한 건, 각 커플들을 보면 첫눈에 둘 사이의 분위기가 잘 풀려나갈지 아닐지를 알 것 같다는 것이었다. 대개의 경우 여자아이들은 지루해하며 뾰로통한 혹은 체념한 표정을 공공연히 드러내고 곁눈질로 다른 테이블을 쳐다보았다. 하지만 몇몇은 무언가를 기대하는 사랑스러운 태도로 시선을 자기 파트너 쪽에 둔 채 그가 하는 말에 귀를 기울이며 생기발랄하게 대답했다. 이 경우, 둘의 관계는 더 나아갈 수 있으며 우정 혹은 좀더 지속적인 관계로까지 발전되리라고 상상할 수 있다. 결혼하는 예, 특히 독일인과 결혼하는 예가 드물지 않다고 들은 적이 있다.

---

* 크고 긴 천으로 되어 남녀 구분 없이 허리에 둘러입는 옷.

나로서는 바에서 여자와 얘기 나누는 것에는 별 흥미가 없었다. 그런 대화는 곧 받게 될 섹스 서비스의 성격과 가격에 지나치게 기울어져 있기 마련이라, 대개 기대에 어긋나고 만다. 나는 마사지 룸을 더 선호했다. 거기선 섹스부터 시작한다. 때로 친근감이 생겨나기도 하지만 전혀 그렇지 않기도 하다. 어떤 때는 호텔에 가서 더 할까 싶기도 하지만 그럴 때마다 여자가 늘 흔쾌히 응하는 것은 아니다. 왜냐하면 여자가 이혼녀라 돌봐야 할 자식이 있는 경우도 있기 때문이다. 슬프긴 하지만 그래도 나쁠 건 없다. 나는 쌀 요리를 다 먹고 나서 '마사지 룸'이라는 제목의 포르노영화를 상상하기 시작했다. 태국 북부 출신의 젊은 여인 시리앵은, 밤새 술잔치를 벌이며 어울리던 사람들에게 이끌려 우연찮게 마사지 룸에 들른 미국인 대학생 밥에게 완전히 반해버린다. 밥은 그녀를 털끝조차 건드리지 않는다. 그저 그 멋진 짙푸른 눈으로 그녀를 쳐다보며 자기 고향—캐롤라인 북부 혹은 뭐 그 근방—에 대해 얘기하는 것으로 만족한다. 그후로 그들은 시리앵의 일터 바깥에서 몇 차례 다시 만난다. 하지만 안타깝게도 밥은 예일대에서 남은 학업을 마치기 위해 일 년간 떠나 있어야 했다. 생략. 시리앵은 내내 수많은 고객들의 요구를 들어주면서도 희망을 가지고 기다린다. 마음은 순수하다 해도 정작 그녀가 하는 일은 배 나오고 콧수염 달린 프랑스인들(제라르 쥐뇨 분)과 뚱뚱한 대머리 독일인(독일 배우 분)의 페니스를 열심히 애무하고 빨아주는 것이다. 마침내 밥이 돌아와 그녀를 그 지옥에서 꺼내주려 한다. 하지만 중국 마피아는 그의 말을 들어주려 하지 않는다. 밥은 어린 소녀들의 성 착취에 반대하는 인권단체 회장(제인 폰다 분)과 미국 대사를 개입시킨다. 태국 장군들(정치적 차원, 민주주의 가치에의 호소)이 공모하고 중국 마피아(삼합회 연상)가 일에 얽혀들어 있다는 점을 감안해보면 방콕 시내에서 서로 쫓고 쫓기는 난투극이 벌어졌으리라 생각해볼수 있다. 결국에는 밥이 승리한다. 거의 마지막 장면에서 시리앵은 처음으로 진지하게 자신이 알고 있는 모든 성性에 관한 지식들을 숨김없이 드러낸다. 마사지 룸의 보잘것없는 고용인으로서 그녀가 빨았던 그 모든 페니스들. 그녀는 결국 자신이 정착하게 될 밥의 페니스를 기다리는 희망, 오로지 그 바람 속에서 그것들을 빨았던 것이다(요컨대 이 얘긴 대화를 들어봐야 알 수 있다). 두 개의 강(짜오프라야 강, 델라웨어 강)이 나오면서 오버랩 화면. 마지막 자막. 유럽에 낼 만한 영화 광고로는 이미 특이하면서도 약간은 틀에 박힌 듯한 광고를 생각해두고 있었다. "〈뮤직 살롱〉*을 좋아했다면 〈마사지 살롱〉도 마음에 들 겁니다." 어쨌

_____

* 인도의 거장 사트야지트 레이 감독의 1958년도 명작.

거나 이 모든 게 모호하긴 했다. 당장 내겐 파트너가 없었으니까. 음식값을 지불한 후 그곳을 나와 여러 유혹의 손길들을 뿌리치며 150미터를 걸었다. 그리고 푸시 파라다이스 앞에 이르렀다. 문을 열고 들어갔다. 3미터 앞에 로베르와 리오넬이 각각 아이리시 커피를 시켜두고 앉아 있었다. 저 안쪽 유리창 뒤에는 오십여 명의 소녀들이 동그란 번호판을 달고 계단식 좌석에 앉아 있었다. 종업원 한 명이 재빨리 내 쪽으로 다가왔다. 뒤를 흘깃 돌아보다 나를 발견한 리오넬은 수치심에 얼굴이 온통 벌겋게 달아올랐다. 이어 로베르가 돌아보더니 느릿느릿한 동작으로 나를 불렀다. 리오넬은 입술을 자근자근 씹으며 어찌할 바를 몰라했다. 종업원이 내 주문을 받았다. "나는 우파요…… 그렇다고 날 적대시할 건 없소……" 로베르가 밑도 끝도 없이 입을 열었다. 그는 내게 경고라도 하듯 테이블 위로 검지를 까딱까딱했다. 여행 시작 무렵부터 그가 나를 좌파로 생각하고 기회가 되면 나와 얘기해보고 싶어한다는 것을 나는 알고 있었다. 그런 유치한 장난에 끼고 싶은 마음은 전혀 없었다. 담배에 불을 붙였다. 그는 차근차근 나를 아래위로 훑어보았다. "행복이란 미묘한 것. 우리 안에서 찾아보기 어려우며 다른 곳에서 찾아보기는 불가능한 것이다." 그는 거만한 어조로 말했다. 몇 초 지나 엄격한 목소리로 덧붙여 말하기를 "샹포르*의 말씀"이라고 했다. 리오넬은 완전히 반해버린 듯이 그를 쳐다보며 감탄하고 있었다. 그 문장은 내가 보기엔 적절치 못했다. '어렵다'와 '불가능하다'의 위치를 뒤바꾸면 훨씬 더 현실적일 것이다. 하지만 나는 그 대화를 계속하고 싶지 않았으며, 기필코 정상적인 관광의 분위기로 되돌아와야만 할 것 같았다. 더욱이 약간은 깡말라 보일 정도로 아주 날씬하면서도 입술이 도톰하고 상냥해 보이는 47번이 마음에 들기 시작했다. 그녀는 빨간 미니스커트 차림에 검은 스타킹을 신고 있었다. 내 관심이 딴 데 가 있다는 걸 안 로베르는 리오넬 쪽으로 몸을 틀었다. "나는 진실을 믿소. 진실과 증거 원칙을 믿는다오." 그는 나직한 목소리로 말했다. 나는 관심 없이 듣는 둥 마는 둥 하다가 놀랍게도 그가 수학교수 자격자이며 젊은 시절에는 노르웨이 수학자 소푸스 리 학파의 혁신적인 연구 프로젝트에 가담하기도 했다는 사실을 알게 됐다. 이 새로운 정보에 나는 즉각적으로 반응했다. 그러니까 당신이 개척자처럼 처음으로 진리를 명확히 인식하고, 그것을 입증해낼 수 있는 그 어떤 확신을 가질 수 있었던 그런 분야, 그런 지적인 부문이 있었단 말이군요. "네……" 그는 거의 마지못해 동의했다. "원래 그 모든 건 더 일

---

* 프랑스 작가. 냉철한 눈으로 구체제 말기 상류 사회의 인간과 풍속에 신랄한 비평을 가한 『성찰·잠언·일화』가 유명하다.

반적인 차원에서 재확인되었습니다." 그는 가르치는 일을 했는데 주로 그랑제콜 준비반을 맡았었다. 머릿속이 오로지 파리 이공과대학이나 국립고등기술공예학교에 들어갈 생각으로만 가득 찬 어린 머저리 녀석들을 속성으로 준비시키는 데 중년을 보내면서, 정말이지 아무런 즐거움도 느끼지 못했다고, 심지어 그 가운데 아주 뛰어난 녀석들을 가르치면서도 그랬다고 했다. "어쨌거나 나는 창조적인 수학자로서의 재능은 없었던 겁니다. 그런 건 극소수에게나 주어지는 것이죠." 그는 덧붙여 말했다. 70년대 말, 그는 교육부 산하 수학교육 개혁위원회에도 참여했었다. 그가 털어놓은 바대로 아주 바보 같은 짓거리였다. 이제 그의 나이 쉰셋. 삼 년 전 퇴직하고부터 매춘 관광만 하고 있었다. 또 세 번이나 결혼도 했었다. "나는 인종차별주의자요." 그는 쾌활하게 말했다. "인종차별주의자가 돼버린 거요…… 여행을 하면 제일 먼저 달라지는 것 중 하나가 인종에 대한 편견이 더욱 강해진다거나 혹은 없던 편견을 갖게 된다는 것이오. 사실 타인을 제대로 알기 전에 어떻게 그가 어떤 사람인지 상상을 할 수 있겠소? 자기와 똑같다고 생각하면 모를까, 뻔한 얘기지 않소. 그러니 그런 생각과 현실이 다소 다르다는 것은 아주 더디게나 깨달아갈밖에. 서양인은 할 수 있을 때 일을 합니다. 종종 일 때문에 지루해하거나 분노하기도 하지만 겉으로는 일에 재미 들린 척합니다.

이런 경우는 흔히 볼 수 있는 사례지요. 난 쉰 살이 됐을 무렵, 교육이고 수학이고 모든 것에 진력이 나 있던 터라 세상을 여행해보기로 결심했소. 막 세번째 이혼을 하고 났을 때였지요. 여행초기에는 성적인 측면에 대해서는 그리 별난 기대를 갖고 있진 않았소. 처음 여행한 곳이 태국이었다오. 그리고 곧바로 마다가스카르로 떠났지요. 이후로는 백인 여자와는 성관계를 해본 적이 한 번도 없소. 그러고 싶은 욕망이 생긴 적조차 없었다오. 내 말은 사실이오." 그는 리오넬의 팔뚝에 자신 있게 손을 얹으며 덧붙여 말했다. "부드럽고 유순하고 유연하고 힘있는 훌륭한 음부는 백인 여성에게서는 더이상 찾아볼 수가 없는 거요. 다 완전히 사라져버렸소." 47번은 내가 집요하게 자기를 쳐다보고 있다는 것을 눈치챈 듯했다. 그녀는 내게 미소지었고 진홍색의 가터벨트를 드러내 보이며 다리를 매우 높게 쳐들어 꼬았다. 로베르는 계속해서 자기 생각들을 늘어놓았다. "백인이 스스로를 우월하다고 여겼을 당시 인종차별주의는 위험한 게 아니었소. 본국인, 선교사, 19세기 평신도 교사 들에게 흑인은 재미난 생활 습관을 가진, 그다지 심술궂지 않은 미련한 동물, 약간 진화된 일종의 원숭이였소. 최악의 경우 흑인은 이미 복잡한 일도 해낼 수 있는 유용한 짐바리 짐승으로 간주되었고, 최상의 경우라고 하면 촌스럽고 세련되지는 못하나 교육을 시키면 신의 경지 혹은 서구인의 이성까지도 다다를 수 있는 사람쯤으로 취급되었지. 어쨌거나 '열등한 형제'쯤으로 보았으니, 그런 열등한 자에 대해서는 기껏해야 보잘것없는 선의善意 정도를 갖게 될망정 증오심을 품게 되진 않는 법이잖소. 그렇지만 휴머니스트적이라 할 수 있는 그런 너그러운 인종차별주의는 이제 완전히 사라졌소. 백인들이 흑인을 동등한 존재라고 여기기 시작하는 순간부터, 조만간 이들이 그들을 우월한 존재로 여기게 되리라는 것은 명백한 사실이 되었소." 그는 다시 검지를 세워들고 계속 말을 이었다. 한순간 나는 그가 아는 잡학들—라 로슈푸코인지 뭔지는 몰라도 아무튼—을 끄집어내리라는 생각이 들었다. 하지만 아니었다. 리오넬은 이맛살을 찌푸렸다. 로베르는 자기 얘기가 잘 전달되기나 하는지 염려스러운 기색으로 말했다. "백인들이 스스로를 열등한 존재로 생각하면서부터, 마조히즘을 바탕으로 한 새로운 유형의 인종차별주의가 출현할 만반의 태세가 갖춰진 겁니다. 역사적으로 보면 폭력과 종족 간의 전쟁, 대학살이 발생하게 된 것이 바로 그러한 상황에서였습니다. 예를 들어 어떤 유태인 배척자들이든 하나같이 유태인들에게 그 어떤 계급적인 우월성을 부여하고 있다는 사실을 보세요. 유태인을 배척하는 당시의 글들을 본다면, 놀랍게도 유태인이 더욱 똑똑하고 더욱 꾀바른 것으로 묘사되어 있으며 금융 부분이나 그 밖에 공동체적인 연대감에서 우수한 자질이 있다고 쓰여 있다는 것을 발견하게 됩니다. 그리고 그 결과는 육백만 명의 죽음이었지요."

나는 또 한번 47번을 쳐다봤다. 기다림이라는 건 무척 흥분되는 순간이다. 이런 기다림의 순간은 아주 오래도록 지속시켰으면 싶다. 하지만 그 여자아이가 또다른 손님과 나가버릴 위험은 언제나 도사리고 있는 법. 나는 종업원에게 살짝 손짓했다. 로베르는 내가 무슨 반박이라도 하려는 줄 알았는지, "나는 유태인이 아니란 말이오!" 하고 소리쳤다. 사실 나는 여러 가지 반증을 제시할 수도 있었다. 어쨌거나 여긴 태국이고 백인들은 황인들을 결코 '열등한 형제'가 아닌 복잡하고 진화된 존재, 경우에 따라서는 위험하기도 한 다른 문명의 일원으로 취급하고 있다. 또 우리가 섹스하기 위해 이곳에 있으며 이러한 토론은 시간 낭비일 뿐이라고 한마디할 수도 있었다. 사실 그게 바로 내가 하고 싶었던 반박의 요지였다. 종업원이 우리 테이블로 다가왔다. 로베르는 잽싸게 음료를 리필해달라고 말했다. "여자아이를 데려와요" 하고 나는 가느다란 목소리로 말했다. "47번 여자아이." 하지만 그는 무슨 소린지 모르겠다는 걱정스러운 얼굴을 내게 들이밀 뿐이었다. 한 무리의 중국인들이 바로 옆 테이블에 와 앉아 시끄럽게 떠들고 있었다. "47번 여자!" 하고 나는 음절 음절을 똑똑 끊으며 외쳤다. 그가 이번에는 알아듣고 함지박만한 미소를 짓더니 유리창 앞에 놓인 마이크 쪽으로 가서는 뭐라 말을 했다. 그 여자아이가 일어나 계단식 좌석을 내려오더니 머리카락을 매만지며 측면 출구로 향했다. 로베르는 나를 곁눈질로 쳐다보며 계속 말했다. "인종차별주의의 특징은 우선 타 종족 남성들 간에 적개심이 커지고 경쟁심이 더욱 거세지는 것으로 얘기할 수 있을 것이오. 하지만 이 경우 자기와 다른 종족의 여성에 대해 성적 욕구가 높아지는 것은 필연적 귀결이오." 로베르는 명확하게 음절을 끊어가며 말했다. "종족 간 싸움의 진정한 목표는 경제적인 것도 문화적인 것도 아니라 생물학적이고 야만적인 것이오. 요컨대 젊은 여성의 질을 놓고 다투는 것이지." 그가 조만간 다윈주의에 대해 입을 열 것 같다는 느낌이 들었다. 그 순간 종업원이 47번을 데리고 우리 테이블 쪽으로 돌아왔고 로베르는 시선을 들어 그녀를 오랫동안 응시했다. "잘 골랐군요…… 딱 까지게 생겼으니." 그는 침울하게 말을 맺었다. 여자아이는 수줍게 미소지었다. 나는 마치 그녀를 보호하려는 것처럼 그녀의 치마 속으로 손을 집어넣고 엉덩이를 어루만졌다. 그녀는 내 쪽으로 몸을 바싹 붙였다.

"실은 우리 동네에서도 이제는 더이상 백인들이 기를 못 편답니다." 리오넬은 아무런 상관도 없는 소릴 하며 끼어들었다. "맞습니다!" 하고 로베르가 적극적으로 맞장구를 쳤다. "그래서 두

렵죠? 당연한 겁니다. 앞으로 몇 년간 유럽에는 종족 간 폭력 사태가 점점 많아질 겁니다. 모든 건 결국 내전으로 이어지고, 곧 칼라시니코프 총으로 끝이 날 겁니다." 그는 입에 약간 거품을 물고 말했다. 그리고 단숨에 칵테일 잔을 비웠다. 리오넬은 다소 두려운 듯 그를 지켜보기 시작했다. 로베르는 자기 잔을 테이블 위에 거칠게 내려놓으며 덧붙였다. "난 이제 더이상 아무것도 걱정하지 않소! 서양인이지만 내가 원하는 곳에서 살면 되는 거고, 지금 내 손엔 돈도 있으니 안 될 것도 없지. 세네갈, 케냐, 탄자니아, 코트디부아르에 가봤소. 거기 여자들은 태국 여자들보다 능숙하진 못합니다. 태국 여자에 비해 사실 온순한 건 아니지만, 허리 놀림도 유연하고 음부에선 향내가 나지요." 순간 어렴풋이 몇몇 추억이 떠올랐는지 그는 별안간 입을 다물었다. 그때를 틈타 나는 "이름은?" 하고 47번에게 물었다. "신이에요" 하고 그녀가 대답했다. 옆 테이블의 중국인들도 여자를 골라 왁자지껄하게 웃어대며 계단 쪽으로 나갔다. 그러고 나니 다시 좀 조용해진 듯싶었다. "거기 검둥이 여자들은 바닥에 엎드립니다. 그렇게 음부와 엉덩이를 갖다대는 거죠." 로베르는 생각에 잠긴 듯 말했다. 그리고 "음부 안쪽은 온통 분홍빛이라오……" 하고 중얼거리듯 덧붙여 말했다. 나는 자리에서 일어났다. 리오넬은 내게 고마워하는 눈빛을 보냈다. 내가 제일 먼저 여자를 데리고 나가서 다행이다 싶은 모양이었다. 자기가 덜 거북할 테니까. 나는 고개를 까딱이며 로베르에게 작별 인사를 했다. 그는 가뜩이나 강해 보이는 인상에다가 찡그릴 대로 찡그려 우거지상을 하고는 바 안―그리고 더 나아가 그 안에 있는 인간들―을 가차없는 시선으로 둘러보았다. 그는 자기 생각을 표현했으며 어쨌거나 적어도 그럴 기회는 가졌다. 하지만 그의 얘기들은 내 기억에서 금방 잊힐 것 같았다. 별안간 그가 볼장 다 본 패배자처럼 여겨졌다. 심지어 이제 더는 거기 여자들과 섹스할 마음조차 없는 것 같다는 느낌마저 들었다. 인생은 부동不動화의 과정이라고 특징지어 말할 수 있다. 어렸을 때는 그렇게나 꼬리를 흔들어대다가 좀 나이를 먹으면 눈에 띄게 무기력해지는 프렌치불도그에게서 뚜렷이 찾아볼 수 있는 과정이다. 로베르에게서는 이 과정이 벌써 상당히 진행되어 있었다. 아마도 아직 발기야 되겠지만, 아니 그것조차도 확실치가 않았다. 언제든 인생에서 무언가를 이해한 척, 영리한 척할 수는 있는 법이지만 생은 언제고 끝나기 마련이다. 내 운명도 그의 운명과 비슷했으며 우린 똑같은 패배자였다. 그렇지만 나는 그에게 끈끈한 유대감 따위는 조금도 느끼지 못했다. 사랑이 없으면 아무것도 신성시되지 않는다. 눈꺼풀 아래로 빛을 발하는 점들이 뭉쳐진다. 거기에는 비전이 있고 꿈이 있다. 이 모든 것은 이제 밤을 기다리는 인간과는 무관하다. 하지만 밤

158

은 온다. 나는 종업원에게 이천 밧을 지불했고 종업원은 계단으로 이어지는 이중문까지 나를 배웅해줬다. 신은 내 손을 잡고 있었다. 한두 시간 동안 그녀는 나의 행복을 위해 헌신할 것이다.

마사지 룸에서 진짜 섹스를 원하는 여자를 만난다는 건 정말 극히 드문 일이다. 방에 들어가자마자 신은 내 앞에 무릎을 꿇고 앉아 내 바지와 팬티를 끌어내리고 페니스를 두 입술 사이에 집어넣었다. 나는 이내 팽팽해지기 시작했다. 그녀는 입술을 내밀더니 혀로 살짝살짝 귀두를 끄집어냈다. 나는 눈을 감았다. 현기증 같은 것이 느껴졌고 그녀의 입속으로 빨려들어갈 것 같았다. 그녀는 별안간 멈추더니 미소지으며 옷을 벗어 의자 위에 개어놓았다. "마사지는 나중에……" 하고 그녀는 침대 위에 길게 드러누우며 말했다. 그러고는 허벅지를 벌렸다. 나는 이미 그녀 몸안에 들어가 맹렬하게 허리를 움직이고 있었다. 그 순간 콘돔을 깜빡한 게 생각났다. 세계의사회의 보고서에 의하면 태국 매춘부 중 삼분의 일이 에이즈 보균자라고 했다. 그렇지만 그 순간 그것 때문에 오싹하는 두려움을 느꼈던 건 아니었다. 단지 약간 짜증이 났을 뿐이었다. 분명 그런 에이즈 방지 캠페인들은 완벽한 실패였다. 어쨌거나 내 물건은 약간 시들해졌다. "뭐가 잘못됐어?" 그녀는 팔을 괴고 상체를 들며 걱정스레 물었다. "어쩌

면······ 콘돔이" 하고 나는 당혹스레 말했다. "문제없어, 노 콘
돔······ 아임 오케이!" 그녀는 쾌활하게 대꾸했다. 그녀는 한 손
을 내 불알에 대고 다른 한 손으로는 페니스를 덮었다. 나는 등
을 대고 길게 누워 그녀의 애무에 푹 빠졌다. 그녀 손의 움직임
이 점점 빨라졌고 나는 다시 피가 페니스로 몰려드는 느낌이 들
었다. 어쨌거나 보건소에서 건강진단 같은 거든 뭐든 하긴 하겠
지. 물건이 서기가 무섭게 그녀는 내 위로 올라탔다가 별안간 다
시 몸을 아래로 내렸다. 나는 그녀의 허리 뒤로 깍지를 꼈다. 그
녀에게 모든 걸 내맡겨버렸다. 그녀는 약간씩 골반을 움직이기
시작했고, 점차 그녀의 쾌감도 고조되는 듯했다. 좀더 깊숙이 삽
입하기 위해 그녀의 넓적다리를 벌렸다. 혼이 빠져나갈 것같이
짜릿한 쾌감이었다. 좀더 오래 끌기 위해 아주 천천히 호흡했다.
내 안에 얽혀 있던 모든 스트레스가 모조리 해소되는 듯했다. 그
녀는 내 위로 길게 엎드려 쾌락에 겨운 작은 신음 소리를 내며
내 치골에다 자기 치골을 세차게 비벼댔다. 나는 손을 그녀 목덜
미로 가져가 어루만졌다. 그녀는 오르가슴에 다다른 순간 동작
을 멈추더니 가쁜 숨결을 길게 내쉬고 내 가슴 위로 풀썩 무너졌
다. 나는 줄곧 그녀 안에 있었다. 그런데 그녀의 음부가 또다시
페니스를 조이는 느낌이 들었다. 저 안쪽에서부터 나를 아주 깊
숙이 끌어당기며 수축하더니 그녀는 두번째 오르가슴을 느꼈다.

나도 모르게 그녀를 품안에 꽉 조여안고 신음 소리를 내며 사정했다. 그녀는 내 가슴 위에 머리를 얹은 채 십여 분 동안 꼼짝 않고 있었다. 그러고는 일어나서 같이 샤워를 하자고 했다. 그녀는 갓난아기한테 하듯 수건으로 톡톡 치면서 아주 꼼꼼하게 내 몸의 물기를 닦아주었다. 나는 다시 긴 소파에 앉아 그녀에게 담배를 권했다. 그녀가 말했다. "우리 시간 있어…… 시간 조금 있어." 그녀는 서른두 살이었다. 이 일이 싫다고 했지만, 남편이 애 둘을 남기고 떠나버렸다고 했다. "나쁜 사람. 태국 남자, 나쁜 남자" 하고 그녀는 말했다. 나는 같이 일하는 여자들 중에 친구가 있느냐고 물어보았다. 친구랄 건 없다고, 그녀는 대답했다. 대부분이 어리고 골 빈 애들이라 번 돈을 옷이며 향수 사는 데 써버린다고 했다. 그러나 자신은 그렇지 않다고, 신중하게 돈을 은행에 넣어둬서, 몇 년 후면 일을 그만두고 고향에 돌아가 살 수 있을 거라 했다. 부모님이 연로해서 도와야 한다고.

헤어지는 순간 그녀에게 팁으로 이천 밧을 주었다. 웃기는 짓이었다. 지나치게 많은 액수였으니까. 그녀는 안 믿어진다는 듯이 지폐를 받고는 가슴 높이까지 두 손을 모아들고 내게 몇 번이나 인사했다. "유 굿 맨" 하고 그녀가 말했다. 그녀는 미니스커트를 입고 스타킹을 신었다. 문 닫을 때까지 두 시간 더 일해야 한다고 했다. 나를 문까지 배웅하고 또 한번 두 손을 모았다. 그녀는 "잘 가" "잘 지내"라고 말했다. 생각에 잠긴 채 나는 거리로 나왔다. 다음날 아침 여덟시에 마지막 여행지로 출발하기로 되어 있었다. 나는 발레리가 그날 자유시간을 어떻게 보냈을지 궁금했다.

11

"가족한테 줄 선물을 샀어요. 아주 근사한 조가비가 있더라구
요" 하고 그녀가 말했다. 배는 짙은 밀림으로 뒤덮인 석회 절벽
들 한가운데, 청록색 수면을 가르고 있었다. 내가 보물섬의 배경
으로 생각했던 바로 그 풍경이었다. "어쨌거나 자연을 알아야죠.
아무렴⋯⋯" 하고 내가 말했다. 발레리는 진지한 표정으로 내
쪽을 돌아봤다. 그녀는 끈으로 머리를 묶고 있었는데 얼굴 양옆
으로 곱슬머리 몇 가닥이 삐져나와 바람에 흩날리고 있었다. "자
연이라는 건 어쨌거나 여러 번 느끼는 거지만⋯⋯" 나는 의기소
침하게 말했다. "자연과 의사소통하는 법을 가르치는 강의가 있
어야 할 겁니다. 댄스 교실에서 강의를 하듯이요. 하지만 나는
회계 일에 너무 많은 시간을 바치면서, 자연과는 아예 동떨어져

살아온 것 같군요." 그녀는 차분하게 말했다. "오늘이 12월 31일
인 거 아시죠?……" 나는 한결같은 창공, 청옥빛의 바다를 번갈
아 쳐다보았다. 아니, 사실 까맣게 잊고 있었다. 이렇게 따뜻한
곳도 있는데, 매년 마지막 날이 시리도록 차가운 지역들을 인류
가 정복하는 데는 엄청난 용기가 필요했을 것이다.

    손이 자리에서 일어나 여행팀에게 말을 건넸다. "이제 우리 꼬
삐삐 가까이 가요. 말했죠? 거긴 갈 수 없어요. 수영복 입었어요?
깊지 않아 걸어가요. 물속 걸어요. 가방은 아니고. 가방은 나중
에." 배 조종사가 곶을 지나 모터를 껐으나, 배는 달리던 여세로
계속 나아가 정글로 뒤덮인 해안 절벽들이 늘어선 한가운데에 동
그랗게 나 있는 조그마한 내포內浦까지 이르렀다. 투명한 녹색의
파도가 거짓말처럼 새하얀 모래사장으로 와 부딪히곤 했다. 숲
한가운데, 그러니까 막 언덕이 시작되는 지점 바로 앞으로 나무
로 지은 방갈로들이 눈에 띄었다. 지붕은 종려나무 가지로 뒤덮
이고, 말뚝이 방갈로를 지탱하고 있었다. 관광객들 사이에 잠깐
침묵이 맴돌았다. "지상 천국……" 실비는 정말 감정에 목이 멘
듯이 가만가만 말했다. 약간은 과장이었다. 말하자면 그녀가 이
브가 아니고 나도 그다지 아담 같진 않았으니 말이다.

    우리는 한 명 한 명 일어나서 배의 늑재를 뛰어넘었다. 나는
조제트와 그녀의 남편까지 배에서 내리는 것을 도왔다. 조제트

는 치마를 허리까지 치켜들고 있었는데 일어서기가 힘든 모양이었다. 어쨌거나 그녀는 풍경에 도취되어 있었고 그 흥분에 재채기까지 해댔다. 나는 뒤를 돌아봤다. 태국 선원이 노에 기댄 채 승객들이 모두 배에서 내리기를 기다리고 있었다. 발레리는 손을 깍지 껴 무릎 위에 놓고 슬그머니 내게 시선을 던지며 난처한 미소를 지어 보였다. 그러더니 결국 "수영복 입는 걸 깜빡했어요……" 하고 말했다. 나는 도리 없다는 표시로 천천히 두 손을 쳐들었다. 그리고 "내가 도와줄게요……" 하고 멍청하게 말해버렸다. 그녀는 짜증스러운 듯이 입술을 깨물더니 일어나 단번에 바지를 벗었다. 그녀는 모험 정신에 전혀 걸맞지 않게 아주 섬세한 레이스로 된 팬티를 입고 있었다. 옆으로 삐져나온 체모는 숱이 많은 편이었고 새까맸다. 나는 고개를 돌리지 않았다. 멍청한 짓이었다. 하지만 뭐 그리 집요하게 쳐다본 건 아니었다. 나는 배 왼편으로 내려가 그녀에게 팔을 뻗어 도와주었다. 이번에는 그녀가 배에서 뛰어내렸다. 물이 허리까지 찼다.

해변에 이르기에 앞서 발레리는 또다시 조카들한테 주려고 산 조개 목걸이들을 들여다봤다. 그녀의 오빠는 자격증을 따자마자 석유회사 엘프에서 지질탐사 엔지니어직을 얻었다. 그는 몇 달간 인턴으로 근무하다 첫 발령지인 베네수엘라로 떠났다. 그리고 일

년 지나 그곳 여자와 결혼했다. 그는 그전엔 여자 경험을 제대로 해본 적이 없었을 것이라 했다. 어쨌든 여자를 집에 데려온 적이 한 번도 없었으니까. 공학 공부를 하는 사내들이 종종 그렇다. 놀러 다니고 여자친구 사귈 시간도 없으니까. 그들한테 여가 활동이라는 건 고작해야 이지적인 롤플레잉 게임이나 인터넷으로 하는 체스 같은 별 소득 없는 오락거리들이다. 학위를 따고 처음 직장을 갖고 나면 돈, 직업적 책임 의식, 섹스 등 모든 것을 동시에 알게 된다. 열대지방에 발령을 받았을 경우 견뎌내는 일은 극히 드물다. 베르트랑은 혼혈 여자와 결혼했다. 몸이 아주 매력적인 여자였다. 바캉스 때면 생 케 포르트리의 해변에 있는 부모님 댁에 몇 번 오곤 했는데 그때마다 발레리는 그녀에게 격렬한 욕망이 생기곤 했다. 그녀는 자신의 오빠가 섹스하는 모습은 상상할 수가 없었다. 하지만 벌써 애가 둘이었고, 정말 행복한 부부 같아 보였다. 주아나한테 줄 선물을 사는 건 어렵지 않았다. 보석을 좋아했으니까. 갈색 피부라 밝은 색깔의 보석이 기막히게 잘 어울렸다. 그렇지만 베르트랑에게 줄 선물은 사지 못했다고 했다. 남자들은 워낙 무던해서 무얼 줘야 좋아할지 감이 안 온다고 했다.

나는 호텔 로비에서 집어온 〈푸껫 위클리〉를 뒤적거리고 있었다. 그 순간 발레리가 해변을 따라 걷는 모습이 눈에 띄었다. 약간 멀찍한 곳에서는 한 무리의 독일인들이 나체로 물놀이를 하고 있었다. 그녀는 잠시 주저하더니 내 쪽으로 다가왔다. 햇빛에 눈이 부셨다. 대략 정오 무렵이었던 것 같다. 어떤 방법으로든 나는 기어코 게임의 규칙대로 행동해야만 했다. 바베트와 레아가 우리 앞을 지나갔다. 어깨에 비스듬히 가방을 메고 있었는데 그것을 제하면 그녀들 역시 홀딱 벗은 몸이었다. 나는 별 반응을 않고 무덤덤하게 정보만 체크했다. 반면 발레리는 호기심에 찬 듯 거리낌없이 한참 동안 그녀들을 주시했다. 그녀들은 독일인들과 꽤 가까운 곳에 자리를 잡았다. "난 물속에 들어갈게요……" 하고 내가 말했다. "난 이따가요……" 하고 그녀가 대답했다. 나는 별다른 어려움 없이 물속으로 들어갔다. 물은 따뜻하고 투명했으며 그 잔잔함이 감미로울 정도였다. 조그마한 은빛 물고기들이 수면 가까이에서 헤엄치고 있었다. 해안으로부터 100미터 떨어진 곳에서도 발이 바닥에 닿았는데, 모래언덕이 무척 부드러웠다. 수영 팬티에서 내 물건을 꺼내서 그날 아침에 본, 레이스 팬티에 반쯤 가려 있는 발레리의 음부를 눈을 감고 상상했다. 물건이 곧 팽팽해졌다. 그것만으로도 흥분이 되었다. 그것도 동기가 될 수 있으니까. 한편으로 우리는 살아가야 하며 인간관계도 만들어가야 한다. 하지만 나는 대개 지나치게 긴장해 있었다. 그것도 너무나 오래전부터. 저녁마다 배드민

턴이든지 합창이든지 뭐든 했어야 했다. 그러나 내가 떠올릴 수 있는 것은 오로지 여자, 어쨌든 같이 잤던 여자들뿐이었다. 물론 그것도 나름대로 가치가 있었다. 추억을 만드는 건 죽는 순간 외로움을 덜 느끼기 위한 거니까. 아니, 그런 식으로 생각하면 안 되지. 나는 얼빠진 듯이 중얼거렸다. "긍정적으로 사고하고, 다른 방식으로 사고하라." 열 길마다 멈춰 서며 긴장을 풀기 위해 심호흡을 하며 천천히 뭍으로 다가갔다. 모래 위에 발을 내딛는 순간 제일 먼저 눈에 띈 것은 비키니 브래지어를 벗어던진 발레리의 모습이었다. 당장에는 엎드려 있지만 곧 몸을 뒤집으리라는 건 행성의 운동만큼이나 뻔한 사실이었다. 내 자리가 정확히 어디였더라? 나는 살짝 등을 구부린 채 내 비치 타월 위에 앉았다. "다른 방식으로 사고하라" 하고 나는 혼잣말로 되뇌었다. 이미 여자 젖가슴들을 본 적이 있었고 애무도 해봤고 핥아보기도 했지만, 나는 또 충격에 빠졌다. 물론 진작부터 그녀의 가슴이 매력적일 거라 예상은 하고 있었다. 하지만 정말이지 상상한 것 이상이었다. 그녀의 유두와 유륜에서 시선을 뗄 수가 없었다. 그녀도 내 시선을 아예 모른 척할 수만은 없었을 것이다. 그렇지만 그녀는 입을 다물고 있었다. 그 몇 초가 내겐 무척이나 길게 느껴졌다. 여자들의 머릿속엔 정확히 뭐가 들어 있을까? 여자들은 너무나도 쉽게 게임의 규칙들을 받아들인다. 거울 앞에 서서 자기의 나신을 바라보는 그녀들의 시선 속에서 때로 자기의 유혹 능력을 냉정하게 가늠하는 일종의 현실주의를 발견하게 된다. 그 어떤 남자도 결코 이르지 못할 냉정한 현실주의다. 시선을 떨구며 먼저 게임을 끝내버린 건 바로 나였다.

이어 얼마 동안이었는지 분간 못할 만큼 시간이 흘렀다. 그렇지만 해는 여전히 중천에 떠 있었고, 햇빛은 극도로 강렬했다. 내 시선은 하얀색의 분말가루 같은 모래 위에 꽂혀 있었다. "미셸……" 하고 그녀가 부드럽게 말했다. 나는 한 대 얻어맞은 듯이 퍼뜩 고개를 들었다. 그녀의 짙은 갈색 눈이 내 눈을 뚫어져라 바라봤다. "태국 여자들이 서양 여자들보다 뭐가 더 나은 거죠?" 그녀는 또랑또랑한 말투로 물었다. 이번에도 역시 나는 그녀의 시선을 견뎌낼 수가 없었다. 숨쉬는 대로 그녀의 가슴이 움직이고 있었다. 유두는 딱딱해진 듯 보였다. 바로 그 순간, 대답할 마음이 생겼다. "그런 거 없어요." 그러고는 무슨 생각인가 머리에 떠올랐다. 아주 좋지 않은 생각이었다.

"여기 기사 좀 봐요. 무슨 기획광고 같지요……" 나는 그녀에게 〈푸껫 위클리〉를 건넸다.

"'긴 인생을 함께할 동반자를 찾으세요…… 교육을 잘 받은 태국 여성들', 이거요?"

"네, 아래쪽에 인터뷰한 것도 있어요."

검은 양복에 칙칙한 색깔의 넥타이를 맨 하트 투 하트 사장, 샴 사와나시가 미소짓는 얼굴로, 자회사가 어떻게 운영되는지를 묻는 열 가지 예상 질문에 대해 대답한 것이었다.

사와나시 씨는 다음과 같이 말했다.

"정작 자기 나라에서는 별로 진가를 인정받지 못하고 존경받지도 못하는 서양 남성과, 단순히 자기 일을 하고 일이 끝나면 기분 좋게 가족의 품으로 돌아가고자 하는 누군가를 원하는 태국 여성은 거의 완벽하다 할 정도로 잘 어울리는 것 같습니다. 대부분의 서양 여자들은 그런 재미없는 남편을 원하지 않지요."

그가 계속해 말하기를,

"이것을 확인할 수 있는 가장 손쉬운 방법은 어떤 잡지든 '짝 찾기' 광고를 한번 들여다보는 겁니다. 서양 여자들은 어떤 비전을 추구하고 어느 정도 춤을 잘 춘다든지 똑똑하게 대화를 이끌어나갈 수 있는 '사교적인 기술'을 갖춘 사람, 흥미롭고 자극적이며 매력적인 누군가를 원합니다. 우리 카탈로그를 보십시오. 여자들이 무엇을 원한다고 하는지 한번 보십시오. 그녀들이 원하는 것은 정말이지 너무나도 단순합니다. 그녀들은, 꾸준한 직업을 가지고 사랑스럽고 이해심 많은 '남편'이자 '아버지'이고자 하는 남성과 '영원히' 정착해서 살 수 있다면 행복할 거라고 끊임없이 말합니다. 미국 여성과는 결코 이룰 수 없는 행복이지요."

그리고 이렇게 말을 맺었다.

"서양 여성들이 남성의 진가를 인정하지 않고 전통적인 가족 생활을 경시하듯, 결혼이란 그녀들이 할 만한 게 못 됩니다. 나는 현대 서양 여성들이 스스로가 경멸하는 것을 피해나갈 수 있도록 돕고 있는 것입니다."

"이 사람 말이 맞긴 맞네요…… 이것도 분명 시장 원리지요……" 발레리는 우울하게 말했다. 그녀는 잡지를 내려놓고는 생각에 잠긴 듯 잠자코 있었다. 그 순간 로베르가 우리 앞을 지나갔다. 그는 뒷짐을 쥐고 침울한 눈빛으로 해변을 따라 거닐고 있었다. 발레리는 별안간 몸을 돌려 시선을 반대쪽에 뒀다.

"저런 인간 싫어요……" 그녀는 짜증스러운 듯 속삭였다.

"그래도 바보는 아닙니다……" 나는 꽤 중립적인 태도를 취했다.

"바보는 아니죠. 하지만 난 싫다구요. 다른 사람들을 놀라게 하고 늘 적을 만들려 들잖아요. 그런 게 싫은 거예요. 당신은 적어도 사람들하고 어울리려 들잖아요."

"그렇게 보여요?" 나는 놀란 눈으로 그녀를 쳐다봤다.

"그럼요. 물론 당신이 좀 힘들어한다는 거, 바캉스 체질이 아니라는 건 알겠어요. 하지만 적어도 당신은 노력을 하잖아요. 사실 난 당신이 괜찮은 남자라고 생각해요."

이 순간, 나는 그녀를 품에 안고 가슴을 애무하며 키스할 수도 있었다. 아니 그랬어야 했다. 하지만 멍청하게도 그러지 못했다. 오후는 계속되었고, 태양은 종려나무들 위로 나아가고 있었다. 우리는 무의미한 얘기만 주고받았다.

그해 마지막 날 만찬에서 발레리는 약간은 투명하고 무척 하늘거리는 녹색 천으로 된 긴 원피스를 입고 있었다. 윗부분이 가슴을 넉넉히 드러내주는 끈 없는 브래지어와 비슷하게 생긴 옷이었다. 후식이 끝나자 테라스에서는 밥 딜런의 슬로 록을 편곡하여 허밍으로 노래하는 이상한 노인네 가수와 오케스트라의 공연이 있었다. 탄성 소리가 들리는 쪽을 돌아보니, 바베트와 레아가 보였고, 언뜻 보기로 그녀들은 독일인들 무리에 완전히 합류해 있는 것 같았다. 조제트와 르네는 둘 다 사랑스러운 비도숑같이 다정스레 서로 얼싸안고 춤추고 있었다. 그날 밤은 더웠다. 난간에 걸어놓은 색색의 초롱에는 자벌레나방들이 빽빽이 모여들었다. 나는 가슴이 턱 막히는 느낌이 들어 위스키를 벌컥벌컥 마셔댔다.

"아까 잡지 인터뷰 기사에서 그가 한 말 말이죠……"

"네……" 하고 발레리가 내 쪽으로 시선을 들었다. 우리는 등

나무로 된 긴 의자 위에 나란히 앉아 있었다. 그녀의 젖가슴은 브래지어 안쪽으로 꽉 들어차 동그랗게 모아져 있었다. 얼굴은 화장을 한 상태였다. 게다가 풀어헤친 긴 머리칼은 그녀의 어깨 위에서 찰랑거리고 있었다.

"특히 미국 여자들의 경우에는 맞는 말이라고 생각해요. 하지만 유럽 여성들의 경우에는 꼭 그렇다고 할 수 없지요."

그녀는 애매하게 뾰로통한 얼굴을 한 채 입을 다물었다. 분명 나는 그녀에게 같이 춤을 추자고 했어야 했다. 다시 위스키를 마시며 의자에 등을 기대고 깊이 심호흡을 했다.

정신이 들었을 때 그곳은 거의 텅 비어 있었다. 가수는 느릿느릿한 타악기 반주에 맞춰 줄곧 태국어로 나지막이 노래를 부르고 있었다. 하지만 이제 노래를 듣는 사람은 아무도 없었다. 독일인들은 사라졌지만 바베트와 레아는 어디서 나타났는지 모를 두 명의 이탈리아인들과 한창 얘기중이었다. 발레리도 없었다. 현지 시각으로 새벽 세시였다. 그러니까 이제 막 2001년에 들어선 거였다. 파리로 보면 세 시간이나 있어야 공식적인 새해였다. 테헤란 시각으로는 정확히 자정이었고, 도쿄 시각은 새벽 나섯시였다. 여러 시차를 두고 인류는 2000년대 안으로 입장하고 있었다. 그렇지만 나로 말하자면 그 입장을 거의 망친 셈이었다.

12

수치스러운 마음에 어깨를 축 늘어뜨린 채 방갈로로 향했다. 정원에서 웃음소리가 들려왔다. 모래가 깔린 산책길 한가운데에서 꿈쩍 않고 있는 회색 빛깔의 작은 두꺼비 한 마리를 발견했다. 놈은 도망치지도 않았을뿐더러 그 어떤 반사적인 방어 행동도 하지 않았다. 조만간 누군가가 무심결에 놈을 밟고 지나갈 것이다. 그러면 척추가 으스러지고 살갗은 짓뭉개져서 모래에 뒤섞여버릴 것이다. 녀석을 밟은 인간은 구두 바닥에 물컹한 무언가가 밟혔구나 싶어 짤막하게 욕설을 내뱉고는 흙바닥에다 구두를 문대며 닦아내려 들 것이다. 나는 발로 두꺼비를 밀쳤다. 놈은 서둘러대지도 않고 어기적어기적 길 가장자리로 나아갔다. 또 한번 밀었다. 그리하여 녀석은 비교적 안전한 풀밭에 이르렀다. 내가 아마도 녀석의 생명을 몇 시간쯤 연장시켜준 셈이다.

나는 화목한 가족들 품이라든지, 그게 무엇이든 내 운명을 걱정해주고 내가 비탄에 젖어 있을 때면 나를 다독여주고, 연애와 일에서 성공했을 때는 함께 기뻐해줄 수 있는 그런 사람들 속에서 성장하지 못했다. 그런 가정을 제대로 이루어본 적이 한 번도 없었다. 나는 자식도 없는 독신자다. 따라서 내 어깨에 기대려 드는 이는 아무도 없을 것이다. 짐승처럼 살아왔고 혈혈단신 죽을 것이다. 몇 분 동안 나는 누구를 향한 것인지 모를 동정심에 빠져 있었다.

한편으로 나는 평균적인 동물들보다는 월등한 체격에, 탄탄하고 속이 꽉 찬 덩어리였다. 나의 평균 수명은 코끼리 혹은 까마귀와 동일했다. 나는 자그마한 양서류 한 마리보다는 죽이기가 훨씬 힘든 그 무엇이었다.

그날 이후 이틀 내내 방갈로에 틀어박혀 있었다. 가끔씩은 밖으로 나가 벽에 바싹 붙어다니며 피스타치오와 메콩 위스키를 사러 작은 구멍가게까지 다녀오기도 했다. 다시금 점심 뷔페 때나 해변에서 발레리와 마주치게 된다는 건 생각조차 할 수가 없었다. 세상엔 할 수 있는 일들도 있겠지만 너무 힘들어서 할 수 없는 것처럼 보이는 일들도 있다. 조금씩 모든 것이 너무나 힘들어진다. 요컨대 삶이란 바로 그렇게 요약된다.

1월 2일 오후, 내 방문 밑에 누벨 프롱티에르 고객 만족도 설문지가 놓여 있었다. 나는 양심적으로 대개 '좋음'란에 표시했다. 한편으로 보면 사실 다 좋았다. 내 바캉스는 정상적으로 흘러가고 있었다. 투어는 쿨하면서도 약간의 모험이 곁들여진 것이었다. 따라서 예고된 바와 일치했다. '개인 소견'란에 나는 다음의 4행시를 적어넣었다.

잠에서 깨어나자마자
정확히 바둑판 모양을 한 또다른 세계에 들어선 느낌이 든다.
나는 삶 그리고 삶의 양식樣式들을 잘 알고 있다.
그건 이렇게 칸을 채우는 설문지와도 같은 것이다.

1월 3일 아침, 나는 가방을 쌌다. 배 안에서 나를 본 발레리는 탄성을 지르려다 말았다. 나는 고개를 돌려버렸다. 푸껫 공항에서 손은 우리에게 작별 인사를 했다. 하지만 비행기는 세 시간 후에나 출발한다고 하니 우리가 너무 일찍 온 셈이었다. 출국 수속을 마친 뒤 나는 공항 안의 상점가를 거닐었다. 공항홀은 완전히 천장이 뒤덮인 실내였음에도 불구하고 상점들은 종려나무 잎으로 된 지붕과 티크로 된 문설주며 초가집 모양을 하고 있었다. 진열된 상품 가운데는 국제적인 규격의 상품(에르메스 스카프,

176

입생로랑 향수, 루이비통 핸드백)과 그 지역 특산물(조가비, 자질구레한 물건들, 태국 비단 넥타이)이 뒤섞여 있었다. 그리고 이 모든 물품에는 바코드가 매겨져 있었다. 요컨대, 공항의 상점들은 여전히 태국인들의 생활 터전을 이루고 있었으나 다만 세계 소비 규격에 완전히 부합하도록, 안전이 강화되고 국가의 특색은 완화되어버린 그런 공간이었다. 여행을 마친 관광객으로서는 그 밖의 태국 곳곳보다는 덜 흥미롭고 덜 끔찍한 중립적인 공간이었다. 점차 세계 전체가 일개 공항을 닮아가리라는 직감이 들었다.

코럴 임포리엄 앞을 지나면서 별안간 마리잔에게 선물을 사주고 싶은 생각이 들었다. 어쨌거나 내겐 이 세상에 그녀뿐이었다. 목걸이를 살까, 브로치를 살까? 상점의 진열창을 뒤적이고 있던 중 2미터 앞에 있는 발레리가 눈에 띄었다.

"목걸이를 고르는 중입니다." 나는 주저하며 말했다.

"갈색 머리? 아니면 금발?" 뭔가 씁쓸함이 감도는 목소리였다.

"파란 눈에 금발입니다."

"그럼 밝은색 산호가 낫겠군요."

나는 계산대의 여자에게 탑승권을 내밀었다. 돈을 지불하는 순간 발레리에게 아주 딱한 목소리로 말했다. "직장 동료한테 줄 거예요……" 그녀는 한 대 갈길까 아니면 까르르 웃어버릴까 주저하는 듯, 나를 묘한 눈으로 쳐다봤다. 어쨌거나 그녀는 상점에서 나와 몇 미터 정도를 나와 함께 거닐었다. 우리 여행팀 사람들은 대부분 이미 쇼핑을 마쳤는지 홀에 있는 긴 의자에 앉아 있었다. 나는 멈춰서 긴 한숨을 내쉬고 발레리를 돌아보았다.

"파리에서 다시 만날 수 있겠죠……" 하고 결국 입을 열었다.
"과연 그럴 수 있을까요?" 그녀는 차갑게 말을 받았다.
나는 그저 그녀를 다시 바라볼 수 있다는 데 만족하며 아무 대답도 하지 못했다. 문득 '못 보게 된다면 안타깝네요……' 하고 말하고 싶은 생각이 들었다. 하지만 내가 이 말을 했는지 안 했는지는 모르겠다.

발레리는 주변을 둘러보았다. 그러다 제일 가까운 긴 의자에 바베트와 레아가 앉아 있는 것을 발견하고는 짜증스레 고개를 돌렸다. 그러고는 가방에서 수첩을 꺼내 종이 한 장을 뜯어 재빨리 무언가를 적었다. 그녀는 내게 종이를 건네주고는 무언가를 말하려다 말고 뒤돌아서서 사람들이 모여 있는 쪽으로 가버렸다. 나는 쪽지를 한번 흘깃 보고는 주머니에 넣었다. 휴대폰 번호였다.

2부

비교우위

1

비행기는 오전 열한시에 루아시 공항에 착륙했다. 나는 비교적 일찍 여행가방을 찾을 수 있었다. 열두시 반, 집에 도착했다. 토요일이었으니 장을 보거나 필요한 자질구레한 물건 등을 사러 외출할 수도 있었다. 차디찬 바람이 스산하게 불어대는 무프타르 가는 모든 것이 초라해 보일 뿐이었다. 동물보호 운동가들이 노란 스티커를 팔고 있었다. 축제 기간이 끝나고 나면 언제나 가계의 식료품 소비가 약간 감소한다. 나는 전기구이 통닭과 그라브 와인 두 병, 〈핫 비디오〉 최신호를 샀다. 이렇게 되면 이번 주말은 그저 그렇게 보낼 수가 있을 것이다. 어차피 별다른 주말이 될 것 같진 않았다. 나는 통닭 반 마리를 먹어치웠다. 바짝 구운 껍질에, 기름기가 자르르했다. 조금은 구역질이 날 것 같았다.

오후 세시가 조금 넘어 발레리에게 전화했다. 신호음이 두 번 울리고 나서 그녀가 받았다. 네, 오늘 저녁 시간 있어요. 그럼요, 저녁식사 같이할 수 있죠. 여덟시경 그녀 집에 들르기로 했다. 그녀는 몽수리 공원 근처에 있는 레이 대로에 살고 있었다.

그녀는 하얀 조깅 바지에 짧은 티셔츠 차림으로 문을 열었다. "아직 나갈 준비가 안 됐거든요." 그녀는 머리칼을 뒤로 모으며 말했다. 팔을 뒤로 하자 그녀의 가슴이 더욱 도드라졌다. 브래지어를 하지 않은 상태였다. 나는 팔로 그녀의 허리를 감싸고 바싹 얼굴을 맞대었다. 그녀는 입술을 열었고 이내 내 입속에 혀를 밀어넣었다. 발작 같은 흥분의 전율이 나를 기절 일보 직전으로 몰아넣으며 온몸을 휩쓸고 지나갔고, 물건은 이내 발기하기 시작했다. 그녀는 서로 맞닿은 치골이 떨어지지 않도록 하면서 층계참 문을 밀어 열었고 문은 쿵 소리를 내며 다시 닫혔다.

머리맡 전등만이 덩그러니 켜져 있는 아파트 내부는 무척 커 보였다. 발레리는 내 허리를 잡은 채 더듬더듬 자기 방까지 나를 인도했다. 침대 옆에서 그녀는 또다시 키스를 했다. 나는 그녀의 티셔츠를 올리고 가슴을 애무했다. 그녀가 뭐라 속삭였으나 나는 알아듣지 못했다. 그녀 앞에 무릎을 꿇고 앉아 조깅 바지와 팬티를 벗기고 음부에 얼굴을 들이댔다. 갈라진 틈새가 촉촉이 젖은 채 벌어져 있었고 좋은 향내가 났다. 그녀는 신음 소리를 내며 침대 위로 푹 몸을 던졌다. 나는 재빨리 옷을 벗고 그녀 안으로 들어갔다. 내 페니스는 강렬한 통증 같은 쾌감에 휩쓸리면서 뜨거워졌다. 나는 말했다. "발레리…… 아주 오래는 못 버티겠어. 너무 흥분돼." 그녀는 나를 자기 쪽으로 끌어당기고는 귀에 대고 속삭였다. "가까이 와요……" 그 순간 페니스가 그녀의 질 내벽에 꽉 조여드는 느낌이 들었다. 이 세상에서 나란 존재는 사라져버리고, 믿을 수 없으리만치 격렬한 쾌감의 전율에 감전된 내 페니스만이 살아 있는 것 같았다. 여러 번에 걸쳐 오랫동안 사정했다. 그리고 정말 일이 다 끝나고 나서야, 내가 거의 울부짖다시피 신음 소리를 냈다는 것을 깨달았다. 그 순간 죽어도 여한이 없었으리라.

노랗고 파란 물고기들이 바로 내 옆에서 헤엄치고 있었다. 나는 햇살이 비추는 수면에서 몇 미터 아래 물속에 똑바로 서 있었다. 발레리는 약간 멀리 떨어져 있었다. 같은 물속, 산호초 앞에 그녀도 역시 서 있었다. 우린 둘 다 알몸이었다. 그런 무중력 상태가 바닷물의 높은 염도 때문이라는 건 알고 있었지만 숨까지 쉴 수 있다는 사실은 놀라웠다. 몇 번 팔을 저어 그녀 가까이 다가갔다. 별 모양의 은빛 야광 생물체처럼 산호초가 흩뿌려져 있었다. 나는 한 손은 그녀의 가슴에, 다른 한 손은 그녀의 아랫부분에 얹었다. 그녀는 상체에 힘을 주며 엉덩이를 뒤로 빼고 두

볼기를 내 페니스에 비벼댔다.

똑같은 자세에서 나는 잠을 깼다. 아직 캄캄한 밤이었다. 슬며
시 발레리의 넓적다리를 벌리고 삽입해들어갔다. 그와 동시에
손가락에 침을 묻혀 그녀의 클리토리스를 애무했다. 그녀가 신
음 소리를 내기 시작했다. 잠에서 깨어난 모양이었다. 그녀는 몸
을 일으키고 침대 위에 무릎을 꿇고 앉았다. 나는 더욱더 힘차
게 삽입해들어가기 시작했고, 이어 그녀가 움직이며 호흡이 빨
라지는 것을 느꼈다. 오르가슴에 이른 순간 그녀는 경련을 일으
키더니 날카로운 비명을 내질렀다. 그러고는 마비되기라도 한
듯 꼼짝 않고 가만있었다. 나는 페니스를 빼고 그녀 옆에 길게
누웠다. 그녀는 쭉 몸의 긴장을 푼 상태로 나를 껴안았다. 우리
는 땀에 젖어 있었다. "이렇게 즐겁게 잠을 깨는 건 정말 기분좋
아……" 그녀는 내 가슴에 손을 얹으며 말했다.

다시 잠에서 깨어났을 때는 이미 날이 밝아 있었다. 침대에는
나뿐이었다. 일어나 방안을 가로질러 거실로 나갔다. 거실은 천
장이 높은데다 매우 넓었다. 소파 위로 있는 중이층에는 서가가
쭉 늘어서 있었다. 발레리는 나간 모양이었다. 식탁 위에는 그녀
가 놓아둔 빵과 치즈, 버터, 잼이 있었다. 나는 커피 한 잔을 들
고 다시 침대로 와 누웠다. 십 분 후 그녀가 크루아상과 초콜릿

빵을 사가지고 돌아왔고, 이어 방으로 쟁반을 가져왔다. "바깥이 엄청 추워……" 그녀는 옷을 벗으며 말했다. 나는 다시 태국을 떠올렸다.

"발레리……" 나는 머뭇거리며 말을 꺼냈다. "날 어떻게 생각해? 그다지 잘생긴 것도 아니고 재미난 사람도 아니잖아. 나한테 어떤 매력적인 구석이 있다고는 도저히 생각할 수가 없어." 그녀는 아무 말 없이 나를 쳐다보았다. 그녀는 팬티만 걸치고 있었으니 거의 알몸이나 다름없었다. 나는 고집스레 말했다. "정말 진지하게 묻는 거야. 난 기력도 없고 그다지 사교적이지도 못하고 그저 권태로운 삶에 체념하고 살아가는 그런 인간이야. 그런데 상냥하고 다정다감한 당신이 다가와서 날 너무 즐겁게 해주고 있어. 이해가 안 돼. 당신이 나한테서 실재하지도 않는 무언가를 찾으려 한다는 느낌이 든단 말이야. 그렇다면 분명 실망하게 될 거야." 그녀는 미소를 지었다. 말하기를 주저하는 것 같다는 느낌이 들었다. 그녀는 내 불알에 한 손을 얹고 얼굴을 가까이 가져갔다. 이내 페니스가 또다시 발기하기 시작했다. 그녀는 자기 머리칼 뭉치로 페니스 뿌리 부분을 감고 손가락 끝으로 페니스를 애무하기 시작했다. 그리고 이어 "나도 몰라" 하고 말했다. "당신이 스스로에 대해 회의적이라는 게 좋은 거 같아. 여행 내내 무척이나 당신을 원했어. 정말 끔찍할 정도였지. 매일같이 그 생각뿐이었으니까." 그녀는 한 손으로 더욱 세게 불알을 누르며 손바닥으로 감쌌다. 다른 한 손으로는 딸기 잼을 약간 묻혀 페니스에 발랐다. 그리고 아주 정성껏 페니스를 핥기 시작했다. 점점 더 쾌감이 솟구쳤고 나는 좀더 견뎌보려고 다리를 벌려가며 절망적으로 애썼다. 그녀는 장난치듯 입으로 페니스를 눌러대며 약간 더 빠르게 용두질을 했다. 그녀가 혀로 귀두의 주름을 간지럼 태우는 순간 나는 반쯤 열린 그녀의 입속에 세차게 사정했다. 그녀는 약간 투덜대는 듯했으나 기꺼이 삼켰고 한 방울이라도 놓치지 않으려고 입술로 내 페니스 끝 부분을 감쌌다. 파도가 내 혈관 하나하나에 침투해들어가는 것처럼 믿어지지 않는 이완의 전율이 내 전신을 훑고 지나갔다. 그녀는 페니스에서 입을 떼고 내 옆에 누워 찰싹 달라붙었다.

"12월 31일 밤, 당신 방문을 두드릴 뻔했어. 결국에는 차마 그러지 못했지만. 우리 사이가 가망 없구나 싶기도 했지. 최악이었던 건 아무 반응도 하지 않는 당신이 원망스럽지도 않았다는 거였어. 패키지여행을 떠나면 사람들끼리 많은 얘기를 나누긴 하지만, 그건 같은 팀이니까 어쩔 수 없이 위선적으로 그러는 것뿐이지. 여행이 끝나면 서로 다시 볼 일이 없다는 걸 다들 너무나 잘 아니까. 육체관계까지 갖는 경우는 정말 드물잖아."

"그렇게 생각해?"

"설문 조사를 한 적이 있어서 잘 알아. 휴양 빌리지 상황도 마찬가지야. 특히 그런 곳에서는 관광객들 간에 아주 친밀한 관계를 만드는 데 주안점을 두고 있는데, 상황이 그러니 정말 문제지. 가격을 계속 낮추는데도 휴양 빌리지 이용자 수는 십 년째 줄곧 줄어들고만 있어. 이유는 딱 한 가지, 바캉스 기간 동안 섹스관계라는 게 이젠 거의 불가능해졌다는 거지. 그래도 특히 호모들이 찾는 그리스 코르푸 섬이나 스페인의 이비사 섬 같은 데는 좀 나은 편이야."

"거기에 관해 아는 게 많은걸……" 나는 놀라워하며 말했다.

"관광업계에서 일하니까 당연한 거지." 그녀는 미소를 지었다. "이것도 패키지여행의 일반적인 경향 중 하나인데, 사람들이 자기 직장생활 얘기는 거의 안 해. 각자의 직장 얘기 따위는, 패키지여행 기획자들이 '발견해가는 즐거움'이라고 부르는 것과 완전히 같은 맥락인 일종의 유희적인 여담기리일 뿐이지. 암암리에 여행 참가자들은 일이나 섹스 같은 다소 무거운 주제는 피하려 드니까."

"일하는 데가 어딘데?"

"누벨 프롱티에르."

"그럼 당신, 직업적인 명목으로 우리 팀에 있었던 거야? 그런 유의 보고서라도 작성하려고?"

"아니. 정말 바캉스 갔던 거야. 물론 무척 싸게 갔지. 어쨌든 휴가였어. 거기서 일한 지는 오 년 됐는데, 실제 직장을 통해서 여행을 떠나보긴 이번이 처음이었어."

발레리는 모차렐라 치즈를 넣은 토마토 샐러드를 만들면서 직장 이야기를 들려주었다. 1990년 3월, 대입자격시험을 석 달 앞두고 그녀는 배운 것을 가지고 무엇을 할까, 더 나아가 앞으로 자기 인생을 어떻게 살아갈 것인가에 대해 고민하기 시작했다. 무척 어렵게 공부하여 낭시의 지질학 전문학교에 입학했던 그녀의 오빠는 그 무렵에 막 학위를 취득한 터였다. 그 이후 그는 지질탐사 엔지니어로서 광업소 혹은 석유 시추 플랫폼 등 어쨌거나 프랑스에서 멀리 떨어진 곳에서 일한 모양이었다. 그는 여행을 즐겼고, 그녀 역시 여행을 즐겼다. 어쨌거나 다소간은 그랬다. 그녀는 결국 관광전문기술 자격증을 따기로 결심했다. 오랜 기간 공부하는 데 필요한 지적인 집착 같은 것은 실제 자기 성격에 어울리지 않는다고 생각한 것이다.

그러나 그건 착각이었다. 그녀는 머지않아 이를 깨달았다. 관광전문기술 수업의 수준이 너무나도 낮았던 것이다. 그녀는 아무런 노력을 하지 않고도 줄곧 연달아 시험들을 통과했으며 굳이 작정하지 않더라도 학위는 거뜬히 딸 수 있었다. 또한 '인문계' 대학 교양과정 수료증과 동등한 자격증을 받을 수 있는 수업에도 등록했다. 관광전문기술 자격증을 딴 후에는 사회학 석사과정에 등록했다. 여기서도 그녀는 금방 실망하고 말았다. 흥미로운 분야였고 새로이 발견해가며 익힐 것들이 많이 있었지만, 권장하는 학습 방법이나 진보적이라고 하는 이론들이 그녀에게는 우스꽝스러울 정도로 단순 무식한 것으로 여겨졌다. 하나같이 이념적이고 모호하며 아마추어적인 분위기가 물씬 풍겼기 때문이었다. 그녀는 학위를 취득하지 않은 채 학업을 중단하고 쿠오니 여행사의 렌 지점에서 영업 담당 일자리를 찾았다. 이 주가 지나고 스튜디오를 빌려야겠구나 생각하는 순간, 자신이 이미 덫에 걸려버렸음을 깨달았다. 이제 그녀는 완전히 직업세계에 들어서버렸던 것이다.

그녀는 쿠오니의 렌 지점에서 능력 좋은 판매원으로 인정받으며 일 년간 일했다. 그녀는 말했다. "별로 어렵지 않았어. 손님들한테 관심을 보이면서 약간만 얘기를 끄집어내기만 하면 됐거든. 사실 다른 사람들한테 관심 갖는 사람이 무척 드물어." 그러고 나자 경영진은 그녀에게 파리 본사의 기획부 차장 자리를 제안했다. 투어의 구상 과정에 참여하고 여정과 관광지를 정하며 현지 요식업체 및 서비스업체들과 가격을 흥정하는 업무였다. 그녀는 그 일도 잘해냈다. 육 개월 후 그녀는 같은 직급의 자리에 구인 광고를 낸 누벨 프롱티에르 사에 이력서를 냈다. 바로 그때부터 그녀의 경력이 제대로 빛을 발하기 시작했다. 그녀는 여행에 대해서는 거의 아는 바가 없는 고등상업학교 출신의 젊은 장이브 프로쇼의 팀에 배치되었다. 이내 그는 그녀를 높이 평가하고 신뢰하게 되었으며, 명목상 상관이면서도 실제로는 그녀에게 상당한 주도권을 주었다.

"장이브랑 있으면 좋은 게, 그 사람한테는 내게 없는 야망이 있다는 거였어. 승진이나 월급 인상 흥정은 매번 그 사람이 했거든. 지금은 그 사람이 전 세계 여행 상품 관리를 책임지고 있어. 투어 전체의 컨셉을 감독하는 일이지. 그리고 나는 줄곧 그 사람을 보조하는 거고."

"돈은 많이 받겠는걸."

"월급은 사만 프랑. 뭐 이젠 유로화로 계산해야지. 그럼 육천 유로 좀 넘어."

나는 발레리를 놀란 눈으로 쳐다보며 말했다.

"그렇게까지 될 줄은 생각도 못했는걸……"

"내가 투피스 입은 걸 한 번도 못 봐서 그렇겠지."

"투피스를 입어?"

"크게 도움은 안 돼. 업무가 거의 대부분 전화 통화하는 거니까. 하지만 필요할 때면 물론 투피스를 입지. 가터벨트까지 있는 걸. 보고 싶다면 언제 한번 보여줄게."

바로 그 순간 나는 슬며시 회의가 들면서도, 발레리와 다시 만나게 될 것이며 우리는 분명 행복할 거라는 생각이 들었다. 정말 생각지도 않았던 기쁨이기에 나는 울고 싶어졌다. 따라서 대화 주제를 바꿔야만 했다.

"장이브는 어때?"

"평범해. 결혼해서 애가 둘이야. 주말에도 서류를 집에 가지고 갈 정도니 일을 엄청나게 하지. 한마디로 똑똑하고 야심 찬 여느 젊은 간부와 다름없어. 하지만 성격도 전혀 까다롭지 않을뿐더러 유쾌한 사람이야. 나랑 잘 통해."

"왜인지는 모르겠지만, 당신이 부자라는 게 만족스러워. 사실 전혀 중요치 않은 거지만, 어쨌든 즐거워."

"사실 성공한 거지. 월급도 많이 받고. 하지만 40퍼센트는 세금으로 지불하는데다가 집세가 매월 만 프랑씩 나가거든. 이게 좋은 건진 잘 모르겠어. 어쨌거나 수익이 떨어지면 가차없이 해고당할 거야. 다른 사람들도 그랬으니까. 회사 주식이 있다면 정말 부자가 됐을 텐데. 누벨 프롱티에르 사는 초창기에 단순한 할인 항공권 전문사였거든. 오늘날 프랑스 최고의 여행사가 된 건 투어의 컨셉과, 적정 가격에 알맞은 프로그램을 짤 수 있었던 재주 덕분이지. 장이브와 나, 우리가 일한 공이 컸어. 십 년 만에 기업 가치가 스무 배로 불어났으니까. 자크 마요는 늘 지분의 30퍼센트를 쥐고 있으니, 내 덕분에 횡재했다고도 말할 수 있지."

"그 사장이란 사람, 만나본 적 있어?"

"여러 번. 하지만 별로 맘에 안 드는 사람이야. 겉으로 보면 하고 다니는 울긋불긋한 넥타이에 스쿠터하며 정말 우스꽝스럽게 보이는 열렬한 가톨릭 신자지. 하지만 실은 위선적이고 인정머리라고는 눈곱만큼도 없는 아주 망할 자식이야. 크리스마스 전에 장이브한테 헤드헌터 쪽에서 접촉을 해왔어. 아마 요 근래 그가 그쪽을 만나서 좀더 자세한 내용을 알게 됐을 거야. 내가 돌아오면 전화하겠다고 약속했거든."

"그럼 어서 전화해봐. 중요한 일이잖아."

"응……" 그녀는 약간 주저하는 듯했다. 자크 마요를 떠올리고 표정이 어두워진 것 같았다. "내 인생도 중요하다고. 우리 더 하면 안 될까?"

"글쎄 페니스가 곧바로 말을 들을지 모르겠는걸."

"그럼, 입으로 해줘. 좋을 거 같아."

그녀는 일어나서 팬티를 벗고 편안하게 소파에 자리를 잡고 앉았다. 나는 그녀 앞에 무릎을 꿇고 앉아 음부를 활짝 벌리고는 클리토리스를 살짝살짝 혀로 자극하기 시작했다. "더 세게……" 그녀가 중얼댔다. 나는 음부에 손가락 하나를 넣고 입을 가까이 가져가 두 입술로 클리토리스를 애무하며 키스했다. "아, 그렇게……" 하고 그녀가 말했다. 나는 애무의 강도를 높였다. 예상치도 못했건만 그녀는 온몸에 전율을 느끼며 단번에 오르가슴에 도달했다.

"이리 가까이 와……" 나는 소파에 앉았다. 그녀는 내 쪽으로 몸을 둥글게 웅크리고 누워 내 허벅지 위에 머리를 얹었다. "내가 당신더러 태국 여자들이 여기 여자들보다 뭐가 더 나으냐고 물었을 때 제대로 대답 안 했지. 그냥 결혼 중개 회사 사장 인터뷰 기사만 보여줬잖아."

"그 사람 말이 사실이었으니까. 많은 남성들이 현대 여성들을 두려워하거든. 그들이 원하는 건 그저 살림 잘하고 애 잘 키우는 상냥한 배우자니까. 사실 그런 여자가 없는 건 아니지. 하지만 서양에서는 이젠 그런 소원을 입 밖으로 표현조차 할 수 없게 됐잖아. 그래서 아시아 여자들과 결혼하는 남자들이 생기는 거라고."

"그렇구나……" 그녀는 잠시 생각에 잠겨 있었다. "하지만 당신은 그런 걸 바라는 게 아니잖아. 내가 월급도 많고 상당한 직책에 있다고 해서 꺼리거나 하진 않잖아. 그렇다고 당신이 날 두려워하는 것도 아니고 말이야. 어쨌거나 당신은 날 유혹해보려 들지도 않고 마시지 룸에 들락댔잖아. 거기 여자애들이 대체 어떤 거야? 서양 여자보다 섹스를 훨씬 더 잘해?"

그녀의 목소리는 마지막 몇 마디에 가서 살짝 톤이 바뀌는 듯했다. 나는 오히려 감동을 받았다. 그래서 일 분쯤 뜸을 들이고서야 대답을 할 수가 있었다. "발레리, 당신만큼 섹스 잘하는 여자는 만나본 적이 없어. 어젯밤부터 내가 느낀 감정은 정말 믿어지지가 않는다고." 그러고는 잠시 뜸을 들인 후 덧붙였다. "당신은 생각도 못할 테지만 당신은 정말 예외야. 요즘 자기 스스로 쾌감을 느끼면서 또 상대에게도 쾌감을 주려 드는 여자는 무척 드물거든. 모르는 여자를 유혹해서 관계를 맺는다는 건, 그 자체가 화근이 돼. 여자를 침대로 끌고 가려고 구슬리기 위해 어쩔 수 없이 해야 하는 그 지긋지긋한 대화를 생각하면. 또 그렇게 해서 겨우 끌고 간 여자가 대부분의 경우 자기 문제를 가지고 짜증나게 하는 실망스러운 상대인데다가 자기 옛날 남자친구 얘기를 들먹인다거나 하면 더욱 그렇지. 그렇게 하면서도 자기 옛 남자보다 못하다는 느낌을 준다거나, 또 관계를 하고도 최소한 그날 밤은 내내 반드시 같이 있어야만 하는 거라면, 남자들은 차라리 돈 몇 푼을 지불하고 그 많은 골칫거리를 피하는 게 낫겠다고 생각하는 거지. 나이를 먹고 좀더 노련해지면 남자들은 사랑이라는 걸 피하고 싶어해. 그냥 창녀나 상대하는 게 더 간단하다고 생각하는 거지. 요컨대 서양 창녀들은 그야말로 인간쓰레기라 상대할 가치가 없어. 어쨌거나 바캉스 철이 아닌 다음에는 일에 치여서 별로 즐길 시간이 없지. 그래서 대부분의 남자들은 아무 것도 안 해. 반면, 개중에 몇몇은 가끔씩 돈을 지불하고 매춘 관광에 나서. 최상의 경우, 창녀와 인간적인 관계를 맺는 거지. 또 인터넷이나 포르노영화를 보면서 자위하는 게 제일 편하다고 생각하는 이들도 있어. 일단 사정하고 나면 평온해지기 마련이니까."

그녀는 한참 잠자코 있다가 입을 열었다. "음…… 당신 말이 무슨 얘긴지 알겠어. 하지만 남자든 여자든 변할 수 있다고는 생각지 않아?"

"옛날처럼 되진 않을 것 같아. 그건 아니지. 앞으로 있을 법한 얘기라면 여성이 점차 남성화되리라는 거야. 현재로서는 여자들이 아직 남자 유혹하는 데 무척 집착하고 있긴 하지. 사실 남자들은 꾀는 것 따위는 상관도 않고 오로지 섹스만 원하는데. 유혹이란 실제로 아주 만족스러운 직장생활을 하지 못하고 있거나 삶에 대해 별다른 관심사가 없는 몇몇 인간들이나 하는 짓거리야. 직장생활과 자기 포부 같은 것에 집착하면 할수록 여자들도 역시 돈 주고 섹스하는 게 더 간편하다는 생각을 하게 될 거야.

그렇게 되면 여자들도 매춘 관광 쪽으로 눈을 돌리게 되겠지. 여성들이 남성적 가치에 적응할 수도 있어. 때로 힘들기도 하겠지만 가능한 얘기라고. 역사를 돌이켜봐도 알 수 있잖아."

"그러니까 대개 애초에 시작이 잘못된 거네."

"아주 잘못된 거지……" 난 암담한 만족감에 젖어 단언했다.

"그러니까 우린 행운인 거고."

"난 당신을 만나 행운이지."

"나도 그래……" 그녀는 내 눈을 쳐다보며 말했다. "나도 당신을 만나 행운이라고 생각해. 내가 아는 남자들은 정말 꼴불견들이거든. 어느 누구 하나 애정관계란 걸 믿는 인간이 없어. 우정이네 서로 은밀히 통하네 등등 거짓 핑계를 대지. 간단히 말해 하나같이 아무짝에도 쓸모없는 핑계야. 내가 오죽하면 이제 우정이라는 말에 신물이 났겠어. 그 소리만 들으면 머리가 지끈지끈 아파. 이런 경우도 있어. 유부남들 말이야, 결혼은 일찌감치 해놓고 오로지 자기 경력만 생각하는 사람들 있잖아. 당신이야 물론 그런 경우가 아니니까. 하지만 난 금방 알 수 있었어. 당신이 나한테 우정 따윈 들먹이지 않을 거라고, 그 정도로 비열한 사람은 아니라는 걸 말이야. 빨리 당신과 자고 싶었어. 무언가 강렬한 감정이 생겨났으면 하고 원했고. 하지만 아무 일 없을 수도 있겠구나 싶기도 했지. 그럴 가능성이 더 컸으니까 뭐." 그녀는 잠깐 말을 중단하고 짜증스러운 듯 한숨을 내쉬었다. 그리고 체념하듯 말했다. "그래…… 아무튼 장이브한테 전화해야겠어."

그녀가 전화하는 동안 나는 방에서 옷을 입었다. "네, 아주 잘 쉬고 왔어요……" 하는 소리가 들려왔다. 잠시 후 그녀가 소리쳤다. "얼마라고요?……" 다시 거실 쪽으로 돌아와보니 발레리는 손에 수화기를 든 채 생각에 잠겨 있는 듯했다. 그녀는 여전히 벗은 상태였다.

그녀가 말했다. "장이브가 헤드헌터를 만났어. 월급을 십이만 프랑 주겠다고 했대. 나도 같이 채용하기로 했는데, 장이브 말이 내 월급은 팔만 프랑까지 올려주겠다고 했대. 내일 아침 만나서 업무에 관해 얘기하재."

"어느 회산데?"

"오로르 그룹의 레저 파트."

"굉장한 회산가?"

"그렇다고 볼 수 있어. 호텔업계에서는 세계 제일이니까."

2

소비자의 행동방식을 제대로 이해하여 명확하게 인식하는 것, 소
비자에게 적절한 순간 적절한 상품을 제안하여 그 상품이 소비자
의 필요에 적합하다는 것을 납득시키는 것, 이것이 모든 기업들의
바람이다.

　　　　　　　　　　　—장루이 바르마, 『기업은 무엇을 꿈꾸는가』

　새벽 다섯시에 잠을 깬 장이브는 여전히 자고 있는 아내를 힐
끗 바라보았다. 그들은 그의 부모 집에서 고약한 주말을 보냈다.
아내는 농촌이라면 질색을 했다. 열 살 먹은 아들 니콜라도 자기
컴퓨터를 가져갈 수 없는 시골이라며 루아레를 싫어했고, 게다
가 고약한 냄새가 난다며 할아버지 할머니를 좋아하지 않았다.
아닌 게 아니라 장이브의 아버지는 이젠 기력을 잃어 점점 더 자
기 몸은 돌보지 않고 오로지 자기가 기르는 토끼들한테만 신경
을 쓰고 있었다. 그 주말을 견뎌낼 수 있었던 유일한 사람은 바
로 그의 딸, 앙젤리크였다. 세 살 난 딸은 아직은 소와 닭을 보며
즐거워할 수 있었으니까. 하지만 그 무렵에는 딸아이가 아파서
거의 매일 밤 울거나 칭얼대곤 했다. 세 시간이나 걸려 꽉꽉 막

히는 도로를 뚫고 집에 도착하자, 오드레는 친구들을 만나러 외출하겠다고 했다. 그는 냉동식품으로 식사 준비를 하며 자폐증 걸린 연쇄살인범의 이야기를 다룬 시시한 미국 영화를 봤다. 남자 주인공이 1960년 이래 네브래스카 주에서 처음으로 사형선고를 받은 정신병자인 것으로 보아 시나리오가 신문에 났던 실제 이야기를 바탕으로 만들어진 것 같았다. 아들은 저녁을 먹지 않겠다고 했다. 그 녀석은 이내 '토털 어나이얼레이션'인지 '모털 컴뱃 II'인지 하는 전자오락—그는 이 둘을 잘 헷갈렸다—을 했다. 가끔씩은 울어대는 딸아이를 달래느라 왔다갔다하곤 했다. 아이는 한시경에야 비로소 잠이 들었다. 오드레는 아직 돌아오지 않았다.

들어오긴 들어오겠지, 하고 그는 에스프레소 머신으로 커피를 내리며 생각했다. 적어도 이번에는 들어올 테지. 아내가 일하는 변호사 사무실의 고객 중에는 〈리베라시옹〉과 〈르 몽드〉 신문사가 있었다. 그래서 기자들이며 텔레비전 아나운서들, 정치가들과 자주 만나기 시작했다. 그쪽 사람들은 나다니는 일이 무척 잦았고 종종 이상한 곳까지 출입했다. 한번은 아내의 책을 훑어보다가 페티시스트 바의 회원 카드를 발견한 일도 있었다. 장이브는 아내가 분명 가끔씩 누군가와 잠자리를 할 거라는 의심을 하곤 했다. 어쨌든 그들 부부는 이제 더이상 잠자리를 같이하지 않왔다. 이상하게도 그는 바람 따위를 피워본 적이 없었다. 그렇지만 자신이 유독 미국인들에게서 흔히 볼 수 있는 파란 눈에 금발로 꽤 잘생겼다는 것을 알고 있었다. 하지만 자신처럼 중책을 맡고 있는 경우에는 매일 열두 시간에서 열네 시간을 일하는지라 여자를 만날 일이 별로 없을뿐더러 설령 그런 기회—어쨌거나 무척 드물기는 하지만—가 생긴다 해도 별생각이 없었다. 물론 발레리가 있긴 했다. 하지만 그는 그녀를 직장 동료 이상으로는 생각해본 적이 없었다. 모든 것을 이렇게 새로운 관점에서 본다는 건 상당히 흥미로웠다. 그렇지만 그는 그게 부질없는 꿈이라는 것을 잘 알고 있었다. 그런 남녀관계라는 건 즉각적으로 이루어지거나 그게 아니면 결코 이루어지지 않거나 둘 중 하나인데, 발레리와는 함께 일한 지 벌써 오 년이나 되었다. 뛰어난 기획 능력이라든가 빈틈없는 기억력 등 그는 발레리를 높이 사고 있었다. 그녀가 없었더라면 자신이 그렇게 급속도로 그 정도 수준에 이르지는 못했을 것이다. 그리고 현재 그는 매우 중대한 결단을 내려야 할 입장에 처해 있었다. 이를 닦고 정성껏 면도한 후 단정해 보이는 양복을 골라입었다. 그러고 나서 딸아이 방을 한번 들여다보았다. 그를 닮아 금발인 딸애는 노란 햇병아리 무늬가 있는 파자마 차림으로 잠들어 있었다.

그는 일곱시면 문을 여는 스포츠 클럽 레퓌블리크 체육관까지 걸어갔다. 그가 사는 곳은 포부르 뒤 탕플 가, 그가 싫어하는 번화가였다. 오로르 그룹 본사에 가기로 한 약속은 열시나 되어야 했다. 이번에는 오드레가 아이들의 옷을 입히고 학교에 바래다주어야 한다. 밤에 집에 들어가면 아내가 반시간이나 바가지를 긁을 게 뻔했다. 그렇지만 빈 박스들과 야채 껍질들이 널브러져 있는 축축한 보도 위를 헤집고 걸어가면서 그는 사실 그런 문제 따위는 안중에도 없다는 것을 깨달았다. 또한 그녀와의 결혼이 실수였다는 것을 처음으로 명확히 인식하게 되었다. 이런 식의 자각은 평균적으로 이혼하기 이삼 년 전에 온다는 것을 그는 알고 있었다. 이혼이란 결코 마음먹기가 쉽지 않은 결단이니까.

입구에서 덩치 큰 흑인이 그를 알아보는 듯 마는 듯 긴가민가하면서 "안녕하슈?" 하고 말했다. 그는 회원증을 내밀고 고개를 끄덕이며 수건을 집어들었다. 오드레를 만났을 때 그는 고작 스물세 살이었다. 이 년 후 그들은 결혼했다. 부분적으로는 그녀가 임신한 게 원인이었다. 하지만 부분적인 이유가 실은 전부였다. 그녀는 예쁘고 우아했으며 옷도 잘 입었다. 그리고 경우에 따라 섹시하게 멋을 부릴 줄도 알았다. 게다가 머리가 빈 것도 아니었다. 그녀는 프랑스에 미국식 법제도들이 점차 도입되고 있는 것은 퇴보가 아니며, 반대로 더 많은 시민들을 보호하고 개인의 자유를 지켜줄 수 있는 진보라고 여겼다. 미국 유학을 마치고 갓

들어온지라 이 문제에 관해서는 장문의 자기주장을 펼칠 수도 있었다. 요컨대 그는 그녀의 그런 면에 완전히 매료되었다. 왜 늘 여자들한테서 지적인 자극을 받고 싶어했던 걸까, 참 희한한 일이야, 하고 그는 생각했다.

그는 먼저 스테어마스터를 여러 레벨에 맞춰 삼십 분 정도 하고 이어 수영장을 스무 번가량 왕복하며 수영을 했다. 그 시간이면 거의 텅 비어 있는 사우나에서 몸을 풀며 오로르 그룹에 대해 자신이 알고 있는 것을 곰곰이 되짚어보았다. 노보텔은 1966년 말, 제라르 펠리송과 폴 뒤브륄—한 사람은 국립고등공예학교 졸업생이며 나머지 한 사람은 독학자이다—이 오로지 가족과 친구들에게서 빌린 자본금만으로 세운 회사였다. 1967년 8월, 최초의 노보텔이 릴에 문을 열었다. 이 호텔은 이미 체인식 호텔로 성장할 수 있는 특성들을 갖추고 있었다. 더 자세히 말하자면 도시권에 가장 근접한 출구라 할 수 있는 고속도로 부근이라는 위치 설정, 당시로서는 수준 높은 안락시설 등 노보텔은 체계적으로 객실을 규격화해놓은 초창기 체인 호텔 중 하나였다. 이내 비즈니스맨 고객층의 호응이 있었고, 1972년에는 벌써 서른다섯 개의 호텔이 세워지게 되었다. 이어 1973년에는 이비스 호텔을 세웠고, 1975년에는 머큐어, 1981년에는 소피텔을 인수했다. 또한 단체 급식 및 식권 판매 사업 부문에서 제대로 자리를 잡고 있던 자크 보렐 인터내셔널 그룹과 쿠르트파유 체인을 인수하면서 조심스레 외식산업으로 사업 확장을 시도했다. 1983년, 그룹은 이름을 오로르 그룹으로 바꾸었다. 그리고 1985년에는 최초의 무인 호텔인 포르뮐 1을 세워 호텔업 역사상 유례없는 성공을 거뒀다. 이미 아프리카와 중동에 기반을 닦아놓고 있던 오로르 사는 아시아에 진출하여 사원 연수 센터(오로르 아카데미)를 설립했다. 1990년, 미 전역에 650개 호텔을 갖추고 있던 모텔 6을 인수함으로써 오로르 그룹은 명실상부한 세계 최고의 그룹으로 자리잡게 된다. 이어 1991년에는 바공 리 그룹의 공개 매입에 성공한다. 그러나 인수에 막대한 비용이 들었던지라, 1993년 오로르 사는 위기를 맞게 된다. 주주들이 부채액이 지나치게 많다고 판단함에 따라 메리디앵 체인 매입이 좌절된 것이다. 몇몇 자산을 양도하고, 유로카, 르노트르, 카지노 뤼시앵 바리에르 사 등이 다시 일어섬에 따라 1995년부터 상황은 호전된다. 1997년 1월, 폴 뒤브륄과 제라르 펠리송은 그룹의 경영 일선에서 물러나고, 경제 잡지들이 '특이하다'고 일컫는 인생 역정을 거친 국립 행정학교 출신의 장뢱 에스피탈리에가 경영을 맡는다. 그렇지만 폴과 제라르는 여전히 이사회 임원으로 남아 있었다. 경영권 인계는 순탄하게 이루어졌으며 2000년 말, 오로르 사는 매리엇과 하얏트 등 각각 세계 2, 3위를 기록하는 호텔들을 인수하면서 세계 호텔업계 선두 기업으로서 이미지를 굳힌다. 세계 10대 호텔 체인 업체 가운데 아홉 개 사는 미국 기업이며 나머지 하나가 프랑스 기업, 바로 오로르 그룹이었다.

장이브는 아홉시 삼십분에 에브리에 있는 오로르 본사 주차장에 차를 세웠다. 열시 정각, 그는 부사장이자 경영권자 회의 임원인 에릭 르갱의 사무실로 안내되었다. 국립고등기술공예학교 출신이자 스탠퍼드 대학을 나온 부사장은 마흔다섯 살이었다. 열살 위인데다가 태도에서 무언가 더욱 강직한 느낌이 들긴 했지만 키 크고 체격 좋고 금발에 파란 눈인 것이 그와 닮은 듯했다.

그는 얘기를 시작했다. "십오 분 후 에스피탈리에 사장님을 뵙게 될 겁니다. 기다리는 동안 왜 저희 회사에서 당신을 필요로 하는지 설명을 좀 드리겠습니다. 두 달 전, 우린 젯 투어 그룹의 엘도라도 체인을 인수했습니다. 엘도라도는 북아프리카와 중부 아프리카, 앤틸리스제도 등에 십여 개의 해변 휴양 빌리지를 가지고 있는 작은 체인 회사죠."

"그 회사, 적자일 텐데요."

"업계의 전체적인 경기에 비춰볼 때 그리 심각하진 않습니다." 그가 미소를 띠었다. "사실 그렇긴 합니다. 숨김없이 다 말씀드리자면 인수 비용이 적당했던 겁니다. 그렇지만 그리 헐값도 아니었습니다. 인수에 나섰던 게 저희 그룹만은 아니었으니까요. 다시금 시장이 활성화되리라고 생각하는 이들이 아직은 꽤 있습니다. 당장은 클럽 메드만이 흑자를 누리고 있는 게 사실입니다. 정말 일급비밀입니다만 클럽 메드를 매입할 생각도 했었는데 인수 비용이 어마어마해서 주주측에서 동의하지 않을 게 뻔했습니다. 게다가 설령 매입을 했다 해도 우리 회사 출신으로 클럽 메드를 세운 필리프 부르기뇽과 문제가 생겼을 겁니다." 이번에는 분명치는 않지만 추측건대 자기 말이 무슨 농담이었다는 식으로 슬쩍 억지 미소를 지어 보였다. "간단히 말해, 우리가 당신한테 제안하는 일은 엘도라도 클럽 전체의 경영을 맡아달라는 겁니다. 물론 우선 목표로 삼아야 할 것은 가능한 한 빨리 수지를 맞추는 것이고, 이어 이윤을 창출하는 겁니다."

"쉬운 일이 아니군요."

"저희도 알고 있습니다. 하지만 저희가 제시한 보수 수준이 꽤 매력적일 거라 생각합니다. 우리 그룹 내에서 경력을 쌓을 수 있다는 것도 굉장한 것 아니겠습니까? 오로르 사는 현재 142개국에 진출해 있으며 13만 명 이상의 사원을 고용하고 있습니다. 게다가 저희 회사에서는 고위 간부 대부분이 상당히 빠른 시일 내에 그룹의 주주가 될 수 있습니다. 이것이 바로 우리 회사의 시스템입니다. 제가 몇몇 통계 자료를 포함하여 관련 서류를 준비해두었습니다."

"그 체인 호텔들의 상황이 어떤지 좀더 자세한 정보가 있어야합니다."

"물론이죠. 곧 세부적인 문서를 드리겠습니다. 순수하게 전략적 차원으로만 매입한 건 아니었습니다. 우린 구조적인 가능성을 본 겁니다. 호텔 위치들이 지리적으로 적당하고, 전반적으로 건물들의 상태도 괜찮습니다. 다시 손볼 건 거의 없으니까요. 적어도 제가 보기엔 그렇습니다. 그렇지만 휴양 호텔업 쪽으로는 제가 경험이 없습니다. 물론 우린 협의 체제를 통해 작업합니다. 그러나 이 부문에 관련한 모든 문제에 대한 결정권은 당신에게 있습니다. 만약 규모를 줄이거나 확장하고자 할 경우에도 최종 결정은 당신이 내리게 됩니다. 우리 오로르에서 일하는 방식이 바로 그렇습니다."

그는 잠시 생각에 잠겼다가 말을 이었다. "당연한 얘기지만, 우리가 어쩌다 우연히 당신을 모셔온 건 결코 아닙니다. 누벨 프롱티에르에서의 당신 경력을 업계 전문가를 통해 매우 상세히 살펴보았습니다. 업계의 한 흐름을 만들다시피 하셨더군요. 체계적으로 최저가의 가격이나 최상의 서비스를 제안하려 하지 않고 매번 적당한 수준의 서비스에 대해 고객이 수긍할 만한 가격을 딱 맞춰 제시하곤 했고요. 그것이 바로 우리 그룹이 각 계열사 내에서 추구하고 있는 기업 철학입니다. 마찬가지로 빼놓을 수 없는 중요한 사실은, 당신이 누벨 프롱티에르 그룹의 강력한 이미지 창출의 주역이었다는 점이지요. 그와 같은 그룹 이미지 창출은 우리 오로르에서 이제까지 한 번도 해내지 못했던 사항입니다."

르갱의 책상에서 전화벨이 울렸다. 통화는 매우 짧게 끝났다. 그는 일어나서 장이브를 베이지색 포석 타일이 깔린 통로로 안내했다. 장뢱 에스피탈리에의 사무실은 엄청나게 커서 폭이 적어도 20미터는 되는 듯했다. 왼편에는 열대여섯 개의 의자가 놓여 있는 회의용 테이블이 있었다. 두 사람이 다가가자 에스피탈리에는 일어서서 미소로 환대했다. 이마가 약간 벗겨진데다 체구가 작은 사내로 꽤 젊어 보였는데―많아봤자 마흔다섯 정도―이상하게도 겉모습이 직책과는 전혀 어울리지 않게 수수해 보이는 것이 무척 소극적인 사람이 아닌가 싶을 정도였다. 분명 겉모습으로 사람을 판단해선 안 될 거야, 하고 장이브는 생각했다. 국립행정학교 출신들은 종종 저런 분위기를 풍긴다. 즉 겉보기엔 유머러스해도 그건 눈속임에 지나지 않는 것이다. 그들은 책상 앞에 있는 낮은 테이블 주위로 빙 둘러놓은 팔걸이의자에 앉았다. 에스피탈리에는 말을 꺼내기에 앞서 수줍은 듯하면서도 호기심 어린 미소를 지으며 그를 오랫동안 쳐다보았다.

"자크 마요에 대해 무척 감탄해마지않는 바입니다. 그는 진정한 기업 문화를 가지고 매우 독창적이고 멋진 회사를 일궜어요. 흔치 않은 일이죠. 허나, 내가 뭐 저주하는 건 아닙니다만 프랑스 관광 여행업계는 머잖아 닥칠 극도로 힘든 시기에 대처해나가야 할 겁니다. 조만간 영국과 독일의 관광 여행업자들이 프랑스 시장에 들이닥칠 테니까요. 내 생각엔 이제 더이상은 몇 달 후의 얘기가 아닌 것 같아요. 불가피한 현실이 되어버린 거죠. 그들의 자금력은 두 배 내지 세 배나 막강하고, 비슷하거나 혹은 더 나은 수준의 서비스를 제공하면서도 제시하는 투어의 가격은 2, 30퍼센트가 저렴해요. 정말 대적하기가 무척 힘겨울 거예요. 명확하게 말하자면, 아예 문을 닫게 되는 기업도 있을 거예요. 누벨 프롱티에르가 그중 하나가 될 거라고는 말하고 싶지 않습니다. 누벨 프롱티에르는 자기 특성이 매우 강하고 대주주도 많은, 상당히 견실한 그룹이니 잘 견뎌낼 수 있을 겁니다. 그렇지만 어쨌거나 앞으로 몇 년간은 업계 모두가 힘들 겁니다."

그는 슬며시 한숨을 쉬고는 말을 이었다. "그런데 그와 같은 문제는 우리 오로르에서는 전혀 문제가 되지 않아요. 우린, 시장이 비교적 안정적인 비즈니스호텔 업계에서 자타가 공인하는 세계 최고의 그룹이니까. 그렇지만 경제나 정치 변동에 민감해서 시장이 불안정한 휴양 호텔업계 쪽으로는 현재까지 진출한 바가 거의 없었어요."

장이브가 중간에 끼어들었다. "바로 그래서 이번 인수 건에 대해 상당히 놀랐습니다. 사장님께서 그룹 발전의 우선적인 축을, 특히 아시아를 중심으로 한 비즈니스호텔업 쪽에 두고 계신다고 줄곧 생각하고 있었습니다."

　에스피탈리에는 차분히 대답했다. "그건 변함없는 사실입니다. 예를 들어 중국만 보아도 비즈니스호텔업 쪽으로는 가능성이 무궁무진하니까요. 우린 경험과 노하우가 있어요. 프랑스를 겨냥해 만든 이비스와 포르뮐1과 같은 컨셉을 생각해보세요. 그렇지만…… 어떻게 설명해야 할까요?" 그는 잠시 생각에 잠겨 천장, 이어 자기 오른쪽에 있는 회의용 테이블을 쳐다보고는 다시금 장이브를 뚫어져라 바라보았다. "오로르는 신중한 그룹입니다. 폴 뒤브뢸이 종종 입버릇처럼 말하기를 시장에서 성공하는 비결은 오로지 적시에 뛰어드는 것이라고 했죠. 적시라는 건 지나치게 일찍 뛰어들라는 의미가 아닙니다. 사실 처음에 뛰어들어 자기들이 머리를 짜낸 데서 최대한의 이익을 얻은 이들은 무척 드물어요. 애플과 마이크로소프트 사를 견주어 하는 얘기죠. 그렇지만 분명 너무 늦어서도 안 된다는 얘기이기도 합니다. 바로 이 점에서 우리가 신중을 기했던 거예요. 만일 당신이 소리소문 없이 눈에 띄지 않게 무언가를 개발하고 있는데, 경쟁자가 그제야 눈을 뜨고 당신이 개척하려는 시장에 뛰어들려고 한다면 그는 이미 너무 늦은 겁니다. 당신이 일궈놓은 당신 영토에 완전히 빗장을 질러놓고 확고한 비교우위를 선점해둔 뒤일 테니까요. 우리 명성은 실질적인 우리 능력에 못 미치는 것이죠. 이런 문제는 상당 부분, 기업이 기업의 파워와 이미지 중 어느 쪽에 주력하는가 하는 선택의 문제인데, 우린 이미지 쪽에는 투자를 안 했던 겁니다."

그는 또 한번 한숨을 쉬고는 말했다. "세월은 변했습니다. 이제 우리가 세계 제일이라는 것은 모든 사람들이 다 알고 있어요. 이쯤 되면 지나친 신중함은 불필요하고 심지어는 위험한 것일 수 있어요. 오로르와 같이 막강한 그룹에는 대중적인 이미지가 필요합니다. 비즈니스호텔업이라는 업종은 꾸준한 고수익을 보장해주는 아주 안전한 업종이지만 뭐랄까, 그다지 재미난 업종은 못 되요. 사업차 출장 다니는 것에 대해 얘기하는 사람은 무척 드물죠. 그런 얘기 하는 게 뭐가 재미있겠습니까. 대중에게서 좋은 이미지를 얻기 위해 우린 관광 여행업과 휴양 빌리지, 이두 가지 중에서 선택한 거예요. 관광 여행업은 우리 그룹의 본래 업무와 더욱 동떨어진 것이긴 하지만, 소유주만 바뀌면 되는 아주 건실한 기업들이 있어요. 이 업계에 뛰어들어야겠다 싶은 상황에서 엘도라도라는 좋은 기회가 생겼으니, 엘도라도 인수는 당연한 거였죠."

장이브는 단도직입적으로 물었다. "사장님의 목표가 무엇인지 제대로 알고 싶습니다. 매출액과 회사 이미지 중 어느 쪽에 더 큰 비중을 두고 계시는 겁니까?"

"복잡한 질문이군요……" 에스피탈리에는 주저하며 의자에 앉은 채 살짝 몸을 움직였다. "오로르의 문제는 소액주주들이 많다는 것이죠. 1994년, 우리 그룹에 대한 공개 매입 소문도 바로 그래서 생겨난 것이었고요." 그는 단호하게 손짓을 하며 말을 이었다. "그런 일은 아예 있지도 않았던 것이라고 이젠 분명히 말씀드릴 수 있어요. 또 현재로서도 거의 있을 수 없는 얘기입니다. 우리 회사의 부채도 미미한 수준에 지나지 않아요. 세계적인 그룹이라고 해도 이런 종류의 사업에 뛰어들 만큼 충분한 자금력을 가진 그룹은 없어요. 비단 호텔업계 얘기만은 아닙니다. 어쨌든 간에 변함없는 사실은, 예를 들어 누벨 프롱티에르와 같은 그룹과는 정반대로 우리에겐 대주주 그룹이 없다는 거예요. 내가 보기에 폴 뒤브뢸과 제라르 펠리송은 사실 자본주의자라기보다는 당대 최고의 기업가들, 아주 대단한 기업가들이었어요. 그렇지만 그들은 주주 그룹에 대해서는 아무런 제재도 가하려 들지 않았죠. 바로 그런 까닭에 오늘날 우리가 이렇듯 미묘한 상황에 처해 있는 겁니다. 당신이나 나나 우리 모두 알다시피, 단기적으로는 소득이 없을지라도 전략적으로 그룹의 위상을 드높일 수 있는 과시용 지출이 가끔씩은 필요합니다. 때로는, 시장의 미성숙이나 일시적인 위기로 인해 적자에 허덕이는 업계를 잠정적으로나마 지원할 필요가 있다는 것도 아시겠지요? 요즘 세대의 주주들은 날이 가면 갈수록 더더욱 그런 인식을 하지 못합니다. 목전의 이익에만 투자한다는 식의 이론이 끔찍스럽게 정신을 피폐시켜버린 거예요."

그는 장이브가 한마디하려 하는 것을 알아채고는 슬며시 손을 들어 제지했다. "허나 주의해야 할 건, 우리 주주들이 바보는 아니라는 겁니다. 현상황에서 엘도라도 같은 체인이 인수 첫해부터, 아마도 이 년 이내에 안정을 되찾기는 힘들 거라는 사실은 그들도 잘 알 겁니다. 그렇지만 인수 삼 년째가 되는 해부터는 매출액을 매우 유심히 살펴보며 지체 없이 결단을 내리려 들 거예요. 그때부터는 당신의 계획이 아무리 빛나는 것이라 해도, 또 엄청난 가능성을 지닌 것이라 해도, 나로서도 어쩔 도리가 없을 거예요."

한참 동안 침묵이 흘렀다. 르갱은 고개를 숙인 채 꿈쩍 않고 있었다. 에스피탈리에는 다소 회의적인 태도로 손가락으로 턱을 괴고 있었다. 마침내 장이브가 입을 열었다. "알겠습니다……" 그리고 몇 초 후 차분하게 말했다. "사흘 후 답변 드리겠습니다."

3

이후로 두 달 동안 발레리를 매우 자주 만났다. 사실 그녀가
부모님 집에 다녀왔던 어느 주말을 제외하고는 거의 매일 봤던
것 같다. 장이브는 오로르 그룹의 제안을 받아들이기로 했고 따
라서 그녀도 그를 따르기로 했다. 그러고 나서 기억하건대 그녀
가 제일 먼저 내게 알려준 것은 "이제는 월급의 60퍼센트가 세금
으로 떼이게 됐다"는 사실이었다. 실제 그녀의 월급이 사만 프랑
에서 칠만 오천 프랑으로 올랐으니 그만큼 세금이 나가는 것도
그리 놀라운 일은 아니었다. 그녀는 3월 초 첫 출근부터 자신이
할 일이 엄청날 거라는 사실을 알고 있었다. 당장에는 누벨 프롱
티에르에서의 모든 일이 순조롭게 진행되었다. 그들은 사직서를
제출했고 조용히 후임자들에게 업무를 인계했다. 나는 발레리더

러 저축을 하라고, 주택청약예금 통장이나 뭐든 통장을 개설하라고 충고하곤 했다. 사실 이런 점에 대해서는 별로 많이 생각하지 않았다. 봄은 무척 늑장을 부리며 더디 왔다. 하지만 그런 건 전혀 중요치 않았다. 아주 나중에, 발레리와 그렇게나 행복했던 그 시절, 그렇지만 이상하게도 기억에 남는 추억이라곤 별로 없는 그 시절을 다시 떠올리게 된다면, 남자란 결코 행복할 수 없는 존재라는 생각을 하게 되리라. 실현 가능한 행복에 실제로 다가가려면 남자는 아마도 변해야, 육체적으로 변해야 할 것이다. 하느님을 무엇에 빗대랴? 분명 여자들의 음부에 비유할 수 있으리라. 아마 터키식 증기탕 수증기에도. 어쨌거나 육신이 만족감과 즐거움으로 충만하고 모든 근심을 떨쳐낸 채 정신이 존재할 수 있게 하는 그런 것들에 비유될 수 있을 것이다. 이제 나는 정신이란 절로 생겨나는 것이 아니지만 생겨날 필요가 있는 것이며, 그 탄생은 쉽지 않을 것이고, 현재까지 우리는 이에 관해 해롭고 불충분한 사고밖에 갖추지 못했다는 것을 확신한다. 발레리를 오르가슴에 이르도록 했을 때, 그녀의 육체가 내 몸 아래에서 전율하는 것이 느껴졌을 때, 나는 종종 모든 악이 소멸된, 전적으로 차원이 다른 의식세계에 다가선 것 같은 느낌이 들었다. 덧없는 것이기는 하지만 또한 억누를 수 없는 그런 느낌이었다. 그녀의 육체가 쾌락의 절정으로 달아오르는 순간, 세상의 모든 것이 정지된 것 같은 그런 유보된 순간이면, 나는 나 자신이 평안과 격동을 조장하는 신이 된 것처럼 느끼곤 했다. 이것이 발레리가 내게 준—완벽하고 이론의 여지없는— 첫번째 기쁨이었다.

그녀가 내게 준 두번째 기쁨, 그것은 너무나도 다정스럽고 천성적으로 선량한 그녀의 성품이었다. 때로 업무가 길어지는 날이면—다달이 그런 날은 점점 많아질 수밖에 없었다—그녀는 과민할 정도로 지쳐 있고 긴장되어 있었다. 그러나 결코 내게 등을 돌린 적이 없었고, 결코 성을 내지도 않았으며, 종종 여자들과의 관계에서 그토록 숨막히고, 그토록 비장하게 만들어버리는 그 예측 불가능한 신경질을 낸 적도 없었다. 그녀는 종종 말하곤 했다. "미셸, 난 별로 야망이 없어…… 당신이랑 있으면 기분이 좋아. 난 당신이 내 인생의 남자라고 생각해. 사실 그 이상은 바라지도 않지만, 그렇게 바라는 것조차 불가능한 얘기인 것 같아. 나한테 더이상 별 득이 될 것도 없는, 한마디로 그런 부질없는 시스템에 내가 꽉 물려 있는 거잖아. 도대체 여기서 어떻게 빠져나갈 수 있을지 모르겠어. 일단은 생각할 시간이 필요할 것 같아. 하지만 그럴 시간이 언제쯤에나 있을지조차도 모르겠어."

나로 말하자면 일하는 시간이 줄어들었다. 어쨌거나 엄밀히 얘기하면 내 일을 하기는 했다. 대개는 제시간에 집에 돌아와 〈퀴즈 챔피언〉을 보고, 저녁거리 장을 보러 나가곤 했다. 그러면서도 이제는 매일 밤, 발레리의 집에서 잤다. 이상하게도 마리잔은 점점 게을러지고 있는 내 직장생활 태도를 심각하게 여기지 않는 듯했다. 사실 그녀는 자기 일을 좋아했고 가능한 한 더 많은 일을 하려 들었다. 내 생각에, 그녀가 내게 바라는 것은 무엇보다도 내가 그녀와 잘 지내는 것, 그뿐이었다. 그리고 이 시기에 난 줄곧 그녀에게 친절했다. 나는 친절하고 평화로웠다. 그녀는 내가 태국에서 가져온 산호 목걸이를 무척 마음에 들어했고 매일 목에 걸고 다녔다. 그녀는 전시회 서류들을 준비하면서 종종 여느 때와는 다른, 무어라 해석하기 힘든 그런 눈길을 내게 보내곤 했다. 2월의 어느 날 아침—아주 확실히 기억하고 있다. 내 생일이었으니까—그녀는 내게 주저 없이 말했다. "미셸, 당신 변했어요…… 잘은 모르겠지만, 행복해 보여요."

맞는 말이었다. 기억하건대 난 행복했으니까. 물론 여러 가지 일들, 늙어가는 것이나 죽음과 같이 불가피한 일련의 문제들이 있기 마련이다. 그렇지만, 이 몇 개월간의 추억을 떠올려보면 내가 행복했음을 증명할 수 있다. 요컨대 행복이 존재한다는 것을 나는 안다.

장이브로 말하자면 그는 행복하지 않았다. 그건 분명한 사실이었다. 한번은 발레리와 함께 셋이서 이탈리아, 아마 베네치아

풍의 식당, 아무튼 꽤 멋진 곳에서 저녁식사를 한 적이 있었다. 그는 우리가 곧 귀가하면 함께 섹스하리라는 것을, 우리가 사랑을 나누리라는 것을 알고 있었다. 나는 딱히 그에게 건넬 말을 찾지 못했다. 해야 할 말이라는 게 너무나도 뻔하고 너무나도 자명한 얘기였으니까. 그의 부인이 그를 사랑하지 않는다는 것은 분명했다. 아마 그녀는 그 어느 누구도 결코 사랑해본 적이 없었을 것이고 앞으로도 마찬가지일 것이다. 이것 역시 너무나도 명백한 사실이었다. 그는 운이 없었을 뿐이다. 그런 인간관계를 얘기하는 것만큼 어려운 것도 없다. 대개는 해결책이 없지만 복잡한 경우는 드물다. 물론 이제 그는 이혼을 해야만 했다. 쉬운 일은 아니지만 해야 하는 일이었다. 내가 달리 무슨 말을 할 수 있었겠는가? 안티파스토*를 다 먹기 훨씬 이전에, 이 얘기는 마무리지어졌다.

그들은 이어 오로르 그룹 내에서의 직업적 미래에 대해 얘기했다. 이미 엘도라도 인수에 대해 이런저런 방향으로 생각하고 계획하고 있었다. 그들은 똑똑하고 능력 있으며 업계에서 인정받고 있었다. 그렇지만 실수를 해선 안 되었다. 물론 새로 맡게 된 직책에서 실패를 한다고 해서 그들의 경력이 끝나는 것은 아

---

* 이탈리아 전채 요리.

니다. 장이브 나이 서른다섯, 발레리는 스물여덟이니 다시금 기회가 주어지리라. 하지만 업계에서는 그 첫번째 실책을 기억할 것이므로 그들은 훨씬 낮은 직급에서부터 다시 시작해야 할 것이다. 우리가 일하고 있는 회사 내에서, 일에 대한 주요 이익 분배는 월급, 그리고 더 일반적으로 말하자면 경제적 이득 분배로 이루어지며, 이제 직책의 위엄이나 명예 따위는 그 비중이 많이 줄어들었다. 그렇지만 진보된 세금 재분배 제도가 있기에 쓸모없는 이들, 능력 없는 이들, 유해한 이들―어떤 관점으로 보면 나도 그 일부였다―의 삶이 유지되고 있었다. 요컨대 우리는 더욱 강력한 자유주의를 향해 천천히 나아가면서도, 전통적인 가톨릭 국가에 아직까지도 존재하고 있는 고리대금―더 일반적으로 말하자면 돈―에 대한 경고들을 점차적으로 무시해가는 그런 혼합경제의 시대에 살고 있었다. 이러한 변화로부터 그들이 얻어낼 수 있는 실질적인 이득은 아무것도 없었다. 장이브보다 훨씬 젊은 고등상업학교 졸업자들―더 나아가 아직 재학중인 학생들까지도―은 월급을 받는 직장은 구할 생각도 않고 단번에 주식 투자에 뛰어들곤 했다. 그들은 인터넷이 연결된 컴퓨터와 시장의 흐름을 추적하는 첨단 소프트웨어를 갖추고 있었고, 더욱 빈번하게는 더 큰 액수의 투자를 하기 위해 모임을 결성하기도 했다. 그들은 컴퓨터를 끼고 살며 스물네 시간 내내 교대로 움직였으며 바캉스 따위는 결코 가지 않았다. 그들 모두의 목표는 단순기기 짝이 없는 것이었다. 서른이 되기 전에 억만장자가 되는 것, 바로 그것이었다.

장이브와 발레리는, 회사라는 곳—혹은 경우에 따라 공공 기관—을 떠나서는 자기 경력을 생각하기가 아직은 힘든, 그런 과도기적인 세대였다. 그들보다 약간 나이가 많은 나도 대략 비슷한 상황에 있었다. 우리 셋 모두 호박琥珀 덩어리 속에 든 곤충처럼 사회 제도에 콕 틀어박혀 있었다. 우리가 뒷걸음질칠 수 있는 가능성은 눈곱만큼도 없었다.

3월 1일 아침 발레리와 장이브는 오로르 그룹에 출근하여 공식적인 업무에 들어갔다. 4일 월요일부터 엘도라도 프로젝트를 함께 착수할 핵심 간부들과의 모임이 예정되어 있었다. 전체 경영진들이 휴양 빌리지에 대한 전망 연구를 행동 사회학계에서 꽤 알려져 있는 프로필이라는 기관에 맡겨둔 터였다.

장이브는 처음으로 24층에 위치한 회의장에 들어서면서 어쨌거나 굉장하다 싶은 인상을 받았다. 회의장에는 하나같이 오로르에서 몇 년간 근무해온 스무 명가량의 사람들이 있었다. 그리고 이제 그가 그들을 지휘하는 임무를 맡게 되었다. 발레리는 곧바로 그의 왼편에 앉았다. 그는 주말 동안 서류들을 검토했다.

그래서 회의 테이블을 둘러싸고 앉은 사람들 각각의 이름과 정확한 직책 그리고 입사 전 경력도 잘 알고 있었다. 그렇지만 슬며시 불안감이 생기는 것은 어찌할 수 없었다. 파리 변두리 우범 지대인 에손은 그날 날씨가 매우 궂었다. 폴 뒤브뢰과 제라르 펠리송이 에브리에 본사를 설립하기로 결정한 까닭은 땅값이 싸고 남부고속도로 및 오를리 공항과 가까웠기 때문이었다. 그러니까 당시에는 조용한 외곽 지대였던 것이다. 그렇지만 현재 그 주변 마을들의 범죄율은 프랑스 최고를 기록하고 있었다. 매주 관광 버스며 경찰차, 소방차 파손 사건이 발생했고, 폭력 행위와 강간 사건은 정확한 수치조차 낼 수 없을 정도였다. 몇몇 추정에 따르면, 소송 건수의 다섯 배로 생각해야만 실제적인 수치가 될 거라고 했다. 무장한 야간 경비팀이 스물네 시간 내내 지사들의 경비를 서고 있었다. 사내 의견서에서는 특정 시간부터는 대중교통 수단을 가급적 이용하지 말 것을 당부하고 있었다. 업무가 늦게까지 있으나 승용차가 없는 사원들을 위해 오로르는 한 택시 회사와 계약을 체결했다.

행동 사회학자 랭세 라가리그가 도착하자 장이브는 대번에 어떤 타입의 인간인지 감을 잡을 수 있었다. 사내는 대략 서른 살은 되어 보였고 이마는 벗겨진데다 뒷머리는 리본으로 묶고 있었다. 또한 아디다스 조깅복에 프라다 티셔츠를 입고 구질구질한 나이키 운동화를 신고 있었다. 요컨대 행동 사회학자 같아 보이기는 했다. 그는 먼저 화살표와 동그라미와 이런저런 표들이 가득한 아주 얇은 문서를 나눠줬다. 그의 서류가방에는 그것 외에는 아무것도 들어 있지 않았다. 첫번째 페이지는 『누벨 옵세르바퇴르』의 기사, 좀더 자세히 말하자면 '다른 목적으로 떠난다'라는 제목의 바캉스 특집 사설을 복사한 것이었다.

라가리그는 큰 소리로 기사를 읽기 시작했다. "2000년 들어 단체 여행은 막을 내렸다. 이제 사람들은 개인적인 성취감을 위해, 그러면서도 윤리적인 면을 고려하여 여행을 떠난다." 사설의 이 서두 부분이 그에게는 오늘날 여행의 특징적인 추세쯤으로 보이는 모양이었다. 그는 이 문제에 대해 몇 분간 지껄이더니 참석자들에게 다음의 문장들을 눈여겨보라고 했다. "2000년대에는 사람들이 서로를 존중해주는 관광이 무엇인지에 대해 생각한다. 부자들 또한 오로지 자기만을 위한 에고이스트적인 즐거움뿐만 아니라 현지 사람들과의 어떤 유대감을 가져보기 위해 여행을 떠나고 싶어한다."

"대체 저 작자 얼마나 받아먹은 거지?" 장이브는 슬쩍 발레리에게 물었다.

"십오만 프랑이오."

"믿어지지가 않는군…… 그래 저 머저리 자식은 『누벨 옵세르바퇴르』나 복사해와서 읽어주고 말 셈인가?"

랭세 라가리그는 막연하게 기사에 실린 단어들을 계속 길게 늘어놓더니, 몰상식할 정도로 허풍 떠는 어조로 세번째 단락을 읽었다. "2000년대에는 사람들 스스로가 여기저기 떠나고 싶어한다. 기차를 타기도 하고 강이나 바다 위로 유람선을 타고 떠나기도 한다. 이 스피드 시대에 사람들은 느림의 묘미를 다시금 발견하게 된 것이다. 사막의 끝 모를 고요 속에 빠져들기도 하고, 일거에 대도시의 열기 속에 빠져들기도 한다. 그렇지만 언제나, 그 열정은 동일한 것이다……" 윤리, 개인적 성취감, 유대감, 열정 등 그가 키워드라고 여기는 단어들이 튀어나왔다. "이러한 새로운 상황에서 에고이스트적인 내향성과 획일화된 욕망과 욕구를 기반으로 한 휴양 빌리지 시스템이 되풀이하여 어려움을 겪고 있다는 것은 놀랄 것도 없다. 〈레 브롱제〉*의 시대는 이제 완전히 끝났다. 휴가를 떠나는 현대인들이 추구하는 것은 진정성과 발견, 상호성이다. 더 일반적으로 말해, 그 유명한 '4S', 즉 바다Sea, 모래Sand, 태양Sun 그리고 섹스Sex를 특징으로 꼽는 휴양

---

* 프랑스어로 '선탠하는 사람들'이라는 뜻. 클럽 메드 휴양 빌리지를 배경으로 한 파트리스 르콩트의 1978년 작 영화.

관광이라는 포드주의적 모델은 끝났다. 미슈키와 브라운의 연구 결과가 명확하게 보여주는 바대로, 업계 전체가 이제부터는 포스트 포드주의적 관점에서 사업을 펼쳐가도록 준비해야 한다."

수완 좋은 이 행동 사회학자는 그대로 놔두면 몇 시간이고 그렇게 계속 떠들 것 같았다. "잠깐만요……" 장이브가 짜증 섞인 목소리로 그의 말을 중단시켰다.

"아, 예?……" 행동 사회학자는 그에게 매혹적인 미소를 지어 보였다.

"여기 있는 모두가 한 사람도 빠짐없이 휴양 빌리지 시스템이 현재 어려움을 겪고 있다는 것에 대해 잘 알고 있으리라 생각합니다. 우리가 당신한테 부탁한 것은, 문제의 특성들을 끝없이 나열해놓으라는 게 아닙니다. 아주 조금이나마 해결의 실마리를 제시할 수 있도록 성의를 보여달라는 거였죠."

랭세 라가리그는 입만 떡 벌리고 멀거니 있었다. 이런 식의 반박이 있으리라고는 전혀 예상치도 못했다. 그는 우물쭈물 대답했다. "저, 저는…… 말입니다…… 해결책을 찾기 위해서는 문제를 규명하고 그 원인을 확실히 아는 것이 중요하다고 생각합니다." 장이브는 화가 났다. 또 무의미한 소릴 지껄여대는군, 무의미할 뿐만 아니라 가식적이기까지 해. 그 원인이라는 것은 당연히, 변화가 불가능한 일반적인 사회 흐름 때문이었다. 따라서 거기에 적응해나가야 할밖에 별도리가 없었다. 어떻게 적응해나갈 수 있는가? 이 멍청이는 분명 이에 대한 최소한의 의견도 갖고 있지 않았다.

장이브는 다시 말했다. "당신 얘기는 대강 말하자면 휴양 빌리지 시스템이 이제 한물갔다 이거죠?"

"아, 아니 전혀 그런 뜻이 아닙니다……" 행동 사회학자는 당황하기 시작했다. "제 생각은…… 다만 차근차근 살펴봐야 한다는 겁니다." 장이브는 다들 있는 앞에서 작은 소리로 내뱉었다. "누가 저딴 자식한테 돈을 준 거야?" 그러고는 다시 이어 말했다.

"흠, 우리도 차근차근 살펴보겠습니다. 라가리그 씨, 오늘 수고하셨습니다. 이제 더는 당신이 필요 없을 것 같군요. 잠시 회의를 중단하겠으니 커피 한잔 들고 십 분 후 다시 시작합시다."

화가 난 행동 사회학자는 자신의 문서들을 챙겼다. 회의가 다시 시작되자 장이브는 자신의 서류들을 가지고 말을 시작했다.

"아시다시피 클럽 메드는 1993년부터 1997년까지 창립 이래 최대의 위기를 겪었습니다. 클럽 메드를 흉내낸 회사들과 경쟁사들이 우후죽순으로 생겨나서 클럽 메드의 패키지와 유사한 상품들을 내놓고 가격은 현저히 낮춰버린 거죠. 그 결과 클럽 메드의 고객은 줄 대로 줄었습니다. 이런 상황을 그들은 어떻게 타개

했을까요? 핵심적으로는, 그들 역시 가격을 낮췄습니다. 그렇지만 경쟁사들만큼 낮추진 않았습니다. 그들은 자신들이 먼저 시작했다는 점과 명성이나 이미지 등의 이점이 있다는 것을 알고 있었던 겁니다. 또한 고객들이 어떤 면으로 보면 '원조'라고 할 수 있는 클럽 메드 패키지의 진가를 맛보기 위해—치밀한 앙케트 조사를 해서 목적지에 따라 타사에 비해 2, 30퍼센트 정도 높게 잡아놓은—어느 정도 차별화된 가격을 수용할 수 있으리라는 점도 알고 있었던 거죠. 앞으로 몇 주 동안 여러분들이 바로 이러한 사항을 중점적으로 검토해보셨으면 합니다. 이를테면 휴양 빌리지 시장에 클럽 메드와는 다른 패키지가 들어설 자리가 있는가? 만약 그렇다면 우리가 그 윤곽을 그려보고 대상 고객을 감잡을 수 있겠는가? 쉽지 않은 문제입니다."

그는 이어 말했다. "아마 여러분들 모두가 이미 알고 계실 겁니다. 저는 누벨 프롱티에르에서 왔습니다. 회사 이름을 내걸 만큼 유명하진 않지만 그쪽에서도 팔라디앵이라는 휴양 빌리지를 만들었습니다. 클럽 메드와 거의 같은 시기에 우리도 그 빌리지 때문에 어려움을 겪었습니다. 그렇지만 매우 신속하게 해결했습니다. 어떻게 가능했을까요? 그건 누벨 프롱티에르가 프랑스 최고의 관광 여행업체였기 때문이었습니다. 고객들은 이국의 정취를 느끼고 나면 거의 대부분의 경우 해수욕하는 시간을 더 늘

렸으면 했습니다. 우리 투어는 종종 힘들고, 신체 조건도 좋아야 한다는 꽤 타당한 명성을 가지고 있었습니다. 고객들은 어떤 면에서 힘겹게 '여행자'라는 견장을 차고 나면, 대개 잠깐 동안은 단순히 편하게 즐기는 관광객이고자 했습니다. 그렇게 바꾼 상품이 성공하자, 우리는 대부분의 투어에 해수욕 시간을 연장시킨 일정을 포함시키기로 한 거였죠. 그렇게 되면 카탈로그에 실리는 여행 기간은 엄청 늘어나게 됩니다. 그런데 여러분도 아시다시피 해수욕하는 일정이 있으면 종일 관광하는 것보다 경비가 훨씬 줄어듭니다. 이러한 상황에서 우리 소유의 호텔을 우선적으로 이용하는 것이 우리에겐 무척 용이한 것이었습니다. 여러분께 한번 생각해보도록 권하고 싶은 두번째 사항은 다음과 같습니다. 휴양 빌리지의 성패는 관광 여행업계와의 더욱 긴밀한 공조에 달려 있을 수 있다는 점입니다. 여기서도 역시, 프랑스 시장에 현존하는 업체들에 국한해 생각하지 말고, 여러분들이 상상력을 발휘해주셔야 하겠습니다. 제가 여러분께 탐색해보라고 하는 것은, 정말 새로운 분야입니다. 아마도 북유럽의 대형 관광 여행업자들과 공조하면 많은 것을 얻을 수 있을 겁니다."

회의가 끝나자 삼십대로 보이는 금발의 예쁘장한 여자가 장이브에게 다가왔다. 마릴리즈 르 프랑수아라는 이름의 홍보 책임자였다. 그녀는 말했다. "여기 오시게 되어 얼마나 기쁘게 생각하는지 몰라요…… 꼭 말씀드리고 싶었어요. 오늘 들려주신 말씀 덕분에 직원들의 사기가 북돋아졌을 거예요. 지휘부에 누군가가 있다는 생각에 모두 마음이 든든해졌을 테니까요. 이제 모두 정말 일에 착수할 수 있을 거예요."

4

쉽지 않은 일이었다. 그들은 그 점을 재빨리 간파했다. 영국 그리고 특히 독일의 관광 여행업자들은 대부분 고유의 휴양 빌리지 체인을 이미 소유하고 있었다. 때문에 다른 기업과의 제휴에는 전혀 관심이 없었다. 따라서 이런 방향으로 맺은 계약 건들은 모두 수포로 돌아갔다. 또한 클럽 메드가 개발한 휴양 빌리지라는 패키지 상품은 이제 확고한 표본이 되어버린 듯싶었다. 휴양 빌리지가 생긴 이후로는 혁신적이다 싶은 여행 상품을 내놓은 경쟁사가 전무했다.

이 주 후 발레리가 마침내 한 가지 아이디어를 생각해냈다. 저녁 열시경이었다. 그녀는 퇴근을 앞두고 장이브의 사무실 한가운데에 있는 안락의자에 푹 파묻혀앉아 초콜릿을 먹고 있었다.

종일 각 빌리지의 재정 결산 작업을 하느라 둘 다 지쳐 있었다.

"근본적으로, 투어와 체류 일정을 잘못 배정한 거 같아요." 발레리가 한숨 쉬듯 말을 토해냈다.

"무슨 소리야?"

"누벨 프롱티에르에 있을 때 말예요. 생각해봐요. 해수욕 시간을 연장한 것 말고도 투어 도중에 아예 하루를 해변에서 쉬는 날로 추가해넣었을 적에도 꽤 반응이 좋았잖아요. 사람들의 불평이 제일 잦았던 건, 끊임없이 숙소를 옮겨다녀야 한다는 점이었죠. 사실 관광시간과 해변에서의 자유시간을 체계적으로 적절히 안배하는 게 필요한 거 같아요. 하루는 관광, 하루는 휴식, 이런 식으로 쭉 이어지게 말이죠. 매일 밤, 혹시 관광이 길어지는 경우에는 이틀에 하룻밤 정도 호텔로 돌아가 쉴 수 있도록 하되 다시 짐을 싸거나 방을 비우는 번거로움은 없도록 말예요."

"빌리지에서 제공하는 관광 코스가 이미 있긴 한데, 그게 그렇게 잘되고 있는지는 모르겠어."

"맞아요, 있어요. 하지만 그런 건 추가 요금을 지불해야 하는 거죠. 프랑스 사람들은 추가 요금 내는 거 싫어하잖아요. 게다가 그 코스도 현지에서 예약해야 하는 거고요. 그러다보니 여행객들이 머뭇거리고 주저하다가 선택을 못하고 결국에는 아무것도 안 하고 마는 거죠. 사실, 관광도 절차가 편해야 사람들이 좋아해요. 그래서 유독 토털 패키지가 인기가 있는 거라고요."

장이브는 잠시 생각에 잠겼다. "당신 제안, 꽤 괜찮아…… 근데 일을 좀더 빨리 진행시켜야겠어. 이번 여름부터 일반 패키지 여행 상품을 보완해서 내놓으려면 말이지. 상품명은 '엘도라도 대탐험', 뭐 이런 식으로 하고."

장이브는 작업에 들어가기에 앞서 르갱에게 자문을 구했다. 그는 그 작자가 어떤 쪽으로든 입장을 표명할 마음이 전혀 없다는 것을 재빨리 알아챌 수 있었다. 르갱이 "그건 당신 소관이오" 하고 간략하게 말했기 때문이었다. 발레리로부터 회사의 하루 업무에 대해 얘기를 들으면서 나는 나 자신이 고위 간부들의 세계에 대해서는 별로 아는 게 없다는 사실을 깨달았다. 그녀와 장이브가 함께 일하는 공조 체제, 그 자체가 이미 예외적이었다. 그녀는 말했다. "여느 사람이 내 위치에 있었더라면 그의 자리를 넘보려 들었을 거야. 그렇게 되면 회사 내에 복잡한 계략들이 생겨났을 테지. 혹 수포로 돌아간다 해도 다른 누군가에게 책임을 전가해서라도 이익을 챙기려 들었을 거고." 그렇지만 그들의 경우는 오히려 바람직한 상황이었다. 대부분의 간부들이 엘도라도 인수를 실책이라 여기고 있었던 까닭에 그룹 내에서 그들의 자리를 넘보는 이는 아무도 없었다.

그달 말까지 발레리는 마릴리즈 르 프랑수아와 많은 일을 했다. 여름 바캉스를 겨냥한 여행 상품 카탈로그들은 반드시 4월 말까지 준비되어야 했다. 그때가 최종 시한이었고, 사실 그것도 다소 늦은 것이었다. 그녀는 원래 젯 투어가 내놓았던 빌리지 홍보가 정말 빈약하기 짝이 없다는 것을 이내 알아차렸다. "엘도라도에서 보내는 바캉스, 그것은 아프리카 대륙의 열기가 식어갈 때, 온 마을 사람들이 큰 나무 주변에 모여 어르신들의 지혜로운 말씀을 귀담아들을 때 펼쳐지는 마법의 시간입니다" 하고 그녀는 장이브에게 읽어주었다. "솔직히 이렇게 해서 뭐가 되겠어요? 옆에 있는 모델들 사진 좀 봐요. 우스꽝스러운 노란 복장을 하고 공중으로 뛰어오르는 꼴이라니. 정말 기가 막혀요."

"엘도라도에서 당신은 삶을 더욱 만끽할 수 있습니다, 이 슬로건은 어떤 거 같아?"

"글쎄요. 그게 무슨 말인지조차도 모르겠군요."

"일반 클럽 패키지 카탈로그들은 어쩔 수 없어. 벌써 다 배포됐거든. 하지만 분명한 건 '엘도라도 대탐험' 카탈로그만큼은 지금 처음부터 다시 시작할 수 있다는 거야."

마릴리즈가 끼어들며 말했다. "제 생각에는 거칢과 화려함을 잘 조화시켜놓는 게 필요할 것 같아요. 사막 한가운데에 있는 박하차, 그러면서도 값비싼 카펫 위에 놓인 박하차 같은 것 말이죠."

"그래, 그것도 마법의 시간 같은 거군." 장이브는 지겹다는 듯이 말하고는 힘겹게 의자에서 몸을 일으켰다.

"'마법의 시간'이라는 문구는 어디에든 반드시 끼워넣어야 한다고. 이상하게도 그런 건 언제나 잘 통하거든. 자, 둘이서 얘기 좀 해봐요. 난 다시 고정비용 결산 작업을 할 테니까."

호텔업 경영에서 가장 힘겨운 일을 책임지고 있는 사람이 바로 그라는 것은 발레리도 의식하고 있었다. 그렇지만 정작 그녀 자신은 호텔업 경영에 대해서 아는 게 거의 전무했다. 그저 관광전문기술 자격증을 따던 그 시절에 대한 흐릿한 기억만을 간직하고 있을 뿐이었다. "별 세 개짜리 호텔 겸 식당을 소유하고 있는 에두아르 양Yang은 고객을 최대한 만족시키는 것이 자신의 의무라고 생각한다. 그리하여 그녀는 부단히 새롭게 변모하며 고객의 요구에 부응하고자 노력한다. 그녀는 경험을 통해 아침식사 시간은, 그날 하루의 균형잡힌 영양 공급을 위해 필요한 것으로 호텔의 이미지 형성에 결정적으로 기여하는 매우 중요한 순간이라고 알고 있다." 그녀가 관광전문대학 일 학년이었을 때 나온 시험 내용이었다. 에두아르 양은 고객들에게 설문 조사를 실시하기로 결정했다. 특히 객실 사용 인원(1인, 커플, 가족 단위)에 따라 시행된 조사였다. 조사 결과를 훑어보고 도수 분포도를 계산해야 했다. 시험 문제는 끝으로 다음의 질문을 던지고 있었다. "달리 말해, 고객의 가족 동반 여부가 아침식사에서 신선한 과일을 얼마나 소비하는지를 설명할 수 있는 기준이 되는가?"

그녀는 서류들을 뒤지면서 당장 현상황에 정확히 맞아떨어지는 관광전문대학 시절의 모의시험 문제를 다시 찾아냈다. "당신은 사우스 아메리카 그룹의 국제 경영부 영업부장으로 임명됐다. 본 그룹은 앤틸리스 호텔 겸 레스토랑을 인수했다. 앤틸리스는 110개의 침실을 갖춘 별 네 개짜리 호텔로서 과들루프 섬의 해변에 있다. 1988년에 세워져 1996년 보수공사를 마쳤으나 현재 심각한 어려움을 겪고 있다. 사실상 객실의 평균 이용률이 45퍼센트밖에 되지 않으며, 이는 기대 수익률 근처에도 못 미치는 수치이다." 이 문제에서 그녀는 20점 만점에 18점, 꽤 좋은 점수를 받았다. 당시 그녀는 그 모든 것들이 우스꽝스럽고, 별 신빙성도 없는 이야기 같다고 생각했다. 그녀는 자신이 사우스 아메리카 그룹의 마케팅 책임자라고는, 그 무엇이 됐든 자신이 그 어떤 책임자라고는 생각되지 않았다. 그건 그저 게임이었다. 그다지 흥미롭지도 않고 그다지 어렵지도 않은 머리 굴리기 게임이었다. 하지만 이제 그들이 하고 있는 것은 더이상 그런 게임이 아니었다. 아니, 게임은 게임이되 경력을 다투는 게임이었다.

집에 돌아올 때면 그녀는 업무에 녹초가 되어 겨우 입으로 애무하는 것이라면 모를까, 더이상 사랑을 나눌 여력이 없었다. 그녀는 내 페니스를 입에 넣은 채 반쯤은 잠이 들어 있곤 했다. 내가 그녀 안에 삽입해들어가는 것은 대개 아침, 잠이 깬 무렵이었다. 마치 피곤의 장막 속에 갇혀버린 듯 그녀는 여느 때만큼 강렬하고 진하게 오르가슴을 느끼진 못했다. 어쨌거나 나는 더욱 그녀를 사랑하고 있었다.

4월 말, 카탈로그가 제작되어 오천 개 여행사, 거의 프랑스 전역에 배포되었다. 이제는 7월 1일까지 모든 준비가 완료될 수 있도록 관광 인프라 구축에 전념해야만 했다. 이와 같은 신상품의 경우 입소문의 영향력은 어마어마했다. 어떤 관광 일정이 취소되었다든지 형편없었다든지 하는 말이 돌면 많은 고객을 잃을 수도 있었다. 그들은 대대적인 광고에는 투자하지 않기로 결정했다. 희한하게도 장이브는 마케팅을 전공했으면서도 그다지 광고를 신뢰하지 않았다. "선전은 이미지 변신에는 좋겠지만 우린 아직 그 단계가 아니야. 당장에 우리한테 가장 중요한 건 카탈로그가 제대로 배포되어서 여행 상품에 신뢰할 수 있는 명성을 줄 수 있어야 한다는 거지." 반면 그들은 여행사를 대상으로 한 선전에는 엄청나게 투자했다. 여행사의 판매 직원이 선뜻 나서서 열성적으로 그들의 여행 상품을 제시하도록 하는 것이 가장 중요한 일이었다. 이 일을 담당한 것은 특히 그 업계를 잘 알고 있는 발레리였다. 그녀는 재학 시절 습득했던 판매기술 자료, CAP/SONCAS(제품의 특성-장점-사례/안전성-자부심-참신성-안락함-가격-호감도)를 기억하고 있었다. 그런가 하면 그보다 훨씬 단순하기 그지없었던 현실도 기억하고 있었다. 그렇지만 대부분의 판매 여직원들은 매우 어렸고, 이제 막 관광전문기술 자격증을 따고 온 이들이 많았다. 그녀들에게는 자기네가 배우고 들어서 아는 말이나 건네는 게 나았다. 그녀는 이들 중 몇몇과 얘기를 나누면서 바르마의 소비자 유형학을 학교에서 아직도 가르치고 있다는 것을 알게 되었다(기술적인 구매자 : 제품에 집중적인 관심을 보이며 그 양이 얼마나 되는가에 민감한 구매자로 제품의 기술적인 측면과 참신성을 중시한다. 신봉적인 구매자 : 제품에 대해서 무지하기 때문에, 맹목적으로 판매원을 신뢰한다. 동조적인 구매자 : 판매원이 고객과 유쾌한 내화를 나눌 줄 아는 경우, 판매원과 대화의 공통분모를 찾아가며 자발적으로 이를 이용한다. 계략적인 구매자 : 최대한의 이득을 취하기 위하여 공급업자를 직접 알아보려고 술책을 부리는 책략가다. 발전적인 구매자 : 판매원을 존중해주며, 판매원 및 그가 제안한 제품을 주의깊게 바라보며 제품의 필요성을 의식하고 있는 구매자로서 의사소통을 원만하게 한다). 발레리는 여느 판매 여직원들보다 대여섯 살이 더 많았다. 그녀들과 똑같은 수준에서 시작했으나, 그녀들은 현재까지도 그 수준에 머물러 있는 반면 그녀는 대부분이 감히 꿈도 못 꿀 직업적인 성공을 이뤘다. 그녀들은 다소 우매한 선망의 눈길로 그녀를 우러러보았다.

나는 이제 그녀의 아파트 열쇠도 가지고 있었다. 대개 저녁마다 그녀를 기다리면서 오귀스트 콩트의 『실증철학강의』를 읽곤 했다. 두껍고도 지루한 그 책이 좋았다. 종종 같은 페이지를 연달아 서너 번씩 읽기도 했다. 다섯번째 강의, '사회 평형론에 대한 사전 고찰 혹은 인간 사회의 자연적 질서에 대한 일반론'까지 읽는 데 대략 삼 주가 걸렸다. 분명 내겐, 그 어떤 것이 됐든지 내가 사회적으로 어떤 상황에 있는지를 파악하는 데 보탬이 될 수 있는 그런 이론이 필요했다.

5월의 어느 날 저녁, 나는 피곤에 짓눌려 거실 소파 위에 쪼그린 채 쉬고 있는 발레리에게 말했다. "발레리, 너무 일을 무리하게 하는 거 같아…… 적어도 그렇게 해서 무언가에는 소용이 있어야 하는 거잖아. 돈은 저축해두는 게 좋을 거야. 그렇지 않으면 이렇게든 저렇게든 바보같이 다 써버리고 말 테니까." 그녀는 내 말에 고개를 끄덕였다. 다음날 아침 그녀가 두 시간 정도 짬을 냈고, 우리는 포르트 도를레앙에 있는 크레디 아그리콜 은행에 가서 공동 계좌를 개설했다. 그녀는 나를 대리인으로 서명했고 나는 이틀 후 은행으로 다시 가서 상담원과 이야기를 나눴다. 그녀의 월급에서 매달 이만 프랑씩, 절반은 보험 통장에, 또 나머지는 주택청약예금 통장에 넣기로 결정했다. 이제 난 거의 온종일 그녀 집에 있었기 때문에 내가 따로 집을 가지고 있는 것이 무의미해졌다.

6월 초, 먼저 말을 꺼낸 사람은 그녀였다. 우리는 오후 내내 사랑을 나눴다. 시트에 몸이 뒤엉킨 채로 우리는 한참을 쉬고 있었다. 그러고 나서 그녀는 페니스를 손으로 용두질해주거나 입으로 애무해주었고 나는 다시 그녀 안으로 삽입해들어갔다. 둘 중 어느 누구도 오르가슴에는 이르지 않은 채, 그녀의 손길이 닿을 적마다 나는 다시금 발기했고 그녀의 음부는 줄곧 촉촉이 젖어 있었다. 그녀는 기분이 좋아 보였다. 그녀의 눈길에 평온함이 가득 깃들여 있는 걸로 보아 나는 알 수 있었다. 아홉시경 그녀가 몽수리 공원 근처에 있는 이탈리아 음식점으로 저녁을 먹으러 가자고 했다. 아직 날이 완전히 어둡진 않았고 날씨는 무척 온화했다. 여느 때처럼 넥타이를 매고 양복 차림으로 출근하려면 나는 거기서 바로 내 집에 들러야 했다. 그 음식점의 특제 칵테일 두 잔이 나왔다.

종업원이 우리 테이블에서 멀어지자 그녀가 말했다. "미셸, 있

지…… 당신 그냥 내 집에 살면 좋겠어. 각자 집을 따로 갖고 있
는 이런 코미디를 계속해서 뭐하겠어. 당신이 원한다면 우리 아
파트를 새로 장만하든지 하자."

한편으론 그러는 게 좋았다. 요컨대, 그것이 새로운 출발이라
는 느낌이 더 많이 들었다. 솔직히 나로 말하자면 그것이 첫번
째 출발이었고, 또 그녀의 경우에도 결국 마찬가지였다. 사람들
은 고립 그리고 독립에 익숙해져 있다. 그렇지만 그건 반드시 좋
은 습관이 못 된다. 만일 내가 부부생활과 유사한 그 무언가를
경험해보고 싶어했다면, 분명 그때가 적시였다. 물론 그러한 생
활방식의 단점들은 잘 알고 있었다. 또한 커플을 이루고 살 경우
욕망은 더더욱 빨리 약해지기 마련이라는 것도 알고 있었다. 그
렇지만 욕망은 어쨌거나 약해져가는 법, 그건 삶의 철칙이다. 그
리고 그렇게 되면 또다른 방식의 결합을 생각해볼 수도 있는 일
이다. 어떤 방식이든 간에 많은 사람들이 이러한 생각을 해왔다.
어쨌거나 그날 저녁 발레리에 대한 나의 욕망은 약해지는 것과
는 거리가 멀었다. 헤어지기 바로 직전 나는 그녀의 입술에 키스
했다. 그녀는 입술을 활짝 열고 완전히 키스에 빠져들었다. 나는
그녀의 조깅 바지 안, 팬티 속으로 양손을 집어넣어 엉덩이 아래
쪽으로 손바닥을 갖다대었다. 그녀는 흠칫 고개를 뒤로 빼고 좌

우를 둘러보았다. 거리는 인적 없이 고요하기만 했다. 그녀는 보도 위에 무릎을 꿇고 앉아 내 바지 지퍼를 열어 페니스를 입에 물었다. 나는 공원의 철창에 등을 기댔다. 곧바로 오르가슴에 이를 것 같았다. 그녀는 페니스에서 입을 떼고 다른 한 손은 바지 속에 넣어 불알을 애무하면서 두 손가락으로 페니스를 계속 어루만졌다. 그녀는 눈을 감았다. 나는 그녀의 얼굴에 사정했다. 순간 그녀가 무턱대고 울음을 터뜨리는 게 아닌가 싶었으나, 아니었다. 그녀는 자기 뺨을 따라 흘러내리는 정액을 핥으며 만족해할 뿐이었다.

다음날 날이 밝기가 무섭게 나는 집을 구한다는 광고를 냈다. 발레리의 직장 때문에 집은 남쪽 동네에서 찾아야만 했다. 한 주 뒤 적당한 곳을 찾았다. 포르트 드 슈아지 부근에 있는 오팔 타워 31층에 있는, 방 네 개짜리 커다란 아파트였다. 그 이전까지 파리에서 그렇게 전망이 좋은 곳은 본 적이 없었다. 솔직히 말하자면 굳이 그런 곳을 찾아본 적도 없었다. 이사하는 순간, 내 아파트에 있는 물건들 그 어떤 것에도 내가 애착을 가지고 있지 않다는 사실을 깨달았다. 그러한 사실부터 자유롭다는 도취감과 비슷한 무언가를 느끼며 그 어떤 즐거움을 찾아낼 수도 있었을 것이다. 하지만 정반대로 나는 약간 겁이 났다. 요컨대, 어느 사물과도 최소한의 친밀한 관계를 맺지 못한 채 사십 평생을 살아온 것이었으니까. 내겐 번갈아가며 입곤 하는 단 두 벌의 양복이 있었다. 물론 책도 있었다. 하지만 손쉽게 언제든 또 살 수 있었던 것들일 뿐, 그중 어느 책도 희귀하다든지 소중한 것은 없었다. 여러 명의 여자들이 내 삶을 스쳐지나갔다. 하지만 그녀들의 사진 한 장, 편지 한 장조차도 갖고 있지 않았다. 내 사진 역시도 갖고 있는 게 없었다. 열다섯, 스물 혹은 서른 살 적 내가 어떠했는지에 대해 아무런 기억도 간직하고 있지 않았다. 정말 내 개인적인 것이라 할 만한 메모 쪽지 한 장도 없었다. 요컨대 나의 신분, 나에 관한 것들은 평범한 크기의 하드커버 파일에 가지런히 들어 있는 몇몇 서류에서나 찾아볼 수 있는 것이었다. 인류는 특별하며 제각기 자기 안에 그 무엇으로도 대체할 수 없는 특이성을 지니고 있다고 우기는 것은 거짓이다. 어쨌거나 그런 특이성이라는 것이 내겐 흔적조차 없었다. 개개인의 운명이나 성격을 구분하려 드는 것은 대부분의 경우 부질없다. 요컨대 인간 개개인이 유일하다는 생각은 과장되고 부조리한 것이다. 어떤 책인지는 몰라도 쇼펜하우어가 써놓았듯 사람들은 자신의 삶에 대해, 과거 어느 순간에 읽었을 소설책 한 권보다 조금 더 기억을 잘하고 있을 뿐이다. 그래, 그것이다. 그저 소설책 한 권보다 조금 더 기억을 잘하고 있을 뿐이다.

5

6월 중순부터 말일까지 발레리는 다시금 엄청나게 일이 많아졌다. 수많은 나라들과 일하면서 생기는 문제란, 시차 때문에 실제로는 스물네 시간 내내 일할 수도 있다는 것이다. 점점 더워지는 날씨가 화려한 여름을 예고하고 있었다. 그렇지만 당장에 여름을 만끽할 수 있는 건 아니었다. 퇴근 후, 나는 아시아 요리를 한번 해볼 마음으로 탕 프레르*에 들르고 싶었다. 하지만 아시아 요리는 내겐 너무나 까다로웠다. 재료의 비율도 낯설고 야채를 써는 방법도 특이했으며, 거의 사고방식 자체가 새로운 것이었다. 결국 어쨌거나 내 깜냥으로 좀더 자신 있는 이탈리아 요리를

---

* 프랑스의 아시아 대형 슈퍼마켓 체인.

하기로 마음을 바꿨다. 내 평생 어느 순간에도 내가 요리를 하면서 즐거워하리라고는 한 번도 생각지 못했다. 사랑은 모든 것을 성스럽게 만든다.

오귀스트 콩트는 다섯번째 사회학 강의에서, 사회 유형에 따라 가족을 설명하는 그 '이상한 형이상학적 판단 착오'에 대해 반박했다. 그는 다음과 같이 쓰고 있다. "주로 애정과 감사의 마음을 근간으로 성립되는 가족이라는 결합은 그 존재 자체만으로도 우리가 가진 온갖 유쾌한 본능들을 직접적으로 만족시키게끔 되어 있으며, 결합 자체를 목적으로 하는 경우가 아니라면 어떤 목적을 위해 적극적이고 지속적인 협력을 한다는 식의 사고와는 무관한 별개의 것이다. 불행하게도 어떤 작업들을 조화롭게 조정하는 것이 결합의 유일한 원칙으로 남게 된다면, 가족이라는 결합은 결국 단순히 모여 사는 사람들의 집단으로 전락할 수밖에 없으며 가장 흔히 보는 경우처럼 여지없이 해체되어버리기도 한다." 사무실에서는 줄곧 가능한 한 일을 조금만 하려 했다. 어쨌든 기획해야 할 두세 건의 중요한 전시회가 있었으나 큰 어려움 없이 그럭저럭 잘해냈다. 사무실에서 일하는 것은 그다지 어렵지 않다. 조금만 세심하고, 결정 내려야 할 것들만 빨리빨리 처리하고, 대강 그렇게만 해나가면 그만이니까. 반드시 최상의 결정을 내릴 필요는 없으며 대부분의 경우, 재빨리만 할 수 있다면 어떤 것이든 그저 결정을 내리는 것으로 충분하다는 걸 나는 일찌감치 깨달았다. 요컨대 공공 부문에서 일한다면 그럴 수밖에 없다. 나는 어떤 예술 프로젝트들은 탈락시켰고 또 어떤 것들은 통과시켰다. 탈락시키느냐 통과시키느냐의 기준은 불충분한 것이었지만 이 일을 해온 지 어언 십 년, 지금까지 기준이 무엇이냐고 상세하게 물어오는 일은 단 한 번도 발생하지 않았다. 나는 대개 눈곱만큼의 가책도 느끼지 않았다. 사실 현대 예술계가 썩 마음에 들지 않았다. 내가 아는 대부분의 예술가들은 그야말로 기업가들처럼 행동했다. 개척되지 않은 새로운 분야를 주의 깊게 지켜보다가 재빨리 뛰어들어 자기 자리를 잡으려 들었다. 기업가들처럼 그들 또한 동일한 틀에 따라 교육받고 대략 비슷비슷한 학교를 나온 이들이었다. 그렇지만 몇 가지 차이점은 있었다. 예술 부문에서는 혁신이다 하면 그에 따른 대가가 대부분의 다른 전문 직종에서보다도 훨씬 컸다. 그 밖에도 기업가들은 적들—언제나 이들을 잘라버릴 준비가 되어 있는 주주들, 언제나 이들을 배신할 태세를 갖추고 있는 고위 간부들—에 둘러싸인 외로운 존재인 데 반해, 예술가들은 종종 패거리나 조직을 이뤄 행동했다. 하지만 내가 검토하는 예술가들의 서류에서 진정으로 할 만한 것이라고 느끼게 되는 경우는 드물었다. 6월 말, 어쨌거나 베르트랑 브르단의 전시회가 열렸다. 내가 시작부터 끈

질기게 붙잡고 있던 일이었다. 열정 없이 시키는 일만 하는 나의
태도에 익숙해 있던데다가 그 작자의 작품들에 대해서는 몹시
격분하고 있던 마리잔은 무척이나 놀라워했다. 베르트랑은 나이
가 이미 마흔세 살이었으니 정확히 말해 젊은 예술가는 아니었
고 외모로 보아도 꽤 한물간 편이었다. 영화 〈생 트로페의 경관〉*
에 나오는 알코올중독자 시인과 많이 닮았다. 특히 그는 젊은 여
자 팬티에 고깃덩이가 썩어가도록 놓아두거나 전시회장에서 싼
자신의 배설물 속에서 파리를 키운 것으로 이름이 알려져 있었
다. 그렇지만 한 번도 큰 성공을 거둔 적은 없었으며 괜찮은 예
술가 조직에 속해 있지도 않았고 다소 시대에 뒤떨어진 구역질
나는 예술적 영감만을 고집했다. 나는 그에게서 무언가 특이하
다는 느낌을 받았다. 하지만 그건 아마도 단순히 특이한 실패자
로구나, 하는 느낌이었을 것이다. 그는 정신상태가 그다지 안정
적이지 못한 것 같았다. 그의 최근 프로젝트는 이전 것들보다 더
나빴다(보기에 따라 더 나아졌다고 볼 수도 있었다). 사후 자기
몸을 학술용으로 기증하기로 한, 예를 들자면 의과대학에서 해
부 실습용으로 쓰는 데 동의한 사람들의 시신의 행로를 비디오
로 찍어 내놓은 것이었다. 실제 의학을 공부하고 있는 몇몇 학생

---

* 1964년에 개봉된 장 지로 감독의 코미디영화.

들이 평상복 차림으로 방문객들 틈에 뒤섞여 있으면서 가끔씩 절단된 손이나 안와眼窩에서 파낸 눈알을 내보여주고 있는 모양이었다. 요컨대 들리는 말에 따르면 의대생들이 좋아한다는 그런 장난을 치고 있는 것이었다. 종일 일하느라 이미 지칠 대로 지친 발레리를 전시회 개막식에 데려간 건 실수였다. 놀랍게도 전시회장에는 중요 인사 몇몇을 포함하여 꽤 많은 사람들이 와 있었다. 베르트랑 브르단도 이제 전성기를 맞게 되는 건가? 반 시간이 지나자 그녀는 지루해하며 그만 가자고 했다. 의대생 한 명이 손바닥에 여전히 음모가 수두룩하게 붙어 있는 절단된 페니스를 들고 그녀 앞에 멈춰 섰다. 그녀는 불쾌해하며 고개를 돌렸고 나를 출구 쪽으로 끌고 갔다. 우리는 보부르 카페에 가 있었다.

삼십 분 후 베르트랑 브르단이 나도 아는 두세 명의 여자들과 공탁소 후원회장을 포함한 그 밖의 다른 사람들을 데리고 들어왔다. 그들은 우리 옆 테이블에 앉았다. 때문에 나는 별도리 없이 인사를 하러 갈 수밖에 없었다. 브르단은 나를 보고 무척이나 반가워했다. 하긴 사실 그날 저녁 전시회 개최에 내 역할이 크긴 컸다. 얘기가 끝없이 길어지자 발레리도 와서 합석했다. 브르단이 그랬던가, 누군가 바 바Bar bar로 가서 한잔하자고 제안했다. 가겠다고 한 게 실수였다. 한 주에 한 번씩 SM 파티 코너를 만들고자 했던 스와핑 클럽 대부분은 실패했다. 반면 애초부터 오직 사도 마조히스트 쇼만 하면서도 입구에서부터 엄격하게 드레스 코드를 따지지 않던―몇몇 파티의 경우는 제외하고―바 바는 개업 이래로 늘 대만원을 이뤘다. 내가 아는 바에 의하면 SM 쪽은 평범한 섹스에는 거의 무관심하며, 그런 까닭에 전통적인 난교 파티 클럽에 가는 것을 혐오스럽게 여기는 이들로 이루어진 꽤 별난 세계였다.

입구 근처에 있는 철창 안에서는, 입은 틀어막힌 채 손목에는 수갑이 채워진, 혈색 좋은 얼굴의 오십대 여자가 맴돌고 있었다. 좀더 세밀히 관찰한 후에야 그녀의 발목이 쇠사슬로 철창에 묶여 족쇄가 채워져 있다는 것을 알아볼 수 있었다. 그녀는 검은 인조가죽으로 된 코르셋만 입고 있었고 코르셋 위로는 탄력 없이 크기만 한 젖가슴이 축 늘어져 있었다. 그곳 관행대로라면 파티 내내 주인이 경매에 부칠 노예인 듯했다. 하지만 그녀는 그다지 재미있어하는 것 같지 않았다. 더덕더덕 군살이 붙은 엉덩이를 숨기려고 사방으로 맴맴 돌고 있었으니까. 그러나 철창은 사면이 개방되어 있었기에 엉덩이를 가리는 건 불가능했다. 아마도 밥벌이를 하려고 저러고 있는 거겠지. 노예로 나서면 하룻밤에 천 내지 이천 프랑은 벌 수 있다고 들은 적이 있었다. 국민연금 관리공단에서 일하는 전화교환원 같은 말단 직원이 용돈 벌려고 노예로 나선 것 같은 느낌이 강하게 들었다. 첫번째 고문실 입구 근처에는 빈 테이블이 단 하나밖에 남아 있지 않았다. 우리가 자리에 앉자 곧이어, 대머리에다 배가 불룩한 스리피스 정장 차림의 간부 직원 같은 남자 하나가 줄에 묶인 채 엉덩이를 드러낸 흑인 여성에게 이끌려 지나갔다. 그녀는 우리 테이블 근처에서 멈춰 서더니 그에게 가슴을 드러내라고 명령했다. 남자는 순순히 따랐다. 그러자 그녀는 가방에서 쇠로 된 집게를 꺼냈다. 그의 가슴은 남자치고는 투실투실 살집이 꽤 있는 편이었다. 그녀는 빨갛고 길쭉한 그의 젖꼭지를 집게로 집었다. 고통으로 그의 표정이 일그러졌다. 그녀는 다시 줄을 당겼다. 그는 개처럼 기어 간신히 그녀의 뒤를 따라갔다. 겹겹이 진 그의 뱃살이 흐릿한 불빛 속에 창백한 빛을 띠며 출렁거렸다. 나는 위스키를, 발레리는 오렌지주스를 주문했다. 발레리는 시선을 고집스레 테이블 쪽으로 떨구고 있었다. 그녀는 주변에서 진행되고 있는 것들에 눈길을 주지 않았고 대화에도 그다지 동참하지 않았다. 반면, 조형예술 부서에서 알게 된 두 여자, 마르조리와 제랄딘은 무척 흥분되어 있는 듯했다. "오늘 저녁은 그냥 그렇군, 재미가 없어……" 실망한 브르당이 투덜댔다. 이어 그는, 어떤 때는 손님들의 불알이나 귀두에 바늘을 꽂도록 한 적도 있었다고 설명해주었다. 심지어 한번은 여자 사디스트가 못뽑이로 어떤 작자의 손톱을 뽑는 걸 본 적도 있었다고 했다. 발레리는 울컥 불쾌감이 치밀어오르는 표정이었다.

"정말 구역질나는군요……" 그녀가 더이상 못 견디고 입을 열었다.

제랄딘이 반박했다. "왜 구역질이 나요? 다들 자유롭게 동의해서 하는 거니까 문제될 거 없잖아요. 그저 계약일 뿐인걸요."

"고통스럽고 치욕스러운 것을 기꺼이 감당하겠다고 자유롭게 동의할 수 있다는 게 믿어지지 않는군요. 설령 동의한 거라 쳐도 대체 말이나 되나요?"

발레리는 정말 짜증을 내고 있었다. 나는 잠시 이스라엘과 팔레스타인 분쟁 얘기로 화제를 바꿔보려 했으나, 이내 이 여자들의 얘기에 맞서 내가 할 수 있는 건 아무것도 없다는 생각이 들었다. 또 한편 설령 그녀들이 토라져 앞으로 내게 전화를 하지 않는다 해도, 내 일이 오히려 줄어드는 셈이니 손해볼 것도 없었다. "맞아, 여기 인간들이 좀 역겹지……" 나는 맞장구를 쳤다. 그러고는 "당신들도 마찬가지야……" 하고 더 작은 소리로 덧붙여 말했다.

제랄딘은 내 말을 듣지 못했거나 아니면 못 들은 척했다. "고통을 즐기고 내 섹슈얼리티의 마조히즘적인 성향을 한껏 누려보고 싶다면, 법적으로 성인인데 어느 누가 내게 뭐라 할 수 있죠?

지금은 민주주의 시대라구요……" 그녀도 역시 짜증을 부리고 있었고, 나는 그녀가 주저 없이 곧바로 인권 얘기를 들먹일 것 같다는 느낌이 들었다. 민주주의라는 말에 브르탕은 그녀를 약간 경멸하듯 쳐다보고는 발레리 쪽을 돌아봤다. 그리고 침울하게 말했다. "당신 말이 맞아요. 구역질나는 건 사실이죠. 누군가 자기 손톱을 못뽑이로 뽑아내도록 하고 자기 몸에다 소변을 보도록 하고 자기를 마구 학대하는 사람의 똥을 먹겠다고 나선다면 정말 역겨울 겁니다. 나는 다만, 그런 구역질나는 인간의 면모가 흥미롭다고 생각해요."

몇 초 후 발레리는 고통스러워하며 물었다. "왜죠?……"

"나도 잘은 모르겠습니다……" 브르탕은 간략하게 대답했다. "혐오스러운 면이 존재한다는 것을 나는 믿지 않아요. 그 어떤 형태이든 저주라든지 축복이라든지 하는 것들의 존재도 마찬가지로 믿지 않기 때문이죠. 하지만 고통과 잔악성, 지배와 굴종에 다가가면 섹슈얼리티의 본질, 즉 친근한 섹슈얼리티의 근본에 다다르는 듯한 느낌이 든단 말이지. 당신은 그렇게 생각지 않나요?" 이제는 그가 내게 말을 걸었다. 아니, 사실 난 그렇게 생각지 않았다. 잔악성이라는 것은 가장 원시적인 종족한테서도 찾아볼 수 있는 인류의 아주 오래된 면모이다. 최초의 부족 싸움 때부터 승자들은 나중에 견뎌낼 수 없으리만치 가혹한 고문을 가할 목적으로 포로 가운데 몇몇을 일부러 살려두었다. 이러한 경향은 역사 이래 줄곧 반복되어왔으며 현대에 와서도 고스란히 찾아볼 수 있다. 나라 안팎의 전쟁이 점차 여느 도덕적인 제약들을 넘어서는 경향을 띠게 되던 순간에도—인종, 국적, 문화를 불문하고—야만성과 대량 학살의 쾌감에 몰입할 준비가 된 인간들은 존재했다. 이 점은 예나 지금이나 이론의 여지없이 입증되어온 사실이지만, 잔악성과 같이 오래전부터 존재해왔으며 그와 마찬가지로 강렬한 성욕과는 무관하다. 요컨대 나는 동의하지 않았다. 하지만 여느 때처럼, 그런 대화를 벌여본들 부질없다는 것을 나는 알고 있었다.

브르단이 자기 맥주를 다 비우고 말했다. "한번 둘러보죠……" 다른 이들과 함께 그를 따라 첫번째 고문실로 갔다. 표면상으로는 돌로 만들어져 있는 아치형 동굴이었다. 배경음악으로 흘러나오는 장엄하기 그지없는 오르간 화음에 고문받는 이들의 울부짖는 소리가 뒤섞여들었다. 특히 기타 소리가 무지막지하게 들렸다. 거의 온 사방에 빨간색 스포트라이트와 마스크가 널려 있었고 도구대에는 고문 도구들이 걸려 있었다. 그렇게 꾸며놓는데 분명 꽤 상당한 금액을 투자했을 것이다. 안쪽으로 깊숙이 들어가 있는 공간에는 대머리에다 뼈만 앙상하게 남은 사내가 발은 나무로 된 장치에 꼭 죄여 땅으로부터 50여 센티미터 처들리고 팔은 천장에 달린 수갑에 채워진 채, 온 사지가 꽁꽁 묶여 있었다. 고무 재질로 된 검은 옷에 장갑을 끼고 장화를 신은 여자 사디스트가 반짝이는 보석 같은 것이 박힌 가느다란 끈들로 이루어진 채찍을 들고 그의 주변을 맴돌았다. 그녀는 한동안 그의 볼기를 힘껏 매질했다. 완전히 발가벗은 채 우리를 정면으로 마주하고 있던 사내는 고통을 못 이겨 비명을 질러댔다. 그들 주변으로 조밀조밀 사람들이 모여들었다. "이 단계인가보군." 브르단이 내게 속삭였다. "일 단계에선 처음 피가 나는 순간 멈추거든." 사내의 페니스와 불알은 아예 분리되어버린 것처럼 아주 길게 허공에 늘어뜨려져 있었다. 사디스트는 그의 주변을 맴돌다가 허리춤에 매고 있던 가방을 뒤지더니 낚싯바늘 같은 것을 여러 개 꺼내어 그의 음낭에 꽂았다. 약간의 피가 살갗으로 흘러나왔다. 그러고 난 후 아까보다는 천천히 그의 성기를 채찍질하기 시작했다. 더이상 지나치면 안 될 성싶었다. 채찍의 가는 끈 하나라도 낚싯바늘에 걸린다면 불알의 살갗이 찢어질지도 모를 일이었다. 발레리는 고개를 돌리고 내 쪽으로 바싹 몸을 붙였다. 그리고 애걸하듯 말했다. "우리 나가자. 왜 그러는지 이따 얘기해줄게." 우리는 테이블로 돌아갔다. 다른 이들은 그 광경에 정신이 팔려 우리를 거들떠보지도 않았다. "채찍질하는 여자 말이야……" 하고 그녀는 작은 목소리로 말했다. "그 여자 누군지 알겠어. 전에 딱 한 번밖에 보지 못했지만 맞는 거 같아. 오드레, 장 이브의 부인이야."

우리는 곧장 그곳을 빠져나왔다. 매우 낙담한 발레리는 택시 안에서 꿈쩍도 하지 않았다. 엘리베이터 안에서도 아파트에 도 착해서도 그녀는 입을 열지 않았다. 아파트 문이 닫히고 나서야 그녀는 내 쪽을 쳐다봤다.

"미셸…… 내가 너무 꽉 막힌 사람 같아?"

"아냐. 나도 그런 건 소름끼쳐."

"그런 사람들이 있다는 건 이해할 수 있어. 정말 구역질나지 만 그렇게 다른 사람들을 학대하는 걸 즐기는 사람이 있다는 건 안다고. 내가 이해 못하는 건 학대받는 걸 즐기는 사람이 있다 는 거야. 인간이 어떻게 즐거움보다 고통을 더 좋아할 수 있는지 도저히 이해가 안 가. 모르겠어. 그들은 재활 교육이라도 시켜서 사랑을 주고 즐거움이 무엇인지를 가르쳐줘야 하지 않을까?"

나는 어깨를 으쓱해 보였다. 마치 그녀에게 그런 얘기―거의 내 평생 통틀어 언제 어디서나 있어왔고, 또 현재도 일어나고 있 는 그런 일―는 내가 어찌할 수 없는, 내 능력 밖의 것임을 알려 주려는 것처럼. 사람들이 하는 일들, 그들이 감당하기로 한 일 들…… 그 모든 것으로부터 그 어떤 일반적인 결론도, 그 어떤 의미도 찾을 수 없었다. 나는 말없이 옷을 벗었다. 발레리는 내 옆에 있는 침대에 앉았다. 여전히 그 문제에 골몰해 긴장하고 있는 것 같았다.

그녀가 다시 말했다. "아까 내가 무서웠던 건, 서로 간에 신체 접촉이 아예 없었다는 점이야. 모두가 장갑을 끼고 도구를 사용하잖아. 결코 살과 살이 맞닿는 일도, 키스나 가벼운 스침, 애무도 없었어. 내가 보기에 그건 정확히 섹슈얼리티에 반하는 거라고."

그녀가 옳았다. 하지만 나는 SM 신봉자들이 그런 관행에서 신격화된 섹슈얼리티, 섹슈얼리티의 극치를 찾았던 거라고 생각한다. 거기선 각자가 제각기 유일한 자기 감각들에 흠뻑 빠져 자기 살갗 속에 갇혀 있었다. 그건 세상을 보는 하나의 방식이었다. 어쨌든 간에 분명한 건, 그런 장소들이 점점 더 인기를 끌고 있다는 사실이었다. 마르조리와 제랄딘처럼 그런 곳을 자주 출입하는 여자들이 있을 법하다는 생각이 드는 반면, 그런 여자들에게서 단순한 페니스 삽입, 더 나아가 어떤 것이 됐든 성관계에 필수적인 자신을 포기하는 능력은 상상하기가 어려웠다.

나는 결국, "생각보다 훨씬 단순해" 하고 말했다. "서로 사랑하는 사람들 간의 섹슈얼리티가 있고 또 서로 사랑하지 않는 이들 간의 섹슈얼리티가 있는 거야. 더이상 타인과 일체화될 가능성이 없을 때, 유일한 행동방식은 언제나 고통 그리고 잔혹성이 지."

발레리는 내게 바짝 몸을 기댔다. "정말 이상한 세상이 야……" 하고 그녀가 말했다. 어떤 의미로 보면 그녀는 고작 장이나 보고 쉬었다가 다시 일을 시작할 만큼의 여유만 주는 터무니없는 업무 일정에 의해 인간들의 현실로부터 보호된 채 순진하게 살아왔는지도 모른다. 그녀는 덧붙여 말했다. "우리가 사는 이 세상이 싫어."

6

우리가 실시한 앙케트 조사 결과 소비자의 3대 기대 사항은 다음
과 같다. 안전에 대한 욕구, 애정에 대한 욕구 그리고 아름다움에
대한 욕구.

—베르나르 길보

6월 30일, 여행사 각 지점망에서 예약 결과가 떨어졌다. 결과
는 대단했다. '엘도라도 대탐험' 상품은 성공적이었고, 계속 하
향세를 보이는 일반 패키지 상품 '엘도라도'의 실적을 대번에 뛰
어넘었다. 발레리가 일주일간 휴가를 얻기로 작정하여 우리는
함께 생 케 포르트리외에 사시는 그녀의 부모님 댁으로 떠났다.
가족에게 소개되는 약혼자 역할을 하기에 내가 좀 늦은 것이 아
닌가 하는 생각이 들었다. 어쨌든 그녀보다 나이가 훨씬 많고,
또 그런 상황에 놓이게 된 것이 처음이었기 때문이다. 기차가 생
브리외 역에 도착했을 때, 그녀의 아버지가 역에서 우리를 기다
리고 있었다. 따뜻하게 자신의 딸에게 입맞춤을 하고 또 한참을
부둥켜안고 있는 모습에서 그가 얼마나 딸을 그리워했는지 알

수 있었다. "좀 야위었구나……" 하고 그가 말했다. 그리고 나를 향해 돌아서며 손을 내밀었지만 나를 똑바로 바라보지는 못했다. 그 역시 소심했다. 자신은 한낱 농부에 지나지 않는 데 반해 내가 문화부에서 일하는 사람이라는 것을 의식하고 있었다. 그녀의 어머니는 훨씬 수다스러워서 나의 일상생활, 직장, 여가시간에 대해 한참이나 질문을 퍼부었다. 발레리가 내 옆에 있어주었기에 어쨌건 그리 어렵지는 않았다. 때로는 그녀가 나 대신 대답을 해주기도 하고 서로 눈짓을 교환하기도 했다. 언젠가 내게 아이들이 생긴다면, 이런 상황에서 어떻게 처신해야 할지 도무지 상상할 수 없었다. 하긴 미래에 관해 상상할 만한 대단한 것도 없었다.

저녁식사는 바닷가재, 양 등심, 여러 종의 치즈, 체리 파이와 커피가 나오는 그야말로 잔칫상이었다. 비록 상차림이 미리 준비된 것임을 알고 있긴 했지만, 나로서는 그게 나를 받아들인다는 표시로 보고 싶었다. 발레리가 대화를 이끌고 나가다시피 했고, 나는 거의 다 알고 있는 일이지만 그녀의 새로운 일에 대해 이야기했다. 나는 커튼 천, 자질구레한 장식품들, 틀에 넣은 가족사진들을 물끄러미 바라보았다. 나는 진짜 가족 속에 끼어 있었다. 감격스러우면서도 또 약간은 불안했다.

발레리는 어렸을 때 자기가 쓰던 방에서 자겠노라고 고집을 부렸다. "손님 방에서 자는 게 더 나을 텐데, 그 방은 둘에게는 너무 비좁을 거야" 하고 그녀의 어머니가 말렸다. 사실 침대는 조금 좁았지만, 발레리의 팬티를 벗기고 그녀의 사타구니를 어루만지면서 그녀가 열셋이나 열네 살 때 이 방에서 잤다는 생각을 하니 무척이나 가슴이 벅찼다. 잃어버린 세월들, 나는 그렇게 생각했다. 침대 발치에 무릎을 꿇고 팬티를 완전히 벗긴 후 그녀의 몸을 내게로 돌려세웠다. 그녀의 음부가 내 페니스의 끝을 물었다. 나는 그녀의 가슴을 두 손으로 움켜잡고 짧고 빠르게 몇 센티미터씩 왕복했다. 그녀는 숨죽인 비명을 지르며 절정에 도달했고 그러더니 웃음을 터뜨렸다. "부모님이……" 그녀는 헐떡이며 말했다. "부모님이 아직 안 주무셔." 이번에는 내가 느끼고자 또다시 그녀 속으로 더욱 세게 밀고 들어갔다. 그녀는 눈을 반짝이며 내가 하는 것을 바라보다, 내가 절정에 이르러 쉰 듯한 신음 소리를 내지르려는 순간 한 손으로 내 입을 막았다.

시간이 얼마 흐른 후 나는 호기심 어린 눈으로 방안의 가구들을 둘러보았다. 선반 위, 주니어 문고 바로 위에 몇 권의 작은 노트들이 정성스럽게 묶여 있었다. "아, 저건 내가 열두 살 때에 만들던 거야. 봐도 돼. 5인 클럽 이야기거든" 하고 그녀가 말해주었다.

"뭐라고?"

"5인 클럽의 숨겨진 얘기들인데, 내가 인물들을 바꿔서 썼던 거야."

나는 작은 노트들을 꺼냈다. 거기에는 '우주에 간 5인 클럽', '캐나다에 간 5인 클럽'이 있었다. 문득 내 머릿속에 외롭고 상상력이 가득한 어린 소녀, 결코 내가 알지 못할 소녀의 모습이 떠올랐다.

그날 이후 해변에 간 것 외에 우리가 한 일은 대단한 게 없었다. 날씨는 좋았지만 물이 너무 차가워서 오랫동안 수영을 할 수는 없었다. 발레리는 여러 시간을 꼬박 햇볕을 받으며 누워 있었다. 그녀는 차츰 기력을 회복해갔다. 그만큼 지난 삼 개월은 그녀의 직장생활에서 가장 힘들었던 때였다. 우리가 도착한 지 사흘째 되는 날 저녁, 나는 그 사실을 그녀에게 말해주었다. 오세아닉 바에서 막 칵테일을 주문한 후였다.

"이제 프로그램이 짜였으니 앞으로는 네 일이 줄어들 것 같은데."

"당분간 그렇겠지." 그녀는 다 안다는 듯 미소를 지었다. "하지만 이내 또다른 것을 찾아야 할 거야."

"왜? 왜 멈추지 않는 거지?"

"게임이니까. 만일 장이브가 여기 있다면 그게 자본주의의 원리라고 말하겠지. 앞으로 나아가지 않는다면 죽은 거라고 말이야. 결정적으로 경쟁에서 우위를 점하지 않는다면 그래. 그렇게 되면 몇 해 동안을 쉴 수 있을 텐데. 그렇지만 우리는 그런 경지에까지 이른 것은 아니니까. '엘도라도 대탐험'이라는 상품은 좋아. 천재적인 발상이고 교묘하다고까지 할 수 있지. 하지만 정말 혁신적인 것은 아니야. 그저 기존의 두 가지 콘셉트를 적당히 섞어놓은 것일 뿐이니까. 경쟁사들은 곧 이게 잘 돌아간다는 걸 확인하겠지. 그리고 재빨리 같은 수준까지 쫓아올 거라고. 별로 복잡한 것도 아니야. 좀 어려운 게 있었다면, 단시간 내에 궤도에 올리는 거였어. 그렇지만 난 확신해. 누벨 프롱티에르 같은 곳에서는 올여름부터라도 당장 우리와 경쟁할 만한 상품을 내놓을 수 있을 거라고. 만일 우리의 이점을 고수하려면 또다시 혁신을 해야 할 거야."

"결코 끝나지 않는 건가?"

"그럴걸, 미셸. 나는 내가 잘 알고 있는 시스템에서 일하고 있고 보수도 잘 받고 있어. 그건 내가 게임의 룰을 받아들였기 때문이야."

내가 우울한 기색을 띠었던 모양이다. 그녀가 한 손으로 내 목을 감으며 말했다. "밥 먹으러 가…… 부모님이 우릴 기다리실 거야."

일요일 저녁에 우리는 파리로 돌아왔다. 월요일 아침부터 발레리와 장이브는 에릭 르갱과 만나기로 약속이 되어 있었다. 르갱은 그들이 보여준 활약의 첫 성과에 대한 그룹 차원의 만족을 표시하고자 했다. 경영진은 그들에게 주식의 형태로 보너스를 지급할 것을 만장일치로 결정했다. 그것은 회사 경력 일 년이 채 안 되는 간부진들에게는 예외적인 것이었다.

그날 저녁 우리 셋은 에콜 가에 있는 모로코 식당에서 저녁식사를 함께했다. 장이브는 면도도 제대로 하지 않았고 머리도 부스스한 것이 얼굴이 조금 부어 보였다. "술을 마시기 시작한 것 같아" 하고 발레리가 이미 택시 안에서 내게 말을 했다. "부인이랑 아이들과 함께 레 섬에서 휴가를 지겹게 보냈대. 보름을 머물기로 되어 있었는데 일주일 만에 돌아와버렸다나. 더이상 마누라 친구들을 견뎌낼 수가 없었대."

아닌 게 아니라 별로 잘 지내는 것처럼 보이지 않았다. 그는 음식에는 손도 대지 않고 연거푸 술만 마셔대고 있었다. "됐어!" 그가 퉁명스러운 어조로 말을 내뱉었다. "됐다고. 이제 횡재수가 오기 시작했어!" 그는 고개를 내젓고 술잔을 비웠다. "미안해…… 미안. 이런 식으로 말을 해서는 안 되는데." 측은한 모습으로 말하더니 그는 가늘게 떨리는 두 손을 테이블 위에 올려놓고 기다렸다. 손 떨림이 조금씩 가라앉았다. 그러자 그는 발레리의 두 눈을 똑바로 바라보았다.

"당신 마릴리즈에게 무슨 일이 있었는지 알지?"

"마릴리즈 르 프랑수아요? 아니요, 만나지 못했는데요. 어디 아픈가요?"

"아니, 아프지 않아. 병원에 입원해서 사흘간 진정제를 맞았지만, 병이 난 건 아니야. 사실은 지난 수요일 퇴근길에 파리행 기차에서 폭행과 강간을 당했어."

마릴리즈는 그다음 월요일 다시 일을 시작했다. 그녀가 정신적인 충격을 받은 것은 분명했다. 행동이 느려지고 거의 기계적이 되다시피 했다. 자신의 이야기를 쉽게, 너무나도 쉽게 이야기하는 것도 자연스러워 보이지 않았다. 무심한 어조, 표정 없이 딱딱하게 굳은 얼굴을 보면 마치 기계적으로 자신의 증언을 되풀이하는 것 같았다. 22시 15분, 일을 마치고 그녀는 택시를 타는 것보다 빠르리라 생각하여 22시 21분발 기차를 타기로 마음먹었다. 객실은 사분의 삼가량이 비어 있었다. 네 명의 사내가 그녀에게 다가오더니 곧장 욕설을 퍼붓기 시작했다. 그녀가 알아들은 바로 그들은 앤틸리스제도 출신이었다. 그들과 말도 하고 농담도 해보려고 시도했다. 그러나 그 대가로 그녀가 받은 것은 두 대의 따귀였고, 따귀를 맞은 후 거의 반쯤은 실신했다. 그러자 그들은 그녀를 덮쳤고, 그들 중 두 명이 그녀를 바닥에 꼼짝 못하게 눌렀다. 그들은 사정없이 그녀의 구멍이란 구멍은 다 쑤셔댔다. 소리를 지르려 할 때마다 주먹질을 당하거나 따귀를 맞았다. 오랜 시간이 흘렀고, 그동안 기차는 몇 번이고 역에서 멈췄다. 그때마다 승객들이 내리고, 또 조심스럽게 객차를 갈아탔다. 번갈아 그녀를 강간하면서 그들은 쉴새없이 농담을 지껄이며 그녀에게 욕설을 퍼부었고, 그녀를 갈보, 창녀 취급을 했다. 마침내 객실에는 아무도 남지 않게 되었다. 그들은 그녀를 둥글게 둘러싼 채 가래침을 뱉고 오줌을 쌌다. 그러고는 발로 걷어차 좌석 아래로 반쯤 밀어넣은 후 아무 일 없었다는 듯 리옹역에서 내렸다. 이 분 후 기차에 올라탄 승객들이 신고를 했고, 경찰이 곧바로 도착했다. 형사는 사실 그리 놀라지도 않았다. 그의 말에 따르면, 그녀는 그래도 운이 좋은 편이었다. 사내들이 여자를 유린하고 나서 질이나 항문에 못이 박힌 각목을 쑤셔박음으로써 끝장을 내는 일이 종종 일어난다고 했다. 그 노선은 위험한 노선으로 분류되어 있었다.

직원들에게 만일 늦게까지 일을 해야 하는 경우 택시를 이용할 것을 강조하며 그 비용은 회사가 전액 부담한다는 내용의 통상적인 안전조치가 다시 하달되었다. 건물과 간부진 주차장을 순찰하는 경비진도 강화되었다.

그날 저녁 자동차가 고장나 수리를 맡긴 발레리를 장이브가 데려다주었다. 사무실을 떠나면서 그는 개인주택, 상가, 환전소와 탑 들이 뒤죽박죽 널린 풍경을 흘낏 바라보았다. 지평선 저멀리로 오염된 공기층이 천처럼 펼쳐져, 지는 해가 옅은 보랏빛과 녹색의 이상한 색채로 물들어 있었다. "묘하군……" 그가 입을 열었다. "우리는 마치 잘 사육된 동물들처럼 여기, 이 회사 내에 있어. 바깥은 포식동물들이 사는 야생의 삶이야. 언젠가 상파울루에 간 적이 있어. 그곳이야말로 진화가 극에 달한 곳이지. 그곳은 심지어 하나의 도시라기보다 빈민가, 사무실이 들어찬 거대한 빌딩들, 철저히 무장한 경비들에 둘러싸인 호화로운 저택들이 끝도 보이지 않게 들어선 일종의 도시국가야. 인구가 이백만도 넘는데, 그중 많은 이들은 그 영토 바깥으로 한 번도 나가본 적이 없이 그곳에서 태어나 살고 죽지. 그곳 거리들은 아주 위험해서, 심지어 차를 타고 가도 빨간 신호등에 걸렸을 때 무장 강도를 만나거나 차를 탄 떼강도에 당하기 십상이야. 가장 무장이 잘된 놈들은 기관총이나 로켓포를 지니고 있어. 사업가들과 부자들은 이동할 때 오직 헬리콥터만 타고 다니지. 은행 건물 꼭대기나 주거 건물 옥상 등 착륙장은 어디에나 있어. 땅으로 난 길은 가난뱅이들 그리고 갱들에게나 맡겨진 거지."

남부고속도로로 접어들면서 그는 나지막한 소리로 덧붙였다.

"지금은 의심스러워. 지금 만들어가고 있는 세상에서 얻을 수 있는 이득이 무엇인지 점점 더 자주 의심이 생겨."

　며칠 후 똑같은 대화가 되풀이되었다. 슈아지 대로의 건물 앞에 차를 세운 후, 장이브는 담배를 한 대 피우고 잠시 침묵을 지키다 발레리를 향해 몸을 돌렸다. "마릴리즈 때문에 골치야…… 의사들은 그녀가 다시 일을 할 수 있다고 했는데, 어떤 의미에서는 그녀가 정상이라는 게 사실이야. 발작을 일으키지 않으니까. 그렇지만 마치 마비라도 된 듯 이제는 솔선해서 나서질 않아. 보류되어 있는 결정 사항이 있을 때마다 내게 와서 묻거든. 내가 자리에 없으면 손가락 하나 까딱도 않고 몇 시간이고 기다릴 거야. 홍보 책임자가 그래서는 안 되지. 이런 식으로는 더이상 끌고 나갈 수가 없어."

　"그녀를 해고할 건가요?"

　장이브는 담배를 눌러 끄고 차창 밖 거리를 한참 동안 바라보다가 이윽고 핸들을 꼭 움켜잡았다. 점점 더 긴장이 심해지고, 갈피를 못 잡는 기색이었다. 발레리는 그의 옷에 얼룩이 생기기 시작했다는 것을 알아차렸다.

　"모르겠어." 마침내 그가 힘겨운 듯 입을 열었다. "이런 일을 해야 했던 적은 한 번도 없었어. 해고한다고? 아니, 그건 너무 구역질나는 일이야. 하지만 다른 자리를 알아봐줘야겠지. 결정을 보다 덜 내리고, 사람들과 덜 만날 수 있는. 게다가 그 일이 있고 난 후 그녀는 인종차별주의적인 반응을 보이는 경향이 생겼어. 당연하지, 이해할 수 있어. 그렇지만 관광업계에서는 절대 그럴 수 없어. 광고, 카탈로그, 전반적인 홍보에서는 철저히 현지인들을 따뜻하고 호의적이며 개방적인 사람들로 소개하거든. 다른 방도가 없어. 그건 정말 직업적인 의무지."

  다음날 장이브는 르갱에게 그 이야기를 했고, 그는 인간적인 감정이 별로 없는지라, 일주일 후 마릴리즈는 막 정년퇴직한 여직원 대신 회계 부서로 옮겨가게 되었다. 그리하여 엘도라도 상품 홍보를 담당할 다른 책임자를 구해야만 했다. 장이브와 발레리는 함께 면접을 보았다. 약 열 명 정도의 지원자들을 보고 난후, 그들은 함께 구내식당에서 식사를 하며 이야기를 나누었다.
  "난 누르딘을 뽑고 싶어요. 정말 재능도 뛰어난데다가 여러 다른 프로젝트 일을 한 경험도 많아요" 하고 발레리가 말했다.
  "그래, 그 사람이 제일 낫지. 하지만 난 그가 이 일을 맡기에는 재능이 너무 많다는 느낌이 들어. 여행사 홍보 일에는 적합하지 않은 것 같아. 차라리 보다 멋지고, 예술가 티가 나는 일이 어울려. 이 일에는 곧 싫증을 내고, 오래 있지 않을 거야. 어쨌건 우리의 주된 고객은 중산층 사람들이야. 게다가 그는 마그레브* 사람인데, 그게 문제가 될 거라고. 사람들을 끌려면, 아랍 국가들에 관해 상투적인 이야기들을 꽤 많이 사용해야 돼. 이를테면 손님 접대라거나, 박하 차, 아라비아 기병대의 기예, 베두인족 같은 것들 말이야. 그런데 내가 알기로 마그레브인들이 그런 수법들을 쓰기는 힘들어. 사실 그들은 일반적으로 아랍 국가라고 하면 쉽게 받아들이지 못하거든."

"면접부터 인종차별이군요……" 발레리가 빈정댔다.

"바보 같은 소리 마." 장이브는 열을 좀 냈다. 사실 휴가에서 돌아온 이후부터 그는 심하게 스트레스를 받는지 유머 감각을 잃어가기 시작했다. "모든 사람이 다 그래!" 그는 지나치게 큰 소리로 말을 이었다. 옆 테이블의 사람들이 돌아보았다. "출신이라는 것이 인격의 한 요소를 이루는 거야. 그 점을 생각해야지. 그건 명명백백한 일이라고. 예를 들어 내가 현지 납품업자들과의 협상에 아무 망설임 없이 튀니지나 모로코에서 이민 온 사람들, 누르딘보다 훨씬 최근에 이민 온 사람들을 쓴다고 해봐. 그들은 양쪽에 속해 있기 때문에 훨씬 효율적이야. 현지 사람들과 협상할 때 어떻게 처신해야 하는지를 잘 알고 있으니까. 게다가

---

* 알제리, 모로코, 튀니지, 리비아를 포함하는 아프리카 북서부 지역.

그런 이들한테는 프랑스에서 성공했다는 이미지가 따라붙거든. 그러니 다들 대번에 그들을 우러러보고, 자기들이 속여먹을 수 없겠구나 하고 생각을 하게 되지. 내가 쓴 가장 훌륭한 협상자들은 언제나 이중 국적을 가진 사람들이었어. 하지만 지금 이 자리에는 차라리 브리짓을 쓰고 싶어."

"그 덴마크 여자 말인가요?"

"그래. 그 여자도 순수 디자인 쪽에 재능이 있어. 또 완강한 반인종차별주의자고. 자메이카 남자랑 살고 있다고 알고 있는데, 좀 멍청하긴 해도, 이국적인 거라면 무턱대고 열광하지. 지금은 애를 낳고 싶은 생각이 없대. 요컨대 난 그녀가 자격 요건을 갖추었다고 생각해."

뭔가 다른 이유도 있을 것이었다. 발레리는 며칠 후 브리짓이 장이브의 어깨 위에 손을 얹는 현장을 목격하고서야 그 이유를 깨달았다. "그래, 당신 말이 맞아……" 장이브가 자판기에서 커피를 뽑아들고 그녀에게 사실을 확인시켜주었다. "내 이력은 더 나빠지고 있는데, 이제는 부적절한 관계라니…… 하여간 두어 번 관계가 있었는데, 오래가지는 않을 거야. 어쨌건 그녀에겐 남자친구도 있으니까." 발레리는 재빨리 그를 훑어보았다. 이발을 했어야 하는데. 요즘 이 사람은 정말 스스로에게 무심하구나. "당신을 비난하려는 게 아니에요……" 하고 그녀가 말했다. 지적인 면에서 그는 처지지 않았다. 언제나 상황과 사람을 매우 정확히 파악했고, 자금 운용에 있어서도 치밀한 직관력을 보였다. 그러나 그는 점점 더 불행한 사람, 자신을 아무렇게나 되는 대로 내버려두는 사람의 모습으로 변해가고 있었다.

고객 만족도 설문지에 대한 정밀 검토가 시작되었다. 선착순 오십 명에 한해 제공될 일주일 관광 혜택 덕분에 설문지 회수율이 높았다. 언뜻 보기에 '엘도라도' 일반 패키지 상품이 외면당하는 이유를 밝혀내는 일은 어려웠다. 고객들은 숙박시설과 경관에 만족했고, 식사 그리고 여행사에서 제안한 활동과 스포츠에 만족해했다. 그렇지만 일반 패키지 상품을 다시 찾는 사람들은 점점 줄었다.

우연히 발레리는 잡지 〈주간 관광〉에서 소비자의 새로운 가치들을 분석한 기사를 읽게 되었다. 필자는 소비자가 상품이나 서비스를 접했을 때 느낄 수 있는 감동을 기반으로 한 홀브룩과 허슈먼의 모델을 주장하고 있었다. 그러나 결론은 새로운 것이 전혀 없었다. 새로운 소비자들은 보다 더 예측 불가능하고, 보다 더 취향의 폭이 크며, 보다 더 유희를 좋아하고, 보다 더 인도주의적인 태도를 견지하는 것으로 묘사되어 있었다. 그들은 '과시하기 위해' 소비하는 것이 아니라 '존재하기 위해' 소비하며, 더욱더 큰 평온함을 바란다. 음식을 절제하며, 자신들의 건강을 돌본다. 조금은 타인과 미래를 두려워한다. 호기심이나 절충적 태도 때문에 따르지 않을 권리를 요구한다. 그들은 견고하고, 지속적이며, 진정한 것을 선호한다. 그들은 연대성에서 더 나아가 윤리적인 요구들을 표명한다. 이 모든 것을 그녀는 벌써 골백번도 더 읽은 바 있고, 사회학자들과 행동 심리학자들도 이 글 저 글, 이 언론 저 언론에서 똑같은 말들을 되풀이하고 있었다. 그들도 이미 그 점을 인식하고 있었다. 엘도라도의 휴양 빌리지들은 그 나라 건축술의 원칙에 따라 전통적인 자재들로 지어졌다. 셀프 서비스 식당들도 생야채, 과일, 크레타식 다이어트 요법에 큰 비중을 두어 균형잡힌 식사를 제공하고 있었다. 여행사에서 제안한 활동에는 요가, 명상, 태극권이 있었다. 오로르 사는 세계 관광윤리헌장에 서명했고, 세계야생생물기금에도 정기적으로 기부했다. 그런데도 이 모든 것으로 하락세를 멈추게 할 수는 없는 듯 보였다. "나는 단순히 사람들이 거짓말을 한다고 생각해." 장이브는 고객 만족도에 대한 종합보고서를 두 번이나 읽고 난 후 말했다. "그들은 만족하고 있다고 말하고, 매번 '좋음' 항목에 표시를 하지만, 실제로는 휴가 기간 내내 지겨워한 거야. 그렇다고 그걸 고백하자니 죄스러운 마음이 든 거지. '엘도라도 대탐험' 프로그램에 맞지 않는 모든 클럽들은 다 되팔아버리고 능동적인 휴가에 전력을 기울이겠어. 사륜구동 레저용 지프 여행, 열기구 탑승, 사막에서의 양꼬치 구이, 아라비아 범선 유람, 스쿠버다이빙, 래프팅 등 몽땅 다 집어넣을 거야……"

"그 분야를 우리만 하는 것도 아니잖아요."

"그래, 아니지……" 낙심한 그가 수긍했다.

"특별한 목적 없이 일주일 동안 알려지지 않은 클럽에서 지내봐야겠어요. 그저 분위기라도 제대로 파악해보려고요."

"맞아……" 장이브가 의자에서 다시 몸을 바로 세우더니 도표 자료들을 집어들었다. "가장 성과가 나빴던 곳들을 다시 봐야겠어." 그는 페이지를 급히 넘겼다. "제르바 섬하고 모나스티르, 이곳은 최악이야. 어쨌건 튀니지는 버려야겠어. 경쟁사가 너무 많이 들어섰고, 또 경쟁이 심해서 가격을 터무니없이 낮출 태세야. 우리 처지를 고려할 때 따라갈 수가 없겠어."

"구매 주문은 있어요?"

"이상하게도 있어. 네커만이 관심을 보여. 그들은 체코슬로바키아, 헝가리, 폴란드 등 옛 동구권 국가 고객층을 매우 싼값으로 잡고자 해. 그렇지만 코스타 브라바는 그야말로 포화상태야. 우리 아가디르 클럽에도 관심을 보이면서 합당한 가격을 제시하고 있어서 그들에게 넘기고 싶은 마음이 들어. 아직 모로코 남부 아가디르가 제대로 발전하지는 않았지만, 내 생각에 사람들이

270

여전히 마라케시는 좋아하는 것 같아."

"그렇지만 마라케시도 별 볼 일 없는데."

"잘 알고 있어…… 희한한 것은 샤름 엘 셰이크가 제대로 안 돌아가고 있다는 거야. 장점들이 많거든. 세계에서 제일 아름다운 해저 산호초도 있고, 시나이 사막 유람도 있는데……"

"하지만 거긴 이집트잖아요."

"그게 어떻다는 거야?"

"내 생각에 사람들이 1997년 룩소르에서 발생한 테러 사건을 다 기억하고 있는 것 같아요. 사망한 관광객 수가 쉰여덟 명이나 되었으니. 샤름 엘 셰이크를 팔 수 있는 유일한 가능성은 '이집트'라는 말을 빼버리는 거예요."

"그 대신 뭘 집어넣으려고?"

"모르죠, 이를테면 '홍해'라거나."

"오케이, 당신이 좋다면 '홍해'로 하지." 그는 메모를 하고 다시 서류를 뒤적이기 시작했다. "아프리카는 잘 돌아가고 있고…… 이상하군. 쿠바가 실적이 좋지 않아. 보통 쿠바 음악, 라틴 분위기 같은 것들이 유행인데 말이야. 예를 들어 산토 도밍고 같은 곳은 사람들로 꽉 들어찼거든." 그는 쿠바 클럽 안내서를 참조했다. "과르달라바카 호텔은 신축 호텔이고, 가격이 적당하군. 너무 스포티한 분위기를 내세우지도 않고 지나치게 가족적인 분위기도 아니야. '열광적인 살사 리듬에 맞춰 쿠바의 마법 같은 밤을 느껴보십시오……' 결과는 15퍼센트 하락이야. 현장을 한번 보러 갈 수도 있을 텐데. 그곳이나 이집트나."

"장이브, 당신이 가고 싶은 곳으로 가요. 어쨌건 당신 아내를 떼어놓고 간다면 당신에게도 좋을 테니." 그녀는 시큰둥하게 대답했다.

파리는 이제 막 8월로 접어들었다. 날은 덥고 숨이 막히기까지 했지만 맑은 날이 계속되는 것은 아니었다. 하루나 이틀쯤 지나면 영락없이 소나기가 내려 대기가 대번에 선선해지곤 했다. 그리고 다시 해가 비치면 수은주와 대기 오염도가 올라가기 시작했다. 사실 난 그런 것에는 별다른 관심이 없었다. 발레리를 만난 후로는 핍쇼를 보는 것도 그만두었다. 또한 도시 탐험에 나서는 것도 그만둔 지 여러 해가 되었다. 내게 파리는 한 번도 축제였던 적이 없었고, 또 그렇게 될 하등의 이유도 없었다. 그렇지만 십 년 혹은 십오 년 전, 내가 문화부에 처음 발을 들여놓았을 당시에는 디스코텍이나 단골 바에 발길을 끊을 수가 없었다. 그점에 대해 약간 고민을 하던 기억이 있지만 그런 고민도 잠깐뿐이었다. 나는 할말이 전혀 없었기에 그 누구와 대화를 나눈다는 것이 절대 불가능하다고 느꼈다. 또한 춤을 출 줄도 몰랐다. 그런 상황에서 나는 알코올중독자가 되어갔다. 술은 내 인생 어느 순간에도 나를 실망시키지 않았으며 변함없는 버팀목이 되어주었다. 진토닉을 열 잔쯤 걸치고 나면, 때로는—매우 드물게, 다 합쳐서 네다섯 번쯤—여자에게 내 침대로 함께 가자고 유혹할 만한 힘을 되찾기도 했다. 그렇지만 그 결과는 대체로 실망스러운 것이었다. 발기가 되지 않았고 몇 분 후면 곯아떨어지곤 했으니까. 나중에야 비아그라라는 게 있다는 것을 알게 되었다. 술에 취한 상태라 약의 효력이 많이 떨어지긴 했지만, 그래도 양을 늘려 어쨌건 일을 치를 수는 있었다. 아무튼 그건 해볼 만한 가치도 없는 일이었다. 사실 발레리를 만나기 전까지는 태국 매춘부들의 발치라도 쫓아갈 수 있는 여자라곤 한 명도 만나본 적이 없었다. 어쩌면 내가 젊었을 적에는 열여섯이나 열일곱 살쯤 되는 여자애들과 뭔가 느꼈을 수도 있다. 그렇지만 내가 자주 드나드는 문화계 쪽은 정말이지 완전 황무지였다. 여자들은 섹스에는 도통 관심이 없고 신경쓰는 것이라곤 오직 유혹하는 것뿐이었다. 게다가 그 유혹이라는 것도 엘리트주의적이고 쓰레기 같고 엇비껴가는 것이어서 실제로는 전혀 에로틱하지 않았다. 침대에 들면 그녀들은 뭐든 제대로 하는 것이 하나도 없었다. 그래서 성적 환상을 만들어내야 했는데, 진부하고 키치적인 그 많은 시나리오들은 생각만 해도 역겨웠다. 그녀들이 섹스에 대해 말하기 좋아한 건 사실이다. 심지어 그들의 유일한 화젯거리이기도 했다. 그러나 그들에게는 진정 순수한 관능이라고는 눈곱만치도 없었다. 그렇다고 남자들이 더 낫다는 것은 아니다. 매번 아무 짓도 안 하면서 섹스에 대해 얘기하는 것이 프랑스의 전통이긴 하지만 그것이 나를 심히 불편하게 만들기 시작했던 것이다.

살다보면 무슨 일이든 일어날 수도 있고 특히 아무 일도 일어나지 않을 수도 있다. 그렇지만 이번만은 내 생애에 무슨 일이 생겼다. 다시 말해 내게 애인이 생겼고 그녀가 나를 행복하게 해주었다는 뜻이다. 우리가 함께 보낸 8월은 매우 감미로웠다. 에스피탈리에, 르갱 그리고 오로르 사의 간부진이 거의 다 휴가를 떠났다. 발레리와 장이브는 9월 초 쿠바에 가본 후 중요한 결정을 내리기로 합의했는데, 잠시 한숨 돌리는 휴식기였다. 장이브는 점차 나아지고 있었다. "마침내 창녀들을 찾아다니기로 마음먹었대" 하고 발레리가 내게 알려주었다. "진작 그랬어야 했는데. 지금은 술도 줄이고, 좀더 안정을 되찾았어."

"그렇지만 내가 기억하기로 창녀라도 그리 대단하진 않은데."

"그래, 하지만 그곳은 좀 달라. 애들이 꽤 젊은데다 대개 대학생들이거든. 손님들도 많이 받지 않고, 자기들이 고르지. 굳이 돈만 보고 하는 것은 아냐. 하여간 그가 말하길 나쁘지는 않댔어. 당신이 좋다면 날을 잡아 우리도 가보자. 우리 둘을 위해서라면 양성애자인 여자가 좋겠어. 그래야 사내들이 홀딱 빠지지. 게다가 나도 여자들이 좋거든."

그해 여름에는 그렇게 하지 못했다. 그렇지만 그녀가 내게 그런 제안을 했다는 사실만으로도 엄청 흥분되었다. 나는 운이 좋다. 그녀는 남자의 욕망이 사그라지지 않도록 하는 여러 가지 방법을 알고 있었다. 물론 고스란히 그대로 살아 있게 하는 것은 아니다. 그것은 불가능하니까. 그렇지만 생의 마지막을 기다리며 때때로 섹스를 하기에 충분한 수준이라고만 해두자. 사실 그런 방법들을 안다는 것은 별것 아니며, 정말 쉽고 단순하며 누워서 떡 먹기이다. 그렇지만 그녀는 그런 방법들을 행동으로 옮기기를 좋아하며, 그 일에서 기쁨을 느꼈고, 내 시선에서 욕망이 차오르는 것을 보며 즐거워했다. 종종 식당에서 그녀는 화장실에 갔다가 돌아와 테이블 위에 방금 벗은 팬티를 올려놓곤 했다. 그러고 나서 테이블 아래로 슬그머니 손을 뻗어 내가 발기한 상태를 확인했다. 때로는 내 바짓가랑이를 열어젖히고 테이블 보 아래로 내 물건이 벌떡 일어나게 만들곤 했다. 아침에도 펠라티오로 내 잠을 깨우고 난 후, 커피 한 잔을 건네고 다시 내 물건을 입에 넣을 때마다, 나는 감사와 애정으로 현기증날 정도의 격정을 느끼곤 했다. 그녀는 내가 절정에 이르기 바로 직전에 멈출

줄 알았고, 마음만 먹으면 몇 시간이고 나를 그 한계점에 매어놓을 수도 있었을 것이다. 나는 게임, 자극적인 애정의 게임, 성인들에게 남겨진 유일한 게임 속에서 살고 있었다. 가벼운 욕망과 쾌락의 끝없는 순간들로 이루어진 세상을 지나가고 있었다.

7

8월 말이 되자, 셰르부르의 부동산 중개업자가 전화를 걸어 내 아버지 집을 사겠다는 사람을 찾았노라고 알려왔다. 그 작자는 값은 조금 깎았으면 하지만 현찰로 지불할 용의가 있다고 했다. 나는 즉시 좋다고 했다. 조금만 있으면 백만 프랑이 조금 넘는 돈이 손에 들어올 것이다. 그때 나는 뒤러, 아인슈타인, 또는 미켈란젤로와 같은 역사적인 위인들의 이름을 포석에 새기고, 그 것을 모자이크처럼 배열한 좁은 공간에 카드를 펼쳐놓고 그 위로 개구리들을 풀어놓는 순회 전람회 건을 검토중이었다. 자주 카드를 교체해야 했기에 카드 구입이 주된 소요 예산을 이루고 있었다. 마찬가지로 때때로 개구리들도 교체를 해야 했다. 예술가는 적어도 파리에서 개최되는 전람회 오프닝에서는 타로 카드를 사용했으면 했다. 지방 순회 전람회에서는 일반 카드로 만족하겠노라고 했다. 나는 9월 초 장이브, 발레리와 함께 쿠바로 가서 일주일을 지내기로 마음먹었다. 내 여행 경비는 내가 낼 생각이었지만, 그녀는 회사와 알아서 하겠노라고 했다.

"당신들 일에 방해가 되지 않도록 할게……" 하고 나는 약속했다.

"알겠지만, 진짜 일을 하려고 하는 건 아냐. 그저 일반적인 관광객들처럼 하면 돼. 우리가 할 건 거의 없어. 하지만 뭐가 잘되고 있지 않은지, 왜 클럽 분위기가 뜨지 않는지, 바캉스에 매료된 사람들이 다시 찾지 않는 이유가 무엇인지 아는 것이 가장 중요해. 당신은 우리 일에 방해가 되지 않아. 오히려 매우 도움이 될 수도 있을 거야."

우리는 9월 5일 대낮에 산티아고데 쿠바행 비행기를 탔다. 장이브는 노트북컴퓨터를 가져올 수밖에 없었지만, 그래도 하늘색 폴로셔츠를 입은 그의 모습은 평온해 보였고 휴가를 떠날 태세가 되어 있었다. 이륙하고 나서 얼마 되지 않아 발레리가 내 허벅지 위에 한 손을 얹었다. 그녀는 눈을 감은 채 느긋한 자세였다. "난 걱정하지 않아. 뭔가 찾아내겠지……" 하고 출발 순간 그녀가 내게 말했다.

공항에서 출발하여 도착할 때까지 두 시간 반이 걸렸다. 발레리가 지적했다. "첫번째 나쁜 점은 올긴에 가는 비행기 편이 있나 알아보아야 한다는 거야." 버스 안 우리 좌석 앞으로 육십대의 작달막한 두 노부인이 앉았는데, 푸르스름한 회색 파마머리의 그녀들은 사탕수수를 베는 사내들, 초원 위로 빙빙 도는 독수리, 외양간으로 돌아가는 황소들 등 주변의 흥미로운 것들을 가리키며 서로 조잘대고 있었다. 마치 모든 것에 흥미를 가지겠다고 작정이라도 한 듯이. 무뚝뚝하고 고집 있게 보였다. 그래서 다루기 쉽지 않은 고객들이라는 느낌을 받았다. 아닌 게 아니라, 방을 배정할 때가 되자 수다쟁이 A는 수다쟁이 B의 바로 옆방을 쓰겠노라고 어지간히 떼를 썼다. 이런 요구 사항은 전혀 예상 밖이었기 때문에 카운터의 여직원은 어찌할 바를 몰라 방갈로촌의 대표를 오라고 할 수밖에 없었다. 방갈로촌 대표는 삼십대의 나이에 머리가 염소처럼 생겼고, 고집스러워 보이는 좁은 이마에는 수심 어린 주름살이 잡혀 있어서 나기*와 무척이나 닮아 보였다. "우선 진정하세요, 부인. 오늘밤은 불가능합니다. 하지만 내일은 떠나는 사람들이 있으니까 방을 바꿔드리겠습니다."

짐꾼 한 명이 해변이 보이는 방갈로까지 우리를 안내하고, 에

---

* 프랑스의 라디오방송 RTL과 TV 방송 TF1의 진행자.

어컨 코드를 꽂아준 후 일 달러의 팁을 받고 물러갔다. "자! 이제 됐어……" 발레리가 침대에 걸터앉으며 말했다. "식사는 뷔페식이야. 모든 것이 포함된 정식이고 스낵과 칵테일까지 있어. 디스코텍은 저녁 열한시부터 문을 열고. 부대시설로는 마사지실과 야간 테니스를 위한 조명시설이 있어." 관광업체의 목적은 일정 요금에 따라 얼마간 사람들을 행복하게 해주는 것이다. 그 일은 사람들의 성격, 제공되는 서비스 그리고 또다른 요인들에 따라 쉬울 수도 있고 불가능할 수도 있다. 발레리는 바지와 블라우스를 벗었다. 나는 나머지 침대에 몸을 쭉 뻗고 누웠다. 영원하고 즉시 누릴 수 있는 쾌락의 원천인 성적 기관들이 존재한다. 우리를 일시적이고 덧없으며 잔인한 존재들로 창조함으로써 우리를 불행하게 만든 신은 마찬가지로 이 같은 형태의 가벼운 보상을 미리 예정해두었다. 만일 때때로 약간의 섹스도 없다면 대체 삶이란 무엇으로 이루어질 것인가? 점차 관절이 경직되어가거나 골저가 생기는 것에 맞서 싸워보았자 쓸모없는 일이다. 게다가 점차 섬유질이 굳어가는 콜라겐, 세균 때문에 패는 잇몸의 구멍, 이 모든 것은 정말로 무미건조한 일이다. 발레리가 내 입 위로 가랑이를 벌렸다. 그녀는 엷은 보라색 레이스가 달린 매우 얇은 탕가 팬티를 입고 있었다. 나는 팬티를 벌리고 손가락에 침을 묻혀 그녀의 음순을 애무했다. 그녀 역시 내 바지를 벗기고 내 물건을 움켜잡았다. 그러고는 서두르는 기색 없이 부드럽게 내 불알을 어루만졌다. 나는 그녀의 음부에 입이 닿을 수 있도록 베개를 집어들었다. 그때 테라스에서 모래를 쓸던 하녀가 눈에 띄었다. 커튼이 젖혀 있었고, 유리문이 활짝 열려 있었다. 내 시선과 마주치자 그녀는 킥킥대며 웃었다. 발레리가 몸을 일으켜 그녀에게 가까이 오라고 손짓을 했다. 그녀는 빗자루에 몸을 기댄 채 머뭇거리며 제자리에 그대로 있었다. 발레리가 일어나 그녀에게 걸어가더니 손을 내밀었다. 여자가 방안에 들어서자마자, 그녀는 여자의 블라우스 단추를 풀기 시작했다. 속에는 하얀색 면 팬티 외에 아무것도 없었다. 스무 살이나 되었을까. 그녀의 육체는 검다 싶을 정도로 짙은 갈색을 띠고 있었고, 가슴은 작고 단단했으며 엉덩이는 활처럼 곡선을 이루고 있었다. 발레리가 커튼을 쳤고 나는 자리에서 일어났다. 여자의 이름은 마르가리타였다. 발레리가 그녀의 손을 붙잡아 나의 성기로 가져갔다. 그녀는 다시 깔깔거리기는 했지만 나의 성기를 붙잡고 용두질을 시작했다. 발레리는 재빨리 브래지어와 팬티를 벗고 침대에 누워 자신을 애무하기 시작했다. 마르가리타는 잠시 망설였지만 이내 자신의 팬티를 벗고 발레리의 가랑이 사이에 무릎을 꿇고 앉았다. 그녀는 발레리의 음부를 바라보더니 손으로 어루만지다가 입을 갖다대고 핥기 시작했다. 발레리는 마르가리타의 머리에 한 손을 얹고 그녀를 이끌면서, 다른 한 손으로는 계속 나의 성기를 훑어댔다. 난 터질 것 같았다. 그래서 몸을 빼 화장실로 가 서랍에서 콘돔을 찾았다. 너무나도 흥분되어 있었기 때문에 콘돔을 찾기도, 또 끼기도 힘들었고, 시야는 온통 뿌옇게 흐렸다. 어린 흑인 여자의 엉덩이는 그녀가 발레리의 치부 위에서 몸을 수그리고 다시 쳐들 때마다 물결치듯 꿈틀대고 있었다. 나는 단 한 번의 동작으로 그녀의 몸에 삽입했다. 그녀의 음부는 과일처럼 벌어져 있었다. 그녀는 약한 신음 소리를 내며 내 쪽으로 엉덩이를 밀어붙였다. 나는 그저 아무렇게나 왕복 운동을 하기 시작했다. 머리가 핑핑 돌고 쾌락의 전율이 내 몸을 가로질렀다. 점점 커져가는 발레리의 헐떡거리는 소리가 아주 멀리, 마치 다른 세계로부터인 양 들려왔다. 나는 마르가리타의 엉덩이를 쥐어짜듯이 움켜잡고 더욱 깊이 내 페니스를 밀어넣었고, 더이상 억제하려 애쓰지도 않았다. 발레리가 소리를 지르는 순간 나 역시 절정에 도달했다. 나는 잠시 동안 내 몸의 무게가 싹 빠져나가고 허공을 떠다니는 듯한 느낌을 받았다. 그러고 나서 다시 무게감이 돌아오자, 대번에 진이 빠져버린 기분이었다. 나는 침대 위 그녀들 품안으로 쓰러졌다.

시간이 한참 흐른 후 다시 옷을 입는 마르가리타의 모습과 핸드백을 뒤져 무엇인가를 마르가리타에게 건네주는 발레리의 모습이 어렴풋이 눈에 들어왔다. 그녀들은 문간에서 포옹했다. 밖은 깜깜했다. 다시 내 옆에 몸을 누이며 발레리가 말을 꺼냈다. "사십 달러를 줬어. 서양인들이 주는 값이지. 그 여자에게는 한 달 치 월급에 해당해." 발레리는 머리맡 스탠드를 켰다. 그림자들이 스쳐지나가며 커튼 위로 중국 그림자 인형극의 모습처럼 떠올랐다. 대사를 나누는 듯한 소리들이 들려왔다. 나는 그녀의 어깨 위에 손을 얹고, 믿을 수 없다는 듯 경이에 차서 말했다.

"좋았어…… 정말 좋았어."

"그래, 그 여자애, 관능적이야. 걔가 날 멋지게 핥아줬어."

"이상한 건 화대야……" 나는 머뭇거리며 말을 이었다. "그게 국가 생활 수준하고는 그리 상관이 없는 것 같아. 분명한 것은 나라에 따라 완전히 서로 다른 것들을 얻거든. 그런데 기본 가격은 거의 매번 똑같아. 서양인들이 지불하려고 하는 가격이지."

"그게 소위 공급 경제라고 생각하는 거야?"

나는 고개를 저었다. "전혀 모르겠어…… 경제는 도통 공부한 바가 없거든. 담쌓았어."

무척 배가 고팠지만 식당은 여덟시가 되어서야 문을 열었다. 나는 바에 가서 식전 게임에 끼어들어 석 잔의 피나콜라다를 마셨다. 쾌락의 여운은 좀체 가시지 않았다. 나는 약간 취했다. 멀리서 보니 게임 진행자들이 모두 나기와 닮았다는 느낌이 들었다. 실은 아니었다. 보다 더 젊은 사람들이 있었지만, 모두 이상한 면이 있었다. 머리를 완전 삭발했다든지, 염소수염을 기르고 있다든지 아니면 머리를 땋고 있었다. 그들은 끔찍한 함성 소리를 내지르며 간간이 참석자 중 한 사람을 붙잡아 억지로 무대 위에 세우곤 했다. 다행히도 나는 거리가 멀리 떨어져 있어서 그렇게 당할 위험은 없었다.

바의 매니저는 꽤나 고약한 작자로 서비스라곤 거의 하지 않았다. 내가 무엇을 필요로 할 때마다 번번이 경멸적인 몸짓으로 종업원들에게 가보라고만 할 뿐이었다. 배가 적고 탄탄하면서도 둥그스름한 그는 전직 투우사를 조금 닮아 있었다. 그가 입은 노란색 수영복은 성기의 윤곽을 명확히 드러내고 있었다. 물건은 늠름했고, 그는 그걸 알리고 싶어했다. 내가 간신히 넉 잔째 칵테일을 얻어 테이블로 되돌아올 때, 그자가 퀘벡에서 온 오십대 여자들이 오밀조밀 모여 있는 테이블로 다가가는 것이 눈에 띄었다. 여기 도착할 때 이미 보았던 여자들이었다. 남은 것이라곤 이빨과 비곗덩어리뿐인 다부지고 강인한 그녀들은 믿을 수 없을 정도로 큰 소리로 떠들어대고 있었다. 그녀들이 장례식 때 남편들을 잽싸게 파묻어버렸으리란 것도 별다른 어려움 없이 알 수 있었다. 또 셀프서비스 식당에서 그녀들 앞으로 새치기를 하거나 또는 그녀들이 눈여겨봐두었던 시리얼 접시를 차지했다가는 재미없으리라는 것도 느껴졌다. 예전에 겉멋깨나 부렸을 그 작자가 자기들 테이블로 다가서자, 그녀들은 다시 여자로 돌아갔는지 반한 듯한 눈길을 그에게 던졌다. 그는 보란듯이 그녀들 앞을 휘젓고 다니며, 때때로 규칙적으로 자신의 수영 팬티를 팽팽히 당기는 동작을 하여 외설스러움을 더더욱 강조했고, 그 동작을 통해 자신의 음경의 물질성을 확신하는 듯 보였다. 오십대의 퀘벡 여자들의 낡은 몸뚱이들은 아직도 햇빛을 받고 싶어했기에, 옛날을 환기시키는 이러한 동참자에 홀딱 반한 것처럼 보였다. 그는 맡은 역할을 잘 수행하고 있었다. 늙은이들의 귀에 대고 나지막한 소리로 속삭였으며, 그녀들을 쿠바식으로 '미 코라손'(나의 마음) 혹은 '미 아모르'(나의 사랑)라고 불러주곤 했다. 다른 일은 결코 일어나지 않으리라는 것은 확실했다. 그는 그저 그녀들의 늙어빠진 음부에 마지막 전율을 불러일으키는 것으로 만족했다. 그러나 그녀들이 멋진 바캉스를 보냈다는 인상을 갖고, 그 클럽을 자신의 친구들에게 권하게 하기에는 그것만으로도 충분했다. 그녀들은 적어도 이십 년은 더 살 테니까. 나는 '걷잡을 수 없는 노인네들'이라는 제목의 사회적 포르노그래피 영화의 줄거리를 짰다. 그 영화 속에는 바캉스 클럽에서 일을 벌이는 두 갱 조직이 나오는데, 하나는 늙은 이탈리아 남자들로, 다른 한 조직은 늙은 퀘벡 여자들로 이루어진다. 두 편은 각기 쌍절곤과 얼음 깨는 송곳으로 무장한 채 벌거벗은 그을린 몸매의 십대들을 강간한다. 결국 두 조직은 클럽 메드의 요트 한가운데에서 마주친다. 눈 깜짝할 사이에 무장 해제된 요트 승무원들은 피에 취한 늙은 여자들에 의해 강간당한 후 하나씩 차례로 바다로 던져진다. 이 영화는 노인네들의 엄청난 난교 파티로 끝을 맺으며, 닻줄이 풀린 배는 남극을 향해 곧장 항해한다.

발레리가 마침내 합석했다. 화장을 한 그녀는 짧고 속이 비치는 흰 드레스를 입고 있었다. 그래서 나는 또다시 그녀에게 욕망을 느꼈다. 우리는 뷔페 주변에서 장이브를 찾아냈다. 그는 긴장이 풀리다못해 거의 나른해 보였는데, 데면데면하게 첫 느낌을 늘어놓았다. 방은 나쁘지 않으며, 활기가 약간은 귀찮을 정도라는 것이었다. 그는 음향 장치 바로 옆에 있었는데, 그건 거의 견디기 힘든 일이었다. 뷔페도 끔찍이 나쁘지는 않다고 삶은 닭고기 조각을 뚫어져라 바라보며 씁쓸하게 덧붙였다. 그렇지만 모든 사람들이 엄청나게 먹어대고 있었고 뷔페를 여러 차례 들락거리고 있었다. 특히 노인네들의 식욕은 놀랄 만해서 그들이 오후 내내 수상 스포츠와 비치발리볼로 시간을 보냈다고 해도 믿을 정도였다. 발레리가 입을 열었다. "저 사람들은 먹고 또 먹고 그러는군……" 장이브가 어쩔 수 없다는 듯 토를 달았다. "도대체 저 사람들이 무슨 다른 일을 하길 바라겠어?"

저녁식사 후에 공연이 있었다. 관객들의 참여가 또 한번 요구되었다. 오십대의 여자 한 명이 뛰어나와 실라의 〈뱅 뱅〉을 가라오케 반주에 따라 불렀다. 그녀 입장에선 상당히 용감한 행동이었던지, 간간히 박수 소리가 들렸다. 그렇지만 전체적으로 놓고 볼 때 쇼는 주로 진행자들이 이끌어나갔다. 장이브는 잠들 준비가 된 것처럼 보였고, 발레리는 잠자코 칵테일을 홀짝홀짝 들이켜고 있었다. 나는 옆 테이블을 바라보았다. 사람들은 약간 지겨워하는 기색이었지만 공연이 끝날 때마다 정중하게 박수를 치곤했다. 이 클럽에서의 체류가 사람들에게 인기를 끌지 못하는 이유를 이해하기란 내게 별로 어려운 일이 아닌 것처럼 보였다. 그 정도로 눈에 확연히 들어오는 듯했다. 고객층은 대부분 노년층이거나 또는 일정 연령에 이른 성인들인데, 진행팀은 이제는 그들이 도달할 수 없는 행복, 적어도 이런 형식으로는 도달할 수 없는 행복의 방향으로 그들을 억지로 이끄는 데에만 머리를 쓰고 있었던 것이다. 발레리와 장이브조차, 심지어 어떤 의미에서는 나조차 우리들 모두는 그래도 진정한 삶에 대해 직업적인 책임감을 지니고 있었다. 우리들은 진지하며 존중받을 만한 직원들로서 모두 다소간 걱정거리로 지쳐 있었다. 세금은 말할 나위도 없이 건강상의 문제나 그 밖의 것들로 말이다. 이 테이블들에 앉아 있는 사람들도 다 마찬가지 경우였다. 그중에는 회사 간부, 교사, 의사, 엔지니어, 회계사 들이 있고 혹은 그 같은 일에 종사하다가 정년 퇴임한 사람들도 있었다. 나는 진행자들이 우리가 어떻게 사교 만남의 연회나 제비 뽑아 노래 부르기 따위에 몰두할 것이라고 기대할 수 있는지 도무지 이해를 할 수 없었다. 또 어떻게 우리 같은 나이에 우리와 같은 직업을 가진 사람들이 축제의 감각을 간직할 수 있겠는가? 그들이 하는 진행이란 기껏해야 십오 세 이하를 위해 생각해낸 것들이었다.

나는 내가 생각한 바를 발레리에게 말하고자 했지만, 진행자가 말을 하기 시작했고 또 마이크를 너무 바싹 대고 말을 했기 때문에 엄청나게 시끄러운 소음이 났다. 그는 지금 코미디언 라가프나 어쩌면 라디오방송 진행자 로랑 바피에게서 영감을 얻었을지 모르는 즉흥 쇼에 매달리고 있었다. 하여간 그는 종려나무 잎을 들고 행진하고 있었으며, 그 뒤를 펭귄으로 분장한 여자가 따르고 있었는데, 여자는 그가 하는 말에는 무조건 웃음을 터뜨리곤 했다. 공연은 클럽 무용 공연과 '크레이지 사인'으로 끝이 났다. 맨 앞줄에 있던 몇몇 사람들이 자리에서 일어나 무기력하게 몸을 흔들었다. 내 옆에 있던 장이브는 하품이 나오는 것을 손으로 막으며 제안했다. "디스코텍이나 한 바퀴 둘러볼까?"

오십 명 정도의 사람들이 있었지만 춤을 추는 사람들이라고는 진행을 맡은 자들뿐이었다. 디제이는 테크노 음악과 살사를 번갈아 틀어대고 있었다. 마침내 중년의 몇 쌍이 살사 춤을 시도했다. 종려나무 잎을 든 진행자가 무대 위 그 커플들 사이로 지나다니면서 손뼉을 치고 "칼리엔테! 칼리엔테!"라고 함성을 지르곤 했다. 내 느낌에는 다른 무엇보다도 그게 가장 거북한 것이었다. 나는 바에 자리를 잡고 피나콜라다 한 잔을 주문했다. 두 잔의 칵테일을 마시고 난 후 발레리가 나를 팔꿈치로 치며 장이브를 가리켰다. "이젠 마음놓아도 될 것 같아……" 하고 발레리가 내 귀에 대고 속삭였다. 그는 이탈리아 여자인 듯한 삼십대의 매우 예쁜 여자와 이야기를 나누는 중이었다. 그들은 서로에게 얼굴을 향한 채 바싹 붙어앉아 어깨를 마주대고 있었다.

덥고 습한 밤이었다. 발레리가 내 팔을 붙잡았다. 디스코텍의 리듬이 그쳤다. 클럽 부지를 순찰하는 경비들의 목소리, 워키토키의 웅얼거리는 소리가 들려왔다. 수영장을 지나 우리는 비스듬히 바다 쪽으로 걸음을 옮겼다. 해변에는 사람들이 없었다. 파도가 밀려와 우리 몇 미터 앞에서 모래사장을 훑고 물러나곤 했다. 이제는 더이상 아무 소리도 들려오지 않았다. 방갈로에 도착하자, 나는 옷을 벗고 침대에 누워 발레리를 기다렸다. 그녀는 양치질을 하고 옷을 벗더니 내 곁에 와서 누웠다. 그녀의 벌거벗은 몸에 기대 웅크렸다. 한 손을 그녀의 가슴에 얹고, 다른 한 손은 움푹 들어간 배 위에 얹었다. 부드러웠다.

8

　잠이 깼을 때 침대에는 나 혼자뿐이었고, 가벼운 두통기가 느껴졌다. 나는 비틀거리며 일어나 담배에 불을 붙였다. 몇 모금 들이마신 후에야 조금 나아졌다. 바지를 입고 모래가 쌓인 테라스로 나갔다. 아마도 밤에 바람에 실려 모래가 날려왔을 것이다. 이제야 겨우 동이 텄는지 하늘은 구름이 낀 듯 흐렸다. 바다를 향해 몇 미터 걸어가다 발레리를 보았다. 그녀는 파도 속으로 곧장 뛰어들어 몇 번 스트로크를 하다가 몸을 일으켜 다시 물속으로 뛰어들곤 했다.

　나는 걸음을 멈추고 담배연기를 빨아들였다. 바람이 약간 서늘했고, 나는 그녀와 합류하는 것이 망설여졌다. 그녀가 몸을 돌리더니 나를 향해 손을 크게 흔들며 외쳤다. "어서 와!" 그 순간 햇빛이 구름 사이를 뚫고 나오며 그녀를 정면으로 비추었다. 빛은 그녀의 가슴과 허벅지 부분에서 반사되어 그녀의 머리카락, 음모에 붙은 거품들을 반짝거리게 했다. 나는 그 자리에 꼼짝도 않고 몇 초 동안 서 있었다. 저 모습이야말로 내가 결코 잊지 못할 이미지, 임종에 앞서 몇 초 동안 눈앞에 다시 펼쳐질 이미지들 중 하나일 것이라는 사실을 깨달았다.

담배가 다 타들어가 손가락 끝을 데었다. 꽁초를 모래사장에 버리고 옷을 벗은 후 바다를 향해 걸어갔다. 물은 서늘했고 무척 짰다. 청춘을 되살리는 원천이었다. 햇빛 한 자락이 수면에서 반짝이며 수평선을 향해 곧장 길게 뻗어나가고 있었다. 나는 숨을 멈추고 수면 위 태양 속으로 잠수했다.

얼마 후 우리는 수건으로 몸을 감싼 채 바다 위로 솟아오르는 태양을 지켜보았다. 구름이 차츰 걷히며 반짝이는 수면이 넓어져갔다. 때로 아침이면 모든 것이 단순하게 보인다. 발레리는 수건을 걷어 태양에 몸을 내맡겼다. "나는 옷을 입고 싶지 않아" 하고 그녀가 말했다. 나는 "최소한은 입어야지" 하고 되는대로 말을 받았다. 새 한 마리가 수면을 스치며 낮게 날고 있었다. 그녀가 이어 말했다. "나는 수영하는 것이 좋고, 사랑을 나누는 것도 좋아. 하지만 춤추는 건 싫어. 난 놀 줄 모르거든. 그래서 항상 파티가 싫었어. 이게 자연스러운 것 아냐?"

나는 한참을 망설이다 말했다. "난 모르겠어. 내가 아는 것이라곤 그저 나도 그렇다는 거야."

아침식사를 위한 테이블에 사람들이 많지는 않았지만, 장이브는 벌써 와서 커피 한 잔을 앞에 두고 손에는 담배를 들고 있었다. 그는 면도도 하지 않았고 잠을 제대로 자지 못한 사람 같았다. 그가 우리에게 손을 까딱했다. 우리는 그의 앞에 자리를 잡았다.

"그래, 그 이탈리아 여자와는 잘됐어요?" 발레리가 삶은 달걀을 포크로 찌르며 물었다.

"아니, 썩 잘되지 않았어. 그 여자가 자신이 마케팅 부문에서 일하고 있고, 남자친구와 문제가 있어서 혼자 여행을 왔노라고 이야기를 시작하더군. 그 말을 들으니까 지겨워졌어. 그래서 자러 갔지."

"방 치우는 여자들이라도 어떻게 해봤어야죠……"

그는 애매한 미소를 짓더니 재떨이에 담배꽁초를 짓눌러 껐다.

"오늘은 뭘 하지?" 내가 물었다. "내 말은…… 어쨌건 '엘도라도 대탐험'을 체험하기로 한 거니까."

"아, 그래……" 장이브가 지겹다는 듯 입을 삐죽였다. "목적의 절반은 그것 때문이었지. 그렇지만 우리에겐 뭔가를 할 만한 시간이 없어. 내가 사회주의국가와 일을 하는 것은 이번이 처음인데, 사회주의국가에서는 일을 마무리하는 것이 여간 어려운 게 아니야. 어쨌든 오늘 오후에는 돌고래 쇼가 있어⋯⋯" 그는 말을 이으며 좀더 상세히 설명하려 했다. "내가 제대로 알고 있는 거라면 그건 돌고래 공연인데, 그후에는 돌고래와 함께 수영을 할 수 있지. 돌고래 등에 올라탄다거나 그와 비슷한 걸 거야."

"아, 나도 알아요" 하고 발레리가 끼어들었다. "그거 별 볼 일 없어요. 모든 사람들이 돌고래는 매우 유순하고, 친근한 뭐 그런 포유동물이라고 믿죠. 사실 그건 잘못된 믿음이에요. 그놈들은 지배자인 한 마리의 수놈 밑으로 매우 강력한 위계질서가 있는 집단이에요. 차라리 공격적이라 할 수 있죠. 녀석들 사이에서 싸움이 일어나 죽는 일도 비일비재해요. 내가 돌고래들과 수영을 하려고 했던 적이 한 번 있는데 암놈한테 손가락을 물렸다니까요."

"됐어, 됐다고⋯⋯" 장이브가 진정하라는 듯 양손을 벌렸다. "아무튼 오늘 오후에 돌고래 쇼 보고 싶은 사람들을 위해 쇼가 준비되어 있어. 내일과 모레는 이틀 일정으로 바라코아로 떠나는 거야. 그게 그리 나쁘지는 않을 거야. 어쨌든 내 바람은 그래. 그리고 그다음에는⋯⋯" 그는 잠시 생각에 잠겼다. "그다음은, 그게 다야. 마지막 날 비행기 타기 전에 바닷가재로 식사를 하고 산티아고 묘지에 가지."

몇 초간 침묵이 흘렀다. "그래⋯⋯" 장이브는 힘겹게 말을 이었다. "내 생각엔 행선지가 좀 제대로 짜여지지 않은 것 같아."

"게다가……" 그는 잠시 생각하다 다시 입을 열었다. "이 클럽에선 일이 제대로 돌아가지 못하는 것 같아. 아무튼 내 말은 내 관할 밖이라는 거야. 어제 디스코텍에서만 해도 정말 많은 커플들이 생겼다는 느낌이 들지 않아. 심지어 젊은 사람들조차도." 그는 다시 몇 초간 입을 다물었다. "에구……" 체념하는 손짓으로 그는 결론을 지었다. "그 사람 말이 맞아요. 그 사회학자……" 발레리가 생각에 잠겨 말했다.

"어떤 사회학자?"

"라가리그. 그 행동 사회학자 말이에요. 우리가 〈레 브롱제〉의 시대로부터 멀어졌다고 했는데, 그 말이 맞아요."

장이브는 남은 커피를 비우고 씁쓸하게 고개를 저었다. 그러고는 역겹다는 듯 말했다. "정말이지, 난 정말 그 시대에 대해 내가 향수를 느끼게 되는 날이 오리라곤 전혀 생각도 못했어."

해변으로 가기 위해서는 하등 쓸모도 없는 수공예품 상인들의 공세를 견뎌야 했다. 하지만 그런대로 버틸 수 있었다. 상인들은 숫자도 많지 않고 또 지나치게 달라붙지도 않았기 때문에, 미소를 짓고 미안하다는 듯 손짓을 하며 벗어날 수 있었다. 낮 동안에는 쿠바인들에게 클럽 해변에 들어갈 수 있는 권한이 주어졌다. 발레리가 설명하기를 그 사람들이 제안하거나 팔 만한 대단한 것은 없다고 했다. 그렇지만 그들은 시도해보고 또 할 수 있는 건 다 한다는 것이다. 분명 이 나라에서는 자기 월급으로 살아갈 수 있는 사람이 한 사람도 없었다. 정말 제대로 돌아가는 것이 아무것도 없었다. 자동차를 타자니 연료가 없고, 기계에는 부품이 없었다. 바로 그런 점들 때문에 들판을 지나다보면 이곳을 농경의 낙원이라 여기게 되는 것이다. 소를 몰아 경작하는 농부들, 마차를 타고 다니는 농부들 등등. 그러나 그것은 유토피아도 아니고 환경의 복원도 아니었다. 이제 더이상 산업 시대를 유지할 수 없는 나라의 현실이었다. 쿠바는 아직도 커피, 카카오, 사탕수수와 같은 몇몇 농작물들은 그럭저럭 수출하고 있었다. 그러나 공산품 생산은 실질적으로 제로상태로 떨어졌다. 비누, 종이, 볼펜과 같은 가장 기본적인 소비재들조차도 구하기 힘들었다. 제대로 물건을 갖춘 유일한 상점들은 수입품 상점들이었으며 달러로 지불을 해야만 했다. 따라서 모든 쿠바인들은 관광업과 연결된 부차적인 사업들 덕분에 살아가고 있었다. 가장 유리한 사람들은 직접적으로 관광산업을 위해 일하는 사람들이었다. 다른 사람들은 부대 서비스라든지 암거래를 통해 어떻게 해서든 달러를 구하려고 했다.

　나는 모래사장 위에 누워 생각에 잠겼다. 관광객들이 앉아 있는 의자들 사이로 누비고 다니는 구릿빛 피부의 남녀들은 우리를 오직 발 달린 지갑들로만 보았다. 환상을 품을 여지가 없었다. 그러나 모든 제3세계의 사정이 다 마찬가지다. 쿠바의 특이한 점은 공산품 생산이 명백히 어렵다는 점이다. 나도 공산품 생산 분야에서는 완전 숙맥이다. 나는 정보화 시대에, 즉 아무것도 아닌 것에 완전히 적응해 있다. 발레리와 장이브도 나처럼 오직 정보와 자본을 사용하는 것밖에 모른다. 그들은 그것들을 지적이고 경쟁적인 방식으로 사용하는 반면, 나는 보다 판에 박히고 관료적인 방식으로 사용할 뿐이다. 그러나 우리 셋 중 어느 누구도 또 내가 아는 그 누구도, 예를 들어 외세에 의해 봉쇄됐을 때 공산품 생산을 재활성화시킬 수 없을 것이다. 우리들은 금속 제련, 주물 가공, 플라스틱 물질의 열 성형에 대해 조금도 아는 것이 없다. 광섬유라든지 마이크로프로세서와 같은 보다 최근의 것들에 대해서는 말할 나위도 없다. 우리들은 그 제조, 성능 조건, 존재 양태가 우리에게는 완전히 낯선 물건들로 이루어진 세상에서 살고 있다. 나는 이러한 깨달음에 넋이 나간 채 내 주위로 눈길을 던졌다. 저기 비치 타월이 있고, 선글라스, 선크림, 포켓북 사이즈의 밀란 쿤데라 책이 있다. 종이, 면, 유리가 있는 것이다. 복잡한 기계들과 복잡한 생산 체계가 있는 것이다. 이를테면 발레리의 수영복 제조 공정을 나는 이해할 수 없다. 그것은

80퍼센트의 라텍스와 20퍼센트의 폴리우레탄으로 만들어져 있다. 나는 두 개의 손가락을 그녀의 브래지어 안으로 집어넣었다. 산업용 섬유 집합 아래로 나는 살아 있는 살을 느꼈다. 나는 손가락을 더 깊이 집어넣었고, 유두가 딱딱하게 굳어지는 것을 느꼈다. 그것이 내가 할 수 있는 일이고 내가 할 줄 아는 일이었다. 태양은 점점 짓누르는 듯 뜨거워져갔다. 일단 물에 들어가자 발레리는 수영복을 벗었다. 그녀는 두 다리로 내 허리를 감고 수면 위에 누워 배영 자세를 취했다. 그녀의 음부는 이미 벌어져 있었다. 나는 유연하게 그녀 속으로 들어가 파도의 리듬에 맞추어 왕복을 계속했다. 선택의 여지가 없었다. 나는 절정에 막 도달하려는 순간 동작을 멈췄다. 우리는 다시 물 밖으로 나와 햇볕에 몸을 말렸다.

피부가 하얗고 신경질적인 얼굴에 머리를 매우 짧게 자른 여자가 키 큰 흑인 남자와 우리 곁을 스쳐지나갔다. 그 여자는 흑인을 바라보며 아주 큰 소리로 이야기를 하고 있었다. 미국 여자임이 확연했다. 어쩌면 〈뉴욕 타임스〉의 기자이거나 그와 비슷한 일을 하는 사람이리라. 사실 좀더 자세히 살펴보면, 이 해변에는 인종이 뒤섞인 커플들이 많다. 조금 더 멀리 떨어진 곳에는 약간 살이 찐 두 명의 키 큰 금발 남자가 콧소리 섞인 말투로 구릿빛 피부의 늘씬한 두 여자와 웃으며 장난을 치고 있었다.

"저 여자들은 호텔로 데리고 가지 못하도록 되어 있어…… 인근 마을에 방을 빌려주는 곳들이 있긴 해." 발레리가 내 시선을 좇으며 말했다.

"미국인들은 쿠바에 올 수 없다고 생각했는데."

"원칙적으로는 올 수 없지. 하지만 캐나다나 멕시코를 통해서 들어오는 거야. 사실 미국인들은 쿠바를 잃었다고 분개하고 있어. 이해할 수는 있지……" 그녀는 생각에 잠긴 듯이 말했다. "만일 이 세상에 섹스 관광을 필요로 하는 나라가 있다면 바로 저들이야. 하지만 지금 현재로선 미국 기업들은 봉쇄되어 있어. 투자할 수 있는 권한이 전혀 없지. 어쨌든 이 나라가 다시 자본주의국가가 되는 것은 시간문제야. 하지만 그때까지는 오직 유럽인들에게만 시장이 열려 있는 거지. 그런 까닭에 비록 클럽이 어려움을 겪고 있다 해도 오로르 사가 포기하고 싶어하지 않는 거야. 경쟁에서 우위를 점할 시기거든. 쿠바가 앤틸리스-카리브 해 지역에서 유일한 기회니까."

그녀는 잠시 침묵한 후에 가벼운 어조로 말을 이었다. "그래…… 내가 속한 업계에서는 이렇게들 말을 해. 세계 경제계에서는."

9

바라코아행 미니버스는 아침 여덟시에 출발했다. 승객은 열다섯 명 정도였다. 서로를 알 수 있는 기회가 있었던 그들은 돌고래에 대한 찬사를 쉴새없이 늘어놓았다. 승객의 대다수인 정년퇴직자들, 함께 여행 온 두 명의 발음 교정사, 학생 커플이 늘어놓는 감탄은 당연히 서로 약간 다른 단어들을 통해서 표현되었다. 그러나 모두 다 '독특한 경험'이라는 단어를 사용하는 데에 동의할 수 있었을 것이다.

대화는 클럽의 특징들로 넘어갔다. 나는 장이브에게 시선을 던졌다. 미니버스 한가운데에 혼자 앉은 그는 옆 좌석에 수첩과 펜을 놓아두었다. 수그린 자세로 눈을 반쯤 감은 채 그는 사람들이 하는 말을 하나도 놓치지 않으려 귀를 기울이고 있었다. 분명이 단계에 이르러서야 그들에게 도움이 되는 느낌과 견해 들을 많이 수확할 수 있으리라 기대했던 것이다.

클럽에 대한 이야기에서도 참여자들 사이에 전체적인 합의가 이루어지는 듯했다. 진행자들이 '상냥하다'는 평가에 대해서는 만장일치로 의견이 모였지만 진행 내용에는 그리 흥미를 느끼지 못했다. 음향 장치 가까이에 있어서 지나치게 시끄러웠던 방을 제외하면 객실에 대한 평가도 좋았다. 뷔페 음식에 대해서도 썩 나쁘다고는 할 수 없었다.

대화를 나누는 사람들 중 체조, 에어로빅, 살사 댄스 입문, 스페인어 입문과 같은 활동에 참여한 사람은 한 명도 없었다. 결국 가장 좋은 것은 그래도 해변이었다. 더구나 조용하기까지 했으니까. '행사 진행과 음향은 오히려 공해임' 하고 장이브는 수첩에 적었다.

방갈로는 디스코텍에서 멀리 떨어져 있는 만큼 사람들이 전부 좋다는 의견을 피력했다. "다음번에는 방갈로를 달라고 요구해야겠어!" 하고 나이에 비해 힘이 넘치고 건강한 퇴직자가 단언하듯 말했다. 그는 보기에도 명령만 내리는 데에 익숙한 것 같았는데, 실제로 보르도산 와인 판매로만 평생 직장생활을 한 사람이었다. 두 학생 역시 같은 의견이었다. 장이브는 '디스코텍 필요 없음'이라고 적으며 결국 헛수고로 돌아가고 만 그 모든 투자를 떠올리니 씁쓸해졌다.

카요 사에티아 분기점을 지난 후 도로 사정은 점점 더 악화되
었다. 군데군데 움푹 패고 갈라졌으며, 때로는 도로의 절반 정도
가 그러했다. 운전기사는 어쩔 수 없이 계속 장애물을 요리조리
피해 운전을 해야 했다. 좌석이 흔들리면서 몸이 좌우로 쏠리곤
했다. 사람들은 환호를 지르거나 웃음을 터뜨리며 반응했다. "괜
찮은데. 사람들 성격이 원만해서……" 발레리가 나지막한 소리
로 내게 말했다. "대탐험 코스가 좋은 건 이거야. 사람들에게 불
쾌한 조건들을 강요해도 저들에게는 이게 모험의 한 부분이니
까. 사실 이건 우리의 잘못이야. 이런 여정에는 일반적으로 사륜
구동차가 필요해."

모아를 얼마 남겨두지 않고, 운전기사는 커다란 구덩이를 피
하기 위해 오른쪽으로 선회했다. 그러자 차량이 서서히 미끄러
지더니 웅덩이에 빠져 멈춰버렸다. 운전사가 엔진을 최대한 가
동했지만 바퀴가 갈색 진흙탕에서 헛바퀴만 돌 뿐, 미니버스는
꼼짝도 하지 않았다. 여러 번 애를 써보았지만 헛수고였다. "좋
아…… 내려서 밀어야겠군." 와인 판매상이 팔짱을 낀 채 즐거
운 표정으로 말했다.

우리들은 차에서 내렸다. 눈앞으로 쩍쩍 갈라진 갈색 진흙으

로 뒤덮인, 불결해 보이는 거대한 들판이 펼쳐졌다. 거무스름한 물이 고여 있는 늪들은, 말라서 하얗게 변해버린 키 큰 풀들에 둘러싸여 있었다. 저멀리 어두운 벽돌로 지어진 거대한 공장이 풍경 전체를 굽어보고 있었다. 두 개의 공장 굴뚝이 짙은 연기를 토해냈다. 공장으로부터 반쯤 녹이 슨 거대한 관들이 뚜렷한 방향도 없이 평원 한복판으로 뻗어나와 지그재그로 달리고 있었다. 노동자들에게 생산력의 혁명적 발전을 역설하는 체 게바라의 모습이 그려진 도로변의 금속판 역시 녹슬기 시작했다. 대기는 고약한 냄새로 가득했고, 그 냄새는 늪보다는 차라리 진흙탕에서 피어오르는 듯했다.

바퀴가 그리 깊이 빠지지 않았던 덕분에 우리가 합심해서 힘을 쓰자 미니버스는 쉽게 웅덩이에서 빠져나왔다. 모두가 서로에게 축하의 말을 건네며 다시 차에 올랐다. 사람들은 잠시 후 시푸드 레스토랑에서 점심을 들었다. 장이브는 근심스러운 표정으로 자신의 수첩을 들여다보았다. 음식에는 손도 대지 않았다.

한참 생각에 잠겼던 그가 결론을 내렸다. "'엘도라도 대탐험' 체험은 내가 보기에 시작을 잘한 것 같아. 그렇지만 클럽 일정은 정말이지 어떻게 해야 할지 모르겠어."

발레리는 말없이 그를 바라보며 아이스커피를 홀짝였다. 그녀는 전혀 아랑곳하지 않는다는 태도였다. 그가 이어 말했다. "분명한 것은 진행팀을 해고할 수 있다는 거야. 그러면 임금 총액이 줄어들겠지."

"그래요, 그것만으로도 벌써 반가운 소식이네요."

"좀 파격적인 조치가 아닐까?" 그가 불안해했다.

"그건 걱정하지 마세요. 어쨌건, 휴양 빌리지의 진행자 일이 젊은 사람들을 위한 연수 과정이 아니니까요. 그 일은 그들을 바보, 게으름뱅이로 만들 뿐만 아니라, 아무 쓸모도 없어요. 그들이 나중에 될 수 있는 것이라곤 휴양 빌리지 소장이나 텔레비전 사회자가 고작이겠죠."

"좋아…… 그러면 임금 총액을 삭감하지. 하지만 알아둬. 걔들이 그리 많은 보수를 받는 것도 아니라고. 그렇게 해서라도 독일 클럽과 경쟁이 될 수 있다면 정말 놀라운 일일 거야. 아무튼 오늘 저녁에 모의 프로그램을 짜볼게. 그렇지만 그리 큰 기대는 안 해."

발레리는 짐짓 아무려면 어떠냐는 식으로 가볍게 동의했다. "모의 프로그램을 짜는 게 해롭지는 않죠." 그 순간 나는 그녀에게 약간 놀랐다. 나는 그녀가 정말 차분하다고 생각했다. 사실 우리가 섹스를 많이 하고 있고, 섹스를 하면 사람이 차분해진다는 건 의심의 여지가 없다. 섹스가 문제의 초점을 상대화시키기 때문이다. 한편 장이브는 당장이라도 프로그램에 덤벼들 태세로 보였다. 심지어 그가 운전기사에게 당장 짐칸에서 노트북컴퓨터를 꺼내달라고 요구하지나 않을까 싶을 정도였다. "그러지 마세요. 해결책을 찾게 될 거예요……" 발레리가 다정하게 그의 어깨를 흔들며 말했다. 그러자 그는 잠시 진정하는 듯했고, 다시 얌전히 미니버스의 자기 좌석에 앉았다.

여정의 마지막에 승객들은 특히 우리의 최종 도착지인 바라코아에 대해 많은 이야기를 했다. 그들은 벌써 그 도시에 대해 거의 다 알고 있는 듯 보였다. 1492년 10월 28일, 크리스토퍼 콜럼버스는 만灣에 닻을 내렸고, 완벽한 원형을 이루고 있는 그 만의 모습에 깊은 감명을 받았다. "세상에서 볼 수 있는 가장 아름다운 정경들 중 하나"라고 그는 항해일지에 메모를 했다. 당시 그 지역에는 타이노 인디언들만이 살고 있었다. 1511년 디에고 벨라스케스가 바라코아를 세웠다. 그것이 아메리카 대륙에 세워진 최초의 스페인 도시였다. 4세기 이상을 오직 배를 타고서만 접근할 수 있었던 그 도시는 섬의 나머지 지역과는 고립되어 있었다. 1963년 파롤라 고가다리가 세워지면서 그 도시는 관타나모로 가는 도로와 연결될 수 있었다.

우리는 세시가 조금 넘어 그곳에 도착했다. 도시는 정말이지 거의 완벽한 원을 이루고 있는 만을 따라 펼쳐져 있었다. 사람들은 모두 만족해했고 감탄사를 연발했다. 결국 모든 탐험여행 애호가들이 찾는 것은 무엇보다도 자신들이 안내서에서 읽은 내용의 확인이다. 요컨대 그들은 더할 나위 없는 군중들이었다. 『미슐랭 가이드』에 소박하게 별 하나가 붙은 바라코아는 그들을 실망시킬 염려는 없었다. 옛 스페인 요새에 자리잡은 엘 카스티요 호텔은 도시를 굽어보고 있었다. 높은 곳에서 내려다보면 도시는 화려해 보였다. 그러나 사실은 대부분의 도시들에 비해 더 나을 바가 없었다. 심지어 자세히 보면 거무스름한 잿빛에 너무나 지저분해서 아무도 살고 있지 않는 것처럼 보이는, 초라한 빈민가들이 딸린 그저 그런 도시였다. 나는 발레리와 마찬가지로 수영장 주변에 남아 있기로 했다. 방은 30실 정도 있었는데 모두 거의 같은 이유로 온 것으로 보이는 북유럽 관광객들이 차지하고 있었다. 제일 먼저 눈에 띈 것은 뚱뚱한 편에 속하는 사십대의 두 영국 여자였다. 그중 한 명은 선글라스를 걸치고 있었다. 그녀들과 함께 있는 사람들은 기껏해야 스물다섯 살 정도인 두 명의 혼혈인들로 무사태평한 기색이었다. 그들은 그런 상황이 편한지 그 뚱뚱한 여자들과 이야기를 하고 장난을 치다가 손도 잡고 허리를 감싸안기도 했다. 나 같으면 그런 일은 할 수 없었으리라. 나는 그들이 발기할 때 무엇을 또는 누구를 생각하는지, 혹시 무슨 비결이 있는 것은 아닌지 궁금했다. 어느 순간 영국 여자들은 자기들 방으로 올라가버렸고, 두 사내는 여전히 수영장 근처에서 이야기를 주고받았다. 만일 내가 진정 인간성에 관심을 가졌다면 그들의 대화에 끼어들어 좀더 많은 것을 알려고 했을 수도 있었으리라. 아무튼 제대로 발기만 한다면야 그걸로 족할 것이고, 그때 발기는 순전히 기계적인 성격을 띨 수 있을 것이다. 이 점에 대해서는 매춘부들의 전기를 읽으면 제대로 알 수 있었겠지만, 내가 가진 책이라곤 『실증적 정신론』뿐이었다. '언제나 사회적인 대중 정치는 무엇보다도 도덕적이어야 한다'라는 부제가 붙은 장을 뒤적이고 있을 때, 젊은 독일 여자 한명이 키가 큰 흑인과 방에서 나오는 것이 눈에 띄었다. 긴 금발에 푸른 눈, 풍만한 가슴에 멋지고 탄력 있는 몸을 가진 그녀는 사람들이 상상하는 진정한 독일 여자를 꼭 닮아 있었다. 몸매 타입으로는 매우 매력적이지만, 문제는 그게 오래 지속되지 않는다는 것이다. 서른 살만 되면 지방 흡입술, 실리콘 주입과 같은 일을 해야 한다는 것을 예상할 수 있다. 어쨌건 지금 당장은 다 좋다. 그녀는 솔직히 말해 자극적이기까지 하다. 그녀와 동행하는 남자는 운이 좋았다. 나는 그녀가 영국 여자들과 동일한 액수를 지불하는지, 혹시 여자들에게 그런 것처럼 남자들에게도 정해진 균일가가 있는지 궁금했다. 그 점도 역시 조사하고 물어보았어야 했다. 그렇지만 내겐 너무 피곤한 일이었기에, 내 방으로 올라가기로 마음먹었다. 나는 칵테일을 한 잔 주문해서 발코니에 나가 느긋하게 마셨다. 발레리는 선탠을 하고 있었고, 때때로 수영장에 몸을 담그곤 했다. 내가 쭉 뻗고 누우려고 방으로 들어갈 때 그녀가 독일 여자에게 말을 거는 것을 보았다.

발레리는 여섯시경이 되자 날 찾아 올라왔다. 나는 책을 중간쯤 읽다가 잠이 들어 있었다. 그녀는 수영복을 벗고 샤워를 한 다음 타월로 몸을 두른 채 내게로 왔다. 그녀의 머리칼은 약간 젖어 있었다.

"내 강박관념이라고 말하겠지만 그 독일 여자에게 흑인이 백인보다 더 나은 것이 뭐냐고 물어봤어. 정말이지 놀라워, 대단히 많아. 백인 여자들은 아프리카 남자들과 자는 것을 더 좋아하고, 백인 남자들은 아시아 여자들과 자는 걸 좋아해. 왜 그런지 알아야겠어. 내 일에 중요하거든."

"흑인 여자들을 더 좋아하는 백인들도 있어" 하고 내가 지적해주었다.

"그건 덜 흔한 일이야. 섹스 관광은 아프리카보다 아시아에 더 널리 퍼져 있으니까. 사실 관광 전반이 뭐 그렇지."

"그 여자가 뭐라고 대답해?"

"고전적인 이야기지. 흑인들은 태평한 성격에 남자답고 즐길 줄 안다는 거야. 흑인들은 흥분하지 않고 즐길 줄 알고, 또 흑인하고라면 문제가 없다는 거지."

그 젊은 독일 여자의 대답은 사실 매우 진부한 것이었지만, 그 것으로도 벌써 적절한 이론의 밑그림을 제공해주고 있었다. 요컨대 백인들은 억압된 니그로들이며 상실한 성적 순수함을 되찾으려 하는 것이다. 물론 그것으로는 아시아 여자들의 신비한 매력이 전혀 설명되지 않는다. 모든 증언에서 볼 수 있듯 백인 남자들이 아프리카 흑인 여자에게서 누리는 성적인 특권도 설명할 길이 없다. 그래서 나는 보다 신빙성은 없지만 보다 복잡한 이론의 토대를 세웠다. 요약하자면 이렇다. 백인들은 피부를 태우고 싶어하고 흑인들의 춤을 배우고 싶어한다. 반면 흑인들은 피부색을 밝게 하려 하고 꼬불꼬불한 머리를 풀려고 한다. 인류 전체는 본능적으로 혼혈, 전반적인 미분화 상태로 향하는 경향이 있다. 그래서 인류는 무엇보다도 가장 기본적인 방법인 성을 통해 그것을 행하고 있다. 그렇지만 그 과정을 끝까지 밀고 나간 사람은 마이클 잭슨뿐이다. 그는 이제 흑인도 백인도 아니며 젊지도 늙지도 않다. 나아가 어떤 의미에서는 더이상 남자도 여자도 아니다. 그의 내밀한 삶을 상상할 수 있는 사람은 진정 아무도 없다. 평범한 인류의 범주들을 다 이해한 후 그는 천재적으로 그 범주들을 다 초월한 것이다. 바로 그런 이유 때문에 그는 스타, 세계사에서 가장 위대한 스타로 머물 수 있었다. 루돌프 발렌티

노, 그레타 가르보, 마를레네 디트리히, 메릴린 먼로, 제임스 딘, 험프리 보가트 같은 다른 사람들은 기껏해야 재능 있는 예술가들로 간주될 수 있을 뿐이며, 그들이 한 것이라곤 인간 조건을 흉내낸 것, 인간 조건을 미학적으로 옮겨놓은 것에 지나지 않는다. 마이클 잭슨이야말로 최초로 그보다 좀더 멀리 가보려고 시도했다.

그것은 솔깃한 이론이었고, 발레리는 주의깊게 내 말에 귀를 기울였다. 그렇지만 나 자신은 별로 그 이론이 설득력 있지 않았다. 최초의 사이보그, 두뇌에 인공지능의 요소를 심는 것을 받아들일 최초의 초인적인 인간이야말로 그와 동시에 스타가 될 것이라고 결론을 내려야 할 것인가? 어쩌면 그럴 것이다. 그러나 그렇게 되면 주제와 큰 관련은 없다. 마이클 잭슨이 아무리 스타라 해보았자 소용없다. 분명 섹스 심벌은 아니니까. 만일 엄청난 투자에 대해 수익을 올릴 수 있는 대규모 관광 여행을 하려고 한다면 보다 근본적인 매력 쪽으로 방향을 돌려야 한다.

잠시 후 장이브와 다른 사람들이 시내 관광에서 돌아왔다. 지방 역사박물관은 이 지방 최초의 원주민이었던 타이노족의 풍속을 주로 보여주었다. 그들은 농사와 고기잡이를 통해 평온한 생활을 영위했던 것으로 보였다. 인접한 종족들 간의 분쟁은 거의 존재하지 않았다. 그래서 스페인 사람들은 전투에 거의 준비가 되어 있지 않았던 그들을 제거하는 데에 어떠한 어려움도 겪지 않았다. 오늘날 몇몇 사람들의 얼굴에서 미세한 유전적 흔적들을 제외한다면 그들에게서 남은 것은 전혀 없다. 그들의 문화는 완전히 소멸되었고, 한 번도 존재한 적이 없었던 것으로 간주될 수도 있었다. 대부분은 헛수고로 끝나고 말았지만 그들에게 성서의 가르침을 받아들이게 하려고 시도했던 전도사들이 그린 몇 점의 그림을 보면, 밭을 갈거나 또는 불 주변에서 음식 장만에 분주한 그들의 모습을 볼 수 있다. 그 모든 것이 에덴동산 같지는 않는다 하더라도, 적어도 느릿느릿한 역사의 느낌을 준다. 그런데 스페인 사람들이 이 땅에 들어오면서 모든 일이 눈에 띄게 가속화되었다. 당시 흔히 있었던 식민 세력들 간의 분쟁 이후, 1898년 쿠바는 독립국가가 되었고, 곧 미국의 지배하에 들어갔다. 1959년 초, 여러 차례의 내전을 겪은 후 피델 카스트로가 이끄는 혁명 세력이 정규군을 제압했고, 바티스타는 어쩔 수 없이 피신해야만 했다. 당시 전 세계에 강요되었던 두 진영으로의 분할을 고려하여, 쿠바는 재빨리 소비에트 진영에 가까워질 수밖에 없었고, 마르크스 타입의 체제를 세울 수밖에 없었다. 소비에트연방이 붕괴되고 난 후 지원 물자 보급을 받지 못하게 된 이 체제는 오늘날 그 종말에 이르고 있다. 발레리는 옆이 트인 치마와 검은 레이스가 달린 검은색 블라우스를 입었다. 우리는 저녁 식사 전에 칵테일을 한잔 마셨다.

모든 사람들이 수영장 가장자리에 모여 바다 위로 지는 해를 감상했다. 해안 기슭 가까운 곳에서 화물선 잔해가 서서히 녹슬어가고 있었다. 보다 작은 다른 배들은 거의 움직임이 없는 바다 위에 떠 있었다. 그 모든 것이 방치된 듯한 강렬한 인상을 주었다. 아래쪽 시내의 도로에서는 아무런 소리도 들리지 않았다. 그저 몇몇 가로등만이 점점이 불을 밝히고 있었다. 장이브가 앉은 테이블에 육십대 남자가 한 명 있었다. 지치고 야윈 얼굴에 초라한 행색이었다. 그리고 또 한 명, 기껏해야 서른 살로 보이는 훨씬 젊은 남자가 있었는데 나는 그가 호텔 경영자임을 알아보았다. 오후에 테이블 사이로 신경질적으로 돌아다니고, 빠짐없이 식사가 나왔는지 이쪽저쪽으로 뛰어다니는 그의 모습을 여러 번본 적이 있었다. 그의 얼굴은 특별한 대상도 없이 끊임없는 걱정에 시달리는 모습이었다. 우리가 오는 것을 보자 그는 자리에서 벌떡 일어나 의자 두 개를 가져오고, 종업원을 소리쳐 불러 그가 지체 없이 달려오는지 확인했다. 그러고 나서 서둘러 주방으로 갔다. 한편 노인은 수영장과 각자 테이블에 앉은 커플들 그리고 아마도 모인 사람들 전부를 향해 실망 어린 눈길을 던지고 있었다. "불쌍한 쿠바인들……" 한참 침묵이 흐른 후 그가 입을 열었다. "저들은 이제 자신들의 육체 외에는 팔 것이 없어." 장이브는 그가 가까이에 살며 호텔 경영자의 아버지라고 우리에게 설명해주었다. 그는 사십여 년 전 혁명에도 가담했고 카스트로의 반란에 가담한 병사들의 최초 전투에도 참여했다. 전쟁이 끝난 후 그는 모아에 있는 니켈 공장에서 처음에는 노동자로 일하다가 이후 감독이 되었고, 대학에 복학하고 나서 마침내 엔지니어가 되었다. 혁명 영웅으로서 그의 위상 덕분에 그의 아들은 관광산업에서 중요한 지위를 얻을 수 있었다.

"우리들은 실패했어……" 그가 희미한 목소리로 말했다. "실패해도 싸지. 우리에겐 사리사욕보다 국가의 이익을 앞세웠던 훌륭한 지도자들, 비범한 인물들, 이상주의자들이 있었어. 우리 도시에 카카오 가공 공장을 세우기 위해 체 게바라 사령관이 왔던 날이 기억나는군. 그의 용감하고 정직한 얼굴이 눈에 선해. 사령관이 재물을 모아 부를 쌓았다거나, 그가 자신이나 자신의 가족을 위해 이익을 취하려 했다고 말할 수 있는 사람은 결코 아무도 없었어. 카밀로 시엔푸에고스나 우리 혁명 지도자들 중 어느 누구도 그러지 않았지. 심지어 피델조차도. 피델은 권력을 좋아해. 그건 사실이야. 그는 모든 것을 감시하고 싶어했어. 하지만 그는 공평무사하고, 엄청난 재산도, 스위스 은행 계좌도 없었어. 어쨌건 체가 여기 왔었지. 공장을 세우고 연설을 했는데, 그

연설에서 쿠바 국민들에게 독립전쟁에서의 무장투쟁 이후 이제 생산을 위한 평화로운 전쟁에서 승리해야 한다고 독려했어. 그가 콩고로 떠나기 바로 직전의 일이었지. 우리들은 그 전쟁에서 완벽히 승리할 수 있었어. 이 지방은 풍요로웠거든. 대지는 비옥하고 비도 잘 오고 해서 모든 것이 저절로 쑥쑥 컸지. 커피나무, 카카오, 사탕수수, 온갖 종류의 이국적 과일들이. 지하에는 니켈광이 가득했어. 우리에게는 러시아인들의 원조로 세워진 초현대식 공장이 있었어. 육 개월이 지나자 생산량이 정상 수치의 절반으로 떨어졌지. 모든 노동자들이 원료건 납작한 판형으로 가공된 것이건 닥치는 대로 초콜릿을 훔쳐 자기 가족들에게 나누어주고, 외국인들에게 되팔곤 했거든. 전국 모든 공장에서 똑같은 일이 횡행했어. 더이상 훔칠 것이 없자 노동자들은 일을 제대로 하지 않았어. 게으르고 언제나 병들어 있는 그들은 아주 사소한 핑계로 일을 빼먹곤 했지. 나는 그들에게 국익을 위해 조금 더 수고하라고 그들을 설득하느라 몇 년을 보냈어. 그렇지만 내게 돌아온 것은 절망과 좌절뿐이야."

그는 입을 다물었다. 저물어가는 해의 잔광이 엘 융케 산 위를 감돌고 있었다. 신비하게도 테이블 모양으로 정상이 깎여나간 산, 크리스토퍼 콜럼버스에게 깊은 인상을 심어주었던 그 산이 언덕들을 굽어보고 있었다. 식당에서 서로 부딪쳐 덜거덕거리는 식기 소리가 들려왔다. 대체 무엇이 인간들로 하여금 그 지겹고 고통스러운 일을 수행하도록 부추기는 것일까? 그것이 내게는 제기할 가치가 있는 유일한 정치적 문제처럼 보였다. 늙은 노동자의 증언은 명백하고 가차없었다. 그의 견해에 따르면 오로지 돈이 필요했다. 어쨌든 혁명이 보다 이타적인 동기부여에 접근할 수 있는 새로운 인간을 창조하는 데에 실패했다는 것은 자명했다. 그렇게 해서 다른 모든 사회들처럼 쿠바 사회는 몇몇 사람들로 하여금 고되고 힘든 일을 피할 수 있게 해줄 목적으로 세워진 기만적 노동 장치에 지나지 않게 되었다. 다만 그 속임수가 실패했고, 이제 아무도 속아넘어가지 않으며, 아무도 언젠가 공동 노동을 누릴 날이 오리라는 헛된 희망을 품지 않게 되었다. 그 결과 이제 제대로 돌아가는 것은 아무것도 없고 일을 하거나 무엇이건 생산을 하는 사람도 아무도 없다. 쿠바 사회는 사회 구성원의 생존을 보장할 수 없게 되어버린 것이다.

관광에 나섰던 다른 사람들이 자리에서 일어나 테이블 쪽으로 향했다. 나는 절망적으로 이 노인에게 해줄 낙관적인 말, 불투명한 희망의 메시지를 찾았으나, 아무것도 없었다. 그가 씁쓸하게 예감하고 있듯 쿠바는 곧 다시 자본주의국가가 될 것이며, 좌절감, 부질없음과 수치감을 제외하면, 그를 살아가게 해주었던 혁명의 희망으로부터 남는 것은 아무것도 없게 될 것이다. 그가 보여준 선례는 존중되지 않을 것이고 어느 누구도 그의 뒤를 따르지 않을 것이다. 심지어 미래의 세대들에게는 혐오의 대상이 될 수도 있었다. 그는 투쟁했고, 평생을 바쳐 일을 했지만 완전히 도로아미타불이 되어버렸다.

식사를 하는 내내 나는 술을 엄청 마셔댔고, 마침내 고주망태가 되고 말았다. 발레리는 약간 불안해하며 나를 지켜보았다. 살사 춤을 추는 무희들이 공연 준비를 했다. 그녀들은 주름치마와 울긋불긋한 가죽옷을 입고 있었다. 우리는 테라스에 자리를 잡았다. 나는 내가 장이브에게 하고 싶은 말이 무엇인지 대강 알고 있었다. 그것은 때를 제대로 잡은 것인가, 하는 것이었다. 그가 약간 당황해했지만 긴장이 풀려 있음이 느껴졌다. 나는 마지막으로 칵테일을 한 잔 주문하고 시가에 불을 붙인 다음 그에게로 몸을 돌렸다.

"정말 자네의 클럽과 호텔을 구할 수 있는 그런 새로운 프로그램을 찾고자 하는 건가?"

"물론이지. 그것 때문에 내가 여기에 온걸."

"섹스를 할 수 있는 클럽을 만들어봐. 사람들에게 부족한 것은 무엇보다 바로 그거야. 만일 휴가중에 짧은 로맨스라도 갖지 못하면, 불만스럽게 돌아갈걸. 감히 밖으로 소리내어 말은 못하지만, 그건 어쩌면 그들이 의식하고 있지 못해서인지도 몰라. 그렇지만 다음번에는 여행사를 바꿀 거야."

"섹스는 할 수 있잖아. 심지어 그렇게 하도록 부추기기 위해 모든 것이 이루어졌고, 그게 클럽들의 원칙이기도 해. 왜 사람들이 그걸 못하는지 난 전혀 모르겠는걸."

나는 손을 들어 그의 반론을 막았다. "나 역시 아무것도 몰라. 하지만 문제는 그게 아냐. 설령 그 현상에 어떤 의미가 있다손 치더라도 그 원인들을 찾아보고자 하는 것은 쓸데없는 일이야. 서양인들이 이제 함께 잠자리를 하지 못하게 된 것에는 분명 뭔가가 있겠지. 어쩌면 나르시시즘, 자의식, 성과주의와 관계가 있을지도 몰라. 하지만 상관없어. 어쨌건 스물다섯 살 혹은 서른 살부터 사람들은 새로운 성적 만남을 가지는 데에 무척 많은 어려움을 겪고 있어. 그러면서도 욕구는 느끼지. 그런 욕구는 사그라드는 데에 무척 오랜 시간이 걸려. 사람들은 그런 식으로 끊임없는 결핍의 상태에서 성인 연령의 거의 전부라 할 수 있는 삼십 년을 보내는 거야."

완전히 맛이 가기 전 알코올에 푹 절은 상태에서 간혹 날카로운 명석함의 순간들을 경험할 때가 있다. 서양에서 섹슈얼리티의 쇠퇴는 분명 집단적인 사회학적 현상이고, 그것을 어떠어떠한 개인적 심리 요인으로 설명하려 하는 것은 부질없는 짓이다. 그렇지만 나는 장이브를 흘깃 보면서 그가 내 논지에 완벽히 들어맞는다는 것을 깨달았고 거북하기까지 했다. 그건 단지 그가 더이상 섹스를 하지 않고 그런 시도를 할 시간이 없어서만이 아니라 심지어 섹스를 하고 싶다는 욕망을 이제는 정말 느끼지 않았고, 더욱이 자신의 몸에서 생명이 소진되어가는 것을 느끼며 죽음의 냄새를 맡고 있다는 사실 때문이었다. "그렇지만……" 그가 한참을 머뭇거린 후에 반박했다. "스와핑 클럽이 어느 정도 성공을 거두었다는 얘기를 들었어."

"아냐. 정말 그렇지 않아. 그건 날이 갈수록 잘 안 돼. 많은 클럽들이 문을 열었다가 이내 문을 닫아. 왜냐하면 고객이 없거든. 사실 파리에서 명맥을 유지하는 클럽은 딱 둘밖에 없어. '크리스와 마뉘' 그리고 '2+2'야. 그나마 그 둘도 토요일 저녁에만 꽉 들어차지. 인구 천만 명의 대도시에서 그건 아무것도 아냐. 그나마 90년대 초보다도 훨씬 손님이 줄었어. 스와핑 클럽이야 좋은 프로그램이지. 하지만 점점 더 유행에 처지고 있어. 사람들은 이제 무엇이건 교환하고 싶은 욕망도 안 느끼고, 또 그게 현대인의 멘탈리티에 맞지도 않거든. 내 생각에 오늘날 스와핑은 70년대 히치하이킹만큼의 생존 가능성밖에 가지고 있지 않아. 오늘날 정녕 무엇인가에 부합하는 유일한 행위가 있다면 그건 SM이야……" 바로 그 순간 발레리가 내게 당황스러운 눈길을 보내며 내 정강이를 걷어차기까지 했다. 놀라서 그녀를 바라보았고 왜

318

그랬는지 이유를 이해하는 데에 몇 초가 걸렸다. 물론, 절대 오드레 얘기는 꺼내지 않을 것이다. 나는 그녀에게 안심하라는 듯 고개를 까닥해 보였다. 장이브는 전혀 눈치채지 못했다.

나는 계속 이어 말했다. "그러니까 한편으로 당신에게는 원하는 것을 다 가진 수백만 명의 서양인들이 있어. 다만 성적 만족을 찾지 못하고 있다는 것만 빼고. 그들은 찾지, 끊임없이 추구하지. 그렇지만 그들은 아무것도 찾아내지 못해. 그로 인해 그들은 뼛속까지 불행해해. 다른 한편으로 당신에게는 수십억의 또다른 사람들이 있어. 가진 것은 아무것도 없고, 굶어 죽거나 어린 나이에 죽는. 불결한 환경 속에서 살며, 팔 것이라곤 오직 자신들의 육체, 손때 타지 않은 섹슈얼리티밖에 없는 사람들이야. 이상적인 교환이 될 수 있다는 걸 깨닫는 건 간단해, 정말 간단하다고. 거기서 벌어들일 수 있는 돈은 거의 상상을 불허해. 정보산업, 생명공학, 미디어산업들에서 벌 수 있는 것 이상이야. 거기에 비교가 될 만한 경제 부문은 전혀 없어."

장이브는 아무 대꾸도 하지 않았다. 그 순간 오케스트라가 첫 곡의 연주를 시작했다. 무희들은 예쁘고 모두 환한 미소를 띠고 있었고, 그녀들의 주름치마가 빙빙 돌며 구릿빛으로 그을린 엉덩이를 훤히 드러냈다. 그녀들은 놀라울 정도로 내가 한 말을 실제로 보여주고 있었다. 처음에는 그가 아무 말도 하지 않으리라,

그저 생각을 곱씹고 있으리라 생각했다. 그러나 채 오 분이 가기도 전에 그가 말을 꺼냈다.

"당신이 말한 그 시스템은 이슬람 국가들에서는 제대로 먹히지 않아……"

"문제없어. 그 나라들은 '엘도라도 대탐험' 프로그램에서 빼. 그리고 트래킹과 생태학 체험, 극한 체험과 같은 좀더 엄격한 프로그램을 짜서 '엘도라도 어드벤처'라고 이름을 붙이는 거야. 그러면 프랑스와 앵글로색슨 국가들에서 잘 팔릴 거야. 반대로 섹스 쪽을 지향하는 클럽들은 지중해 국가들과 독일에서 잘 굴러갈 거야."

이번에는 그가 환한 미소를 띠었다. "자넨 사업을 했어야 했는데……" 그가 반쯤은 진담으로 내게 말했다. "자넨 아이디어가 많으니까……"

"아이구, 아이디어라니……" 더이상 무희들을 구별할 수 없을 정도로 머리가 약간 어질어질했다. 그래서 칵테일 잔을 단숨에 비웠다. "내게 아이디어가 많다, 그럴 수도 있지. 하지만 난 기업 회계에 덤벼들거나 예산을 수립할 능력이 없어. 그러니까, 어휴, 내가 아이디어가 있어도……"

그날 밤 이후에 일어난 일은 잘 기억나지 않는다. 잠이 들어버

320

렸을 것이다. 눈을 떴을 때 나는 내 침대에 누워 있었다. 발레리
는 벌거벗은 채로 내 옆에 누워 고르게 숨을 쉬고 있었다. 담뱃
갑을 집느라 움직이는 바람에 그녀가 잠을 깼다.

"어젯밤, 상당히 취했던데……"

"그래, 그렇지만 장이브에게 한 말은 진담이야."

"나도 그가 그렇게 받아들였을 거라고 생각해……" 그녀가
손가락 끝으로 내 배를 쓰다듬었다. "게다가 난 당신 말이 맞다
고 생각해. 서양에서의 성 해방은 사실 끝났어."

"그 이유를 알아?"

"아니……" 그녀는 머뭇거리다가 말을 이었다. "아니, 속속들
이 정말로 알지는 못해."

나는 담배에 불을 붙이고 베개에 몸을 기댄 채 말했다. "빨아
줘." 그녀는 놀라 나를 바라보았지만 내 불알에 손을 얹고 입을
가져갔다. "그거야!" 나는 의기양양해서 소리쳤다. 그녀가 행동
을 멈추고 놀라 나를 보았다.

"봐. 내가 '빨아줘'라고 말하니까, 당신이 내 걸 빨아주잖아.
애초에 당신은 그럴 마음도 없었는데."

"그래, 그런 생각은 없었어. 그렇지만 나는 좋아."

"당신이 가진 놀라운 점이 바로 그거야. 당신은 사람을 기쁘게
하는 것을 좋아해. 자신의 육체를 즐거움을 주는 대상으로 제공

하는 것, 무상으로 쾌락을 주는 것, 서양인들이 더이상 하지 못하는 것이 바로 그거야. 그들은 준다는 것의 의미를 완전히 망각했어. 그러니 아무리 발버둥을 쳐보았자 소용없는 거야. 더이상 섹스를 자연스러운 것으로 받아들이지 못하거든. 포르노의 표준 수준에도 못 미치는 자신들의 육체가 부끄러워서 그런 것만은 아냐. 똑같은 이유로 타인의 육체에 대해서 더이상 아무 매력을 느끼지 못하기 때문이기도 하지. 어떤 포기, 적어도 일시적으로나마 어떤 의존상태, 연약한 상태를 받아들이지 않고서는 사랑을 나눈다는 것이 불가능해. 감정적 고조와 성적 강박도 근원은 같아. 모두 다 자신에 대한 부분적인 망각에서 오는 것이거든. 그건 자신을 잃어버리지 않고서 자아를 실현하는 그런 분야가 아냐. 우리들은 냉정해지고 합리적이 되고 지나치게 우리의 개인 존재와 권리를 의식하게 되었어. 무엇보다도 착란과 의존상태를 피하고자 하니까. 게다가 건강과 위생에 사로잡혀 있기도 해. 그런데 이런 것이 바로 사랑을 나누는 이상적인 조건이 전혀 아니거든. 현재 우리가 처해 있는 상태로 보아 서양에서 성의 직업화는 어쩔 수 없는 일이야. 물론 SM도 있지. 이건 정확한 규칙이 있고 합의가 선행되어 있는 순전히 지적인 세계야. 마조히스트들은 오로지 자신들의 감각에만 관심이 있어서 자신들이 어느 정도까지 고통스러울 수 있는가 알려고 해. 극한적인 스포츠를 하는 사람들과 조금 비슷해. 사디스트들은 또 달라. 그들 역시 어쨌건 가능한 한 멀리 가려고 하는데, 파괴하고 싶어하지. 만일 상처를 입히거나 죽여도 된다고 하면 그렇게 할 거야."

"다시 생각해보고 싶지도 않아. 정말 역겨워." 그녀는 몸서리를 치며 말했다.

"그건 당신이 성적이고 동물적인 모습으로 남아 있어서 그래. 사실 당신은 정상이야. 서양 여자들과는 전혀 닮지 않았거든. 규칙에 따라서 짜여진 SM은 오직 성에 대한 모든 매력을 상실한 깨인 사람들, 지적인 사람들에게만 해당되니까. 나머지 사람들에게 해결책은 이제 하나밖에 없어. 그건 직업여성들과 함께 섹스 용품을 사용하는 거지. 그리고 실제 섹스를 하고 싶다면 제3세계 나라들이 있지."

"좋아……" 그녀는 미소를 지으며 말했다. "아무튼 계속 빨아도 되지?"

나는 다시 베개 위에 몸을 누이며 그녀가 하자는 대로 나를 온전히 내맡겼다. 그 순간 나는 무엇의 근원에 있다고 어렴풋이 느끼고 있었다. 경제적인 차원에서는 내가 옳다고 확신한다. 적어도 서구 성인들의 80퍼센트는 잠재적인 고객층이라고 생각한다. 하지만 나는 이상하게도 사람들이란 때때로 그렇게 쉬운 생각들을 쉽게 받아들이지 못한다는 것을 알고 있다.

10

우리는 수영장 주위의 테라스에서 아침식사를 했다. 커피를 다 마셔갈 무렵 장이브가 지난밤 무희들 중 한 명과 자기 방에서 나오는 것이 눈에 띄었다. 다리가 길고 쭉 빠진 늘씬한 흑인 여자였는데, 아무리 해도 스무 살은 넘어 보이지 않았다. 그는 잠시 주춤하더니 어정쩡한 미소를 띠고 우리 테이블로 다가와 안헬리나를 소개했다.

"자네 아이디어를 곰곰 생각해보았어." 그가 대뜸 말을 꺼냈다. "내가 좀 두려워하는 것은 페미니스트들의 반응이야."

"고객들 중에는 여자들도 있을걸요." 발레리가 대꾸했다.

"그렇게 생각해?"

"그럼요. 장담할 수 있어요." 그녀는 약간 씁쓸하게 대답했다.

"주변을 둘러봐요."

그는 수영장 주변의 테이블들을 둘러보았다. 아닌 게 아니라 꽤 많은 수의 혼자 온 여자들이 쿠바 남자들과 함께 있었고, 거의 비슷한 수의 혼자 온 남자들도 같은 처지였다. 그는 스페인어로 안헬리나에게 질문을 던지고 그녀의 대답을 우리에게 통역해주었다.

"자기가 히네테라*로 일한 지 삼 년째인데, 주로 이탈리아와 스페인 고객을 상대로 한다는군. 자신이 흑인이기 때문에 그렇다고 생각한대. 독일인이나 앵글로색슨인들은 라틴계 타입으로 만족한다나. 그 사람들에겐 충분히 이국적이니까. 히네테로** 친구들이 많은데, 걔네들 손님은 주로 영국인과 미국인이고, 독일인도 몇몇 있다고 하는군."

그는 커피를 한 모금 마시고 잠시 생각에 잠겼다.

"클럽 이름을 뭐라고 할까? '엘도라도 어드벤처'와는 분명히 다르면서도 뭔가 연상시키는 것, 그러면서도 너무 노골적이지 않은 것이어야 하는데."

"난 '엘도라도 아프로디테'가 어떨까 하고 생각했는데요." 발

---

* 여자 매춘부.
** 남자 매춘부.

레리가 말을 꺼냈다.

"'아프로디테'라……" 그는 생각에 잠긴 채 그 이름을 되풀이했다. "나쁘지 않군. '비너스'보다 덜 천박하면서 에로틱하고 교양도 있고 또 약간 이국적이고. 그래 그게 좋겠어."

한 시간 후 우리는 과르달라바카를 향해 출발했다. 소형 승합차 몇 미터 앞에서 장이브는 그 매춘부에게 작별 인사를 했다. 그는 조금은 슬퍼하는 눈치였다. 그가 차에 올라탔을 때, 학생 커플이 그에게 적의에 찬 시선을 던지는 것이 눈에 띄었다. 반대로 와인 중개상은 전혀 개의치 않는다는 투였다.

돌아와서의 생활은 꽤나 단조로웠다. 물론 스킨스쿠버, 가라오케 파티, 양궁 등의 프로그램이 남아 있었다. 근육은 피로해지고 그러고 나면 이완되고 또 잠도 잘 오는 법이다. 체류 기간의 마지막 날들이나 마지막 관광에 대해 기억나는 것은 정말 없다. 다만 바닷가재 요리가 고무처럼 질겼다는 것과 묘지 풍경이 실망스러웠다는 것만 빼고. 하지만 쿠바의 국부國父이자 시인이며, 정치가이자 논객이고 동시에 사상가인 호세 마르티의 묘가 있었다. 콧수염을 기른 그의 모습이 부조로 표현되어 있었다. 꽃에 뒤덮인 그의 관은 둥근 묘혈 속에 놓여 있었고, 묘혈 내벽에는 가장 유명한 그의 사상들, 즉 독립, 독재에 대한 항거, 정의감에 관한 글이 새겨져 있었다. 그렇다고 해서 그의 정신이 그 장소에 숨결을 불어넣고 있다는 느낌은 받지 못했다. 결국 그 가엾은 사람은 그저 별 볼 일 없이 죽은 것 같았다. 사실 죽은 사람은 반감을 사는 사람은 아니었다. 오히려 약간 편협한 그의 휴머니스트적 진지함을 비꼬는 한이 있더라도, 그를 만나보고 싶은 마음까지 들었다. 그렇지만 그가 영원히 과거 속에 갇혀 있는 것처럼 보이므로 그건 불가능한 일이었다. 그가 또다시 일어나 조국에 활기를 불어넣고 새로이 발전한 인간 정신으로 이끌고 나갈 수 있을까? 그런 것은 상상이 가지 않았다. 요컨대 다른 곳의 모든 공화주의자들 묘지와 마찬가지로 그의 실패는 슬픈 느낌을 불러일으키고 있었다. 그렇지만 가톨릭 신자들만이 유일하게 장례식 절차를 제대로 치를 줄 안다는 것을 확인하는 것은 짜증나는 일이다. 사실 죽음을 장엄하고 감동적으로 만들기 위해 그들이 사용하는 방법은 그런 식의 논리를 덧붙여서 오로지 죽음을 부정하는 것이다. 그렇지만 부활한 예수 대신 요정들과 애인들과 통통한 엉덩이가 있어야 했다. 이런 식으로는 그 불쌍한 호세 마르티가 저승의 초원에서 노닥거리는 모습을 전혀 상상할 수 없을 테니까. 오히려 영원한 권태의 잿더미 아래 파묻혀버린 느낌을 줄 뿐이다.

도착한 다음날 우리는 장이브의 사무실에 다시 모였다. 비행기에서는 거의 잠을 자지 않았다. 그래서 그날 사람도 별로 없는 거대한 건물 속, 유쾌하고도 상당히 기이한 환상의 세계 같은 분위기가 기억이 난다. 그곳에선 주중에 삼천 명의 사람들이 일을 한다. 하지만 그 토요일 날에는 경비팀을 빼면 우리 셋뿐이었다. 그곳에서 아주 가까운 에브리 상가의 타일이 깔린 도로 위에서는, 서로 앙숙인 두 패거리가 절단기와 야구 방망이와 황산이 든 병을 들고 맞붙었다. 그날 저녁 사망자가 일곱 명 발생했으며, 그중 두 명은 행인이고 한 명은 기동대원이라는 사실이 밝혀지게 된다. 그리고 전국의 모든 라디오와 텔레비전에서 그 사건을 크게 다루게 된다. 하지만 당시 우리는 아무것도 모르고 있었다. 약간은 비현실적인 흥분상태에 빠져 세계 전체를 분할하는 프로그램의 기본 방침을 세우고 있었다. 내가 내놓은 제안들은 어쩌면 수백만 프랑을 투자하거나 또는 수백 명의 사람을 고용하는 결과를 가져올 것이었다. 내게는 새롭고도 꽤나 엄청난 계획이었다. 오후 내내 난 약간 들떠 있었지만, 장이브는 주의깊게 내 말을 들었다. 나중에 그가 발레리에게 털어놓은 바에 따르면 만일 내 목에 굴레를 채우면 불꽃이 튈 수도 있었을 거라 했다. 아무튼 나는 참신한 보고서를 제출했고 남은 것은 결정권자의 결정이라고 그는 보고 있었다.

아랍권 국가들이 가장 빨리 해결되었다. 말도 안 되는 그들의 종교를 고려할 때 모든 성적인 행위들은 배제된 것으로 보였다. 따라서 그런 나라들을 택하는 관광객들은 모험이라고 하는 모호한 즐거움들로 만족해야 할 것이다. 어쨌건 장이브는 적자가 너무 많이 나는 아가디르, 모나스티르 그리고 제르바를 되팔기로 결정했다. 그러면 두 곳의 행선지가 남는데 그곳들은 '어드벤처'라는 항목으로 그럭저럭 분류될 수 있었다. 마라케시를 찾는 휴가객들은 낙타를 좀 타보게 될 것이다. 샤름 엘 셰이크를 찾는 사람들은 금붕어를 관찰하거나, 또는 삼 년 전 펠루카 선을 타고 왕들의 계곡을 한 바퀴 돌 때 만났던 한 이집트 사람이 풍부한 이미지로 표현한 바와 같이, 모세가 '왕창 열 받았던' 시나이의 타오르는 덤불숲을 관광할 수 있을 것이다. "물론이죠!" 그는 과장하며 탄사를 토했었다. "저기 자갈들이 엄청나게 쌓여 있죠…… 하지만 저런 것으로부터 유일신이 존재한다는 결론을 이끌어내다니!……" 똑똑하고 종종 꽤나 웃기는 그 사람은 내게 호감을 품은 듯 보였다. 아마도 그 무리 중에서 프랑스 사람이라고는 나 혼자뿐이고 또 문화적이거나 감상적인 또다른 알 수 없는 이유들로 해서 사실상 이론적이 되어버린 프랑스에 대한 열정을 키우고 있었기 때문이었을 것이다. 내게 말을 붙임으로써 그는 말 그대로 내 휴가를 구원해주었다. 나이는 오십대이고 햇빛에 그을린 얼굴에 언제나 말끔한 차림을 한 그는 짧은 콧수염을 기르고 있었다. 그는 대학에서 생화학을 전공하고 학부를 마칠 무렵 영국으로 건너가 유전자 공학 부문에서 눈부신 성공을 거두었다. 자신이 순수한 애정을 간직하고 있다고 주장하는 조국을 방문한 그는 반대로 이슬람을 규탄할 만한 심한 말을 하지는 않았다. 그는 무엇보다 내게 이집트 사람들은 아랍인이 아니라는 것을 설득하려 들었다. 그는 과장된 몸짓으로 나일 계곡을 가리키며 찬사를 퍼부었다. "이 나라가 모든 것을 발명했다는 생각만 하면!…… 건축학, 천문학, 수학, 농업, 의학…… (약간 과장하고 있었지만 그는 동방 사람이었고, 그래서 나를 재빨리 설득할 필요를 느끼고 있었다.) 이슬람이 나타나고 나서는 더이상 아무것도 발명한 것이 없어요. 전적인 지성의 무無, 완전한 공백이죠. 우리나라는 이가 들끓는 거지들의 나라가 되어버렸죠. 이가 득시글거리는 거지들, 그게 현재 우리의 모습이랍니다. 망할 녀석들, 망할 놈들!…… (그는 분개한 몸짓으로 푼돈을 구걸하러 모여든 조무래기들을 쫓아버렸다.) 셰르 무시외(그는 프랑스어, 독일어, 영어, 스페인어, 러시아어 등 5개국어를 유창하게 구사했다), 이슬람이 전갈, 낙타, 온갖 종류의 맹수들이 우글거리는 사막 한가운데에서 태어났다는 것을 기억하셔야 합니다. 내가 이슬람교도들을 뭐라고 부르는지 아십니까? 사하라사막의 한

심한 놈들이라고 부릅니다. 어울리는 이름이라고는 딱 그거 하나입니다. 이슬람이 이처럼 찬란한 지방에서 태어날 수 있었으리라 생각하세요? (그는 다시 나일 계곡을 가리키며 진심을 담아 말했다.) 천만에요, 무시외. 이슬람은 멍청한 사막, 그저 할 일이라고는—용서하세요, 무시외—낙타 후장이나 치는 것밖에 없는 너저분한 베두인들 사이에서나 태어날 수 있는 것이죠. 종교라는 것이 일신론에 가까워지면 가까워질수록—생각해보세요, 셰르 무시외—점점 더 비인간적이고 잔인해집니다. 그런데 이슬람은 모든 종교들 가운데에서 가장 철저한 일신론을 강요하고 있어요. 애당초 탄생부터가 끊임없는 침략 전쟁과 학살의 연속으로 두드러졌죠. 이 종교가 존재하는 한 화합이란 결코 이 세상에 있을 수가 없어요. 마찬가지로 이슬람의 땅에서는 지성이나 재능이 발붙일 수도 없지요. 만일 수학자들이나 시인들, 아랍인 학자들이 있었다면 그건 단지 그들이 신앙심을 잃었기 때문이랍니다. 코란을 읽어보면 벌써 그 책을 특징짓는 동어 반복의 유감스러운 분위기에 놀라지 않을 수 없습니다. '유일신 이외의 다른 신은 없다' 뭐 이런 것이죠. 인정하시겠지만 그래가지고는 더 멀리 나아갈 수가 없어요. 때때로 그런 주장도 하지만 일신론으로의 이행은 추상화하고자 하는 노력이기는커녕 그저 우둔화로 향하는 열정에 지나지 않습니다. 내가 존경해마지않는 섬세한 종교이자 인간의 본성에 무엇이 적합한가를 알고 있는 종교인 가톨릭은 애초의 교리가 강요하던 일신론에서 재빨리 멀어져갔습니다. 삼위일체의 교리, 성모와 성자들에 대한 숭배, 지옥의 세력이 갖는 역할을 인정하고 천사라는 존재를 멋지게 만들어내면서 가톨릭은 차츰차츰 진정한 다신교를 구축해간 겁니다. 바로 그랬기 때문에 가톨릭이 무수한 예술적 광휘로 세상을 뒤덮을 수 있었죠. 유일신이라니! 그 얼마나 어리석은 일입니까! 비인간적이고 살인적인 그 어리석음이라니!…… 셰르 무시외, 그 신은 무정한 신이자 피를 좋아하고 시기심이 많은 신으로 결코 시나이 반도를 넘지 말았어야 했습니다. 생각해보면 우리 이집트 종교는 그보다 얼마나 더 심오하고 더 인간적이고 더 지혜로운지 모릅니다…… 그리고 우리 여자들도요! 우리 여자들은 얼마나 아름다웠는지! 위대한 카이사르로 하여금 홀딱 반하게 한 클레오파트라를 생각해보십시오. 그런데 오늘날 남아 있는 것을 보세요…… (그는 그때 마침 베일을 쓴 채 짐꾸러미를 들고 힘겹게 걸음을 옮기던 두 여자를 가리켰다.) 살덩어리죠. 거적때기 아래 감추어진 형태 모를 거대한 비곗덩어리랍니다. 결혼을 했다 하면 그저 먹는 것만 생각하죠. 먹고, 처먹고, 또 처먹고!…… (그의 얼굴은 마치 드 퓌네스*처럼 풍부한 표정 흉내로 부풀어올랐다.) 아뇨, 제 말을 믿으세요, 셰르 무시외. 사막은 정신이상자와 멍청이밖에 만들어내지 못합니다. 내가 감탄해마지않고 또한 존경하는 당신네 서양의 고귀한 문화 속에서 사막에 매혹되었던 사람들 이름을 대실 수 있나요? 오로지 호모, 협잡꾼에 악당들뿐입니다. 그 로렌스 대령도 퇴폐적인 동성애자이면서 비장한 척 폼 잡는 웃기는 작자죠. 당신네 그 비열한 앙리 드 몽프레도 마찬가지죠. 온갖 협잡을 일삼으며 사기를 치면서도 양심의 가책은 전혀 없으니까요. 위대하고 고결하고 관대하고 성스러운 것은 전혀 없습니다. 인류를 진보시킬 것도, 또 인류로 하여금 스스로를 극복하게 할 것도 전혀 없지요."

"좋아. 이집트는 '어드벤처'에 넣기로 하지……" 장이브는 딱 잘라 결론을 지었다. 그는 내 말을 끊은 것을 사과했고 그러나 케냐의 클럽을 다루어야 한다고 했다. 어려운 문제였다. "나 같으면 '어드벤처'에 넣고 싶은데……" 그가 차트를 살펴보고 난 후 제안했다.

"유감인걸요……" 발레리가 한숨을 내쉬었다. "케냐 여자들이 괜찮거든."

"당신이 그건 어떻게 알아?"

---

* 루이 드 퓌네스. 프랑스 배우로 극단적인 성격에 흥분하는 역할을 도맡았다.

"케냐만 그런 게 아니라 아프리카 전체가 그래요."

"맞아. 하지만 여자라면 사방에 널렸잖아. 케냐라면 그래도 코뿔소도 있고, 얼룩말도 있고, 누도 있고 코끼리와 물소도 있는데. 내 제안은 세네갈과 코트디부아르를 '아프로디테'에 넣고 케냐는 '어드벤처'에 놓아두자는 거야. 게다가 그곳은 옛날 영국 식민지니까 에로틱한 이미지에는 어울리지 않아. '어드벤처'라면 몰라도."

"코트디부아르 여자들에게선 좋은 냄새가 나……" 나는 꿈을 꾸는 듯 그렇게 지적했다.

"무슨 말을 하고 싶은 거야?"

"섹스 냄새가 나거든."

"그래……" 그는 기계적으로 사인펜을 물어뜯었다. "그러면 클럽을 하나 지을 수도 있겠군. '코트디부아르, 향그러운 해안'이런 식으로 말이야. 땀에 젖고, 약간 헝클어진 머리카락에 허리에 단출한 옷을 두른 여자와 함께. 적어두어야겠군."

"'그리고 체취를 물씬 풍기는 벌거벗은 노예들'도…… 보들레르는 누구나 다 아니까."

"그건 안 될걸."

"알고 있어."

다른 아프리카 국가들은 별문제가 없었다. "그런데 아프리카 사람들이라면 전혀 문제가 없어. 심지어 공짜로도 몸을 대주거든. 임산부들까지도. 클럽에서는 그저 콘돔만 사용하면 돼. 그런 점에서 보면 클럽들이 좀 고집불통이야" 하고 장이브가 말했다. 그는 수첩에 쓴 '콘돔 구비'라는 말에 두 번이나 밑줄을 그었다.

테네리페 섬의 경우는 시간이 훨씬 덜 걸렸다. 그 행선지에서는 이미 평균 정도의 결과가 나오고 있었지만, 장이브의 말에 의하면 앵글로색슨 시장의 요충지라고 했다. 우리는 테이데 산 정상 등정과 란자로테에서의 수상스키를 가지고 그럭저럭 쓸 만한 어드벤처 프로그램을 꾸며낼 수 있었다. 호텔시설은 제대로 되어 있었고 신뢰할 만했다.

다음으로 계열사에서 가장 중요한 에이스가 될 두 개의 클럽을 다루었다. 산토 도밍고에 위치한 보카치카와 쿠바에 있는 과르달라바카였다. "킹사이즈 침대를 준비해야겠는데요……" 발레리가 제안했다. "맞아." 말이 떨어지자마자 장이브가 동의했다. "스위트룸에 개인용 기포 욕조도……" 내 제안에 그가 딱 잘라 말했다. "그건 안 돼. 그저 중간쯤만 하자고." 모든 것이 망설임이나 의혹 없이 자연스럽게 진행되어가고 있었다. 지역 매춘 요금을 표준화하기 위해서는 빌리지 대표들을 만나야만 할 것이다.

우리는 잠시 짬을 내 식사를 하러 갔다. 같은 시각, 1킬로미터도 채 떨어지지 않은 곳에서는 쿠르틸리에르 주택단지의 두 청소년이 야구방망이로 육십대 노파의 머리를 후려쳤다. 전채 요리로 나는 화이트 와인에 절인 고등어를 먹었다.

"태국에 대해서는 뭐 생각해둔 게 있어?" 내가 물었다.

"그래. 끄라비에 호텔을 신축중이야. 푸껫 다음으로 인기 있는 새로운 행선지지. 1월 1일에는 손님 받을 준비가 될 수 있도록 공사에 박차를 가할 수 있을 거야. 화려하게 오프닝을 하는 것도 좋겠지."

우리는 오후 내내 아프로디테 클럽들의 여러 가지 새로운 면모를 개발했다. 자연스럽게 논의의 핵심은 지역의 매춘부와 매춘남들의 접근을 허용하는 것이 되었다. 물론 아이들을 수용하는 시설을 고려하는 것은 결코 생각할 수 없었다. 분명 최상의 방법은 아예 열여섯 살 미만은 클럽에 입장을 시키지 않는 것이었다. 발레리가 제안한 기발한 아이디어는 1인용 객실 요금을 기본 객실료로 써놓고 커플이 함께 사용하는 객실에는 10퍼센트의 할인 요금을 적용하자는 것이었다. 요컨대 일반적인 요금 제시 방식을 뒤집는 것이다. 게이 프렌들리 정책을 전면에 내세우고, 클럽을 출입하는 동성애자의 비율이 20퍼센트까지 오르고 있다는 소문을 내자고 한 사람은 나였다. 동성애자들이 오게 하려면 대체로 그런 종류의 정보만 주어도 충분했다. 어떤 장소에 섹스 분위기를 고착시키는 데에는 그들이 의기투합하곤 했다. 광고캠 페인의 기본 슬로건을 어떻게 잡느냐는 문제 때문에 시간이 많 이 걸렸다. 장이브가 기본적이면서도 효과적인 문구를 찾아냈 다. '즐거움을 누리기 위한 바캉스.' 그러나 투표로 이긴 사람은 나였다. '엘도라도 아프로디테, 이제 쾌락의 권리는 그대의 것' 이 내 문구였다. 코소보 사태에 북대서양조약기구가 개입하면서 권리라는 개념이 다시금 의미를 지니게 되었다고 장이브가 내게 어정쩡한 어조로 설명했다. 그러나 그는 진지했고, 『전략』이라는 잡지에서 그 점에 관한 기사를 막 읽은 참이었다. 권리라는 주제 를 기초로 한 최근의 모든 캠페인들이 다 성공했었다. 혁신을 이 룰 권리, 남들보다 뛰어날 수 있을 권리 등…… 그가 서글픈 어 조로 결론을 내렸다. 쾌락의 권리가 새로운 테마라고. 사실 우리 는 약간 피로를 느끼기 시작했다. 그는 우리를 '2+2' 클럽 앞에 내려주고 집으로 돌아갔다. 토요일 저녁이어서 그런지 꽤 많은 사람들로 붐비고 있었다. 우리는 상냥한 흑인 커플과 인사를 나 누었다. 여자는 간호사였고, 남자는 재즈 드러머였다. 남자는 잘 나가고 있었고, 정기적으로 음반을 녹음한다고 했다. 그가 테크 닉 연마에 열심이며 사실 끊임없이 연습하고 있다는 것을 말해 두어야겠다. "비밀이란 없지요……" 나는 좀 멍청한 말을 했지만 이상하게도 그는 수긍했고, 그로 인해 나는 원치도 않았던 심오한 진리에 이르게 되었다. "비밀이 없다는 게 비밀이죠." 그는 확신에 차서 내 말을 되풀이했다. 술잔을 비우고 나서 우리는 방으로 향했다. 그는 발레리에게 둘을 한꺼번에 상대할 것을 제안했다. 그녀는 애널 섹스를 하는 사람이 나라면 좋다고 했다. 아주 부드럽게 해야 하는데 내가 더 익숙하기 때문이란다. 제롬이 응낙하고 침대에 누웠다. 니콜이 그의 성기를 위아래로 문지르자 그가 발기했고, 그녀가 그 위에 콘돔을 씌웠다. 나는 발레리의 치마를 허리까지 걷어올렸다. 속에 아무것도 걸친 것이 없었다. 그녀는 단번에 제롬의 성기를 움켜쥐고 그의 위로 엎드렸다. 나는 그녀의 엉덩이를 벌리고 가볍게 쓰다듬은 후 조심스럽게 조금씩 그녀의 항문으로 파고들었다. 귀두가 완전히 들어간 순간 나는 그녀의 항문 근육이 수축하는 것을 느꼈다. 대번에 몸이 굳어졌고 깊이 숨을 들이켰다. 하마터면 사정을 할 뻔한 것이다. 몇 초가 지난 후 나는 더 깊이 몸을 집어넣었다. 반쯤 몸을 빼자 그녀는 자신의 음부를 제롬의 성기에 비벼대며 앞뒤로 몸을 움직였다. 나는 할 일이 없었다. 그녀가 변조된 긴 신음 소리를 지르기 시작하자 항문이 벌어졌고, 나는 내 뿌리까지 그녀의 몸속에 집어넣었다. 마치 비탈면을 미끄러져내리듯 그녀의 절정은 이상하게도 빨리 찾아왔다. 그녀는 행복한 표정으로 헐떡거리며 미동도 하지 않았다. 그녀는 잠시 후 내게 설명하길 조금 전의 섹스가 반드시 더 강렬한 것은 아니었다고 했다. 그렇지만 모든 것이 잘되어가고 있을 때 어느 한순간 두 가지 감각이 서로 뒤섞이더니 매우 부드럽고도 거부할 수 없는 열기 같은 것이 온몸에서 느껴졌다고 했다.

니콜은 우리 모습을 보며 계속 자위를 하고 있었고 흥분이 고조되자 재빨리 발레리의 자리를 대신했다. 내게는 콘돔을 갈아 끼울 시간밖에 없었다. "나와 함께하면 끝까지 갈 수 있어요. 나는 강하게 박는 것을 좋아하거든요." 그녀가 내 귀에 대고 말했다. 나는 그녀의 말대로 눈을 감아 흥분의 절정을 피하고 순수한 감각에 집중하려고 했다. 일이 쉽게 이루어졌기 때문에 나는 나 자신의 지구력에 만족스럽고 놀라웠다. 그녀 역시 쉰 목소리로 요란한 비명을 지르며 곧 절정에 도달했다.

제롬과 내가 이야기를 나누는 사이에 니콜과 발레리는 무릎을 꿇고 우리를 빨아주었다. 제롬은 내게 아직도 순회공연을 다니지만 예전보다는 상황이 덜 좋다고 설명했다. 나이를 먹어가면서 그는 집에 머물러 가족을 돌보고―그들에게는 자녀가 둘 있었다―혼자 드럼을 치고 싶은 욕구가 점차 커져가는 것을 느끼고 있었다. 그러고 나서 그는 내게 삼분의 사 박자와 구분의 칠 박자의 새로운 리듬 체계에 관한 말을 했지만 솔직히 나는 별로 이해한 바가 없었다. 이야기하는 도중 그가 갑자기 놀람에 찬 신음을 내질렀고 눈동자가 뒤집혔다. 대번에 절정에 올라 발레리의 입안에 세차게 사정을 한 것이었다. "아, 뻑이 가는군. 제대로 뻑 갔다고." 그가 반쯤 웃으며 말했다. 나 역시 더이상 오래 버틸 수 없었다. 니콜의 넓고 미끌거리는 부드러운 혀는 매우 특별했기 때문이었다. 그녀가 천천히 핥아올라가는 속도는 완만했지만 거의 견딜 수 없을 지경이었다. 나는 발레리에게 오라는 손짓을 하고는 니콜에게 내가 원하는 것을 말해주었다. 발레리가 내 성기를 애무하며 고환을 핥는 동안, 내 귀두를 입술로 감싸고 혀를 얹은 채 꼼짝하지 않고 그대로 있어달라고. 그녀는 그러마고 하며 눈을 감은 채 내가 사정하기를 기다렸다. 발레리가 즉시 행동에 옮겼다. 그녀의 힘차고 신경질적인 손가락은 또다시 기력을 회복한 것 같았다. 나는 최대한 팔다리를 벌리고 눈을 감았다. 감각이 마치 번갯불 번득이듯 단속적으로 갑작스럽게 상승했고 마침내 폭발하여, 나는 니콜의 입안에 사정했다. 잠시 쇼크에 가까운 상태에 빠졌다. 감긴 눈꺼풀 뒤로 불빛들이 번득였고 잠시 후 내가 실신 직전까지 갔다는 사실을 깨달았다. 나는 힘겹게 눈을 떴다. 니콜은 여전히 내 성기 끝을 입에 물고 있었다. 발레리가 내 목에 팔을 두른 채 감동 어린 신비스러운 눈빛으로 날 바라보았다. 그녀는 내가 아주 큰 소리를 내질렀다고 했다.

잠시 후 그들은 우리와 함께 나섰다. 차 안에서 니콜은 다시 흥분을 느꼈다. 코르셋 밖으로 젖가슴을 내놓고 치마를 걷어올리더니 뒷좌석 시트에 누워 내 허벅지 위에 머리를 올려놓았다. 나는 의기양양해져 서두르지 않고 그녀의 음부를 쓰다듬었다. 그녀의 감각을 잘 조절했기에 그녀의 유방이 딱딱해지고 음부가 축축해지는 것을 느꼈다. 그녀의 성기에서 풍기는 냄새가 차 안을 가득 채웠다. 제롬은 조심스럽게 운전했고 빨간불이 들어오면 차를 세우곤 했다. 창밖으로 콩코르드 광장의 불빛, 오벨리스크 그리고 이어서 알렉상드르 3세 다리와 앵발리드가 눈에 들어왔다. 기분 좋고 편안한 느낌이었으나 아직은 약간의 활력이 남아 있었다. 플라스 디탈리에 거의 이르렀을 때 그녀는 절정에 도달했다. 우리는 전화번호를 교환한 후 헤어졌다.

한편 장이브는 우리와 헤어진 후 어렴풋이 슬픔이 밀려오는 것을 느끼고 레퓌블리크 광장에 차를 세웠다. 하루 동안의 흥분은 이미 가라앉았다. 그는 오드레가 없으리라는 것을 알고 있었지만 솔직히 말해 차라리 없는 것이 더 기뻤다. 다음날 아침 잠시 그녀와 마주칠 것이고 그녀는 곧 롤러스케이트를 타러 갈 것이다. 휴가에서 돌아온 이후 그들은 각방을 쓰고 있었다.

돌아가서 뭐하나? 그는 시트에 몸을 파묻고 라디오방송국을 찾아볼까 생각하다 그만두었다. 사내아이들과 여자아이들이 무리를 지어 대로 위를 지나가고 있었다. 즐거워하는 기색이었고, 고함을 질러대기도 했다. 몇몇은 맥주 캔을 들고 있었다. 그는 차에서 내려 그들과 뒤섞여 어쩌면 싸움박질이라도 벌일 수 있었으리라. 하지만 종국에는 집으로 돌아갈 것이다. 어떤 의미에서 그는 딸을 사랑했고, 적어도 그렇다고 생각하고 있었다. 딸에 대해서는 무엇인가 끈끈하고 또 말 그대로 피붙이 같다고 느끼고 있었다. 아들에 대해서는 그런 것이 전혀 느껴지지 않았다. 알고 보면 자신의 자식이 아닐 수도 있었다. 오드레에 대해 별로 아는 것이 없는 상태에서 결혼했었기 때문이다. 아무튼 그녀에 대해 남은 것이라고는 경멸감과 역겨움뿐이었다. 너무도 역겨워 차라리 그녀에 대해 무관심해졌으면 했다. 어쩌면 그런 무관심의 상태에 도달하는 것이 이혼하기 위해 그가 기다리고 있는 것인지도 모른다. 그렇게 됐을 때 그녀가 대가를 치러야 한다는 생각이 아직은 너무 강했다. 그러다 오히려 내가 그 대가를 치르고 말걸, 하고 문득 씁쓸한 생각이 들었다. 자신이 아이들을 맡겠다고 그 문제를 놓고 싸우려 나서지 않는다면 그녀가 아이들을 맡게 될 것이고, 그렇게 되면 자신은 많은 액수의 양육비를 물어야 할 것이다. 하지만 아니야, 그럴 필요 없어, 라고 그는 결론을 내렸다. 앙젤리크에게는 안된 일이다. 혼자 있으면 더 편할 것이고 팔자를 고치려는 시도, 일테면 어찌해서든 다른 여자를 찾는 시도를 할 수 있을 것이다. 애새끼 두 명에게 매여 옴짝달싹하지 못할 그녀가, 그 빌어먹을 여자가 더 힘들겠지. 더 나쁜 상황을 찾아내기도 힘들고, 또 결국에는 이혼으로 고통을 겪는 것은 그녀일 거라는 생각으로 그는 마음의 위안을 삼았다. 처음 만났을 때만큼 그녀는 이미 아름답지도 않았다. 기품 있어 보이고 또 유행 따라 옷을 입고 다니기는 하지만 그녀의 육체를 이미 알아버린 그는 그녀가 이미 사양길에 접어들고 있다는 것을 알고 있었다. 게다가 변호사라는 그녀의 직업도 그녀가 말하는 것만큼 화려한 것과는 거리가 멀었다. 게다가 애들을 돌보다보면 그 일도 제대로 되어가지 않으리라는 것을 예감할 수 있었다. 사람들은 자식을 마치 쇠공처럼, 아주 사소한 움직임마저도 구속하는 끔찍한 짐짝처럼 끌고 다니는데, 결국 대부분은 그 짐이 실제로 사람들을 죽이고 만다. 자신은 뒤늦게, 그런 것에 완전히 무관심하게 되는 순간에 복수에 나서리라고 생각했다. 인적이 끊어진 거리의 버팀벽에 몇 분 더 주차해 있는 동안 그는 무관심한 태도를 연습했다.

아파트 현관에 들어서자마자 근심거리는 대번에 자신에게로 떨어졌다. 보모인 조아나가 소파에서 뒹굴며 MTV를 보고 있었던 것이다. 그는 사춘기를 앞둔 이 맹하고 터무니없이 쾌활한 아

이를 증오했다. 볼 때마다 따귀라도 갈겨, 삐죽 튀어나오고 무감
각한 그 더러운 아가리 모양까지 바꾸어놓고 싶은 마음이 굴뚝
같았다. 그애는 오드레 친구의 딸이었다.

"잘 지냈냐?" 그가 큰 소리로 묻자, 아이는 시큰둥하게 그렇다
고 했다. "소리 좀 낮출 수 없니?" 그녀는 눈으로 리모컨을 찾았
다. 화가 치민 그는 텔레비전을 꺼버렸다. 그러자 아이는 그에게
모욕당한 시선을 던졌다.

"애들은 잘 보살폈어?" 아파트 내에 이제는 아무 소리도 들리
지 않았지만 그는 여전히 고함을 질러댔다.

"예, 자는 것 같아요." 아이는 약간 겁을 집어먹은 듯 몸을 움
츠렸다.

그는 2층으로 올라가 아들 방 문을 열었다. 니콜라는 멀뚱멀뚱
한 시선을 주고 나선 다시 툼 레이더 게임에 몰두했다. 앙젤리크
는 주먹을 꼭 쥔 채 자고 있었다. 그는 마음을 약간 가라앉히고
다시 아래층으로 내려갔다.

"애 목욕은 시켰니?"

"이런, 아뇨. 까먹었어요."

그는 부엌으로 건너가 물을 한 잔 들이켰다. 손이 부들부들 떨
렸다. 작업대 위에 망치 하나가 놓여 있는 것이 눈에 띄었다. 조
아나에게 따귀를 갈기는 것 정도로는 성이 차지 않을 것이다. 좋

기로는 망치로 머리통을 박살내는 것이리라. 그는 잠시 그런 생각에 잠겼다. 머릿속에서 걷잡을 수 없는 여러 가지 생각이 빠르게 교차했다. 현관에서 그는 자신이 망치를 손에 들고 있는 것을 깨닫고 깜짝 놀랐다. 망치를 낮은 탁자 위에 놓아두고 그는 지갑을 뒤져 보모에게 줄 택시비를 꺼냈다. 아이는 고맙다는 말을 우물거리며 돈을 받았다. 그는 주체할 수 없는 격한 몸짓으로 그녀의 등뒤로 문을 쾅 하고 닫았다. 문소리에 아파트 전체가 울렸다. 그의 삶 속에 정말이지 제대로 풀려가지 않는 무엇인가가 있었다. 거실에 있는 술 진열장이 텅 비어 있었다. 오드레는 이제 이런 것까지도 제대로 챙기지 못한다. 그녀를 생각하자 격한 증오심이 솟아올랐고, 그 증오의 강도에 자신도 놀라고 말았다. 부엌에서 그는 마개를 딴 럼주 병을 찾아냈다. 그래, 이것으로 되겠지. 자신의 방으로 건너가 그는 인터넷을 통해 만났던 세 명의 여자에게 연속적으로 전화를 걸었다. 그러나 매번 들리는 것은 자동 응답기 돌아가는 소리였다. 분명 외출하여 그들 나름대로 섹스를 즐기고 있을 것이다. 그 여자들이 섹시하고 상냥하며 또한 유행을 잘 따르는 것은 사실이다. 그러나 하루 저녁 만나는 데에 그래도 이천 프랑씩은 들기 때문에 종국에 가서는 점점 굴욕감이 들게 되었다. 어쩌다 이 지경에 이르게 되었던 것일까? 외출하여 친구들도 사귀고 일에는 신경을 좀 덜 써야만 했었다.

그는 아프로디테 클럽을 다시 머리에 떠올렸고, 그제서야 처음으로 그 아이디어가 자신이 속한 위계에서는 잘 통하기 힘드리라는 것을 깨달았다. 섹스 관광에 대해 꽤나 부정적인 사고가 지금 이 순간 프랑스에 자리잡고 있었기 때문이다. 분명 그 프로젝트를 완화된 버전으로 르갱에게 제출해볼 수도 있을 것이다. 하지만 에스피탈리에는 속아넘어가지 않을 것이고, 나 자신이 위험한 간계를 꾸미고 있다고 느낄 것이다. 어쨌든 그들이 선택권을 가지고 있는가? 중간 간부급인 그들의 지위는 클럽 메드에서 아무 의미도 없었고, 그들에게 그런 사실을 드러내 보여줄 자신도 있었다. 책상 서랍들을 뒤지다가 그는 십 년 전 창립자들이 작성하여 그룹의 모든 호텔에 내건 오로르 헌장을 발견했다. "오로르의 정신은 노하우를 발휘하고, 전통과 근대성을 엄밀함과 상상력과 휴머니즘을 통해 발전시켜 뛰어난 기틀을 다지는 것이다. 오로르의 남녀 직원들은 독특한 문화적 유산의 관리자들로서, 타문화를 수용할 줄 안다. 그들은 삶을 생활의 지혜로, 서비스를 최상의 순간으로 바꾸는 제의와 관례를 잘 알고 있다. 그것은 직업이자 예술이며 그들의 재능이다. 그 재능을 나누기 위해 최선의 것을 창조하며, 본질적인 것과 함께하고 즐거움의 공간들을 창조하는 것으로, 이것이 바로 오로르를 전 세계에 풍기는 프랑스의 향기로 만드는 것이다." 그는 갑자기 이 구역질나는 감언이설이 제대로 돌아가는 매음굴에 잘 어울릴 수도 있다는 사실을 깨달았다. 아마도 독일의 투어 진행자들과 협상할 카드가 될 수도 있을 것이다. 모든 이성적 사고에 역행하여 몇몇 독일인들은 여전히 프랑스가 풍류와 사랑의 테크닉을 지닌 국가로 생각하고 있었다. 만일 독일의 대형 투어 진행자가 아프로디테 클럽들을 자신의 목록에 넣기만 한다면 결정적인 역할을 할 것이다. 그 직업에 속한 어느 누구도 아직 그런 생각에 도달하지 못했을 테니까. 그는 마그레브 지역 클럽의 인수를 놓고 네커만과 아직 선이 닿고 있었다. 하지만 저가 클럽에 적절하게 자리잡았다는 이유로 자신들의 첫번째 제안들을 거부했던 TUI가 있었다. 그들은 아마도 보다 뚜렷한 목표를 지닌 프로젝트에 관심을 가졌을 수도 있다.

11

월요일 아침부터 그는 첫번째 만남을 시도하려 했다. 기회는 대번에 왔다. TUI 그룹의 회장인 고트프리트 렘프케가 다음달 초 며칠 동안의 일정으로 프랑스에 올 예정이었던 것이다. 그러면 점심식사를 함께할 수도 있으리라. 그동안 만일 자신들의 프로젝트를 문안으로 작성할 수 있다면 기꺼이 검토할 수도 있을 것이다. 장이브는 발레리의 사무실에 들러 그 소식을 알렸다. 그러자 발레리는 바싹 긴장했다. 연간 사업 매출액에서 TUI는 이백오십억 프랑에 달하고 있었고 이는 네커만의 세 배이자 누벨 프롱티에르의 여섯 배에 해당하는 금액이었기 때문이다. 그곳은 세계 제1의 투어 주주였다.

그들은 주중 나머지 날들은 가능한 한 완벽한 논리를 만드는 데에 할애했다. 재정적으로 볼 때 그 프로젝트는 엄청난 투자를 요하는 것은 아니었다. 실내장식에 약간의 수정만 하고 보다 '에로틱'한 분위기를 주기 위한 장식만 손을 보았더니, 그들은 재빨리 '매혹의 관광'이란 명칭에 동의했다. 이 명칭은 그 기업의 모든 문서에 사용될 것이다. 가장 중요한 것은 고정비용을 상당히 격감시킬 수 있는 기대감이었다. 더이상 스포츠 행사나 아이들을 위한 클럽도 필요 없었다. 더이상 학위 소지자인 보모들에게 임금을 지불할 필요도 없었고, 윈드서핑 코치나 양궁 코치, 에어로빅 코치, 스킨스쿠버 코치에게 임금을 지불할 필요도 없었다. 꽃꽂이, 칠보 혹은 실크 페인팅도 마찬가지였다. 일차 모의실험 결과 장이브는 모든 감가상각을 포함하여 클럽들의 연간 원가가 25퍼센트 이상 하락할 것이라는 사실을 깨닫고도 이를 믿지 못했다. 그는 세 번이나 계산을 다시 했지만 매번 똑같은 결과를 얻었다. 그가 같은 등급의 정규 체류 비용보다 25퍼센트나 높은 등급의 가격을 제시했던 만큼 더더욱 놀라운 결과였고, 이는 말하자면 대체로 그가 클럽 메드의 중간치 가격과 대등하다고 생각했던 것이었다. 수익률은 예전보다 50퍼센트 이상 훌쩍 뛰었다. "당신 남자친구는 천재야……" 그가 막 자신의 사무실로 찾아온 발레리에게 말했다.

요즘 들어 회사의 분위기가 묘해졌다. 지난 주말 에브리의 타일 공사를 두고 벌어진 대립은 예외적인 일이었지만, 일곱 명의 사망자가 발생했다는 사실은 유독 감당하기 힘든 일이었다. 많은 인부들, 특히 연장자들은 회사 바로 옆에 거주하고 있었다. 그들은 처음에는 아파트에 거주했는데, 그 아파트들은 회사 본사와 거의 동시에 지어졌다. 게다가 대개 그들은 빌라를 세우기 위해 아파트에 세를 들었다. "그 사람들이 가엾어" 하고 발레리가 내게 말했다. "솔직히 말해 불쌍해. 그 사람들 모두 꿈이라고는 시골 조용한 곳에 정착하는 거야. 그런데 곧바로 떠날 수가 없는 거지. 그러면 연금에서 너무 많이 공제를 당할 테니까. 전화교환원과 그 이야기를 했었어. 그 여자는 삼 년 후면 은퇴한다고 하는데, 도르도뉴에 집 한 채 사는 게 꿈이래. 그곳이 고향이거든. 하지만 많은 영국인들이 그곳에 정착하면서 집값이 현기증이 날 정도로 올랐고, 심지어 보잘것없는 초라한 집도 값이 엄청나대. 그런데다가 지금 살고 있는 빌라값이 폭락했다는군. 이제는 그곳이 위험한 동네라는 것을 누구나 알기 때문에 애초 가격의 삼분의 일에 되팔겠다는 거야.

내가 또 놀란 것은 3층에 있는 비서진들이야. 다섯시 반에 보고서 타이핑을 시키려고 사무실에 들어가니까, 모두들 인터넷에 접속을 하고 있었어. 그들 설명으로는 이제는 쇼핑을 인터넷으로만 하고, 그게 훨씬 더 안전하대. 퇴근하면 각자 자기 집에서 두문불출하면서 배달 오기만 기다리는 거지."

그다음 몇 주 동안 그러한 강박관념이 사라지기는커녕 오히려 더욱 심해지는 경향을 보였다. 신문에서 끊임없이 떠들어대는 것은 칼에 찔린 교사들, 강간당한 여교사들, 화염병 공격을 당한 소방차, 패거리의 우두머리를 '꼬나보았다'는 이유로 기차 차창 밖으로 내던져진 장애인들 얘기였다. 〈르 피가로〉지는 신이 나서 그런 기사에 매달렸기 때문에, 매일 그 신문을 읽을 때면 이러다가 필경 내전으로 흐를 것이라는 느낌을 받곤 했다. 사실 때가 선거 직전이어서 안전에 관한 내용들이 유일하게 리오넬 조스팽을 위태롭게 할 수 있는 것으로 보였다. 어쨌거나 프랑스 국민들이 또다시 자크 시라크에게 표를 던질 것 같아 보이지는 않았다. 그는 너무나도 머저리 같아 보여서 국가 이미지를 손상시키기에 이르렀다. 뒷짐을 진 키 큰 멍청이가 농업 공진회를 방문하거나 정상회담에 참석하는 모습을 보고 있자면 일종의 거북함이나 괴로움을 느끼곤 했다. 실질적으로 폭력의 확산을 억제할 수 없는 좌파가 잘 버텨나가고 있었다. 신중한 태도를 취하고, 수치들이 잘못되었는데 그것도 크게 잘못되었다는 것을 인정하고, 모든 정치적인 악용을 경계하라고 하면서 우파가 정권을 잡았을 때도 더 나은 바가 없었다는 점을 환기시키곤 했다. 자크 아탈리 같은 작자가 말도 안 되는 사설을 써서 잠깐 삐끗한 적도 있었다. 그의 주장에 따르면 도시 젊은이들의 폭력은 "구원에의 호소"라는 것이었다. 그는 포럼 데 알 지구나 샹젤리제 대로의 사치스러운 진열창들이 "가난에 찌든 그들의 시선에는 혐오스러운 전시물"들에 다름없다고 쓰고 있다. 그러면서도 또한 잊어서는 안 될 것이 도시 외곽 지역이 "저마다 다른 전통과 믿음을 지닌 민족과 인종의 모자이크로서 새로운 문화들을 만들어내며 함께 사는 기술을 재창조한다"는 것이다. 내가 〈렉스프레스〉지를 읽다가 웃음을 터뜨린 것이 처음이었기 때문에 발레리는 놀란 눈으로 날 바라보았다.

"만일 조스팽이 대통령으로 선출되고 싶다면 결선투표까지 이 친구 입을 다물게 하는 것이 좋을 거야."

"확실히 당신은 전략에 취미를 붙였구나……"

그럼에도 불구하고 나 역시 점점 불안감이 들기 시작했다. 다시금 발레리가 늦게까지 일을 했고 아홉시 전에 귀가하는 일이 드물었기 때문이다. 어쩌면 무기를 하나 사두는 것이 훨씬 신중했을지도 모른다. 아는 사람이 한 명 있었는데, 이 년 전 내가 전시회를 마련해주었던 화가의 동생이었다. 암흑가에 속해 있지는 않고 그저 몇 번 사기 사건에 연루되었을 뿐이었다. 차라리 발명가에 가깝고, 손 안 대는 일이 거의 없는 그런 사람이었다. 최근에 그가 자기 형에게 말하길 위조가 불가능하다고 소문난 새 신분증을 위조할 수 있는 방법을 찾아냈노라고 장담했다는 것이다.

"말도 안 돼." 발레리는 대뜸 그렇게 대답했다. "난 전혀 위험하지 않아. 하루종일 회사 건물 밖으로 나가지 않고, 또 저녁에는 시간이 몇시든 간에 항상 차로 퇴근하니까."

"그래도 빨간불에 걸리는 때도 있잖아."

"오로르 회사 건물에서 고속도로 입구까지 신호등이 딱 하나 있어. 그걸 지나 포르트 디탈리를 빠져나오면 금방 집에 도착해. 내가 사는 동네는 위험하지 않아."

사실이었다. 차이나타운이나 다름없는 그곳에서는 강도나 절도가 극히 드물었다. 나는 그들이 어떻게 하는지 전혀 알지 못한다. 나름대로 순찰 시스템을 갖춘 것일까? 아무튼 우리가 그곳에 집을 구하자마자 그들은 우리를 알아보았다. 그래서 적어도 스무 명 정도의 사람들과는 정기적으로 인사를 나누곤 했다. 유럽 사람들이 그곳에 자리를 잡는 일이 드물었기 때문에 우리는 아파트 건물 내에서 극히 소수에 속하는 부류였다. 간간이 한자로 쓰인 게시문들이 모임이나 파티에 오라고 부르는 것 같았다. 그렇지만 대체 어떤 모임이며, 어떤 파티란 말인가? 중국인들의 생활방식을 전혀 이해하지 못하면서도 몇 년이고 그들 틈바구니에서 살 수 있다.

나는 기어코 아는 사람에게 전화를 걸었고, 그는 알아보겠노라고 말하더니 이틀 후에 전화를 주었다. 상태가 좋은 진짜 총을 만 프랑에 살 수 있으며 그 가격에는 상당량의 실탄도 포함되어 있다고 했다. 손질만 정기적으로 해두면 막상 사용할 순간에 고장나는 일을 피할 수 있다고도 했다. 발레리에게 그 말을 전하자 그녀는 또다시 거절했다. "나는 방아쇠를 당길 수도, 당길 힘도 없어." "죽을 위험에 처하더라도?" 그녀는 고개를 저었다. "안돼…… 그건 불가능해." 그녀는 되풀이해 말했다. 나는 고집부리지 않았다. 그녀가 잠시 후 내게 말해주었다. "어렸을 때, 난 닭 모가지 비틀 힘도 없었어." 사실 그건 나도 마찬가지다. 하지만 남자에게는 훨씬 쉬운 일로 여겨졌다.

나로 말하자면, 이상하게도 두려움이 없었다. 사실 점심시간을 이용해 포럼 데 알 지구를 한 바퀴 돌 때를 빼놓고는 야만적인 무리들과 마주칠 만한 일이 거의 없었다. 그곳은 치밀하게 배치된 안전 요원들(공화국 보안대, 정복 차림의 경찰, 상인 조합으로부터 보수를 받는 경비원들)이 있어서 이론적으로는 모든 위험이 배제된 곳이었다. 그래서 나는 제복을 입은 자들이 지키는 안전한 지역을 돌아다니곤 했다. 투아리에 있는 것 같다는 느낌도 좀 들었다. 공권력이 없는 곳이라면 내가 비록 짭짤한 먹잇 감은 못 되더라도 손쉬운 먹잇감이 되리라는 것은 잘 알고 있었 다. 중간 간부로서 매우 관례적인 나의 옷차림에는 그들의 눈길 을 끄는 그 무엇도 없었다. 나는 나대로 위험한 계층 출신인 그 젊은이들에게 전혀 관심이 없었다. 나는 그들을 이해하지 못했 고 또 이해하려고 하지도 않았다. 또 그들이 열광하는 것, 그들 의 가치관에 대해서도 공감하지 않았다. 나라면 롤렉스나, 나이 키, BMW Z3를 소유하기 위해서라면 손가락 하나도 까딱하지 않을 것이다. 하기야 나는 메이커 제품과 그렇지 않은 평범한 제 품 간의 차이를 조금도 알지 못했다. 세상 사람들 눈으로 보면 분명 내 잘못이다. 나도 그 사실을 알고 있었다. 내 견해는 소수 의 견해이며 따라서 잘못된 것이다. 입생로랑 와이셔츠들과 다 른 와이셔츠들 사이에는, 구찌 구두와 앙드레 구두 사이에는 차 이가 있음에 틀림없다. 그 차이를 나만 모르고 있을 뿐이다. 그 것은 일종의 불구이며 그걸 가지고 으스대며 사람들을 비난할 수는 없었다. 맹인에게 후기 인상주의 그림의 대가가 되라고 요 구할 수 있는가? 의도치 않게 그런 것에 눈뜨지 못한 나는 희생 과 범죄를 유발할 수 있을 정도로 강렬하고 생생한 인간 현실의 바깥으로 밀려나게 되었다. 그 젊은이들은 반쯤은 야성적인 본 능을 통해 분명 미의 존재를 예감하고 있었다. 그들의 욕망은 칭찬받을 만하며 사회규범에도 완벽하게 부합하는 것이다. 그러니 요컨대 그 욕망의 부적절한 표현방식을 교정하기만 하면 된다.

그렇지만 곰곰 생각해보니 내 삶에서 어느 정도 변함없이 만나온 단 두 명의 여자인 발레리와 마리잔도 겐조 블라우스와 프라다 가방에 대해 완전히 무관심한 모습을 보이고 있다는 사실을 인정하지 않을 수 없다. 사실 내가 아는 한 그녀들은 거의 아무 상표나 사곤 했다. 가장 많은 월급을 받고 있다고 내가 알고 있는 장이브는 유독 라코스테 상표의 폴로셔츠를 선호했다. 그러나 그는 자신이 좋아하는 상표가 새로 나온 다른 상표보다 인기가 떨어지는지 확인조차 하지 않고 그저 옛날 습관대로 기계적으로 그것을 사곤 했다. 내가 안면만 있는(이렇게 말을 할 수 있다면. 왜냐하면 나는 사람들을 만날 때마다 어김없이 이름, 직위 심지어 얼굴까지도 잊곤 하기 때문이다) 문화부의 몇몇 여자 공무원들은 맞춤 의상을 사곤 했다. 그러나 언제나 무명의 젊은 디자이너들이 만들어 파리의 상점 한 곳에서만 파는 의상들이었고, 만일 어쩌다 그 디자이너들이 크게 성공이라도 거두면 주저하지 않고 그 옷들을 포기할 그런 사람들이었다.

말이 났으니 하는 말이지만 나이키, 아디다스, 아르마니, 루이뷔통의 영향력은 부인할 수 없다. 필요하면 언제든 〈르 피가로〉지와 그 연분홍빛 광고지를 훑어보면 그 구체적인 증거를 확보

할 수 있다. 그렇지만 변두리에 사는 젊은이들을 제외하면 대체 누가 이러한 상표들이 성공을 거둘 수 있도록 했겠는가? 보다 일반적으로는 제3세계의 부유층들이 아니라면 분명 내가 전혀 모르는 사회의 여러 부문이 있음에 틀림없다. 나는 여행도 많이 하지 않았고, 또 많이 산 것도 아니기 때문에 내가 현대사회에서 별로 아는 바가 없다는 것이 점점 더 확실해졌다.

9월 27일 에브리에 온 엘도라도 휴양 빌리지의 책임자 열한 명과의 회합이 있었다. 매년 같은 시기에 하절기 결산과 개선 방안들을 모색하기 위해 열리는 일상적인 회합이었다. 그러나 이번 모임은 특별한 의미를 띠었다. 우선 세 개의 빌리지 소유자가 바뀌게 된다. 네커만과의 계약서도 이미 사인이 끝난 상태다. 다음으로 남아 있는 빌리지들 중 '아프로디테'라는 명칭으로 불리게 될 네 개의 빌리지 책임자들은 인력의 절반을 감축할 준비를 해야 한다.

발레리는 이 계획을 알리기 위해 이탈트래브 대표와 약속이 있어 회합에 참석하지 않았다. 이탈리아 시장은 북유럽 시장보다 훨씬 더 잘게 쪼개져 있었다. 이탈트래브가 아무리 이탈리아 제1의 여행사라고 해도 소용없었다. 재정적인 능력은 TUI의 십분의 일도 채 되지 않기 때문이다. 그렇지만 그들과 합의하면 쓸

만한 고객층을 보충할 수 있을 것이다.

그녀가 대표를 만나고 돌아온 것은 저녁 일곱시 무렵이었다. 회합이 막 끝났기 때문에 장이브는 사무실에 혼자 있었다.

"그 사람들 반응은 어때요?"

"안 좋아. 그렇지만 나는 그 사람들을 이해해. 피고석에 오른 느낌이었을 테니."

"휴양 빌리지 책임자들을 갈아치울 생각인가요?"

"새로운 프로젝트인 만큼 새로운 팀을 짜서 시작하는 게 좋겠어."

그의 목소리는 매우 차분했다. 발레리는 놀라움에 찬 눈으로 그를 바라보았다. 최근에 그는 확신, 그리고 결단력을 얻은 듯했다.

"이젠 수익이 오를 거라고 확신해. 점심시간에 산토 도밍고의 보카치카 책임자를 따로 불렀어. 확실히 해두고 싶었거든. 난 시즌과 상관없이 객실 투숙률 90퍼센트를 유지하는 비결을 알고 싶다고 했어. 그는 우물쭈물하면서 거북해하더니 팀의 업무에 관한 얘기를 하더군. 기다리다못해 내가 노골적으로 물어봤어. 혹시 객실에 여자들이 드나들도록 한 것은 아닌지 말이야. 그 사실을 인정하도록 하는 데에 무척 힘이 들었어. 처벌을 받을까 두려워했기 때문이지. 난 괜찮다고, 오히려 매우 흥미로운 발상이라고 생각한다고 말해주어야 했지. 그러자 털어놓더군. 호텔에 모든 편의시설이 있는데도 불구하고 거기서 2킬로미터 떨어진, 대개 수도도 없고 또 체포될 위험이 있는 곳에다 손님들이 방을 빌려야 한다는 것이 바보 같은 짓이라고 생각한다는 거야. 그래서 그를 치하하고 설령 혼자만 남게 되는 일이 벌어지더라도 책임자 지위를 계속 누리게 하겠노라고 약속했지."

어둠이 깔리고 있었다. 그는 사무실 불을 켜고 잠시 침묵을 지켰다.

"다른 사람들에 대해서는 전혀 아쉬움이 없어. 모두 다 이력이 비슷비슷하니까. 다들 전직 유람선 선원들로 좋은 시절에 들어왔지. 노 한번 저어보지 않고도 원하는 계집들은 다 따먹었어. 그리고 책임자가 되면 은퇴할 때까지 계속해서 태양 아래에서 빈둥거릴 수 있다고 생각한 거야. 그 사람들 시대는 끝났어. 안됐지만 할 수 없지. 이제 내가 필요로 하는 것은 진정한 프로들이라고."

발레리가 다리를 꼬고 아무 말 없이 그를 바라보았다.

"그런데 이탈트래브와의 만남은 어땠어?"

"음. 잘됐어요. 아무 문제도 없었어요. '매혹의 관광'이라는 말로 내가 무슨 말을 하려는지 곧바로 이해하던데요. 심지어 나를 꾀어보려고도 하고…… 이탈리아 사람들은 바로 그런 점이 좋아요. 적어도 예측이 가능하거든요…… 아무튼 클럽들을 자기

네 목록에다 올리기로 약속했는데, 너무 큰 기대는 하지 말라더군요…… 이탈트래브는 많은 전문 여행사들의 결합체이기 때문에 커다란 기업이긴 하지만 그 회사 내에서는 각 상호가 그리 커다란 독자성을 지니지 못한대요. 사실 약간은 유통업체처럼 움직이기 때문에 목록에 추가하는 것은 쉽지만 시장에서 이름을 얻도록 하는 것은 우리 몫인 거죠."

"스페인은 어떻게 되고 있지?"

"마르산스와의 접촉이 순조롭게 이루어지고 있어요. 거의 똑같아요. 다만 얼마 전부터 프랑스에 거점을 만들려고 하면서 좀 더 야심적으로 나오고 있죠. 그들이 제안하는 것과 경쟁하게 될까봐 좀 걱정을 했는데, 사실은 아니더군요. 그들은 그게 상호보완적이라고 생각하고 있어요."

그녀는 잠시 생각을 하다 말을 이었다.

"그런데 프랑스는 어떡하죠?"

"여전히 모르겠어…… 좀 바보 같은지 모르겠지만, 정말이지 교화를 목적으로 한 언론의 캠페인이 두려워. 물론 시장조사를 해볼 수 있고, 이 아이디어를 테스트해볼 수도 있을 거야."

"하지만 당신은 그런 것들을 전혀 신뢰하지 않잖아요."

"사실, 믿지 않지……" 그는 잠시 망설였다. "사실, 난 오로르투어의 조직망만 가지고 프랑스에서 소규모로 시작을 해보고 싶어. 『FHM』이나 『사바나의 메아리』와 같이 특정 독자들을 대상으로 한 잡지들에 나오는 광고들로 말이야. 그렇지만 정말이지 처음에는 무엇보다 북유럽을 겨냥해야 해."

고트프리트 렘프케와의 만남은 그다음 주 금요일에 있었다. 전날 저녁 발레리는 미용 팩을 하고 나서 아주 일찍 잠자리에 들었다. 내가 아침 여덟시에 일어났을 때, 그녀는 이미 준비가 되어 있었다. 차림새가 대단했다. 검은색 정장에 엉덩이 굴곡을 멋지게 드러낸 초미니스커트. 상의 아래로는 몸에 딱 붙고 군데군데 속살이 투명하게 드러나는 연분홍 레이스가 달린 셔츠를 입었고, 깊이 팬 진홍색 브래지어 사이로 그녀의 젖가슴이 많이 드러나 있었다. 그녀가 침대 맞은편에 앉자, 위로 갈수록 옅어지는 검은색 스타킹이 가터벨트에 걸려 있는 것이 보였다. 입술은 보라색을 약간 띤 어두운 색조의 붉은색으로 강조했고, 머리는 틀어올려 묶고 있었다.

"괜찮아?" 그녀가 빈정대듯 물었다.

"아주 근사한데? 여자들이란 하여간…… 스스로 값을 올리는 건……" 나는 한숨을 쉬었다.

"내가 사람을 유혹할 때 관례적으로 하는 옷차림이야. 당신을 위해서도 조금은 이런 식으로 입었고. 당신이 좋아하리라는 것을 알고 있었거든."

"기업에 선정성을 강화한다……" 하고 나는 중얼거렸다. 그녀가 커피 한 잔을 건네주었다.

그녀가 나갈 때까지 내가 한 일이라곤 그저 그녀가 오락가락하고 일어섰다 앉았다 하는 모습을 지켜보는 것뿐이었다. 대단한 것은 아니라고 할 수 있고 사실 매우 단순한 것이었지만, 그래도 근사하다는 것은 의심의 여지가 없었다. 그녀가 다리를 꼬면 허벅지 윗부분으로 어두운 색조의 밴드가 드러나 극도로 미세한 나일론이 대조적으로 강조되곤 했다. 그녀가 더욱 다리를 꼬면 보다 위쪽으로 검은색 레이스 밴드가 보이고, 가터벨트 끈과 하얀 속살, 엉덩이의 아래쪽이 드러나곤 했다. 꼰 다리를 풀면 모든 것이 다시 사라져버렸다. 그녀가 테이블을 향해 몸을 숙이면 옷 아래로 그녀의 젖가슴이 흔들리는 것을 느낄 수 있었다. 여러 시간이고 그 모습을 지켜볼 수도 있었을 것이다. 평온하면서도 천진난만하고 영원히 행복한 그런 즐거움이었으니까. 말하자면 그것은 행복의 약속이었다.

그들은 오후 한시에 위니베르시테 가에 있는 르 디벨렉이란 식당에서 만나기로 되어 있었다. 장이브와 발레리는 오 분 전에 그곳에 도착했다.

"이야기를 처음에 어떻게 시작하죠?" 발레리는 택시에서 내리면서 걱정했다. "그야 독일인 전용 매춘업소를 열고 싶다고만 말하면 되지……" 장이브는 지친 입을 비죽거리며 말했다. "걱정 마, 걱정 말라고. 그 사람이 질문을 할 테니까."

고트프리트 렘프케는 한시 정각에 도착했다. 그가 식당에 들어서서 종업원에게 외투를 건네자마자 그들은 바로 그 사람이라는 것을 알아차렸다. 균형잡힌 탄탄한 몸매에 번들거리는 머리, 솔직한 시선, 활기찬 손놀림. 모든 것이 여유 있고 힘이 넘쳐흐르는 그는 대기업 사장, 보다 정확히 말해 독일인 대기업 사장에 대해 상상할 수 있는 이미지에 딱 들어맞는 인물이었다. 하루 내내 기운차게 뛰어다니고, 침대에서 일어날 때에도 벌떡 일어나 삼십 분간 사이클을 타고 나서는 번쩍이는 신형 메르세데스에 몸을 싣고 경제 정보를 들으며 사무실로 향하는 그의 모습을 상상할 수 있었다. "저 작자는 흠잡을 데 없어 보이는군……" 장이브는 그를 맞이하기 위해 만면에 미소를 띤 채 자리에서 일어나며 이죽거렸다.

사실 처음 십 분 동안 렘프케는 오직 요리 이야기만 했다. 그는 자신이 프랑스와 프랑스의 문화 그리고 식당들을 잘 알고 있다고 털어놓았으며, 심지어는 프로방스 지방에 집도 한 채 있다고 했다. '멋지군, 이 작자, 나무랄 데가 없어……' 장이브는 퀴

라소*에 절인 새끼 바닷가재 수프를 맛보며 생각했다. 그리고 요리에 스푼을 담그며 '록앤드롤, 고티'라고 속으로 덧붙였다. 발레리는 매우 잘하고 있었다. 그녀는 마치 반하기라도 한 듯 눈을 반짝이며 귀기울여듣고 있었다. 그녀는 정확히 프로방스 어디에 그 집이 있는지, 그곳에 자주 갈 시간은 있는지 등을 알고 싶어했다. 그녀는 붉은 과일에 곁들여 게 수프를 얹어 구운 새고기 스튜를 먹었다.

"그러니까 이 프로젝트에 관심이 있으시겠군요." 그녀가 어조를 바꾸지도 않은 채 말을 이었다.

"아시다시피." 그는 신중한 어조로 대답했다. "우리들은 '매혹의 관광'—그는 이 표현에서 약간 머뭇거렸다—이 해외로 바캉스를 가는 우리 국민들의 주된 동기들 중 하나임을 잘 알고 있습니다. 게다가 그런 사람들을 이해합니다. 여행보다 더 달콤한 방식이 어디 있습니까? 그렇지만 참 알 수 없는 일은 지금까지 어느 그룹도 그 문제에 대해 진지하게 관심을 기울이지 않았다는 겁니다. 몇몇 예외가 있긴 하지만 모두 부족한 점이 많았고 또 호모 고객층을 대상으로 한 것이었습니다. 놀랍게 보일지는 몰라도 중요한 것은 우리가 완전히 '처녀' 시장을 상대하고 있다는

---

* 오렌지 껍질로 만든 술.

겁니다."

"난 사람들의 정신상태가 아직도 진화해야 한다고 생각하는데, 논쟁거리가 되겠군요……" 장이브는 대화에 끼어들면서 자신이 바보 같은 말을 지껄이고 있다는 것을 깨달았다. "라인 강 양쪽에서 말이죠……" 그는 우물우물 말을 마쳤다. 렘프케는 마치 그가 자신을 무시하는 것은 아닌가 의심하는 듯 냉담한 시선을 던졌다. 장이브는 다시 자신의 접시에 코를 박으며, 식사가 끝날 때까지 다시는 입도 뻥긋하지 않겠노라 다짐했다. 어쨌거나 발레리는 난처한 상황을 멋지게 빠져나갔다. "프랑스의 문제를 독일에 전가하지 마세요……" 그녀는 순진한 동작으로 다리를 꼬며 말했다. 렘프케의 시선이 그녀에게로 옮겨졌다.

"우리 국민들은 자신만을 믿을 수밖에 없기 때문에 대개 솔직하지 못한 일에서는 중개자들을 따르죠. 전체적으로 그 분야는 여전히 아마추어리즘적인 특징을 갖고 있습니다. 업계 전체에 있어서는 엄청난 수익을 얻을 수 있었으나 놓쳐버린 돈벌이죠" 하고 그가 말을 이었다. 발레리는 재빨리 수긍했다. 종업원이 햇무화과를 곁들인 가리비 구이를 가져왔다.

그는 자신의 접시를 흘낏 보고 나서 말을 계속했다. "당신들의 프로젝트에 우리도 무척 관심이 있습니다. 숙박-클럽의 전통적인 옵션을 완전히 뒤집은 거니까요. 70년대 초에 들어맞았을 수

도 있는 그 공식은 더이상 현대 소비자들에게 맞지 않습니다. 서
구에서의 인간관계가 보다 어려워진 겁니다. 물론 우리 모두 개
탄할 일이지만……"그는 다시 한번 발레리에게 눈길을 주고 나
서 이어 말했다. 발레리는 미소를 지으며 다리를 풀었다.

여섯시 십오분, 사무실에서 돌아오니 그녀는 이미 집에 와 있
었다. 나는 흠칫 놀랐다. 동거한 이래로 처음 있는 일이었다. 그녀
는 여전히 투피스 차림으로 다리를 약간 벌리고 앉아 소파 깊숙
이 몸을 파묻고 있었다. 허공을 멍하니 바라보고 있는 그녀는 행
복하고 달콤한 일을 꿈꾸는 것처럼 보였다. 그 순간 그녀를 알 수
는 없었지만, 나는 일을 하는 와중에 도달하게 되는 일종의 오르
가슴 상태의 그녀를 보았다.

"일은 잘됐어?"하고 내가 물었다.

"잘되기만 했겠어? 식사를 끝내자마자 사무실에 들르지도 않
고 곧장 온걸. 이번주에 더이상 무슨 일을 할 수 있을지 정말 모
르겠어. 그 사람은 이 프로젝트에 관심을 가진 것뿐만 아니라 겨
울 시즌이 되면 곧장 주력 상품으로 삼을 셈이래. 카탈로그 제작
비와 독일 대중을 겨냥한 광고캠페인 비용도 댈 태세야. 자기 혼
자만으로도 기존 클럽들을 다 뚫을 수 있다고 생각하고 있어. 심
지어 우리가 추진하는 다른 프로젝트들이 있는지 물어보기까지
하더라니까. 그가 맞교환하고 싶어하는 딱 한 가지는 자기 시장

인 독일과 오스트리아, 스위스, 베네룩스 3국에 대한 독점권이야. 게다가 우리가 네커만과 접촉하고 있다는 것도 알더라고."

그러고 나서 발레리는 덧붙여 말했다. "일주일 휴가를 얻었어. 해수海水 치료 센터에 가려고. 그게 내게 필요한 거 같아. 부모님 댁에도 한번 다녀올 수 있고."

한 시간 후 몽파르나스 역에서 기차가 출발했다. 점점 거리가 멀어질수록 그동안 쌓였던 긴장이 꽤나 빨리 풀렸는지, 그녀는 마침내 평소의 모습으로, 그러니까 섹시하고 쾌활한 모습으로 돌아왔다. 파리 원교의 마지막 건물들이 저멀리 사라져갔다. 테제베는 위르푸아 평원에 이르기 직전 최고 속도에 도달했다. 거의 눈에 띄지도 않는 붉은 색조의 잔광이 서쪽에서, 어둡고 육중한 곡식 사일로들 위로 감돌고 있었다. 우리가 탄 칸은 두 개의 공간으로 분리된 일등칸이었다. 좌석을 갈라놓고 있는 테이블들 위로는 노란색의 작은 등이 켜져 있었다. 복도 건너편에는 금발을 위로 틀어올린, 기품 있고 심지어 세련미가 풍기는 사십 대 여자 하나가 『마담 피가로』를 뒤적이고 있었다. 나도 〈르 피가로〉를 샀지만, 그 분홍색 지면들에는 커다란 흥미를 느끼지 못했다. 몇 해 전부터 나는 정치, 사회, 문화면 기사들을 등한시하고도 세상을 해독하고 그 변모하는 모습을 이해할 수 있으며, 오직 경제 소식과 증권 소식만 가지고도 역사의 흐름을 파악할 수 있으리라는 이론적 사고를 키워가고 있었다. 그래서 때때로 〈레제코〉나 〈라 트리뷴 데포세〉와 같은 지루하기 짝이 없는 출판물들을 보완하는 분홍빛 지면의 〈르 피가로〉를 매일 억지로 들여다보고 있었다. 지금까지도 내 가설의 진위를 판가름하지는 못했다. 사실 중요한 역사적 정보들이 절제된 어조의 논설이나 숫자로 이루어진 기사들 사이에 숨어 있을 수도 있다. 내가 도달한 단 하나의 결론은 결국 경제란 끔찍하게도 지겹다는 것이다. 니케이 지수 하락을 분석하고자 한 짧은 기사에서 눈을 떼었을 때, 발레리가 또다시 다리를 꼬았다 풀었다 하는 모습이 눈에 띄었다. 그녀의 얼굴에는 어렴풋한 미소가 감돌고 있었다. 나는 '밀라노 증권시장 지옥 속으로'라는 기사를 읽고 신문을 접었다. 어떻게 했는지 그녀가 속바지를 벗은 것을 보고 대번에 내 물건이 섰다. 그녀가 내 곁에 바짝 기대앉으며 몸을 웅크렸다. 그러고는 투피스 상의를 벗어 내 무릎 위에 얹었다. 나는 재빨리 오른쪽을 흘끔 살폈다. 건너편의 여자는 여전히 잡지에, 보다 정확히 말하면 겨울 정원에 관한 기사에 푹 빠져 있었다. 그녀 역시 투피스 차림으로 몸에 착 달라붙는 미니스커트를 입고 검정 스타킹을 신고 있었다. 흔히 말하듯 부르주아 여성의 자극적인 분위기였다. 펼쳐놓은 상의 아래로 팔을 집어넣은 발레리는 손을 내 물건 위에 얹었다. 얇은 면바지를 입고 있던 내게 그 감각은 너무나도 선명했다. 어느새 어둠이 사위에 내려앉았다. 나는 좌석에 몸을 파묻은 채 한 손을 그녀의 블라우스 안으로 집어넣었다. 브래지어의 훅을 풀고 손으로 그녀의 오른쪽 젖가슴을 감싸쥐고서 엄지와 검지로 유두를 자극하기 시작했다. 거의 르 망에 다다랐을 때, 그녀가 내 팬티 앞섶의 틈새를 벌렸다. 이제 그녀의 동작은 너무나 명백해져서 건너편에 앉은 여자가 뻔히 다 보고 있으리란 생각이 들었다. 내가 보기에 이처럼 정말 능숙한 손으로 해주는 마스터베이션을 오래 버틴다는 것은 불가능하다. 렌에 도착하기 조금 전, 나는 숨죽인 신음 소리를 내뱉으며 사정을 하고 말았다. "투피스 세탁을 맡겨야겠네……" 발레리가 차분하게 말했다. 건너편의 여자는 흥미롭다는 표정을 감추지 않고 우리 쪽을 향해 시선을 주고 있었다.

생 말로 역에서 그녀가 우리와 함께 해수 치료 센터로 가는 셔틀버스를 타는 것을 보자 약간 거북해졌다. 그러나 발레리는 전혀 그런 기색이 아니었다. 심지어 그녀와 함께 여러 가지 치료 방법을 놓고 이야기를 나누기도 했다. 나로서는 머드 목욕이나 주수注水 치료법, 전신 해초 팩의 상대적 장점들을 전혀 구별할 수 없었다. 다음날, 수영장 물에 몸을 담그니 어느 정도 기분이 좋아졌다. 배영을 하며 등 마사지를 위해 수면 아래에서 해류의 흐름을 어렴풋이 감지하고 있을 때 발레리가 나를 찾아왔다. "기차에서 우리 옆에 앉았던 여자……" 그녀는 매우 흥분해서 말했다. "기포 목욕탕에서 내게 접근했어." 나는 무덤덤하게 그 정보를 머리에 새겨넣었다. "지금 터키식 목욕탕에 혼자 있어." 그녀가 덧붙였다. 나는 목욕 가운을 걸치고 곧장 그녀 뒤를 따랐다. 터키식 목욕탕 입구에 이르러 나는 수영 팬티를 벗었다. 타월 천 아래로 발기한 모습이 그대로 드러나 보였다. 나는 발레리를 앞세우고 너무도 뿌연 수증기 때문에 2미터 앞도 채 보이지 않는 목욕탕 안으로 들어섰다. 거의 몽롱해질 정도로 강한 유칼리나무 향이 공기중에 가득했다. 나는 희뿌옇고 뜨거운 빈 공간에 꼼짝도 않고 있었다. 욕실 안쪽에서 신음 소리가 들려왔다. 나는 목욕 가운의 허리띠를 풀고 소리가 나는 곳으로 다가갔다. 살갗 위로 땀방울이 맺혔다. 발레리가 그 여자 앞에 무릎을 꿇은 채 양손으로 엉덩이를 움켜잡고 그녀의 음부를 핥고 있었다. 여자는 정말이지 매우 아름다웠다. 가슴은 실리콘을 넣은 듯 완벽한 구체球體를 이루고 있었고, 이목구비는 반듯했으며, 입술은 크고 관능적이었다. 그녀는 나를 보고도 놀란 기색 없이 손을 뻗어 내 물건을 감싸쥐었다. 나는 그녀에게 더욱 가까이 다가가 그녀의 등뒤에 서서 가슴을 어루만지며 내 물건을 그녀의 엉덩이에 비벼댔다. 그러자 그녀는 몸을 앞으로 숙여 벽을 붙잡은 채 엉덩

이를 벌렸다. 발레리가 가운의 호주머니를 뒤져 콘돔을 내게 건
넸다. 그러고는 다른 손으로 그 여자의 클리토리스를 문지르기
시작했다. 나는 대번에 그녀의 몸에 삽입했다. 그녀는 이미 많이
열려 있었다. 여자는 몸을 조금 더 앞으로 숙였다. 여자의 몸속
으로 왕복을 거듭할 때 발레리의 손이 내 사타구니 사이로 미끄
러져들어와 내 고환을 감싸쥐는 것이 느껴졌다. 그러고는 또다
시 그녀의 음부에 입을 가까이 가져다대고 핥기 시작했다. 매번
왕복을 할 때마다 내 물건에 그녀의 혀가 닿는 것을 느꼈다. 그
여자가 행복에 겨운 긴 신음 소리를 내지르며 절정에 달했을 때
나는 안간힘을 다해 골반근육을 수축시켰고, 아주 천천히 내 물
건을 빼냈다. 온몸에 땀이 흥건했고, 숨이 차올라 헐떡거리며 현
기증이 나서 긴 의자에 앉아야만 했다. 짙은 증기가 여전히 공기
중에 넘실거리고 있었다. 키스를 하는 소리가 들려 고개를 들어
보니 여자들이 가슴과 가슴을 맞댄 채 뒤엉켜 있었다.

잠시 후 오후가 다 저물 무렵 우리는 또 한번 섹스를 했고, 저
녁에 다시 한 차례, 그리고 다음날 아침 또 한 차례 섹스를 했다.
이런 광란은 조금은 별스러운 일이었다. 우리 둘 다 곧 힘든 시기
에 접어들게 되리라는 것을 의식하고 있었고, 발레리는 또다시
일과 난관과 계산에 파묻혀 녹초가 될 것이다. 하늘에는 구름 한

점 없었고, 날씨는 포근한 편이었다. 아마 가을이 오기 전 가장 아름다운 주말일 것이다. 일요일 오전에 사랑을 나눈 후 우리는 해변을 따라 한참 동안 산책을 했다. 나는 약간은 키치 스타일에, 신고전주의 양식으로 지어진 호텔 건물들을 놀란 눈으로 자세히 살펴보았다. 해변 끝에 이르러 우리는 바위에 걸터앉았다.

"그 독일 남자와의 만남이 중요했다는 생각이 들어. 그게 새로운 도전의 시작이라고 생각해."

"이번이 마지막이야, 미셸. 이번 일만 성사되면 한참 동안은 편안할 거야."

나는 그녀에게 약간 서글픈, 그러면서 믿기지 않는다는 시선을 던졌다. 나는 정말 그런 유의 주장은 믿지 않았으며, 그런 말을 들으면 1차세계대전을 이야기하면서 그 전쟁이 완전한 평화로 이끄는 길이라고 한 정치인들의 선언이 실린 몇몇 역사책들이 생각나곤 했다.

"자본주의란 원칙상 영원한 전쟁상태라고, 결코 끝나지 않을 끊임없는 투쟁이라고 내게 설명해준 사람이 바로 당신이야." 나는 부드럽게 대꾸했다.

"맞아." 그녀는 주저 없이 수긍했다. "그렇지만 싸우는 사람들이 항상 똑같은 건 아니야."

갈매기 한 마리가 높이 날아오르더니 먼바다 쪽으로 날아갔다. 해변 끝자락에는 거의 우리 두 사람뿐이었다. 디나르는 적어도 이 시즌에는 무척 한적한 휴양지이다. 래브라도 사냥개 한 마리가 우리에게 다가와 킁킁대며 냄새를 맡더니 가던 길로 되돌아갔다. 주인들의 모습은 눈에 띄지 않았다.

그녀가 다시 입을 열었다. "안심해. 만약 일이 바라는 대로만 된다면 그 콘셉트를 온 나라에 퍼뜨리게 될 거야. 라틴아메리카만 해도 브라질, 베네수엘라, 코스타리카가 있잖아. 카메룬, 모잠비크, 마다가스카르, 세이셸 군도에도 쉽게 클럽을 열 수 있을 거야. 그리고 아시아에도 일이 곧바로 이루어질 가능성이 있어. 중국, 베트남, 캄보디아가 있으니까. 이삼 년이면 우리는 누구도 부인할 수 없는 본보기가 될 거야. 어느 누구도 우리와 같은 시장에 투자할 엄두도 못 낼 거고. 이번에는 우리가 경쟁에서 우위를 점하는 거야."

나는 대답할 말이 생각나지 않아 아무 대꾸도 하지 않았다. 어쨌건 그 아이디어를 처음 생각해낸 사람은 나니까. 밀물이 들고 있었다. 모래 속으로 고랑이 패다가 우리 발치에서 사라졌다.

"게다가 이번에는 주식을 엄청 요구할 거야. 사업이 성공하면 우리에게 못 주겠다고는 할 수 없겠지. 우리가 주주가 되면 더 이상 애쓰지 않아도 돼. 우리 대신 다른 사람들이 애를 쓸 테니."

그러고는 말을 멈추더니 멈칫거리며 나를 바라보았다. 그녀가 하는 말은 일관성이 있었고 또 일종의 논리가 있었다. 바람이 약간 불었다. 허기가 느껴지기 시작했다. 호텔 레스토랑은 훌륭했다. 아주 신선한 해산물들, 고급스럽고 맛있는 생선 요리들이 나왔다. 우리는 축축이 젖은 모래를 밟으며 돌아왔다.

　"내게 돈이 좀 있어……" 내가 불쑥 말을 꺼냈다. "내게 돈이 있다는 걸 잊지 마." 그녀는 걸음을 멈추고 놀란 눈으로 나를 쳐다보았다. 사실 나 자신도 그런 말이 내 입에서 튀어나오리라고는 생각도 못했다.

　"이제는 더이상 여자가 부양받는 존재가 아니라는 것을 나도 잘 알아." 나는 약간 당황해하며 말을 계속했다. "하지만 그 무엇도 우리에게 남들처럼 하라고 강요하진 않아."

　그녀는 조용히 내 눈을 응시하며 말했다. "당신이 집을 판 돈을 손에 쥐면 그게 다 해서 최대 삼백만 프랑이 되겠지……"

　"그래. 그보다는 조금 적지."

　"그걸로는 충분하지 않아, 전혀. 돈이 좀더 필요해." 그녀는 다시 걸음을 재촉했고, 한참 동안 말이 없었다. "날 믿어……" 레스토랑의 유리문을 열고 들어갈 때 그녀가 말했다.

　식사가 끝난 후 역으로 가기 바로 직전 우리는 발레리 부모님 댁에 들렀다. 그녀는 또다시 일이 엄청나게 많아질 거라고 그들에게 이야기했다. 그래서 아마도 크리스마스 이전에는 집에 오지 못할 것 같다고 했다. 그녀의 아버지는 체념한 듯한 미소를 띤 채 그녀를 바라보았다. 나는 생각했다. 효녀군, 애정도 많고 사려 깊은 효녀야. 관능적이고 다정한데다 대담하기까지 한 애인이기도 하고. 일이 안되면 아마 사랑스럽고 지혜로운 애엄마가 되겠지. '그녀의 발은 순금으로 되어 있고, 그녀의 다리는 예루살렘신전 기둥과도 같네.' 나는 내가 발레리 같은 여자에게 어울리는 자격을 갖추기 위해 무슨 일을 했던가 줄곧 자문해보았다. 거의 아무것도 없었다. 나는 그저 세상의 흐름을 확인할 뿐이다. 그저 솔직하게 경험적으로 행동하고 그것을 확인한다. 그것을 확인하는 것 말고는 내가 할 수 있는 일은 아무것도 없다.

12

10월 말 장이브의 아버지가 돌아가셨다. 오드레는 장지葬地에 따라가기를 거부했다. 그도 이미 예상하고 있던 바라 그저 예의 상 청했을 뿐이었다. 장례식은 단출했다. 그가 외동아들이라 친척도 별로 없었고, 또 친구들도 없었다. 그의 아버지에게는 고등 예술기술학교 동창회지 게시문에 짤막한 부고란을 차지할 권리가 있었다. 그리고 그게 다였다. 그리고 나면 그의 흔적은 지워질 것이다. 최근에 그는 정말 아무도 만나지 않았다. 장이브로서는 왜 자신의 아버지가 은퇴를 하고 아무 재미도 없는 그 지방, 꼭 집어 말한다면 아는 사람조차 하나 없는 촌구석에서 지냈는지 전혀 이해하지 못했다. 어쩌면 평생 그에게 어느 정도 붙어다니던 마조히즘의 마지막 잔재 때문일지도 몰랐다. 우수한 성적으로 학업을 마친 후 그는 제조 엔지니어라는 시답지 않은 직업을 가졌었다. 항상 딸이 하나 있었으면 하고 꿈꾸었으면서도 그는 단호히 아들 하나만 낳고 그쳤다. 자식에게 최상의 교육을 시키기 위해서였다고 그는 주장하곤 했다. 그렇지만 그의 주장은 지켜지지 않았고 오히려 월급만 많아진 셈이었다. 그는 자신의 아내를 진정 사랑한다기보다 아내에게 익숙해져 있다는 인상을 주었다. 어쩌면 아들의 직업적인 성공을 자랑스럽게 여겼을 수도 있으리라. 그러나 그런 말은 전혀 입 밖에도 내지 않았던 것이 사실이다. 그에게는 토끼를 기르는 것과 『중서부 공화국』지의 크로스워드를 맞추는 것 외에는 취미라거나 진정한 오락 따위가 없었다. 모든 사람들에게 은밀한 열정, 신비로운 부분, 마음의 상처 같은 게 있는 것이 아닐까 생각한다면 잘못된 말일 것이다. 만일 장이브의 아버지가 자기 내면의 신념, 삶에 부여하는 심오한 의미에 관해 증언해야 했다면, 그는 아마도 가벼운 환멸감만을 밝힐 수 있었을 것이다. 사실 그가 즐겨 하던 말, 장이브가 기억하기로 아버지가 그에게 가장 많이 들려주었던 말, 인간 조건에 대한 그의 경험을 가장 잘 아우르는 말은 바로 이 말뿐이었다. "사람은 늙는다."

그의 어머니는 장례식에서 가슴 아파하는 모습을 그럴듯하게 보여주었다. 그래도 평생의 동반자였으니까. 그렇지만 그 일로 진정 충격을 받은 기색은 아니었다. "많이 약해졌었어" 하고 그의 어머니가 토를 달았다. 사인이 너무 불분명했기에 전반적으로 지쳤고, 나아가 절망감 때문에 죽었노라고 말할 수도 있었을 것이다. "더이상 아무것에도 취미를 붙이지 못했지……" 또다시 그의 어머니가 말했다. 그 말이 거의 장례식 추도사가 되었다.

물론 오드레가 참석하지 않은 것이 눈에 금방 들어왔지만 그의 어머니는 추도식 내내 입도 뻥긋하지 않았다. 저녁식사는 간소했다. 어쨌건 그의 어머니 요리 솜씨가 뛰어난 것은 아니었으니까. 그는 어머니가 때가 되면 말을 꺼내리라는 것을 잘 알고 있었다. 상황을 보아하니 이를테면 평소에 그랬던 것처럼 텔레비전을 켠다거나 해서 대충 얼버무리고 넘어가기 힘들었다. 어머니가 식기 정돈을 마치고 그의 맞은편 자리에 앉아 탁자에 팔을 괴었다.

"그래, 네 집사람하고는 잘되어가니?"

"끔찍하지는 않죠……" 그는 몇 분 동안 이야기를 풀어가다 차차 자기 자신의 걱정거리를 늘어놓았다. 그리고 마지막에 가서 이혼을 고려하고 있다고 말했다. 그도 알고 있었지만 어머니는 오드레를 증오하고 있었고, 손자 손녀를 자신에게서 떼어놓는다고 비난하고 있었다. 하긴 틀린 말은 아니다. 그렇지만 아이들 역시 할머니를 그리 보고 싶어하지 않았다. 다른 조건이었다면 사실 아이들도 할머니를 만나는 일에 익숙해질 수도 있었으리라. 적어도 앙젤리크의 경우에는 너무 늦은 편은 아니었다. 하지만 그렇다 해도 또다른 조건들이 생겼을 것이고 생활도 달라졌을 것이어서 모든 일을 생각하기는 힘들었다. 장이브는 눈을 들어 어머니의 얼굴, 틀어올린 회색 머리, 엄격한 얼굴 표정을 바라보았다. 이 여인에 대해 따스한 감정이나 애정이 솟아오르는 것을 느끼기란 힘들었다. 아무리 기억을 거슬러올라가보아도 어머니는 한 번도 애정 표현을 해본 적이 없었다. 마찬가지로 관능적이고 화냥년 같은 연인의 역할을 한다는 것도 상상하기 힘들었다. 그는 자신의 아버지가 아마도 평생 지켜워했으리라는 것을 대뜸 알아차렸다. 그러자 끔찍한 충격을 느꼈고, 탁자 가장자리에 놓인 손에 경련이 일었다. 이번에는 돌이킬 수 없는 것이었고, 너무도 결정적이었다. 그는 산다는 것을 마냥 행복해하고 즐거워하는 아버지의 밝은 모습을 볼 수 있었던 순간을 절망적으로 떠올려보려 했다. 어쩌면 한 번은 있었을 것이다. 그가 다섯 살 때, 아버지가 메카노 블록 조립 방법을 그에게 보여주려고 했던 바로 그때였다. 그래, 아버지는 정말 기계를 좋아했고, 진심으로 사랑했다(그는 아버지에게 상업 공부를 하겠노라고 선언했던 그날 아버지가 얼마나 실망했는지 생각이 났다). 결국 한평생을 사는 데 그것으로 충분했을 것이다.

다음날 그는 정원을 대충 한 바퀴 돌았다. 사실대로 말하면 그건 정원이라 할 만한 것도 아니었고 어린 시절의 기억도 전혀 되살아나지 않았다. 토끼들은 토끼장 속에서 신경질적으로 돌아다니고 있었는데, 여태껏 밥을 주지 않아서 그런 모양이었다. 어머니는 곧장 토끼들을 내다팔 생각이었고, 토끼 돌보는 것을 전혀 좋아하지 않았다. 사실 토끼들이야말로 이번 일에서 가장 큰 피해를 입었으며, 아버지의 사망으로 인한 진정 유일한 희생양들이었다. 장이브는 과립 사료 봉지를 집어들고 몇 움큼을 시렁에다 던져주었다. 아버지를 회상하며 그는 사료 주는 행위를 끝낼 수 있었다.

그는 일찍, 미셸 드뤼케의 방송이 시작되기 바로 직전에 출발했지만, 퐁텐블로 조금 못 미쳐 한도 끝도 없이 늘어선 자동차 대열에 끼고 말았다. 그는 라디오 채널을 이리저리 돌려보다가 결국은 꺼버렸다. 간간이 자동차 대열은 몇 미터씩 나아가곤 했다. 그의 귀에 들리는 것이라곤 윙윙거리는 엔진 소리와 이따금 차창에 부딪히는 빗방울 소리뿐이었다. 그의 정신은 이 울적한 공허함과 똑같은 상태였다. 이번 주말에 좋았던 일은 단 하나, 더이상 조아나를 보지 않아도 된다는 것이라고 그는 생각했다. 마침내 보모를 해고하기로 결심했던 것이다. 이웃집 여자가 유샤리스티라고 하는 새로운 보모를 소개해주었다. 베냉 출신으로 성실하고 학교에서 공부도 잘한다고 했다. 열다섯 살인데 벌써 고등학교 1학년이며, 나중에 의사, 아마도 소아과 의사가 되는 것이 꿈이라고 했다. 아무튼 그애는 아이들을 매우 잘 다뤘다. 니콜라를 전자오락에서 떼어놓고, 열시 이전에 잠자리에 들도록 했다. 그것은 결코 해낼 수 없는 일이었다. 그녀는 앙젤리크를 상냥하게 대했고, 간식도 주고, 목욕도 시켜주고, 함께 놀아주었다. 딸아이가 그녀를 무척 좋아하는 것이 확연히 드러났다.

그는 이번 여행에서 완전히 녹초가 되어 열시 반에 도착했다. 그의 기억으로는 오드레가 주말에 밀라노로 갔다고 알고 있었다. 그녀는 다음날 아침 비행기를 타고 곧장 일터로 향할 것이다. 그래도 이혼으로 인해 그녀의 생활수준이 낮아질 거라고 생각하자 씁쓸한 만족감을 느꼈다. 그녀가 문제를 꺼낼 순간을 늦추려 하는 것도 이해가 갔다. 그렇지만 애정을 회복했다거나 사랑의 감정이 되살아났다는 등의 속임수를 쓰려 하지는 않을 것이다. 그건 그녀에게서 높이 살 만한 점이었다.

유샤리스티는 소파에 앉아 포켓판으로 나온 조르주 페렉의 『직업세계』를 읽고 있었다. 모든 것이 잘 마무리되었다는 얘기였다. 그녀는 오렌지주스 한 잔을 마시겠다고 했고, 그는 손수 코냑을 따라 마셨다. 대개 그가 집에 돌아오면 그녀는 아이들과 함께 무엇을 했는지 하루 일과를 얘기하곤 했다. 그렇게 몇 분 이 야기하고 나서 자기 집으로 갔다. 이번에도 역시 똑같았다. 그렇지만 코냑을 따르면서 그는 자신이 전혀 아무것도 듣고 있지 않다는 것을 깨달았다. 그 사실을 깨닫는 동시에 그는 말해버렸다. "내 아버님이 돌아가셨어……" 유샤리스티는 걸음을 우뚝 멈추고 머뭇머뭇 그를 바라보았다. 자신이 대체 어떻게 행동해야 할지 전혀 몰랐던 것이다. 그러나 분명한 것은 그가 그녀의 주의를 끄는 데에 성공했다는 점이었다. "내 부모님은 함께 사시면서 행복하지 못하셨지……" 그가 이어 한 말은 훨씬 더 심각한 말이었다. 그 말은 자신의 존재를 부인하고, 자신에게서 어떤 방식으로든 삶에 대한 권리를 앗아가는 말 같았기 때문이다. 그는 잘 어울리지 않는 불행한 결합의 결실이며, 차라리 태어나지 않았어야 할 존재였다. 그렇게 말하고 나서 그는 불안에 찬 시선으로 주위를 살폈다. 기껏해야 몇 달만 지나면 자신은 이 아파트를 떠날 것이며, 이 커튼과 이 가구들을 다시는 보지 않을 것이다. 벌써부터 모든 것이 올올이 풀려버리고 견고함을 잃어버리는 것처럼 보였다. 정말이지 폐장시간이 지난 백화점의 전시 홀이나 카탈로그 사진 같은 실재하지 않는 무언가 속에 들어와 있는지도 몰랐다. 그는 비틀거리며 일어나 유샤리스티에게 다가갔고, 소녀의 육체를 격렬하게 자신의 품에 안았다. 그러고는 한 손을 스웨터 안으로 집어넣었다. 그녀의 살결은 살아 있고, 사실적이었다. 갑자기 정신이 든 그는 난처해져서 동작을 멈췄다. 그녀 역시 빠져나오려는 몸부림을 멈췄다. 그는 그녀의 눈을 똑바로 바라보며 입에 키스를 했다. 그녀도 키스에 화답해 혀를 뻗어 그의 혀와 맞닿았다. 그는 스웨터 안으로 더욱 깊숙이 손을 뻗어 그녀의 젖가슴을 만졌다.

둘은 아무 말 없이 방에 들어가 사랑을 나누었다. 그녀는 재빨리 옷을 벗고 침대 위에 웅크린 채 그가 자신을 가져주기를 기다렸다. 그들은 일이 끝난 후에도 아무 말 없이 몇 분 동안 잠자코 있었고, 이런 일이 생긴 것에 대해 언급을 피했다. 그녀는 다시 자신이 하루를 어떻게 보냈는지, 아이들과 함께 무엇을 했는지 이야기했다. 그러고 나서 여기서 잠을 잘 수는 없다고 했다.

그들은 이후 몇 주 동안 그녀가 오는 날이면 똑같은 일을 여러 번 되풀이했다. 그는 내심 어느 정도는 그녀가 자신들의 관계가 적법한지 문제를 제기하기를 기대했었다. 어쨌건 간에 그녀는 열다섯 살밖에 안 되었고, 자신은 서른다섯 살이니까. 극단적으로 보면 자신이 그녀의 아버지가 될 수도 있었을 나이다. 하지만 그녀는 전혀 그런 측면에서 문제를 바라보는 것 같지 않았다. 그렇다면 대체 어떤 측면에서? 그는 마침내 깨닫고 감동했다. 고마운 마음이 울컥 일었다. 그녀는 쾌락의 측면에서 문제를 보고 있었던 것이다. 결혼이 그를 쾌락으로부터 멀어지게 했고, 그에게 쾌락이 무엇인지 잊고 살게 했었다. 그는 단순히 쾌락을 위해서만 섹스를 하는 여자들이 간혹 있다는 사실을 잊고 있었던 것이다. 그가 유샤리스티의 첫번째 남자는 아니었다. 그녀는 벌써 지난해에 고등학교 졸업반 남자애를 사귀었는데, 그후로는 서로 만나지 못했다. 그렇지만 그녀가 모르는 것도 있었다. 이를테면 펠라티오 같은 것. 처음에 그는 자제했고, 그녀의 입안에 사정하는 것을 망설였다. 그러나 이내 그녀가 그것을 무척 좋아한다는 것을 알게 되었다. 아니 그녀는 분출되는 그의 정액을 느끼는 것을 즐겼다. 그가 그녀를 오르가슴에 도달하게 하는 것은 대체로 어려움이 없었다. 그도 나름대로 자신의 품안에 그 탄력 있고 유연한 육체를 안는다는 것에 커다란 쾌감을 느끼고 있었다. 그녀는 똑똑하고 호기심이 많았다. 그가 하는 일에 흥미를 느끼고 꼬치꼬치 캐묻기도 했다. 그러니까 그녀에게는 오드레에게 없던 거의 모든 것이 있었다. 기업의 세계가 그녀에게는 미지의 세계였고, 이국적인 세계였기에 그녀는 그 세계의 관습을 알고자 했다. 이 모든 질문들을 그녀의 아버지에게라면 못했을 것이다(하긴 그도 대답하지는 못했겠지만, 보건소 의사였으니까). 요컨대 자신들의 관계는 균형이 잡힌 관계라고, 그는 상대주의적인 묘한 느낌을 가지며 생각했다. 아무튼 첫째 아이가 딸이 아닌 것이

다행이었다. 어떤 상황에서는 자신이 근친상간을 피할 수 있는 방법—그리고 특히 이유—을 알기 힘들었기 때문이다.

첫번째 관계가 있고 난 삼 주 후, 유샤리스티는 또다시 남자애를 사귀게 되었노라고 밝혔다. 그렇다면 그만두는 게 낫다, 어차피 나중에는 그만두는 게 더 힘들어질 테니까. 정말이지 그다음번에 그녀가 계속 입으로 해주겠노라고 제안했을 때 그는 끔찍이도 가슴 아파했다. 사실 어떤 점에서 그게 덜 심각한 것인지는 잘 알지 못했다. 그러나 아무튼 그가 어느 정도는 열다섯 살의 감정이 어떤지 잊어버렸던 것이다. 그가 집에 돌아오자 그들은 오랫동안 이런저런 얘기를 나누었다. 항상 때를 정하는 것도 그녀였다. 그녀는 허리까지 옷을 벗어젖히고 자기 가슴을 애무하도록 했다. 그리고 그가 벽에 등을 기대고 서면 그의 앞에 무릎을 꿇고 앉았다. 그녀는 그가 내지르는 신음 소리를 통해 언제 사정을 할지 매우 정확히 예상할 수 있었다. 그러면 얼굴을 떼고 몸을 약간만 움직여, 때로는 자신의 가슴, 때로는 자신의 입을 향해 정확히 정액이 분출되도록 하곤 했다. 그럴 때면 그녀의 표정은 즐거움에 겨운, 거의 아이처럼 천진난만한 모습이었다. 그 일을 곱씹으며 그는 울적한 생각에 빠져들었다. 그녀는 이제 겨우 사랑을 시작할 나이이며, 앞으로 수많은 애인들을 즐겁게 해줄 거라고, 자신들은 그저 스쳐지나갈 뿐이며, 그게 전부지만 그것만 해도 대단한 행운이라고.

유샤리스티가 눈을 반쯤 감고 입을 크게 벌린 채 다시 열정적
으로 그를 발기시키던 두번째 토요일 날, 거실 문을 향해 고개
를 돌리던 그의 눈에 갑자기 아들의 모습이 들어왔다. 그는 전율
을 느끼며 고개를 돌려버렸다. 다시 눈을 들었을 때 아이의 모습
은 사라지고 없었다. 유샤리스티는 전혀 아무것도 눈치채지 못
했다. 그녀는 그의 사타구니 사이로 손을 집어넣어 그의 고환을
부드럽게 어루만졌다. 그러자 이상하게도 꼼짝할 수 없다는 느
낌을 받았다. 마치 막다른 길이 나타나듯 무엇인가가 그에게 나
타났다. 세대의 혼란이 크게 다가왔고, 핏줄이라는 것도 더이
상 아무 의미가 없었다. 그는 유샤리스티의 입을 자신의 성기 쪽
으로 이끌었다. 정말 자신도 모르게 이번이 마지막이라고 느꼈
고 그래서 그녀의 입이 필요했다. 그녀가 입술을 다물자마자 그
는 온몸에 전율을 느끼며 자신의 물건을 그녀의 목구멍 깊숙이
집어넣고 한참 동안 여러 번 사정했다. 그녀가 눈을 들어 자신을
바라보았을 때 그는 소녀의 머리를 붙잡고 있었다. 그녀는 이삼
분 동안 그의 성기를 입에 물고 있다가 눈을 감은 채 천천히 혀
를 그의 고환으로 옮겨갔다. 그녀가 집으로 가기 직전 그는 다시
는 이러지 않겠노라고 말했다. 자신도 명확히 그 이유를 알 수는
없었다. 만일 아들이 말을 꺼낸다면 이혼 판결에서 분명 자신에

게 불리하게 돌아갈 것이다. 그렇지만 자신도 분석하지 못하는 또다른 무언가가 있었다. 그는 일주일 후 꽤나 고통스러운 자아 비판적 어조로 그 모든 일을 내게 털어놓았다. 그리고 발레리에 게는 아무 말도 하지 말아달라고 부탁했다. 사실 나는 그가 조금 지겨워지기 시작했고, 또 무엇이 문제인지 전혀 알 수도 없었다. 그저 순수한 호의에서 나는 그의 일에 흥미를 느끼는 척했고, 옳고 그름만을 논했을 뿐이다. 그러나 전혀 그런 상황을 믿지 않았기에 미레유 뒤마의 방송에 나간 느낌이었다.

반대로 직장에서의 일은 모든 것이 잘 풀리고 있다고 그는 내게 만족스러운 듯이 말했다. 몇 주 전에 태국의 클럽과 관련해서 하마터면 문제가 생길 뻔했던 모양이다. 그곳 소비자들의 기대에 부응하자면 적어도 호스티스 바와 마사지 살롱 하나는 어쩔수 없이 갖추어야만 했다. 그렇지만 호텔 견적상으로는 그 모든 것을 정당화하기가 좀 어려웠다. 그래서 그는 고트프리트 렘프케에게 전화를 했다. TUI 사장은 재빨리 해결책을 찾아냈다. 그에게는 현지 동업자가 하나 있었는데, 푸껫에 자리를 잡은 중국인 청부업자로 호텔 바로 옆에 복합 레저단지 건설을 맡고 있었다. 독일인 여행업자는 기분이 좋은 듯 보였다. 일이 잘되리라는건 분명했다. 11월 초 장이브는 독일 고객들을 대상으로 한 카탈로그 샘플을 받았다. 이 사람들이 처음부터 세게 나간다는 사실을 그는 대뜸 확인할 수 있었다. 모든 사진들 속 현지 여자들은 가슴을 드러낸 채, 작은 티팬티나 투명하게 비치는 치마를 입고 있었다. 해변 혹은 방안에 서 있는 모습의 그녀들은 고혹적인 미소를 띤 채 혀로 입술을 핥고 있었다. 이 사진의 의도를 파악하지 못한다는 것은 거의 불가능했다. 그는 발레리에게 이런 수법은 결코 프랑스에서는 먹히지 않으리라고 지적했다. 그러고 나서 혼잣말로 중얼거렸다. 유럽에 가까이 갈수록, 국가 간 연합이라는 생각이 뚜렷해질수록, 풍속에 관한 입법 분야에서는 어떠한 통일성도 보이지 않는다는 게 참 이상해. 네덜란드와 독일에서는 매춘이 인정되고 또 사회적 지위도 누리고 있는 데 반해, 스웨덴에서처럼 매춘을 폐지하고 매춘 고객까지 처벌하라고 요구하는 프랑스 사람들이 많거든. 발레리는 놀라서 그를 바라보았다. 지금 이 사람이 왜 이러는 거지? 점점 더 자주 쓸데없고, 근거 없는 명상에 빠져들고 있어. 그녀로 말하자면 냉철한 결단력을 가지고 체계적으로 엄청나게 많은 일을 해치우고 있었다. 그에게 자문을 구하지도 않고 결정을 내리는 일이 잦아졌다. 혼자 결정하고 진행하는 것에 익숙하지 않았기 때문에 나는 그녀가 헤매고 주저한다는 것을 느끼곤 했다. 최고 경영진에서는 관여하지 않고 그들에게 완전한 자율권을 부여했다. "그 사람들은 기다리는 거야. 그뿐이야. 우리가 성공하는지 아니면 실패해서 주저앉는지 보려고 기다리는 거라고." 그녀가 화를 꾹 참고 내게 속마음을 털어놓았다. 그녀의 말이 맞다. 그건 명백한 사실이기에 나는 반박할 수 없었다. 게임은 그런 식으로 짜여졌다.

나로 말하자면, 성이 시장경제에 편입되는 것을 전혀 반대하지 않는다. 정직하든 아니든, 머리를 쓰든 아니면 야만적으로 힘을 쓰든 돈을 버는 방법은 여러 가지가 있다. 자신의 지성, 재능, 힘 또는 용기, 심지어는 미모를 이용해서 돈을 벌 수 있다. 그리고 그저 운이 좋아서 벌 수도 있다. 내 경우가 그렇듯이 대개는 상속을 받아서 돈이 생긴다. 그때 문제는 전前 세대의 문제로 돌아간다. 매우 여러 종류의 사람들이 이 땅에서 돈을 벌었다. 왕년에 잘 나가던 스포츠 선수들, 갱들, 예술가들, 모델들, 배우들. 또 수많은 중개인들과 솜씨 좋은 자본가들. 몇몇 기술자들과 그보다는 드물지만 몇몇 발명가들도 있다. 때로 돈을 단순히 모으기만 함으로써 기계적으로 벌기도 한다. 아니면 반대로 대담하게 투자하여 성공을 거두기도 한다. 이 모든 것이 아무 의미도 없지만, 대단히 다양하다는 것을 보여준다. 이와 반대로 성적인 선택의 기준은 지나치게 단순하다. 기준이란 따지고 보면 젊음과 육체적인 아름다움으로 귀결된다. 이러한 특징들에는 물론 대가가 있지만, 그 대가라는 것이 무한한 것은 아니다. 물론 상황이 지난 세기들, 즉 성이 그래도 인구의 재생산과 관련되어 있던 세기들과는 많이 다르다. 종의 유전적 가치를 유지하기 위해, 인류는 건강, 힘, 젊음, 건장한 신체를 가장 중요한 기준으로 삼았고, 아름다움이란 그저 그것들의 실제적인 종합에 지나지 않았다. 그러나 오늘날 상황은 바뀌었다. 아름다움은 그 가치를 고스란히 지니고 있지만 이제 그것은 돈으로 환산할 수 있는 가치, 나르시시즘적인 가치이다. 만일 성이 교환재 부문에 반드시 들어가야 한다면 가장 좋은 해결책은 이미 지성과 재능, 기술적 능력에 정확한 등가성을 허용하는 보편적인 매개물인 돈에 의존하는 것이다. 돈은 이미 견해, 취향, 삶의 방식들에 완벽한 표준화를 보장해주었다. 귀족들과 달리 부자들은 다른 사람들과 본성이 다르다고 전혀 주장하지 않는다. 그들은 단지 조금 더 부유하다고 주장한다. 본질적으로 추상적인 돈은 인종, 신체적 외양, 나이, 지능이나 차별이 전혀 끼어들지 않는 개념이다. 사실 돈 말고 다른 것으로는 전혀 차별이 되지 않는다. 나의 유럽인 조상들은 여러 세기 동안 일하느라 고생했다. 그들은 세계를 지배하려 했고 그다음에는 그것을 변화시키려고 했으며, 어느 정도는 성공을 거두었다. 그들이 성공한 것은 경제적 이익, 노동에 대한 욕구를 통해서이지만, 자신들의 문명이 우월하다고 믿었기 때문이기도 하다. 그들은 꿈, 진보, 유토피아, 미래를 만들어냈다. 개화를 시켜야 한다는 사명의식은 20세기에 들어서서 사라져버리고 말았다. 유럽인들, 적어도 그들 가운데 몇몇은 여전히 노동을 하며 때로 고생스럽게 일하지만, 그들이 그렇게 하는 것은 흥미 혹은 자신들이 맡은 일에 대한 신경증적 집착 때문이다. 세상을 지배하고 그 역사를 바꾼다는 타고난 권리에 대한 순진한 의식은 사라져버렸다. 이제껏 축적된 노력의 결과로 유럽은 부유한 대륙으로 남아 있다. 내 선조들이 보여주었던 지성과 일에 대한 열정을 나는 분명 다 잃었다. 편안한 유럽인으로서 나는 다른 나라들에서 싼값에 음식과 서비스와 여자들을 산다. 다가올 죽음을 의식하는 퇴폐적인 유럽인으로서, 그리고 이기주의에 완전히 도달한 사람으로서 나는 그런 것을 마다할 어떠한 이유도 알지 못한다. 그렇지만 그런 상황이 오래 지속되지 못하리라는 것과, 나와 같은 사람들은 사회의 생존을 보장할 수 없으며 심지어 그저 살 자격도 없다는 것을 인식하고 있다. 변화가 닥칠 것이며, 이미 닥치고 있다. 그러나 나는 그러한 변화에 관여되어 있다는 것을 실감하지 못한다. 나를 진정 움직이는 것은 가능하면 빨리 이 성가신 곳에서 벗어나고자 하는 생각뿐이다. 11월은 춥고 음산했다. 요즘 들어서는 오귀스트 콩트의 글도 더이상 읽지 못하고 있다. 발레리가 내 곁에 없는 동안 내 유일한 오락은 유리창을 통해 구름의 움직임을 관찰하는 것이다. 해 질 무렵 장터

이 상공으로 엄청난 찌르레기떼가 모이더니 하늘에 곡면과 나선형을 이루었다. 나는 그것에 의미를 부여하고, 그것을 지구 종말의 예고로 해석하고 싶었다.

13

어느 날 저녁 사무실에서 나오다 리오넬과 마주쳤다. '열대 태
국' 여행 이후로는 그를 본 적이 없으니까 무려 일 년이나 지난
셈이었다. 그렇지만 희한하게도 나는 그를 단번에 알아보았다.
그가 그토록 내게 깊은 인상을 주었는지 약간 놀라웠다. 그 당시
그에게 말을 건넨 기억조차 나지 않았으니까.

그가 내게 잘 지내느냐고 물었다. 그의 오른쪽 눈에는 면으로
된 두꺼운 안대가 씌워져 있었다. 작업 도중에 폭발 사고가 있었
다고 했다. 그렇지만 제때에 치료를 받았기 때문에 별문제는 없
으며, 시력의 50퍼센트를 되찾게 될 거라고 했다. 나는 한잔하
자고 팔레 루아얄 근처의 카페로 그를 데리고 갔다. 만일의 경우
내가 로베르, 조지안 그리고 그때 그 그룹 멤버들을 다시 알아볼

수 있을지 생각해보았다. 아마도 알아볼 것이다. 내 기억이 거의 전적으로 쓸모없는 정보들로 영원히 가득 채워지고 있다는 사실을 생각하니 약간 가슴이 아팠다. 인간으로서 나는 유독 다른 사람들을 알아보고 그 사람들의 이미지를 축적하는 능력이 뛰어났다. 인간보다 인간에게 쓸모 있는 것은 없다. 내가 왜 리오넬을 초대했는지 그 이유를 나는 명확히 알 수 없었다. 대화가 제자리에서 맴돌고 있는 것이 눈에 빤했다. 어느 정도 대화를 이끌어가기 위해 나는 행여 태국에 다시 가볼 기회가 있었느냐고 물었다. 아니라고 했다. 그럴 마음이 없었다기보다는 여행 비용이 불행히도 조금 비쌌다는 것이다. 그가 그때 같이 갔던 사람들을 만나본 적은 있었을까? 아니, 아무도. 그제야 나는 아마 기억할 테지만 발레리를 다시 만났고, 지금은 동거하기까지 한다고 알려주었다. 그는 그 말을 듣고 기뻐하는 듯했다. 당연히 우리는 그에게 좋은 인상을 남겼던 것이다. 그는 여행을 많이 할 수 있는 기회도 없다고 했다. 그래서 전체적으로 볼 때 태국에서 보낸 휴가가 가장 좋았던 기억 중 하나라고 했다. 나는 그의 단순함, 순진하게도 행복을 희구하는 모습에 마음이 흔들리기 시작했다. 그때 감동을 받았기에 오늘 그 일을 다시 생각하며 나는 그를 선량한 사람으로 분류하고 싶어진다. 나는 대체로 선량하지 않으며 내 성격 어디를 뒤져도 선량함을 찾을 수 없다. 나는 인도주의를 혐오하며, 다른 사람들의 운명에 대해서는 아랑곳하지 않는다. 심지어 어떤 연대감 같은 것도 느껴본 적이 없다. 그런데 그날 저녁 그에게 발레리가 관광업에 종사하고 있으며, 그녀가 다니는 회사에서 끄라비에 새로운 클럽을 개설할 예정이라고 알려주고, 50퍼센트 할인 가격으로 일주일 머물도록 해줄 수 있노라고 했다. 그건 순전히 꾸며낸 이야기였지만, 차액은 내가 내주기로 이미 마음을 먹고 있었다. 어쩌면 나는 어느 정도 짓궂은 짓을 하고자 한 것은 아닌가? 그러나 일생에서 다만 일주일만이라도 그가 또다시 젊은 태국 매춘부들의 능란한 손길에서 쾌락을 찾을 수 있도록 하려는 진실된 욕망을 느꼈던 것 같다. 내가 그를 만났다는 얘기를 하자, 발레리는 그에 대한 기억이 전혀 없었던지 약간 당혹해하며 나를 바라보았다. 그건 물론 그 사내의 문제였다. 나쁜 사람은 아니지만 전혀 개성이 없었다. 너무 소심하고 너무 겸손해서 그에 대한 어떤 기억을 간직하는 것도 힘들다는 것이다. 그녀가 말했다. "좋아…… 당신이 좋다면, 그 50퍼센트 할인 가격도 낼 필요가 없어. 말하려고 했는데, 개관하는 한 주 동안 초대 손님들을 받을 거야. 개관 날짜는 1월 1일이 될 거야." 나는 다음날 리오넬에게 전화를 걸어 그가 공짜로 머물게 될 것이라고 알려주었다. 너무 과했던지 그는 차마 내 말을 믿지 못했다. 그래서 제안을 받아들이라고 설득하는 데에 애를 먹어야만 했다.

　같은 날, 나는 자신의 작품을 제출하러 온 젊은 여류 예술가의 방문을 받았다. 그녀의 이름은 상드라 에크지토보이안, 뭐 그런 이름으로 나로선 아무래도 기억할 수 없는 이름이었다. 만일 내가 그녀의 에이전트였다면 상드라 할러데이란 이름을 쓰라고 조언했을 것이다. 바지와 티셔츠 차림의 매우 젊고 평범하게 생긴 여자로 둥근 얼굴에 웨이브진 단발머리였다. 그녀는 캉의 예술학교를 졸업했다고 했다. 그녀의 설명으로는 오직 자신의 육체만을 가지고 작업한다는 것이다. 그녀가 가방을 뒤지는 동안 나는 불안하게 그녀를 지켜보았다. 그녀가 발가락 성형수술 사진이나 그와 비슷한 것들을 꺼내 들이밀지 않았으면 하고 바랐다. 그런 유의 이야기에는 이제 넌덜머리가 나니까. 그러나 아니었다. 그녀가 내게 들이민 것은 여러 종류의 다른 색깔 물감에 적셔서 찍어낸 자기 성기의 엽서들이었다. 나는 청록색과 엷은 보랏빛 엽서를 골랐다. 내 성기 사진을 가져와 교환하지 못하는 것이 아쉬울 지경이었다. 전부 다 무척이나 마음에 드는 것이었지만 어쨌건 내 기억으로는 이브 클랭이 사십 년도 더 이전에 이와 유사한 작품들을 이미 만들어낸 바가 있었다. 그녀가 제출한 서류를 옹호하려면 곤욕을 치러야 할 것이다. 물론이죠, 물론이죠. 이건 스타일 연습 정도로 보아야죠. 그녀도 동의했다. 그리고 마분지로 된 포장 상자에서 보다 복잡한 작품을 꺼내 보였다. 서로 크기가 다른 두 개의 바퀴가 가느다란 고무 리본으로 연결되어 있었는데, 핸들이 달려 끌 수 있게 되어 있었다. 고무 리본 위로는 다소간 피라미드형으로 생긴 자잘한 돌기들이 돋아 있었다. 나는 손잡이를 움직여보고 움직이는 리본 위에 손가락을 얹어보았다. 그러자 그리 불쾌하지 않은 일종의 마찰이 일어났다. "그건 제 클리토리스를 주조한 거예요" 하고 그녀가 설명했다. 나는 즉시 손을 거뒀다. "제 클리토리스가 발기했을 때 내시경을 사용해서 사진을 찍었어요. 그리고 그걸 컴퓨터에 올렸죠. 3D 프로그램을 사용해서 입체감을 살리고, 그 전체를 레이트레이싱으로 떠서 작품 명세를 공장으로 보냈던 거죠." 나는 그녀가 기술적인 고려에 약간 사로잡힌 것이 아닌가 하는 느낌을 받았다. 다시 한번 기계적으로 손잡이를 작동시켰다. 그녀가 설명을 계속했다. "만지고 싶죠, 그렇죠? 전열선을 연결시켜 전구에 불이 들어오게 할까도 생각했었어요. 어떻게 생각하세요?" 사실 나는 그 생각에는 반대했다. 그렇게 하면 콘셉트의 단순함을 해칠 수 있었다. 그 여자는 현대 예술가치고는 꽤나 상냥한 편이었다. 그래서 어느 날 밤 섹스 파티나 함께 열자고 제안할 마음이 들었다. 발레리하고도 분명 죽이 잘 맞으리란 확신이 들었다. 그렇지만 때마침 내 지위에서 그러면 성희롱으로 여겨질 수도 있다는 걸 깨달았다. 나는 실망해서 그 장치를 바라보았다. "아시겠지만, 제가 담당하는 것은 주로 프로젝트의 회계 측면입니다. 미학적인 측면에 대해서는 뒤리 양을 만나보시는 게 더 좋을 겁니다." 나는 그렇게 말하고 나서 명함에 마리잔의 이름과 전화번호를 적어주었다. 어쨌건 클리토리스 얘기에서는 그녀가 분명 유능할 테니까. 여자는 약간 당황해 보였지만, 플라스틱 피라미드가 가득한 조그만 봉지를 내게 건넸다. "주물 몇 개를 드리죠. 공장에서 많이 만들어줬거든요." 나는 고맙다고 하고 사무실 문까지 그녀를 바래다주었다. 작별 인사를 하기 전에 나는 그 주물들이 실물 사이즈냐고 물었다. "물론이죠. 그게 작업 과정에 포함되거든요."

바로 그날 밤 나는 발레리의 클리토리스를 꼼꼼하게 관찰했다. 사실 그때까지는 한 번도 그렇게 세심한 주의를 기울인 적이 없었다. 그것을 어루만지거나 핥거나 할 때에도 그건 전반적인 도식과 관련해서였다. 즉 위치와 각도, 취해야 할 동작의 리듬을 이미 머릿속에 입력해두었던 것이다. 그렇지만 그때에는 내 눈앞에서 꿈틀거리고 있는 그 작은 기관을 무척이나 오래 관찰했다. "뭐하는 거야?" 오 분 동안이나 다리를 벌리고 있던 그녀가 놀라서 물었다. "예술적 과정이야……" 나는 혀로 가볍게 핥으며 그녀의 초조함을 달랬다. 그 여자의 주물에는 물론 맛과 냄새가 빠져 있다. 그것만 아니면 유사하다는 것에는 이론의 여지가 없었다. 관찰이 끝나자 나는 두 손으로 발레리의 음부를 벌리고 짧고 정확하게 혀로 몇 번 클리토리스를 핥았다. 기다림이 그녀의 욕망에 불을 질렀던 것일까? 아니면 보다 정확하고 보다 배려 깊은 내 동작 때문이었을까? 어쨌건 그녀는 거의 즉시 절정에 도달했다. 나는 속으로 생각했다. 그 상드라라는 여자는 좋은 예술가라고 할 수 있겠다고. 그녀의 작업이 이 세상을 새로운 시각으로 보도록 유도했으니까.

14

12월 초가 되자마자 아프로디테 클럽들이 목표를 달성하리라는 것, 그것도 역사에 길이 남을 정도의 목표를 달성하게 되리라는 것이 분명해졌다. 관광업계에서 11월은 전통적으로 가장 힘든 달이다. 10월만 해도 아직 몇몇 막차를 탄 손님들이 출발한다. 12월이 되면 축제 기간들이 그뒤를 잇는다. 그러나 11월은 몇몇 유별나게 신중하고 완고한 오십대 퇴직자들 외에는 휴가를 떠나려는 사람이 드물다. 그것도 매우 드물다. 그런데 클럽들 전체에서 이루어낸 첫번째 성과들이 대단했다. 이 프로그램은 즉각적인 성공을 거두었고, 심지어 인파가 쇄도했다고까지 말할 수 있었다. 첫번째 결산서가 도착한 날 저녁 나는 장이브, 발레리와 함께 저녁식사를 했다. 그는 거의 묘한 표정으로 나를 바라보았다. 그만큼 결과가 예상을 뛰어넘었기 때문이다. 11월 한 달 내내 클럽 객실 사용률은 클럽 소재지에 상관없이 95퍼센트를 초과했다. "그래, 섹스야……" 나는 당혹해하며 말했다. "사람들은 섹스를 필요로 해. 그게 다야. 다만 그걸 감히 드러내놓고 말을 못한다뿐이지." 사람들은 생각에 잠겼고 거의 모두가 말이 없었다. 그때 종업원이 전채 요리를 가지고 왔다. "끄라비 개업 때는 정말 굉장할 거야……" 장이브가 말을 이었다. "렘프케가 어제 전화를 했어. 삼 주 전에 이미 예약이 다 찼다는 거야. 더 좋은 건 방송에 아무것도, 단 한 줄도 나지 않았대. 은밀한 성공, 비밀리에 이룬 대성공이야. 이게 바로 우리가 원하던 바야."

　그는 마침내 스튜디오를 하나 얻어 아내를 떠나기로 결심했다. 1월 1일이 되어야 열쇠를 받겠지만, 상황은 보다 더 나아질 것이다. 나는 이미 그가 예전보다 더욱 느긋해졌다고 느꼈다. 그는 상대적으로 젊고 잘생기고, 솔직히 부자였다. 이 모든 조건이 사는 데에 반드시 도움이 된다고 할 수는 없다는 것을 깨닫고 나는 약간 당혹해했다. 하지만 그게 적어도 타인들의 욕망을 야기하는 데에는 도움이 된다. 나는 여전히 그의 야심, 그리고 그가 성공하기 위해 자기 일에 쏟아붓는 열성을 이해하지 못했다. 돈 때문이었다고는 생각하지 않는다. 많은 세금을 내고 있었고 또 명품에 대한 취향도 없었기 때문이다. 또 기업에 대한 헌신이

나, 보다 일반적으로 말해 이타주의 때문도 아니었다. 세계 관광업의 발달에서 고상한 명분을 찾기란 힘든 일이니까. 그의 야심은 그 자체로 존재하지만 다른 어떠한 명분으로도 환원될 수 없었다. 그것은 권력에 대한 갈망이나 경쟁심이라기보다는 아마도 무엇인가를 이루어보겠다는 것과 유사했다. 그가 고등상업학교 동창생들의 일에 관해 언급하는 것을 한 번도 들은 적이 없으며, 또 그런 것에 관해 조금이라도 신경을 썼다고는 전혀 믿지 않는다. 요컨대 그것은 인류 문명의 발전 전체를 설명해주는 것과 같은 존경할 만한 동기다. 그에 대해 주어지는 사회의 상여금은 높은 월급이었다. 체제가 달랐다면 귀족 작위라거나 사회주의 특권자들에게 주어지는 특권들로 구체화되었으리라. 그렇다고 해서 크게 달라질 것이라는 느낌은 들지 않는다. 실제로 장이브는 일이 좋아서 한 것인데, 그게 알 수 없으면서도 또 뻔히 알 수 있는 사실이었다.

12월 15일, 개업을 이 주 앞두고 그는 TUI로부터 불안한 전갈을 받았다. 독일인 남자 관광객 한 명이 동행인 태국 아가씨 한 명과 함께 납치를 당했다는 것이었다. 태국 최남단의 핫 야이에서 발생한 일이었다. 현지 경찰이 영어로 대충 써서 알아보기 힘든 메시지에는 아무 요구 사항도 없었고, 다만 이슬람 법률에 위배되는 행실로 인해 두 젊은이는 처형당할 것이라는 내용이었다. 사실 몇 달 전부터 말레이시아 국경 지대에서 리비아의 지원을 받는 이슬람 세력의 활동 상황을 체크해왔었다. 그러나 그들이 사람들을 공격한 것은 이번이 처음이었다.

12월 18일, 소형 트럭이 알몸에 온통 상처투성이의 젊은이들 시체를 시내 중심 광장 한복판에 내던지고 사라졌다. 여자는 돌에 맞아 죽었는데, 극도로 심하게 공격을 받은 것을 알 수 있었다. 전신의 피부가 온통 찢겨나가 그녀의 시신은 거의 알아보기 힘들 정도로 부어올라 있었다. 독일인 남자는 목이 잘리고 거세를 당했는데, 음경과 고환이 그의 입에 박혀 있었다. 이번에는 독일 언론 전체가 그 소식을 다루었고, 몇몇 프랑스 신문에서도 단신으로 실었다. 신문들은 희생자들의 사진을 싣지 않기로 결정했으나 통상 접속하는 인터넷 사이트를 통해 급속히 퍼져나갔다. 장이브는 매일같이 TUI에 전화를 했다. 현재까지의 상황은 그리 우려할 바가 못 된다. 예약 취소는 거의 없었고, 사람들은 휴가 계획을 고수했다. 태국 수상이 수차례에 걸쳐 사람들을 안심시키는 성명을 발표했다. 모든 테러리스트 단체에서 납치와 살인을 비난했기 때문에 이번 일은 필시 개별적인 행동일 것이라는 내용이었다.

그렇지만 우리가 방콕에 도착했을 때부터 나는 어떤 긴장감을 느꼈고, 특히 중동 출신의 관광객들이 주로 묵는 수쿰윗 지역에서 그러했다. 그들은 대개 터키나 이집트에서 온 사람들이었지만 때로는 훨씬 엄격한 이슬람 국가들인 사우디아라비아나 파키스탄에서 온 사람들도 있었다. 그들이 군중 속에 섞여 걸을 때면 나는 그들에게 던져지는 적대적인 시선을 느끼곤 했다. 몇몇 호스티스 바의 입구에는 '이슬람교도 출입금지'라는 팻말이 붙어 있었다. 심지어 빳뽕에 있는 어떤 바의 주인은 다음과 같은 글을 정성 들여 써서 자신의 의도를 설명하기도 했다. '우리들은 당신의 이슬람 신앙을 존중합니다. 따라서 우리는 당신이 이곳에서 위스키를 마시거나 태국 여자들과 즐기는 것을 바라지 않습니다.' 그렇지만 가난한 사람들은 그곳에서 아무것도 아니었다. 심지어 공격이 있을 경우, 그들이 첫번째 과녁이 되리라는 것은 뻔한 일이었다. 내가 처음 태국을 방문했을 때, 나는 아랍 국가의 거류민들이 있는 것을 보고 놀랐다. 그들이 온 것도 서양 사람들과 똑같은 이유에서였다. 방탕한 생활에 훨씬 더 탐닉한다는 것을 제외하면. 아침 열시부터 호텔 바에서 위스키를 마셔대는 그들의 모습을 종종 볼 수 있었다. 그들은 마사지 클럽이 문을 열자마자 제일 먼저 달려가는 사람들이었다. 이슬람 율법에는 명백히 위배되는 일이어서 그들도 아마 죄의식을 느끼고 있었겠지만, 대체로는 예의바르고 매력적인 사람들이었다.

방콕은 언제나 그렇듯이 오염되고 시끄럽고 숨을 쉴 수 없을 정도였다. 그렇지만 나는 방콕을 찾을 때마다 똑같은 기쁨을 느꼈다. 장이브는 은행가들과 두세 번의 미팅을 가지고 행정관청에 갔기 때문에 나는 꽤나 떨어져서 그 모습을 지켜보았다. 이틀 후 그는 회의 결과가 거의 결론에 도달했다고 우리에게 알려주었다. 현지 당국은 가능한 한 타협을 보려고 했고, 서방측의 투자를 조금이라도 유치하기 위해 무엇이든 할 준비가 되어 있다는 것이었다. 몇 해 전부터 태국은 경제 위기에서 벗어나지 못하고 있어서, 증시와 통화가치가 밑바닥 수준이었고, 공공부채는 국민총생산의 70퍼센트에 이르렀다. "너무나 부패해서 그 사람들이 지금보다 더 타락한 모습을 보일 수도 없을 거야……" 하고 장이브가 우리에게 말했다. "돈을 조금 찔러주어야 했지만, 오 년 전과 비교하면 거의 아무것도 아니야."

12월 31일 아침 우리는 끄라비로 가는 비행기를 탔다. 소형버스에서 내리면서 나는 우연히 리오넬과 마주쳤는데, 그는 전날 도착했다고 했다. 그는 내게 만족한다고, 무척이나 만족한다고 했다. 나는 그가 쏟아내는 감사의 말을 끊느라 약간 힘이 들었다. 그러나 내가 묵을 방갈로 앞에 도착했을 때 나 역시 아름다운 경치에 놀라지 않을 수 없었다. 해변은 넓고 티 하나 없이 깨끗했으며, 가는 모래는 마치 분가루 같았다. 바다는 몇십 미터만

가면 쪽빛에서 청록색으로 바뀌고, 또 청록색에서 에메랄드빛으로 바뀌었다. 진초록 숲으로 덮인 거대한 석회암 봉우리가 수면을 뚫고 수평선까지 솟아올라 저멀리 햇빛 속으로 아른아른 사라지면서, 해변에 비현실적이며 우주적인 방대함을 더해주었다.

"여기서 〈해안〉이란 영화를 찍은 거야?" 발레리가 물었다.

"아니 그건 꼬 피피 해안인 것 같은데? 하지만 난 그 영화 보지 못했어."

그녀의 말에 따르면 내가 놓친 것은 별로 없다고 했다. 경치만 빼면 별로 흥미로운 것이 없었다. 한 번도 사람이 가본 적이 없는 섬을 찾는 배낭족의 이야기를 다룬 책이 어렴풋이 기억났다. 그들의 유일한 지표는 카오산 로드에 있는 초라한 호텔에서 어느 늙은 무전여행객이 자살하기 직전 그려준 지도였다. 그들은 우선 무척이나 관광객이 들끓는 꼬 사무이로 갔다. 그곳에서 그들은 가까운 섬으로 갔지만 그들이 보기에는 그곳도 사람들이 너무 많았다. 마침내 뱃사람 한 명을 사서 그들이 바라던 섬—자연보호 지역에 있어서 원칙상으로는 접근이 불가능한—에 상륙하게 되었다. 그때부터 고생이 시작되었다. 그 책의 전반부 몇 장에서는 '비非관광지'를 광적으로 찾아 나서는 관광객에게 닥치는 저주를 멋지게 그려내고 있었다. 실현하면 할수록 공허해지기만 하는 자신의 계획을 그렇게 어쩔 수 없이 밀고 나가지만,

자신이 그곳에 가기만 하면 비관광지는 비관광지로서의 가치가 떨어지는 것이다. 마치 자신의 그림자를 피하고자 하는 사람처럼 아무 희망 없는 그러한 상황은 관광업계에는 잘 알려진 일이라고 발레리가 내게 일러주었다. 사회학적인 용어를 빌리자면, 그것은 딜레마의 역설이라고 한다.

어쨌든 끄라비의 엘도라도 아프로디테를 선택한 휴가객들은 딜레마의 역설에 시달릴 가망성은 없어 보였다. 해안이 광대하긴 해도 그들은 거의 모두 같은 장소에 자리를 잡았기 때문이다. 내가 볼 수 있었던 것으로 판단컨대 그들이야말로 예상 고객층에 딱 부합하는 것처럼 보였다. 회사의 고위 간부들이나 자유업을 가진 독일인들이 많았다. 발레리가 정확한 수치를 제공했다. 독일인이 80퍼센트, 이탈리아인이 10퍼센트, 스페인 사람이 5퍼센트 그리고 프랑스 사람이 5퍼센트를 차지하고 있었다. 놀라운 것은 쌍쌍이 온 사람들이 많았다는 것이다. 그들은 꽤나 자유분방한 커플의 스타일을 보였고, 프랑스 아그드 곳에서도 쉽게 마주칠 수 있었을 것이다. 여자들 대부분은 가슴에 실리콘을 주입했고, 많은 여자들이 허리나 발목에 금줄을 두르고 있었다. 나는 또한 거의 모든 사람들이 나체로 수영을 한다는 사실을 깨달았다. 이 모든 것이 오히려 나를 안심하게 했다. 저런 사람들이라면 절대 문제를 일으키지 않으리라. '무전여행 취지에 맞는' 장소로 분류된 곳과는 반대로, 오직 사람들이 점점 자주 찾아야만 가치가 생기는 스와핑 장소는 본질적으로 역설이 존재하지 않는 곳이다. 나는 발레리에게 타인을 피할 수단을 가질 수 있는 것이 가장 큰 사치인 세계에서는, 성격 좋은 부르주아이면서 스와핑 주의자인 독일인들의 사회성은 유독 미묘한 전복의 형태를 이룬다고 말해주었다. 발레리는 브래지어와 반바지를 벗고 있었다. 내가 막 옷을 벗었을 때, 나는 내가 발기되어 있다는 것을 깨닫고 약간 거북해져서 그녀의 옆에 배를 깔고 누웠다. 그녀는 허벅지를 벌려 편안한 자세로 자신의 성기를 햇빛에 노출시켰다. 우리 오른쪽으로 몇 미터 떨어진 곳에는 한 무리의 독일 여자들이 있었는데, 〈데어 슈피겔〉지에 나온 기사를 두고 이것저것 이야기를 주고받고 있었다. 그 여자들 중 한 명의 성기는 음모를 제거했는데, 가늘고 곧장 찢어진 틈새가 아주 잘 보였다. "난 저런 종류의 성기가 좋더라……" 하고 발레리가 나지막이 말했다. "저런 걸 보면 손가락을 넣고 싶어지거든." 나 역시 좋았다. 왼쪽에는 스페인 커플이 있었는데, 여자의 음모는 반대로 매우 무성하고 까맣고 곱슬곱슬했다. 그것도 나는 좋았다. 채 스물다섯 살이 못 되어 보이는 매우 젊은 여자였는데도 가슴이 크고 유륜이 넓고 튀어나와 있었다. "자, 돌아누워……" 발레리가 내 귀에 대고 말했다. 아무것도 보지 않으면 행동반경이 감소되기라도 하는 듯 나는 눈을 감고 시키는 대로 했다. 내 물건이 서 있다는 것과 귀두가 포피 바깥으로 나와 있는 것을 느꼈다. 잠시 후 나는 생각을 멈추고 오직 감각에만 집중했다. 점막에 와 닿는 햇볕이 한없이 기분좋았다. 선 오일이 내 가슴, 이어서 배 위로 흘러내리는 것을 느꼈을 때도 나는 여전히 눈을 감고 있었다. 발레리의 손가락은 경쾌하고 빠르게 옮겨다녔다. 코코넛 향기가 대기를 가득 채우고 있었다. 그녀가 오일을 내 성기 위에 바르기 시작했을 때, 나는 번쩍 눈을 떴다. 그녀는 내 옆에 무릎을 꿇고 앉아 있었는데, 맞은편에는 스페인 여자가 몸을 일으켜 팔을 괸 채 바라보고 있었다. 나는 고개를 뒤로 젖혀 푸른 하늘에 시선을 고정했다. 발레리는 내 불알에 손바닥을 대고 중지를 항문 속으로 집어넣었다. 다른 손으로는 여전히 규칙적으로 내 성기를 애무하고 있었다. 고개를 왼쪽으로 돌리니, 스페인 여자가 자기 남자에게 똑같이 해주고 있는 모습이 보였다. 나는 다시 창공으로 시선을 옮겼다. 다가오는 발소리를 듣고 다시 눈을 감았다. 키스하는 소리가 들리더니 그녀들이 속닥거리는 소리가 들렸다. 얼마나 많은 손과 손가락이 내 성기를 감싸쥐고 주물럭거렸는지 모른다. 부딪히는 파도 소리가 매우 감미로웠다.

해변을 벗어나 우리는 레저 센터를 한 바퀴 둘러보러 갔다. 어둠이 내려앉았고, 고 고 바의 울긋불긋한 네온사인들에 하나씩 불이 들어왔다. 원형 광장에 열 개 정도의 바가 있었고 그 한가운데에 마사지 살롱이 있었다. 입구 앞에서 장이브를 만났는데, 문간까지 배웅 나온, 긴 드레스 차림에 가슴이 크고 피부가 뽀얀 아가씨와 함께 있었다. 피부색이 옅어서 오히려 중국 여자 같았다.

"안은 어때요?" 발레리가 그에게 물었다.

"놀라워. 약간 키치 분위기가 나지만 정말 화려해. 분수가 있고, 열대식물에 폭포수도 있어. 심지어 그리스 여신상까지 갖다 놨더라고."

우리들은 금실로 뒤덮인 푹신한 소파에 자리를 잡고 아가씨 두 명을 불렀다. 마사지는 매우 좋았고, 뜨거운 물과 물비누로 우리 피부에 남아 있던 선 오일의 흔적을 지워주었다. 아가씨들은 섬세하게 움직였고, 비누칠을 해줄 때는 가슴과 엉덩이, 사타구니 안쪽을 사용했다. 발레리는 곧장 신음 소리를 내기 시작했다. 나도 여러 번 여자의 에로틱한 부분의 풍성함에 황홀해했다.

몸을 말린 다음 우리는 둘레의 삼분의 이가 거울로 둘러싸인 커다란 원형 침대에 몸을 뉘었다. 아가씨 중 한 명이 발레리를 핥아주어 쉽사리 그녀를 오르가슴에 이르게 했다. 나는 발레리의 얼굴 바로 위에 무릎을 꿇고 앉아 있었고, 또다른 아가씨가 내 불알을 어루만지며 성기를 입안에 넣고 빨았다. 내가 사정을 하리라는 것을 느낀 순간 발레리는 아가씨들에게 더 가까이 오라고 손짓을 했다. 첫번째 아가씨가 내 불알을 핥는 동안 다른 아가씨는 발레리의 입에 키스를 했다. 나는 반쯤 뒤엉킨 그녀들의 입술 위로 사정을 했다.

송년회 파티 손님들은 대개 태국 사람들로 어느 정도는 현지 관광업과 연관된 사람들이었다. 오로르 사의 간부들은 한 명도 오지 않았다. TUI의 사장도 역시 올 수 없었지만 대리자를 보내 왔다. 그 사람은 실상 아무 실권도 없었지만 뜻밖의 행운에 무척 기뻐하는 듯 보였다. 태국 요리와 중국 요리로 이루어진 뷔페는 정말 대단했다. 바질과 레몬 향을 가미한 바삭바삭한 작은 만두와 선메꽃 튀김 요리, 야자유 새우 카레, 캐슈너트와 아몬드를 넣은 볶음밥, 믿기 힘들 정도로 입에서 사르르 녹으며 감칠맛이 나는 북경 오리 구이가 나왔다. 이번 행사를 위해 프랑스 와인도 공수했다. 나는 몇 분간 리오넬과 잡담을 했는데, 그는 행복에 겨워 공중에 둥둥 떠다니는 듯했다. 그는 치앙마이 태생의 킴이라고 하는 매력적인 아가씨와 함께 있었다. 그는 첫날 토플리스 바에서 그녀를 만났고, 그 이후로 쭉 함께 지내고 있었다. 그는 그녀를 사랑이 가득한 눈으로 바라보았다. 나는 우아하고 거의 비현실적으로 섬세한 이 여자의 그 무엇이 약간

굼뜬 덩치 큰 사내를 매혹시킬 수 있었는지 이해했다. 그의 나라에서라면 이와 비슷한 여자를 찾을 수나 있었는지 모르겠다. 그 작은 태국 계집들은 축복이었다. 하늘에서 내려준 선물 못지않았다. 킴은 프랑스어도 조금 했다. 그녀가 한 번 파리에 간 적도 있었노라고 리오넬은 감탄했다. 그녀의 언니가 프랑스 남자랑 결혼했다고 한다.

"아, 그래요? 그 사람은 무얼 하는데요?" 하고 내가 물었다.

"의사래요……" 그는 표정이 어두워졌다. "물론 나와 함께라면 생활 방식이 달라지겠죠."

"그래도 당신은 직장이 안정되어 있잖아요." 나는 낙관적으로 대꾸했다. "태국 사람들은 모두 공무원이 되기를 꿈꾸거든요."

그는 약간 못 미더워하며 나를 보았다. 그렇지만 그건 사실이었다. 공무원이라는 자리는 태국 사람들에게 굉장히 매력적인 자리다. 사실 태국의 공무원들은 부패했으며, 단지 직장이 안정적일 뿐 아니라 부유하기까지 하다. 모든 것을 가질 수 있으니까. "그래요, 좋은 밤 지내길……" 나는 바 쪽으로 향하며 말했다. "고마워요……" 그는 얼굴을 붉히며 대답했다. 나는 그 순간 그 무엇이 나로 하여금 인생을 잘 아는 사람 역할을 하게 했는지 알 수 없었다. 분명 내가 늙어가고 있는 것이다. 그래도 그 아가씨에게는 의심쩍은 부분들이 있었다. 태국 북부 지방 여자들은 대개 다 아름답다. 그렇지만 그녀들은 그 사실을 너무 의식하고 있다. 그녀들은 거울 속에 자신의 모습을 비춰보며 시간을 보내고, 자신들의 아름다움이 그 자체만으로 결정적인 경제적 이권이라는 것을 잘 알고 있었다. 그래서 변덕스럽고 하잘것없는 존재들이 되어버린다. 다른 한편, 멋진 서양 여자와 반대로 킴은 리오넬 그 사람도 물정 모르는 어리숙한 사람이라는 것을 깨닫지 못했다. 신체적 아름다움의 주요 기준이란 젊음, 신체장애의 부재 그리고 인류라는 종의 표준에 전반적으로 부합하는 것이다. 부수적인 기준들은 명확하지 않고 상대적이어서 다른 문화에서 자라난 젊은 여자로서는 이해하기가 훨씬 까다롭다. 리오넬로 말하자면 이국적인 것을 느낄 수 있다는 게 좋은 평가를 받았던 것이고 아마 그것이 유일한 기준이었을 것이다. 어쨌든 나로선 그를 돕기 위해 최선을 다했던 거라고 생각한다.

생 테스테프 와인 잔을 손에 들고 나는 긴 의자에 앉아 별을 바라보았다. 2002년은 무엇보다 프랑스가 유럽 단일화폐 체제에 들어서는 해이다. 마찬가지로 월드컵이 열리고, 대통령 선거가 있으며, 대대적으로 방송을 탈 다른 여러 일들이 있다. 해안의 바위로 된 봉우리들이 달빛을 받아 환히 빛나고 있었다. 나는 자정에 불꽃놀이가 있다는 것을 알고 있었다. 몇 분 후 발레리가 내 옆에 다가와 앉았다. 나는 그녀를 감싸안고 그녀의 어깨에 머리를 기댔다. 얼굴 모습은 거의 보이지 않았지만 그 냄새와 살결로 느낄 수 있었다. 첫번째 불꽃이 터졌을 때 나는 약간 비치는 그녀의 초록색 드레스가 일 년 전 꼬 피피에서 송년회가 있었을 때 입고 있던 바로 그 드레스라는 것을 알아보았다. 그녀가 내 입술 위로 자기 입술을 가져다대던 그 순간, 나는 마치 세상의 질서가 뒤바뀐 듯한 야릇한 감동을 느꼈다. 전혀 그럴 자격이 없는 내가 두번째 기회를 얻게 된 것은 정말 이상한 일이다. 인생에서 두번째 기회를 얻는다는 것은 매우 드문 일이다. 그것은 모든 법칙을 거스르는 일이니까. 나는 갑자기 울고 싶은 충동을 못 이겨 그녀를 내 품에 부둥켜안았다.

15

대체 사랑이 지배할 수 없다면, 정신은 어떻게 지배할 것인가? 모든 실제적 우선권은 행위의 몫이다.

―오귀스트 콩트

배가 청록색의 거대한 바다를 미끄러져가고 있었다. 그리고 나는 나의 계속되는 행동들에 대해 두려워할 필요가 없었다. 우리는 수면 위로 노출된 산호들과 거대한 석회암 봉우리들을 따라 꼬 마야를 향해 이른 시간에 출발했다. 봉우리들 중 몇몇은 고리 모양을 이루고 있었는데, 바위틈으로 난 좁은 물길을 따라 중앙의 초호礁湖로 들어갈 수 있었다. 섬들 안쪽은 에메랄드처럼 푸른색 바닷물이 잔잔히 자리잡고 있었다. 선장이 엔진을 껐다. 발레리는 나를 바라보았고, 우리는 아무 말도 하지 않은 채 꼼짝 않고 있었다. 완전한 침묵 속에 얼마의 시간이 흘렀다.

선장은 우리를 높은 돌벽이 둘러쳐진 꼬 마야 섬 해안에 내려주었다. 낭떠러지 안쪽으로 휘어진 협소한 백사장이 100미터 정도 펼쳐져 있었다. 중천에 해가 걸린 것을 보니 벌써 오후 한시였다. 선장은 다시 엔진을 켜고 끄라비 방향으로 출발했다. 해질 무렵 우리를 다시 데리러 오기로 되어 있었다. 그가 만의 입구를 지나자마자 윙윙거리는 소리가 사라졌다.

성행위를 할 때를 빼놓으면, 인생에서 육체가 살아 있다는 행복감으로 어쩔 줄 모르는 순간들, 단순히 이 세상에 있다는 사실만으로도 기쁨에 겨워하는 순간들은 얼마 되지 않는다. 1월 1일 그날 하루는 바로 그러한 순간들로 가득 채워졌다. 지금 나에겐 그 충일성 외에는 기억나지 않는다. 우리들은 아마 수영을 했을 것이고, 분명 일광욕도 하고 사랑도 나누었을 것이다. 그렇지만 우리가 말을 하거나 섬을 탐사했다고는 생각지 않는다. 나는 발레리의 냄새, 그녀의 성기에 말라붙은 소금의 짭짤한 맛을 기억한다. 그녀의 몸속에 들어가 잠이 들었고, 그녀가 성기를 수축하는 바람에 잠이 깼던 기억이 난다.

배는 오후 다섯시에 우리를 데리러 왔다. 바다를 면한 호텔 테라스에서 나는 캄파리를 마셨고, 발레리는 마이 타이를 마셨다. 석회암 봉우리들은 오렌지빛 속에서 거의 검은색으로 보였다. 마지막까지 남아 수영하던 사람들이 손에 수건을 들고 돌아왔다. 해변에서 몇 미터 떨어진 곳에서는 미지근한 물 속에 서로의 몸을 껴안고 한 쌍의 남녀가 사랑을 나누고 있었다. 지는 해의 햇살이 중간 높이의 탑 지붕을 비추고 있었다. 선행이나 칭찬받을 만한 일을 하고 나면, 사원의 종을 쳐서 그 일을 기념하는 것이 불교의 관례다. 선행에 대한 인간의 증언으로 대기를 울리게 하는 종교는 즐거운 종교다.

"미셸……" 한참 침묵이 흐른 후 발레리가 내 눈을 똑바로 바라보며 말문을 열었다. "나 여기 남고 싶어."

"그게 무슨 말이야?"

"여기 완전히 남겠다는 뜻이야. 오늘 오후 돌아오면서 그 생각을 했어. 가능한 일이야. 내가 이 휴양 빌리지의 책임자로 임명되기만 하면 돼. 자격증도 있고 필요한 능력도 있어."

나는 잠자코 그녀를 바라보았다. 그녀가 내 손 위에 손을 얹었다.

"다만 당신이 일을 그만두어야 할 거야. 그래 줄 수 있어?"

"그럼." 나는 추호도 망설임이나 의혹 없이 바로 대답했다. 한번도 그렇게 쉽게 결정을 내린 적은 없었다.

우리는 장이브가 마사지 살롱에서 나오는 것을 보았다. 발레리가 그에게 손짓을 하자, 그가 우리 테이블로 와서 앉았다. 그녀는 곧바로 자신의 계획을 밝혔다.

"에, 그러니까…… 그럴 수도 있다고 생각해." 그는 머뭇거리며 말했다. "물론 오로르 사는 약간 놀라겠지. 당신이 요구하는 것은 좌천이니까. 월급이 적어도 반으로 줄겠지. 다른 사람과의 관계도 있으니까 달리해볼 방도는 없어."

"나도 알아요. 내가 미쳤다는 걸."

그는 다시 한번 그녀를 바라보고 놀라워하며 고개를 끄덕거렸다. "당신이 선택한 일이라면…… 만일 그게 당신이 원하는 거라면……" 마치 이해했다는 듯 그가 말을 이었다. "어쨌든, 엘도라도 경영은 내가 하니까. 내 뜻대로 휴양 빌리지 책임자들을 임명할 권리가 있어."

"그러니까, 그래 줄 수 있다는 거죠?"

"그래…… 그래, 당신을 막을 수는 없지."

자신의 삶이 갑자기 바뀌는 것을 느낀다는 것은 묘한 감각이다. 아무것도 하지 않고, 가만히 있으면서 그 변화의 감각을 느끼기만 하면 된다. 식사 내내 나는 말없이 생각에 잠겨 있었다. 그래서 결국 발레리가 불안해했다.

"당신도 그렇게 하길 바란다는 게 확실한 거야?" 발레리가 물었다. "프랑스를 그리워하지 않을 자신 있어?"

"그래, 난 아무것도 아쉬워하지 않을 거야."

"여긴 놀 것도 없고, 문화생활도 없어."

나는 알고 있었다. 내가 생각해본 바에 따르면, 문화란 나에게 우리 삶의 불행과 직결된 필수적인 보상처럼 보였다. 아마도 또 다른 차원의 문화, 가장 행복한 상태에서 일어날 수 있는 축하와 서정성과 연결된 문화를 상상해볼 수도 있었으리라. 그렇지만 나는 그런 것을 확신할 수 없었고, 또 그것이 내게 진정 더이상 아무 중요성도 갖지 못하는 매우 이론적인 생각처럼 보였다.

　"TV5*가 있지……" 나는 아무렇지 않은 투로 말했다. 그녀가 미소를 지었다. 어쨌든 TV5가 전 세계에서 가장 형편없는 방송 채널 중 하나라는 것은 잘 알려진 사실이었으니까. "정말 싫증내지 않을 자신 있어?" 그녀는 고집스럽게 다그쳤다.

　살면서 나는 고통, 억압, 고뇌를 경험했다. 그러나 싫증이라는 것은 경험해본 적이 없다. 나는 똑같은 일이 영원히, 그리고 멍청하게 되풀이된다는 것에 대해 반발하지 않는다. 물론 나도 그런 경지에 도달할 수 있다는 환상은 품고 있지 않다. 불행이란 강하며 재간이 있고 끈덕진 것이니까. 하지만 어떠한 경우에도 그러한 시각이 나에게 일말의 불안감이라도 일으킨 적은 없다. 어렸을 적에 나는 풀밭에서 클로버 이파리를 세면서 시간을 보낸 적이 있다. 몇 년 동안 찾아 헤맸음에도 불구하고 나는 네잎

---

* 프랑스에서 해외로 내보내는 문화 방송.

클로버는 한 번도 발견하지 못했다. 그렇다고 실망하거나 쓰라린 감정을 느껴본 적도 없다. 사실 내가 계속 풀잎을 셀 수도 있었을 것이다. 이파리가 세 개 달린 모든 클로버 잎들은 내게 영원히 똑같고, 영원히 찬란한 것으로 보였으니까. 열두 살 적 어느 날, 높은 산에 있는 전신주 철탑 꼭대기에 올라간 적이 있다. 올라가는 동안 내내 나는 발밑을 내려다보지 않았다. 꼭대기가 평평한 곳에 이르자, 그제서야 다시 내려가는 일이 복잡하고 위험한 일로 보였다. 산맥이 끝도 없이 펼쳐져 있었고, 만년설로 뒤덮여 있었다. 그냥 그 자리에 있거나 아니면 뛰어내리는 것이 훨씬 쉬웠으리라. 최후의 순간, 나는 몸이 으깨진다는 생각에 꾹 참았다. 그러나 그렇게 하지 않았다면, 나는 내 비행을 영원히 즐길 수 있었으리라 생각한다.

다음날 나는 안드레아스를 알게 되었다. 그는 십 년 전부터 이 지방에 터를 잡은 독일인이었다. 그는 자신이 번역가이며, 그렇기 때문에 혼자 일할 수 있노라고 설명해주었다. 그는 일 년에 한 번, 프랑크푸르트 도서전이 열릴 때 독일로 돌아가곤 한다고 했다. 물어볼 게 있으면 인터넷으로 한다는 것이다. 운좋게도 미국의 베스트셀러를 여러 권 번역할 수 있었고, 그중에서도 『그래서 그들은 바다로 갔다』는 벌써 자신에게 남부끄럽지 않은 수

입을 안겨주었다고 한다. 사실 이 지역은 물가가 그리 비싸지 않다. 지금까지는 관광이란 것이 거의 없었는데, 단 한 번에 그 많은 동향인들이 배에서 내리는 것을 보고 놀랐단다. 그는 그 소식을 별로 열광적으로도 정말 불쾌하게도 받아들이지 않았다. 비록 직업상 어쩔 수 없이 항상 독일어를 사용하지만, 그와 독일의 관계는 실제로 매우 느슨해졌다고 한다. 그는 마사지 살롱에서 만난 태국 여자와 결혼했고, 지금은 아이가 둘이라고 했다.

"여기선 아이를…… 그러니까…… 아이를 갖는다는 게 쉬운 가요?" 나는 마치 개를 사는 게 쉬우냐고 묻는 것처럼 내가 얼토당토않은 질문을 한다는 느낌이 들었다. 사실 어린아이들을 볼 때마다 약간 혐오감을 느끼곤 했다. 내가 아는 한 어린애들은 못생긴 꼬마 괴물들로, 제멋대로 똥을 누고 참을 수 없을 정도로 울어대는 존재들이었다. 그래서 아이를 가진다는 생각이 머릿속을 스친 적이 단 한 번도 없었다. 그러나 나는 대부분의 부부들이 그렇게 한다는 것을 알고 있었다. 그들이 만족하는지는 알 수 없으나 아무튼 그들은 감히 불평을 하지는 못했다. 나는 휴양 빌리지를 둘러보며 속으로 생각했다. 이처럼 넓은 곳이라면 그것도 생각해볼 수 있는 일이라고. 아이가 방갈로 사이를 돌아다니며 나무 막대기나 또 뭔지 모를 것을 가지고 놀 거라고.

안드레아스는, 여기서는 아이를 갖는다는 게 너무나도 쉽다고, 끄라비에 학교가 하나 있는데 걸어서도 갈 수 있다고 했다. 그리고 태국 아이들은 유럽 아이들과는 매우 달라서 화도 덜 내고 변덕도 덜 부린다고 했다. 아이들은 부모에 대해 거의 경외와도 가까운 존경심을 보이는데, 그런 마음은 저절로 생기고 또 그들 문화의 한 부분을 이룬다고 했다. 그가 뒤셀도르프에 있는 여동생 집을 방문했을 때, 조카아이들의 행동에 말 그대로 질겁했다고 했다.

나는 그런 문화적 분위기에 대해 절반만 확신했다. 나는 발레리가 아직 스물여덟 살밖에 되지 않았고, 대체로 여자들이 서른다섯 살까지는 애를 낳는다는 생각에 안심했다. 그래, 만일 그래야 한다면 나는 그녀와 자식을 낳을 것이다. 그녀도 그런 생각을 할 것이고 그게 필연적이라는 것을 나는 알고 있었다. 아무튼 애란 짐승 새끼와 다를 바 없어서 사실 못된 성향을 지니고 있다. 이를테면 어린 원숭이 새끼라고 해두자. 나는 생각했다. 장점도 있을 수 있지. 어쩌면 '천 개의 이정표'라는 카드 게임을 가르칠 수도 있을 거야. 나는 그 게임을 정말 좋아했는데, 해도 해도 물리지 않았다. 내가 게임 한 판 같이하자고 누구에게 제안을 할 수 있으랴. 물론 내 직장 동료들에게는 할 수 없을 것이고, 나에게 서류를 제출하러 오는 예술가들에게도 마찬가지로 할 수 없을 것이다. 안드레아스에게라면 가능할까? 나는 재빨리 그를 훑어보았다. 아니야, 그런 부류처럼 보이지 않아. 말이 나왔으니 하는 말이지만, 그는 신중하고 지적으로 보였다. 앞으로 관계를 열어야 할 사람이다.

"정착하실 생각인가요?…… 완전히?" 그가 물었다.

"예, 완전히."

"그렇게 하시는 편이 좋아요." 그는 고개를 끄덕이며 대답했다. "태국을 떠난다는 것은 참 어려워요. 만일 내가 지금 그래야 한다면 나는 원상태로 돌아가는 데 무척 애를 먹을 겁니다."

16

하루하루가 무서울 정도로 빨리 지나갔다. 우리는 1월 5일에 돌아갈 예정이었다. 떠나기 전날 밤 우리는 본관 식당에서 장이 브를 다시 만났다. 리오넬은 초대를 거절했다. 킴이 춤추는 걸 보러 갈 거라고 했다. "그녀가 거의 벌거벗은 모습으로 사람들 앞에서 춤추는 걸 보는 게 좋아요. 나중에 그녀를 내가 가질 것을 아니까요." 장이브는 그가 멀어져가는 것을 지켜보며 냉소적으로 말했다. "가스공사 직원이 많이 컸군. 변태가 뭔지도 알게 되었으니."

"비웃지 말아요." 발레리가 반박했다. 그러고는 내게로 돌아서며 말했다. "난 당신이 그에게서 무얼 찾는지 이해해. 저 사람이 애처로워. 아무튼 저 사람이 멋진 휴가를 보내고 있는 것은

424

확실해."

어둠이 내리면서 해안을 둘러싸고 있는 휴양 빌리지에 전등불이 켜졌다. 마지막 지는 해의 햇살이 탑의 황금빛 지붕 위로 비치고 있었다. 발레리가 자신의 결심을 털어놓은 이후 장이브는 그 이야기를 다시 거론하지 않았다. 그는 식사시간을 틈타 그 얘기를 할 생각이었다. 그는 와인을 한 병 시키고는 말을 꺼냈다.

"당신이 보고 싶을 거야. 예전 같지 않겠지. 우린 오 년 이상이나 함께 일을 했어. 일은 순조롭게 잘됐고, 한 번도 심각한 언쟁 따윈 없었지. 아무튼 당신 없이 난 제대로 꾸려나갈 수 없을 거야." 그의 목소리는 점점 잠겼고, 나중에는 혼잣말을 하는 것 같았다. 이제 사위는 완전히 어둠에 잠겼다. 그는 계속 말을 이었다. "이제는 프로그램을 확충할 수 있을 거야. 가장 뚜렷한 나라 중 하나가 브라질이지. 케냐도 재고해봤어. 이상적인 방안은 케냐에 사파리 전용 클럽을 하나 내고 해변에 있는 클럽을 아프로디테로 돌리는 거야. 즉각 시행할 수 있는 또다른 유망한 곳은 베트남이야."

"경쟁이 두렵지 않아?" 하고 내가 물었다.

"아무 위험도 없어. 아메리카 체인들은 감히 그런 일에 뛰어들지 못해. 미국은 청교도적인 경향이 매우 강하니까. 조금 두려웠던 것은 프랑스 언론의 반응이었어. 하지만 지금까지는 아무 일

없어. 특히 외국인 고객이 많아. 독일과 이탈리아는 이런 종류의 일에는 훨씬 조용해."

"이러다가 세계 제일의 포주가 되겠는걸."

"포주라니, 아니지." 그가 반박했다. "아가씨들 수입에는 한푼도 손대지 않아. 그저 일하게 하는 거지. 그게 다야."

"게다가 별개의 일이야. 정식 호텔 직원은 아니니까." 발레리가 참견했다.

"결국 그렇지." 장이브가 머뭇거리며 말을 받았다. "여기서는 별개의 일이야. 그렇지만 산토 도밍고에서는 여종업원들이 꽤나 쉽게 방에 올라간다는 말을 들었어."

"그 여자들이야 자기가 좋아서 그러는 거죠."

"아, 그럼, 말이야 그렇게 하지."

"됐어요……" 발레리는 좌중을 화해시키는 몸짓을 했다. "위선자들 때문에 속상해하지 마세요. 당신이 거기 있으면서 오로르의 수완을 가지고 시스템을 제공하면 돼요. 그러면 된 거예요."

종업원이 레몬 향을 넣은 포타주*를 가지고 왔다. 옆 테이블들에는 독일인들과 이탈리아인들이 한 태국 여자와 함께 있었고,

---

* 고기, 야채 등을 넣어서 끓인 걸쭉한 수프.

그녀들과 함께, 혹은 그녀들 없이 몇 쌍의 독일인 부부가 있었다. 이 모든 것이 겉으로 아무 문제도 일으키지 않고, 전반적으로 쾌락이 지배적인 분위기 속에서 기분좋게 공존하고 있었다. 휴양 빌리지 책임자라는 직위는 오히려 쉬울 것 같았다.

"그러니까, 당신들은 여기 남을 거고……" 장이브가 다시 말을 꺼냈다. 그는 정말 믿기 힘들어했다. "아무튼 내가 이해한 바로는 놀라워, 그렇지만…… 정작 놀라운 것은 더 많은 돈을 버는 걸 포기한다는 거야."

"돈은 더 많이 벌어서 뭐하려고요?" 발레리가 딱 잘라 말했다. "프라다 가방이나 살까요? 주말에 부다페스트로 여행 가고, 시즌이 오면 하얀 송로버섯을 맛보고? 나는 돈을 많이 벌었지만, 그걸로 무엇을 했는지 생각나지 않아요. 그래요, 아마 그런 종류의 바보짓에 썼겠죠. 당신은 알아요? 당신이 당신 돈으로 무얼 했는지?"

"에, 그건……" 그는 생각에 잠겨 말했다. "사실 난 지금까지 그 돈을 쓴 사람이 무엇보다 오드레였다는 생각이 들어."

발레리는 사정없이 받아쳤다. "오드레는 멍청한 계집이에요. 곧 이혼한다니 다행이라고요. 그건 당신이 이제껏 한 가장 현명한 결정이었어요."

"맞아. 사실 그녀는 정말 머저리지……" 그는 거리낌없이 말했다. 그러고는 잠시 미소를 지은 채 머뭇거렸다. "어쨌거나 발레리, 당신도 참 이상한 여자야."

"이상한 건 내가 아니라 나를 둘러싼 세상이에요. 정말 카브리올레형 페라리를 사고 싶어요? 어쨌건 좀도둑이야 맞겠지만, 도빌에 주말 별장도 사고 싶고요? 예순 살까지 주당 구십 시간씩 일하고 싶은 거예요? 코소보 군사 작전이나 그 외 구제 사업 비용으로 월급의 절반을 세금으로 내고 싶냐고요? 여긴 좋아요. 살기 위해 갖추어야 할 것이 있으니까. 서구세계가 당신한테 줄 수 있는 단 한 가지가 있다면 그건 메이커 상품들이에요. 만일 당신이 메이커 상품을 떠받든다면 서구에 남아도 돼요. 그렇지 않다면 태국에도 훌륭한 모조품들이 있어요."

"이상한 것은 당신 입장이야. 당신은 서구 사회의 가치를 전혀 믿지 않으면서 여러 해 동안 서구 사회 한복판에서 일을 해왔으니까."

"나는 약탈자예요." 그녀는 차분하게 대답했다. "작고 상냥한 약탈자. 난 거창한 것을 바라지 않아요. 내가 지금까지 일을 했다면, 그건 오로지 돈 때문이죠. 이제 나는 제대로 살기 시작할 거예요. 내가 이해하지 못하는 건 다른 사람들이에요. 이를테면 당신, 당신은 무엇 때문에 여기 와서 살지 못하죠? 틀림없이 태국 여자랑 결혼할 수도 있는데. 이곳 여자들은 예쁘고 상냥하고 섹스도 잘해요. 심지어 프랑스어도 조금 할 줄 아는 여자들까지 있어요."

"그건······" 그는 또 망설였다. "지금까지 보면, 난 매일 밤 여자를 바꾸는 게 더 좋아."

"그것도 가능해요. 어쨌건 일단 결혼을 해도 당신이 마사지 살롱에 드나드는 것을 아무도 막을 길 없어요. 그렇게 하기에 딱 좋은 곳이니까요."

"나도 잘 알아. 사실 나는······ 내 인생에서 언제나 중요한 결정을 내릴 때마다 힘들어했어."

이런 고백으로 약간 거북해진 그는 나를 향해 몸을 돌렸다.

"그런데 미셸, 당신은 여기서 뭘 하려는 거야?"

현실에 가장 근접한 대답은 아마도 이와 같은 것이리라. "아무것도." 하지만 그걸 설명하는 것은 언제나 어렵다. 활동적인 사람에게 그런 종류의 일을 설명한다는 것은. "요리······" 발레리가 나 대신 대답했다. 나는 놀라 그녀를 돌아보았다. "맞아, 맞아. 내가 알아봤어." 그녀가 주장했다. "때때로 당신은 요리에 빠져버려. 그 분야에 창조적인 생각을 가지고 있어. 그게 잘 어울려. 난 요리를 좋아하지 않아. 그러니까 여기서는 당신이 그걸 하리라고 믿어."

나는 피망을 곁들인 치킨 카레를 한 숟가락 맛보았다. 사실 망고 열매를 가지고도 무얼 만들어볼 생각을 할 수 있다. 장이브는 생각에 잠겨 고개를 끄덕였다. 나는 발레리에게 시선을 두었다. 멋진 약탈자, 나보다 더 똑똑하고 열성적인 약탈자. 그녀는 자신의 소굴을 함께 쓸 사람으로 나를 선택했다. 사회란 공동의 의지에 기초를 두는 것이 아니라면 적어도 어떤 합의—때로 서구 민주주의에서는 확연히 다른 정치적 입장을 지닌 몇몇 논설위원들에 의해 물렁물렁한 합의로 평가되는—에 기초를 두었다고 생각할 수 있다. 매우 물렁한 기질을 지닌 나로서는 이러한 합의를 변화시키기 위해 아무것도 한 일이 없었다. 공동의 의지라는 개념은 나에겐 덜 명확한 것으로 보였다. 임마누엘 칸트에 따르면, 인간의 존엄성은 자신을 동시에 입법자로서 간주할 수 있을 때에만 법의 준수를 받아들인다고 한다. 그렇지만 그런 말도 안 되는 이상한 생각이 내 머리를 스친 적은 한 번도 없었다. 나는 투표를 하지 않았을 뿐만 아니라 선거란 멋진 텔레비전 쇼 이외의 다른 것이라고 생각해본 적도 없었다. 사실 그 쇼에서 내가 좋아하는 배우들은 정치학자들이었다. 특히 제롬 자프레는 나를 무척 기쁘게 해주었다. 정치 책임자는 내가 보기에는 어렵고 피로한 전문 직업이었다. 나는 무슨 권력이건 간에 내 권력을 기꺼이 남에게 위탁하기로 했다. 젊은 시절에 나는 투사들을 만난 적이 있는데, 그들은 사회를 어떠어떠한 방향으로 발전시키는 것이 꼭 필요한 일이라고 생각하고 있었지만, 나는 그들에게 공감을 한다거나 그들에 대해 존경심을 느끼지 못했다. 그들이 전체적인 명분에 흥미를 느끼고, 마치 자신들이 이해 당사자인 양 사회를 바라보는 방식에는 뭔가 수상쩍은 것이 있었다. 내 입장에서 서양을 비난한 일이 무엇이 있던가? 별것 없다. 그렇지만 나는 서양에 특별히 애착을 두지 않았다(그리고 사람이 어떤 사상이나 나라, 개인보다 전체적인 어떤 것에 집착한다는 것을 점점 더 이해하지 못하는 상태에 이르렀다). 서양은 물가가 비싸고 날씨가 춥다. 그곳에서의 매춘은 형편없다. 공공장소에서 담배를 피우는 것은 어려운 일이며, 약물과 마약을 산다는 것은 거의 불가능하다. 사람들이 일도 많이 하고, 자동차와 소음이 넘쳐나며, 공공장소에서의 안전도 거의 보장이 안 된다. 요컨대, 불편한 점이 한두 가지가 아니라는 것이다. 나는 갑자기 내가 살고 있는 사회를 사바나나 정글과 같은 자연으로 생각하고 있으며, 그 사회의 법칙에 분명 내가 맞춰 살아왔다는 것을 의식하고 불편해졌다. 내가 이 공간과 연관되어 있다는 생각은 한 번도 떠올린 적이 없었다. 나 같은 부류의 개인들과 더불어 사회가 오래 살아남으며 지속될 수 있을까 하는 점은 확실치 않았다. 그러나 나는 한 여자와 살아남을 수 있으며, 그 여자에게 애착을 가지고 그녀를 행복하게 해주려 노력할 수 있다. 내가 다시 발레리에게 감사의 눈길을 던지는 그 순간, 오른쪽에서 시동 소리 비슷한 것이 들렸다. 바다 쪽에서 엔진 소리가 들려오다가 이내 끊겨졌다. 테라스 앞쪽에 있던 금발의 키 큰 여자가 비명을 지르며 자리에서 일어났다. 곧이어 첫번째 기총소사가 시작되었고, 따르륵하는 짧은 총소리가 났다. 그녀는 얼굴에 손을 댄 채 우리를 향해 돌아섰다. 총알이 그녀의 눈에 적중해 안구는 피가 철철 흐르는 빈 구멍이었다. 그녀는 소리 없이 쓰러졌다. 그때 습격자들을 볼 수 있었다. 터번을 두른 세 명의 남자가 기관총을 들고 잽싸게 우리 쪽을 향해 다가오고 있었다. 두번째 기총소사가 시작되었고 앞선 총격보다 조금 더 길었다. 식기와 유리 깨지는 소리가 고통에 찬 비명소리와 뒤섞였다. 몇 초 동안 우리는 완전히 마비되어 있었다. 그래서 대부분의 사람들이 테이블 아래로 몸을 피할 생각을 하지 못했다. 내 옆에서 장이브가 짧은 비명을 질렀다. 팔에 총을 맞았던 것이다. 발레리가 서서히 의자에서 미끄러져 바닥에 쓰러지는 모습이 보였다. 나는 그녀에게 달려가 팔로 그녀를 감쌌다. 그 순간부터 내 눈에는 아무것도 보이지 않았다. 기관총 소리는 계속 이어졌고, 유리잔이 터지는 소리 외엔 다른 소리가 전혀 들리지 않았다. 영원히 끝이 나지 않을 듯했다. 화약 냄새가 코를 찔렀다. 이윽고 잠잠해졌다. 그제서야 내 왼손이 피투성이인 것을 알아보았다. 발레리가 가슴이나 목에 총을 맞았던 것이다. 우리 옆에 있던 등이 부서져 거의 앞을 구분할 수 없었다. 내게서 1미터 떨어진 곳에 쓰러져 있던 장이브가 일어나려고 애를 쓰면서 그르렁거리는 소리를 냈다. 그 순간 레저 센터 방향에서 엄청난 폭발이 일어나며 공간을 찢는 굉음이 한참이나 해안에 울렸다. 처음에는 내 고막이 터진 줄 알았다. 그러나 몇 초 후 내가 얼이 빠져 있을 때, 피해자들의 엄청난 비명소리와 울부짖는 소리들이 어우러져 들려왔다.

구조대가 십 분 후 끄라비로부터 도착했다. 그들은 제일 먼저 레저 센터로 향했다. 가장 큰 바인 크레이지 립스에서 사람이 한창 붐비는 시간에 폭탄이 터졌던 것이다. 폭탄은 플로어 가장자리에 놓인 스포츠 가방 속에 숨겨져 있었다. 다이너마이트를 사용하여 자명종으로 작동하게 한 수제품이었지만 위력은 대단했다. 가방 속에는 볼트와 못이 가득 들어 있었다. 폭발의 여파로 바와 다른 시설들 사이에 설치된 얇은 벽돌 벽이 무너져내렸다. 건물 전체를 지탱하고 있던 금속제 들보들 몇 개가 충격으로 무너졌고, 천장도 붕괴 위험에 처해 있었다. 구조대원이 제일 먼저 한 일은 엄청난 재앙의 규모를 살펴본 뒤 구조 요청을 하는 것이었다. 바의 입구 앞쪽에서 댄서 한 명이 땅을 기고 있었다. 여전히 흰색 비키니를 입은 채 팔은 팔꿈치쯤에서 잘려나가고 없었다. 그녀의 곁, 잔해 한가운데에는 독일인 관광객 한 명이 주저앉아 자기 배에서 비어져나온 내장을 움켜쥐고 있었다. 그 옆에는 가슴이 갈라지고 유방이 반쯤 잘려나간 그의 아내가 쓰러져 있었다. 바의 내부에는 거무스름한 연기가 차 있었다. 바닥은 사람들의 시신과 잘려나온 기관에서 흘러나온 피로 흥건히 젖어 미끄러웠다. 팔이나 다리가 절단된 몇몇 부상자들은 핏자국을 남기며 출구로 기어나가려 했다. 볼트와 못이 눈에 박히고, 손목을 자르고 얼굴을 찢어놓았다. 몇몇 사람의 시체는 말 그대로 내부에서 폭발한 듯 사지와 내장이 몇 미터에 걸쳐 바닥에 널려 있었다.

구조대가 테라스에 도착했을 때, 나는 여전히 발레리를 품에 안고 있었다. 그녀의 몸에는 온기가 남아 있었다. 내 앞으로 2미터 되는 지점에 한 여자가 누워 있었는데, 피에 젖은 얼굴에는 유리 조각들이 점점이 박혀 있었다. 입을 벌린 채 자리에 앉아 있는 다른 사람들은 죽어서 꼼짝도 하지 않았다. 나는 구조대원들을 향해 소리를 질렀다. 두 명의 간호사가 즉시 다가와 발레리를 조심스럽게 붙잡아 들것에 내려놓았다. 나는 일어서려 하다가 다시 뒤로 쓰러져 머리를 땅에 찧었다. 그때 누군가 프랑스어로 말하는 소리가 똑똑히 들렸다. "이 여자분 죽었어요."

3부

파타야 비치

1

정말 너무도 오랜만에 처음으로 혼자 잠이 깼다. 끄라비 병원은 볕이 잘 드는 작은 건물이었다. 오전에 의사 한 명이 나를 찾아왔다. 그는 프랑스 사람으로 세계의사회에 속해 있었다. 그 기관은 테러가 있던 다음날 현장에 도착했다. 그는 서른 살가량의 남자로 약간 등이 굽고 근심 어린 표정이 역력했다. 내가 사흘 동안 내내 잠을 잤다고 알려주었다. "하지만 정말 잠만 잤던 것은 아니죠." 그가 말했다. "때때로 잠이 깬 것 같아서 여러 차례 말을 걸었습니다. 그렇지만 이제서야 처음으로 대화에 성공하는군요." 대화한다, 라고 나는 중얼거렸다. 그는 또한 테러 현황이 끔찍했다고 알려주었다. 현재까지는 사망자 수가 117명에 이른다고 했다. 이제껏 아시아에서 일어났던 테러 중 가장 사상자

수가 많았다는 것이다. 몇몇 부상자들은 아직도 매우 위험한 상태에 놓여 있어서 이송이 불가능하다고 판단하고 있었다. 리오넬도 그중에 포함되어 있었다. 그는 두 다리가 잘려나갔고, 배에 금속 파편이 박혀 있다고 했다. 그가 살아날 수 있는 가능성은 희박했다. 다른 중상자들은 방콕에 있는 붐룽랏 병원으로 이송되었다. 장이브는 가벼운 부상을 당했는데, 상박골이 총탄으로 골절되었다. 그래서 현장에서 그를 치료할 수 있었다고 했다. 나는 멀쩡했고 찰과상 하나 입지 않았다. "여자친구분은······" 의사가 마지막으로 말해주었다. "이미 시신이 본국으로 송환되었습니다. 부모님들께는 제가 전화를 드렸습니다. 브르타뉴 지방에 안장될 거라는군요."

그는 입을 닫았다. 아마도 내가 무슨 말이라도 하기를 기다린 모양이다. 그는 나를 곁눈으로 살피고 있었다. 점점 더 걱정스러운 기색이었다.

정오 무렵 간호사가 쟁반을 들고 나타났다. 그리고 한 시간 뒤에 도로 가져갔다. 그녀는 내가 다시 음식을 들기 시작해야 하며, 꼭 그렇게 해야 한다고 말했다.

장이브가 어중간한 오후에 나를 방문했다. 그 역시 나를 이상한 눈으로, 약간은 흘끔거리며 바라보았다. 그는 특히 리오넬 얘기를 했다. 그가 지금 죽어가고 있으며, 죽음이 시간문제일 뿐이라는 것이었다. 그는 킴을 무척 찾았다. 그녀는 기적적으로 전혀 다치지 않았으며 꽤 빠르게 슬픔을 달래가는 것처럼 보였다고 했다. 전날 끄라비에서 산책을 하다가 그녀가 어떤 영국인 품에 안겨 있는 것을 보았다고 했다. 리오넬에게는 전혀 내색하지 않았지만, 리오넬은 어쨌든 그토록 많은 환상을 지니지는 않은 기색이었다. 그녀를 만났다는 것만으로도 벌써 행운이었노라고 말했단다. 장이브가 말했다. "이상해, 행복해 보이던걸."

그가 내 방을 나서는 순간, 내가 단 한 마디도 말하지 않았다는 것을 깨달았다. 사실 그에게 무슨 말을 해야 할지 전혀 몰랐다. 나는 뭔가 잘못되어가고 있다는 것은 느꼈지만, 막연한 느낌일 뿐 말로 표현하기 힘들었다. 내게 최상의 태도는 그저 입을 다물고, 내 주위 사람들이 자신들의 실수를 깨닫기를 기다리는 것이었다. 그저 좋지 않은 순간을 지냈던 것뿐이었다.

나가기 전에 장이브는 나를 흘깃 보더니 낙담한 듯 고개를 저었다. 나중에 들은 바에 따르면, 방안에 혼자 내버려두기만 하면 내가 말을 많이 했고 정말 쉴새없이 지껄였다고 한다. 그리고 누군가 다시 들어오기만 하면 입을 다물곤 했다는 것이다.

며칠 후 우리는 구급 비행기 편으로 붐룽랏 병원으로 이송되었다. 왜 이송을 하는지 그 이유를 난 잘 이해할 수 없었다. 사실 그것이 무엇보다도 경찰이 우리를 심문할 수 있게 하려는 의도였다고 생각한다. 리오넬은 그 전날 죽었다. 복도를 가로질러가며 나는 수의로 덮인 그의 시신을 흘깃 바라보았다.

태국 경찰은 대사관 직원을 대동했고, 그가 통역을 맡았다. 그렇지만 불행히도 나는 알려줄 만한 대단한 것이 없었다. 그들이 알고자 혈안이 되어 있는 듯 보이는 문제는 공격을 한 자들이 아랍계였는지 아니면 아시아계였는지였다. 나는 그들이 신경쓰는 부분을 이해하고 있었다. 국제 테러망이 태국에 거점을 마련했는지, 아니면 공격이 말레이시아의 분리주의자들 짓이었는지를 아는 것은 중요한 일이었다. 그렇지만 나는 그들에게 모든 일이 너무 순식간에 일어나서 그림자들만 보았을 뿐이라는 말을 되풀이할 수밖에 없었다. 내가 아는 한 그 사람들은 말레이시아계였을 수 있다는 말과 함께.

다음으로 미국 사람들이 심문을 했는데, CIA 사람들인 듯했다. 그들은 불쾌한 어조로 퉁명스럽게 물어보아서 내가 용의자라는 느낌이 들 정도였다. 그들은 그들이 묻는 말의 의미를 내가 대부분 이해하지 못하는데도 통역을 대동한다는 것을 불필요하다고 생각하고 있었다. 마지막에 가서는 내게 국제 테러리스트들이라고 여겨지는 자들의 사진들을 보여주었다. 그러나 나는 그 사람들 중 어느 누구도 알아보지 못했다.

때때로 장이브가 내 병실로 와서 침대 발치에 걸터앉곤 했다. 그러면 나는 그의 존재를 의식하고 약간 더 긴장되는 것을 느꼈다. 우리가 도착한 지 사흘째 되는 날 아침, 그는 내게 작은 종이 뭉치를 내밀었다. 그것은 신문 기사들을 복사한 것이었다. "오로르 본사 경영진이 어제저녁 내게 팩스로 보내왔어." 그러고는 덧붙여 말했다. "아무 코멘트도 없더군."

첫번째 기사는 『누벨 옵세르바퇴르』지에서 발췌한 것으로 '매우 특별한 클럽'이란 제목이 붙어 있었다. 두 면에 걸친 매우 상세한 기사로 독일 광고 사진도 실려 있었다. 기자는 오로르 그룹이 제3세계 국가들에서 섹스 관광을 홍보하고 있다고 가차없이 비난하면서, 그런 상황에서는 이슬람교도들의 반응도 이해할 수 있다고 덧붙이고 있었다. 장 클로드 기보도 같은 주제로 논설을 쓰고 있었다. 전화 인터뷰에서 장뤽 에스피탈리에는 이렇게 밝혔다. "세계관광윤리헌장에 서명한 오로르 그룹은 어떠한 경우에도 그와 같은 일탈적인 행위를 지지한 적이 없으며, 책임자들은 처벌을 받을 것이다." 관련 기사는 〈일요 신문〉의 이자벨 알롱소 기자의 기사로 이어지고 있었는데, 그 기사는 신랄하지만

별로 자료 조사를 하지 않은 것으로 '노예제의 회귀'라는 제목이
붙어 있었다. 프랑수아즈 지루도 자신의 주간지에 같은 용어를
사용했다. 그녀는 이렇게 쓰고 있었다. "전 세계 도처에서 수십
만 명의 여자들이 더럽혀지고, 모욕당하고, 노예 상태로 전락한
작금의 사태에 직면하여, 몇몇 부유한 사람들의 죽음이―이렇게
말하는 것이 안타깝지만―무슨 중요성이 있는가?" 끄라비 테러
사건은 자연스럽게 사업에 엄청난 반향을 불러일으켰다. 〈리베
라시옹〉지는 1면에 본국에 송환된 생존자들이 루아시 공항에 도
착하는 사진을 싣고 이런 제목을 달았다. '모호한 희생자들.' 제
라르 뒤퓌는 사설에서 태국 정부가 매춘과 마약 밀매를 부추기
고 있다고 꼬집었으며, 또한 여러 차례 되풀이된 민주주의 제도
의 결핍에 대해서도 지적했다. 『파리 마치』는 그들대로 '끄라비
에서의 대학살'이란 제목으로 공포의 밤에 대한 풀 스토리를 다
루었다. 그들은 사진을 구하는 데에는 성공했으나, 사실대로 말
하면 사진의 질이 떨어졌다. 흑백사진인데다가 팩스로 전송되었
기 때문에 거의 소용이 없었고, 시신도 겨우 알아볼 수 있을 정
도였다. 그들은 섹스 관광업자의 고백도 실었는데, 그 사람은 실
제로 아무 관계가 없는 개인업자였고 필리핀에서 활동하고 있었
다. 자크 시라크 대통령은 즉시 성명을 발표하여 테러에 대한 자
신의 두려움을 표명하면서, "우리 국민들 몇몇이 해외에서 행한

용납할 수 없는 행위"를 규탄했다. 이에 보조를 맞춰 리오넬 조스팽도 심지어 대기업마저 실시하고 있는 섹스 관광을 근절하기 위한 법률이 존재하고 있음을 상기시켰다. 이어지는 〈르 피가로〉와 〈르 몽드〉의 기사들은 그와 같은 저항에 맞서 싸울 수 있는 방법들과 국제사회가 취해야 할 태도에 대해 묻고 있었다.

이후 며칠 동안 장이브는 고트프리트 렘프케와 전화 연결을 시도했다. 그리고 마침내 성공했다. TUI 사장은 유감이라고, 정말 유감이라고 말하면서도 자신이 할 수 있는 일은 아무것도 없노라고 말했다. 관광지로서 태국은 어쨌든 수십 년간은 끝장이라고 했다. 그 외에도 프랑스에서의 논쟁은 독일에도 몇몇 반향을 불러일으켰는데, 의견들이 갈리기는 했지만 대중의 상당수가 사정이야 어찌됐든 섹스 관광을 비난한다고 했다. 그리고 이런 상황에서 자신은 프로젝트를 물리는 것이 낫겠다고 했다.

2

내가 방콕으로 이송된 까닭을 이해 못했던 것과 마찬가지로,
나는 내가 왜 파리로 되돌아가야 하는지 그 이유를 이해하지 못
했다. 병원 직원은 내 상태를 거의 살피지 않았고, 아마도 너무
무기력하다고 여겼던 모양이다. 하긴 병원에서조차도, 죽어가는
병상 위에서까지도 사람들은 코미디 연기를 하도록 되어 있으니
까. 치료를 담당한 의사가 살피는 것은 자신이 기지를 발휘해 무
력화시킬 수 있는 환자의 어떤 저항이나 불복종 같은 것이다. 물
론 명분은 당연히 환자를 위해서였다. 나는 그와 같은 행동을 한
번도 보인 적이 없었다. 주사를 놓기 위해 내 몸을 한쪽으로 뉘
어놓고, 세 시간 뒤에 다시 오면 난 여전히 똑같은 자세로 있곤
했다. 떠나던 날 밤 나는 병원 복도에서 화장실 가는 길을 찾다

가 문에 머리를 심하게 찧었다. 아침이 되었을 때 내 얼굴은 피투성이였고, 눈 위 돌출부가 찢겨져 있었다. 환부를 닦아내고 붕대를 감아야만 했다. 나는 간호사를 부를 생각조차 못했다. 사실 아무것도 느끼지 못했다.

비행은 중립적 시간의 공간이다. 나는 담배를 피우는 습관조차 잊어버렸다. 짐을 찾는 벨트컨베이어 앞에서 나는 장이브와 악수를 했다. 그리고 택시를 타고 슈아지 대로로 돌아왔다.

나는 이제 곧 모든 것이 잘되지 않으리라, 아니 더이상은 잘될 수 없으리라는 것을 깨달았다. 짐을 풀지도 않았다. 플라스틱 가방을 손에 든 채 아파트를 한 바퀴 돌면서 눈에 띄는 모든 발레리의 사진들을 주워 담았다. 대부분은 브르타뉴에 있는 그녀의 부모님 댁, 해변 혹은 정원에서 찍은 것들이었다. 몇몇 에로틱한 사진들도 있었는데, 내가 아파트에서 찍은 것들이었다. 나는 자위 행위를 하는 그녀의 모습을 보기 좋아했고, 그녀의 동작이 예쁘다고 생각했다. 나는 소파에 앉아 언제든지 위급한 일이 생기면 연락하라고 준 전화번호를 눌렀다. 그곳은 일종의 긴급 구조대로서, 테러 생존자들을 전담하기 위해 만들어진 기구였다. 그 기구는 생트 안 병원의 병동에 자리하고 있었다.

그곳에 있어야 하는 사람들 대부분은 정말로 딱한 상태였다.

진정제의 대량 투입에도 불구하고 그들은 매일 밤 악몽에 시달렸고, 그때마다 고함과 단말마의 비명을 지르며 울곤 했다. 복도에서 마주칠 때마다 경련을 일으키는 넋 나간 그들의 얼굴을 보고 나는 충격을 받았다. 그들은 말 그대로 공포에 침식당하고 있었던 것이다. 나는 생각했다. 그러한 공포는 오직 생이 끝나야만 같이 끝나게 되리라고.

나로 말하면, 무엇보다 기력이 전혀 없었다. 자리에서 일어나는 이유는 대개 네스카페 한 잔을 마시거나 비스킷을 조금 갉아 먹기 위해서였다. 식사는 의무적인 것이 아니었고, 치료도 마찬가지였다. 그래도 나는 일련의 검진을 받았고, 병원에 도착한 지 사흘 후에는 정신과 의사와 상담도 했다. 검진 결과는 '극도의 반응 약화'로 나왔다. 고통을 겪지는 않았지만, 내 자신이 실제로 약해졌다고 느끼고 있었다. 나는 너무나도 약해졌음을 느꼈다. 의사는 내게 하고 싶은 일이 뭐냐고 물었다. "기다리는 것입니다." 나는 그럴듯하게 낙천적인 모습을 보였다. 그에게 이 모든 슬픔이 곧 끝날 것이며 나는 다시 내 행복을 되찾을 것이라고, 그렇지만 아직은 더 기다려야 한다고 말했다. 그가 내 말을 믿는 것 같지는 않았다. 오십대로 보이는 그 의사는 얼굴은 동그랗고 쾌활하며 면도를 말끔히 해서 수염 하나도 없었다.

일주일 후 나는 또다른 정신병원으로 옮겨졌는데, 더 오랜 기간 동안 입원을 하기 위해서였다. 삼 개월도 더 넘게 나는 그곳에 있어야 했다. 거기서 바로 그 정신과 의사를 다시 만났다. 처음에는 무척이나 놀랐지만 생각해보면 전혀 놀랄 일도 아니었다. 그는 원래 그곳에서 진료를 하던 의사였으니까. 테러 피해자들에 대한 도움은 일시적일 뿐인데, 그는 그 방면의 전문가였다. 그는 생 미셸 교외선 테러 사건 이후 구성된 대책반에도 참여했었다.

그는 전형적인 정신과 의사처럼 말을 하지 않았다. 그 점이 견딜 만했다. 나는 그가 "집착에서 해방되라"고 한 말을 기억하는데, 그건 차라리 불교의 감언이설과도 같았다. 무엇을 해방시키란 말인가? 내가 집착일 뿐인데. 덧없는 본성 때문에 나는 내 본성에 따라 덧없는 것에 집착해왔다. 이 모든 것은 어떤 특별한 설명도 요하지 않는다. 나는 대화를 더 진행하기 위해 계속해서 말했다. 만일 내 본성이 영원한 것이었다면 나는 영원한 것들에 집착했을 거라고. 그의 치료 방법은 부상과 죽음의 불안에 시달리고 있는 생존자들에게는 잘 먹혀들어가는 것처럼 보였다. "그 고통들이 여러분의 것은 아닙니다. 실제로 여러분의 것이 아니란 얘기예요. 그것들은 당신들의 머릿속을 스쳐지나가는 환영일 뿐입니다." 그는 종종 이렇게 말했고, 그러면 사람들은 마침내 그의 말을 믿곤 했다.

내가 언제 상황을 인식하기 시작했는지 지금으로서는 기억나지 않는다. 어쨌든 그러한 인식은 단속적이었을 뿐이다. 아직도 발레리가 완전히 죽지 않은 긴 순간들이 있었다. 그리고 실제로는 여전히 그러하다. 처음에 나는 별다른 노력 없이 그 순간들을 마음대로 늘릴 수 있었다. 내가 처음으로 힘들었던 때, 정말로 현실의 무게를 느꼈던 때가 기억난다. 장이브가 다녀간 직후였다. 힘든 순간이었고, 부인하기 힘든 추억들이 있었다. 그래서 그에게 다시 와달라고 부탁하지 않았다.

마리잔의 면회는 반대로 내게 무척 힘이 되었다. 그녀는 별다른 말이 없었고, 사무실 분위기만 조금 얘기해주었다. 그래서 나는 대뜸 앞으로 끄라비에 가서 살 예정이므로 사무실에는 다시 돌아갈 생각이 없다고 말했다. 그녀는 가타부타 말도 없이 수긍했다. 나는 "걱정하지 말아요, 다 잘될 테니까" 하고 그녀에게 말해주었다. 그녀는 말없이 공감하는 눈빛으로 나를 바라보았다. 이상한 일이지만 심지어 그녀가 내 말을 믿었다고 생각한다.

발레리 부모님의 면회가 분명 가장 고통스러웠다. 정신과 의사는 그들에게 내가 '현실 부정'의 단계를 거치고 있는 중이라고 설명해주어야 했다. 설득력이 있었는지 발레리의 어머니는 내내 눈물을 흘렸다. 아버지 역시 심기가 썩 편한 것은 아니었다. 그들은 그 밖에도 세세한 실제적인 일들을 마무리짓고, 내 개인 소지품이 든 가방을 가져다주었다. 그들은 13구에 위치한 아파트를 내가 계속 소유하고 싶어하지 않을 거라고 생각했다. 당연히, 당연히, 그건 좀더 나중에 두고보죠, 라고 말해주었다. 그 순간 발레리의 어머니는 다시 울음을 터뜨리기 시작했다.

한 제도 내에서 삶은 쉽게 이루어진다. 요컨대 인간의 필수적인 욕구들이 제도 내에서는 충족되니까. 나는 〈퀴즈 챔피언〉을 다시 보게 되었다. 시사 문제에는 별 관심이 없었기 때문에 내가 보는 유일한 방송 프로그램이었다. 다른 많은 입원 환자들은 텔레비전 앞에서 하루를 보내곤 했다. 실상 나는 텔레비전을 그리 좋아하지 않았다. 그건 너무 빨리 움직이니까. 만일 내가 조용히 있고, 가능한 한 생각을 하지 않는다면 모든 일이 결국에는 정리되리라고 생각했다.

4월의 어느 날 아침 실제로 상황이 나아졌다는 것과 내가 곧 나갈 수 있으리라는 것을 알게 되었다. 그렇지만 그게 내게는 오히려 일이 더 복잡하게 꼬이게 되는 원인처럼 여겨졌다. 호텔방을 구해야 하고, 또 중립적인 환경을 새로 구축해야 하기 때문이었다. 적어도 내게 돈은 있다. 그래, 항상 그것이었다. "사태를 낙관적으로 보아야 합니다." 나는 어느 간호사에게 말했다. 그녀는 내 말을 듣고 놀란 듯했다. 어쩌면 내가 그녀에게 말을 건 것이 처음이기 때문에 그랬는지도 모를 일이었다.

정신과 의사는 마지막 상담 때, 현실 부정을 위한 올바른 치료법은 없다고 설명해주었다. 그건 기질상의 장애가 아니라 표현상의 장애이기 때문이라는 것이다. 그가 나를 내내 병원에 가두어둔 것은 무엇보다도 갑작스럽게 의식이 돌아왔을 때 혹시 자살을 시도하지나 않을까—실제로 자살은 빈번하게 일어났다—걱정했기 때문이라고도 했다. 아, 그렇군요, 그렇군요. 나는 그렇게 말했다.

3

병원에서 퇴원한 지 일주일이 지난 후 나는 방콕행 비행기를
탔다. 명확한 계획은 없었다. 만일 우리의 본성이 이상적이라면,
우리는 태양의 움직임만으로도 만족할 수 있었을 것이다. 파리
는 계절마다 너무나 달라서 그것이 동요와 장애의 원인이 되었
다. 방콕에서는 해가 여섯시에 떠서 여섯시에 진다. 그 사이에도
해는 변함없는 궤도를 지난다. 열대 계절풍이 부는 시기가 있는
듯한데, 나는 한 번도 겪어본 적이 없었다. 도시의 활기가 존재
하지만, 나는 그 이유를 뚜렷이 알지 못했다. 오히려 그것은 자
연적 조건인지도 몰랐다. 그 사람들이 그들의 소득 수준이 허용
하는 한도 내에서 운명과 삶을 영위한다는 것은 의심의 여지가
없다. 그러나 내가 아는 바로는 그들은 집단 자살을 하는 레밍

무리가 될 수도 있었다.

나는 아마리 대로에 자리를 잡았다. 호텔은 주로 일본인 사업가들이 차지하고 있었다. 지난번 발레리, 장이브와 함께 내렸던 바로 그곳이었다. 그렇지만 그건 좋은 생각이 아니었다. 이틀 후, 나는 그레이스 호텔로 옮겼다. 그 호텔은 그곳에서 몇십 미터밖에 떨어지지 않은 곳에 있었지만 공기가 다르다는 것을 느낄 수 있을 정도였다. 그곳은 아랍인 섹스 관광객들을 만날 수 있는 방콕 최후의 장소인 것 같았다. 그들은 거의 모습을 드러내지 않았으며, 이제는 호텔 안에 처박혀 있었다. 호텔에는 디스코텍이 있고 자체 운영하는 마사지 살롱이 있었다. 주변 골목길에도 아직 몇 군데 그런 곳이 있었는데, 거기에는 케밥 상인들과 장거리 전화국이 있었다. 그렇지만 그 너머에는 아무것도 없었다. 나는 원하지도 않았건만 붐룽랏 병원 가까이로 왔다는 것을 깨달았다.

분명 사람들은 단순히 복수심에 사로잡혀 살아갈 수 있다. 그리고 많은 사람들이 그렇게 살았다. 이슬람은 나의 삶을 파괴했기 때문에 분명 내가 증오할 수 있는 그 어떤 것이었다. 그후 여러 날 동안 나는 이슬람교도들에 대한 증오감을 느끼려고 전력을 기울였다. 그래서 어느 정도 성공을 거두었고, 다시 국제 뉴스도 따라잡기 시작했다. 팔레스타인 테러리스트나 팔레스타인 어린아이, 혹은 팔레스타인 임산부가 가자 지구에서 총탄을 맞고 쓰러졌다는 소식을 들을 때마다, 적어도 이슬람교도가 한 명 줄었구나 하는 생각에 열광하며 몸을 떨곤 했다. 그래, 사람은 그런 식으로도 살 수 있었다.

어느 날 저녁 호텔 커피숍에서 요르단 은행가와 대화를 나누게 되었다. 천성적으로 친절한 그 사람은 내게 맥주 한잔 사겠다고 고집했다. 어쩌면 억지로 호텔 내에 칩거해야 하는 것이 괴롭게 느껴지기 시작한 건지도 몰랐다. "난 그 사람들을 이해해요. 보세요. 그 사람들을 원망할 수는 없어요……" 그는 그렇게 말했다. "우리가 이렇게 당해도 쌀 짓을 했다고 해야겠죠. 여긴 이슬람 땅이 아니니까. 또 이슬람 사원을 짓기 위해 수천만 프랑을 내야 할 이유도 전혀 없죠. 테러는 말할 나위도 없고 말이죠……" 내가 귀기울여듣는 모습을 보고, 그는 맥주 한 잔을 더 시켰고, 더 과감해졌다. 그가 말하길 이슬람교도들의 문제가 뭐냐 하면 예언자가 약속한 천국이 이미 이 지상에 존재한다는 것이었다. 원하면 언제든지 안을 수 있는 젊고 관능적인 아가씨들이 남자들의 즐거움을 위해 춤을 추는 장소가 있으며, 그곳에서는 천상의 음률을 들으며 과일주에 흠뻑 취할 수도 있다. 호텔 주위로 500미터 반경 내에 그런 곳이 스무 곳이나 있다. 그 장소에 가는 것도 쉽다. 그곳에 들어가기 위해서는 이슬람교도들의 일곱 가지 의무 조항을 다 지켜야 할 필요도 없고, 또 성전聖戰에 몸을 바칠 필요도 전혀 없다. 그저 몇 달러만 내면 되는 것이다. 그 모든 것을 알기 위해 굳이 여행을 할 필요조차 없다. 파라볼라안테나만 하나 달면 된다. 그에게 이슬람 제도는 저주받은 제도라는 것이 의심의 여지가 없었다. 자본주의만이 가장 강하리라는 것이다. 이미 아랍 젊은이들은 소비와 섹스만을 꿈꾼다. 그들이 어쩌다 그 반대를 주장해보았자 아무 소용 없다. 그들의 은밀한 꿈은 미국식 모델에 자신을 맞추는 것이니까. 몇몇 사람들의 공격성은 무력한 질투심의 표시일 뿐이다. 다행히도 이슬람에 완전히 등을 돌리는 사람들이 점점 더 많아지고 있다. 그 자신은 운이 없었기 때문에 이제 노인이 다 되었으며, 그래서 어쩔수 없이 자신이 경멸하는 종교와 함께 평생을 지내야만 했다고말했다. 나도 약간은 경우가 같다고 했다. 언젠가는 반드시 세계가 이슬람으로부터 벗어날 수 있는 날이 올 것이다. 그렇지만 내게는 이미 늦어버린 일이 되리라. 나는 더이상 산다고도 할 수없다. 몇 달 동안 내게도 삶이라는 것이 있었다. 그래도 그게 어디냐고 하겠지만, 모든 사람이 다 그렇다고 할 수는 없다. 살고싶은 마음이 들지 않는 것, 오호라, 그러나 그것만으로는 죽고싶은 생각이 들 정도가 되지는 못한다.

다음날 나는 그가 암만으로 떠나기 직전 그를 다시 만났다. 그는 일 년을 기다려야만 이곳에 다시 올 수 있다고 했다. 나는 차라리 그가 가버리는 게 좋았다. 그렇지 않으면 그는 또다시 나와 토론을 하고자 했을 것이고 그 생각만 해도 머리가 지끈지끈 아플 지경이었으니까. 이제 나는 지적인 이야기를 나누는 것이 무척이나 힘들었다. 더이상 세상을 이해한다거나 알고자 하는 욕망이 전혀 없었기 때문이다. 그렇지만 우리가 나눈 짧은 대화는 내게 깊은 인상을 남겼다. 그는 나를 대번에 설득하여, 이슬람은 망할 놈의 종교라는 걸 확신하게 했다. 생각만 해도 벌써 그게 명백한 진리처럼 보일 정도였다. 이 단순한 생각은 내 속에서 증오심이 사라지게 하기에 충분했다. 나는 다시 뉴스에 흥미를 잃었다.

4

방콕은 일반적인 도시와 너무나도 비슷해서, 너무나도 많은 비즈니스맨들과 너무나도 많은 단체 관광객들을 마주치게 된다. 이 주일 후 나는 파타야로 가는 버스를 탔다. 나는 차에 올라타면서 결국 이렇게 끝나게 되겠구나 싶었다. 그렇지만 이내 그 생각이 틀렸으며, 이런 경우에는 어떠한 운명론도 없다는 것을 알았다. 나는 발레리와 함께 태국이나 브르타뉴 지방 혹은 다른 아무 곳에서건 내 여생을 보낼 수도 있었으리라. 늙는다는 것만으로도 벌써 재미없는 일이다. 그렇지만 혼자 늙는다는 것은 그 무엇보다도 나쁘다.

먼지가 풀풀 나는 도로변의 정류장에 가방을 내려놓자마자, 나는 내가 내 여정의 끝에 도달했다는 것을 알았다. 회색 긴 머리에 뼈만 앙상한 늙은 마약 중독자 한 명이 커다란 도마뱀을 어깨에 얹은 채 회전문 출구에서 구걸을 하고 있었다. 나는 그에게 백 밧을 주고 바로 앞에 있는 하이델베르크 호프집에서 맥주를 한잔 마셨다. 콧수염을 기르고 배가 불룩 나온 독일 호모들이 꽃무늬 셔츠를 입고 허리를 흔들며 걸었다. 그들 곁에는 매춘부 생활로 갈 데까지 간 세 명의 러시아 여자애들이 게토 블래스터*에 귀를 기울이며 몸을 비비꼬고 있었다. 그녀들은 말 그대로 즉석에서 몸을 비틀고 굴리며 남의 성기를 빨아대는 더럽기 짝이 없는 어린 년들이었다. 방콕 시의 거리들을 걷는 그 몇 분 동안 나는 엄청나게 다양한 종류의 인간들과 마주쳤다. 카세트 라디오에 맞추어 노래하는 래퍼들, 네덜란드의 떨거지들, 머리를 붉게 물들인 사이버펑크족들, 피어싱을 한 오스트리아의 레즈비언들. 파타야를 지나면 이제 더이상 아무것도 없다. 그곳은 일종의 시궁창, 하수 종말 처리장으로서 서양의 다양한 정신병 환자들 찌꺼기가 궁극적으로 도달하는 곳이었다. 파타야는 또한 동성애자건 이성애자건 양성애자건 마지막 기회가 있는 곳이며, 그곳을 넘어서면 이제 욕망을 포기하는 수밖에는 없다. 호텔들은 당연히 편의시설과 가격 수준에 따라 다양하지만 고객들의 국적에

---

* 크고 휴대 가능한 카세트 라디오.

따라서도 가지가지다. 그곳에는 독일인들과 미국인들(그 가운데는 아마도 오스트레일리아 사람들과 뉴질랜드 사람들도 숨어 있을 것이다)의 두 거대 집단이 있다. 마찬가지로 상당수의 러시아인들도 있는데, 그들은 촌스러운 모습과 갱처럼 구는 행동거지가 눈에 띈다. 또 '마 메종'이라는 프랑스 사람들을 위한 숙소도 있다. 그 호텔에는 객실이 십여 개 정도밖에 되지 않지만 식당의 평판이 매우 좋다. 나는 그곳에서 일주일을 묵다가 내가 특별히 앙두예트*나 개구리 다리 요리를 좋아하지 않는다는 것을 깨달았다. 그리고 내가 위성으로 프랑스 챔피언십 리그 경기를 보지 않고도 살 수 있으며, 또 매일같이 〈르 몽드〉지의 문화면을 뒤적이지 않고도 살 수 있음을 알게 되었다. 어쨌든 나로선 장기적으로 묵을 곳을 찾아야 했다. 규정상 태국에서 관광 비자의 기간은 한 달밖에 되지 않는다. 그러나 연장하기 위해서는 국경을 다시 넘기만 하면 된다. 파타야에 있는 여러 여행사들에서 하루 코스로 캄보디아 국경 왕복을 제안하고 있다. 미니버스를 타고 세 시간을 가서 한두 시간 세관에서 줄을 선다. 그리고 캄보디아 영토 내의 셀프서비스 식당에서 점심식사를 한다(점심값과 세관원에게 줄 팁은 이미 요금에 들어 있다). 그러고 나서 다시 갔던 길

---

* 돼지고기, 창자 등으로 속을 잘게 다져넣은 소시지의 일종.

로 되돌아오면 되는 것이다. 대부분의 체류자들이 여러 해 전부터 매달 그렇게 하고 있다. 그게 장기 비자를 얻는 것보다 훨씬 간편하기 때문이다.

사람들이 파타야에 오는 것은 새로운 인생을 살기 위해서가 아니라 받아들일 만한 조건에서 삶을 끝내기 위해서이다. 아니면 적어도, 좀 덜 거칠게 표현한다면, 휴지기를, 영원할 수도 있는 아주 긴 휴지기를 갖기 위해서이다. 이 말은 수아 14번지의 아이리시 펍에서 만났던 오십대의 호모가 썼던 말이다. 그는 〈피플〉지에서 조판공으로 오래 근무했으며, 약간의 돈을 저축하는 데에 성공하기도 했다. 그보다 십 년 전 그는 일이 제대로 돌아가지 않는다는 것을 알게 되었다. 자신이 언제나 디스코텍으로 놀러가곤 했고 그것도 언제나 평소와 똑같은 디스코텍으로 갔지만, 점점 더 아무 성과 없이 돌아오는 날이 잦아졌다. 물론 그는 언제나 돈을 지불할 수는 있었다. 그러나 그래야 하는 경우라면 그는 아시아 여자들에게 돈을 지불하는 걸 더 좋아했다. 그는 내가 그 말에 아무런 인종차별적인 뜻이 숨어 있는 것으로 보지 않길 바란다며 미안해했다. 아니, 아니, 당연히 나는 이해하고 있었다. 과거에 유혹할 수도 있었던 사람들과는 전혀 닮지 않은 사람, 어떠한 과거도 생각나게 하지 않는 사람에게 돈을 지불한다는 것은 그리 부끄러운 일이 아니다. 만일 성이 돈으로 살 수 있는 것이라면, 어느 정도는 차별성이 없는 것이 좋다. 누구나 다 알고 있듯이, 다른 인종을 접했을 때 처음 느끼는 것들 중 하나는 바로 그 차이 없음, 즉 신체적으로 거의 모든 사람들이 다 닮았다는 것이다. 그러나 유감스럽게도 인간이 실제로 엄청나게 닮았다는 사실이 현실에 너무 들어맞는 것이기 때문에 몇 달만 체류하면 그러한 느낌은 사라지고 만다. 사람들은 확실히 남성과 여성을 구분할 수 있으며, 또 하고자 한다면 연령층까지도 구분할 수 있다. 그러나 더욱 세밀한 구분은 아마도 권태와 결부된 어떤 형태의 현학적 태도에 의거하는 것 같다. 권태를 느끼는 존재는 차별과 위계질서를 발전시킨다. 그것이 바로 권태로운 사람의 특징이다. 허친슨과 롤린스에 따르면 동물계 내에서 위계질서에 따른 지배 체계가 발달한 것은 어떠한 실제적 필요나 선택적 이점이 있어서 그런 것은 아니라고 한다. 다만 그것이 순수한 본성 속에서 삶을 짓누르는 듯한 권태와 싸우기 위한 수단이라는 것이다.

그렇게 전직 조판공은 늘씬하고 근육질인 미소년들에게 돈을 지불하면서 호모로서의 자신의 삶을 얌전하게 끝내가고 있었다. 일 년에 한 번 그는 프랑스로 돌아가 자신의 가족과 몇몇 친구들을 만나곤 했다. 그의 성생활은 내가 상상할 수 있는 것보다 덜 광란적이었다. 그는 일주일에 한두 번씩 외출했을 뿐 그 이상은 아니었다. 그가 파타야에 정착한 것도 벌써 육 년이나 되었다. 성을 다양하고 자극적이며 싼값에 공급받는 바람에 오히려 역설적으로 욕망이 가라앉은 것이었다. 외출할 때마다 그는 멋진 미소년들과 애널 섹스를 하고 그들의 성기를 빨고, 그 소년들은 매우 섬세하고 능란하게 그의 성기를 애무해줄 수 있다고 확신했다. 그 점에 대해 강한 확신을 가지고 있었기에 그는 자신의 외출 준비를 더 잘할 수 있었고, 또 절제하며 외출을 즐기곤 했다. 그때 나는 깨달았다. 내가 체류를 한 처음 몇 주 동안 에로틱한 광란 속에 빠져 있었으며, 또한 나를 이성애자로서 자신과 쌍벽을 이루는 사람으로 그가 상상하고 있다는 것을. 나는 그의 환상을 깨지 않았다. 그는 친근한 모습을 보였고 맥주를 사겠다고 했으며, 내게 장기 숙박이 가능한 여러 곳의 주소를 알려주었다. 나는 그가 프랑스 사람과 얘기하는 것이 즐거운 모양이라고 생각했다. 그곳에 거주하는 대부분의 동성애자들은 영국 사람들이고, 그가 그들과 좋은 관계를 유지하고는 있지만, 때때로 모국어를 쓰고 싶은 마음이 들 것이기 때문이었다. 그는 '마 메종'을 중심으로 모여드는 프랑스인들의 작은 모임과는 별로 관계를 갖지 않고 있었다. 그 사람들은 전직 식민지 관리들이나 군인들로 오히려 속좁은 이성애자들이었기 때문에 그런 것 같았다. 만일 내가 파타야에 정착하게 된다면 함께 외출할 수도 있다며, 그는 내게 휴대폰 번호를 알려주었다. 당연히 별다른 나쁜 의도는 없다고 덧붙였다. 받아 적기는 했으나 나는 내가 절대 전화를 하지 않으리라는 것을 알고 있었다. 그는 호감이 가며 상냥하고 심지어는 흥미롭다고까지 할 수 있는 사람이었다. 그렇지만 나는 더 이상 인간관계를 맺고 싶은 생각이 없었다.

나는 떠들썩한 도시에서 조금 벗어난 낙루아 로드에 방을 얻었다. 에어컨, 냉장고, 샤워기, 침대 그리고 가구 몇 개가 있는 방이었다. 방세는 월 삼천 밧으로 오백 프랑이 조금 넘는 돈이었다. 나는 새 주소를 내 거래 은행에 알리고, 문화부에는 사직서를 써서 부쳤다.

전체적으로 볼 때, 내 삶에는 더이상 해야 할 별다른 일이 남아 있지 않았다. 나는 내 삶의 일들을 정리해보려고 21×29밀리미터 사이즈의 종이 몇 연을 구입했다. 그건 사람들이 죽기 전에 흔히 하려는 일이다. 한평생을 살면서 아주 짧은 코멘트나 아주 사소한 반론, 아주 간단한 언급조차 할 필요가 없는 사람들을 생각하면 참 이상하다. 그러한 코멘트나 반론, 언급은 누구에게 남기고자 하는 것도 아니고 어떤 의미가 있어서도 아니다. 다만 곰곰 생각해보니 그래도 그런 것을 하는 게 나을 것 같았다.

5

육 개월 후에도 나는 여전히 낙루아 로드의 내 방에 있었다. 그리고 이제 거의 내가 할 일은 다 끝났다고 생각한다. 발레리가 보고 싶다. 행여나 내가 이 글을 쓰기 시작하면서 상실감을 완화시키려 했다거나 더 견뎌볼 만한 것으로 만들 의도가 있었더라면, 나는 지금이라도 내가 실패했다는 것을 인정할 것이다. 그렇지만 발레리가 없다는 것이 지금처럼 나를 고통스럽게 한 적은 없다.

내가 이곳에 체류한 지 석 달째 접어들었을 때, 나는 마침내 마사지 살롱과 호스티스 바에 되돌아가기로 결심했다. 처음에는 그런 생각에 별로 들뜨지 않았고, 오히려 완전한 성적 불능을 확인하게 될까봐 두려웠다. 그렇지만 나는 발기하는 데에 성공했고 심지어 사정도 했다. 하지만 결코 쾌감은 없었다. 그건 여자들의 잘못이 아니었다. 그녀들은 예전이나 다름없이 능숙했고 또 다정했다. 그러나 내가 마치 무감각해진 것 같았다. 약간은 규칙처럼 나는 일주일에 한 번씩 마사지 살롱에 다녔고, 그러고 나선 그만두기로 마음먹었다. 그래도 인간적인 접촉이었지만 불편한 점이 있었기 때문이다. 나에게 쾌감이 다시 돌아오리라고 믿지는 않았지만, 내가 행위를 그만두기 위해 약간의 노력을 하지 않더라도 내 불감증 때문에 성기가 여러 시간이고 버틸 수있었고, 그렇기 때문에 여자가 절정에 도달하는 일이 생길 수도있었다. 여자들의 절정을 바랄 수도 있었다. 그렇게 되면 그것이 하나의 목표가 되었을 것이다. 그렇지만 나는 더이상 어떠한 목표도 가지고 싶지 않았다. 나의 삶이란 텅 빈 형체였으며, 그렇게 계속 남아 있는 것이 바람직했다. 내 육체 속에 열정이 꿰뚫고 들어오게 내버려둔다면 고통도 곧 그 뒤를 따를 테니.

내 책은 결말에 다다르고 있다. 이제는 하루의 대부분을 누워지내는 일이 점점 더 많아졌다. 때로는 아침에 에어컨을 켜고 저녁이면 끄는데, 그동안 정말 아무 일도 안 생기는 날도 있다. 에어컨이 그렁그렁대는 소리가 처음에는 귀에 거슬렸는데, 이제는그것도 익숙해졌다. 그렇지만 나는 더위에도 익숙해졌다. 정말이지 어느 것이 더 좋다고 할 수도 없다.

프랑스 신문을 사지 않은 지도 오래되었다. 지금쯤은 대통령 선거가 시작되었을 거라고 생각한다. 문화부는 틀림없이 그럭저럭 꾸려나가고 있을 것이다. 마리잔은 어쩌면 아직까지도 전람회 예산 문제가 불거질 때마다 간혹 내 생각을 할지 모른다. 그렇지만 나는 연락을 해보려 하지 않았다. 장이브가 어떻게 되었는지도 알지 못한다. 오로르 사에서 쫓겨난 후 훨씬 낮은 직위의 일자리를, 아마 관광업이 아닌 다른 부문에서 직장을 다시 구했을 수도 있다.

애정생활이 끝나면, 삶 전체는 약간은 관례적이고 강요된 무엇인가를 얻게 된다. 사람들은 인간의 형체와 습관적인 행동들, 일종의 구조를 유지하지만, 그러나 마음은 사람들 말마따나 이제 그곳에 없는 것이다.

스쿠터들이 먼지구름을 일으키며 낙루아 로드를 따라 달려내려간다. 벌써 정오다. 변두리 동네에서 온 창녀들이 시내 중심에 있는 일터로 출근한다. 나는 오늘 외출하지 않을 것이다. 아니 어쩌면 해가 질 무렵 교차로에 있는 포장마차들 중 어느 한 곳으로 수프를 먹으러 갈지도 모르겠다.

삶을 포기하고 나서도 여전히 계속되는 사람들과의 마지막 만남은 상인들과의 만남이다. 나로선 그 만남이란 것이 몇 마디 영어를 하는 것으로 한정되어 있다. 나는 태국어를 할 줄 모르기 때문에 내 주변에는 답답하고도 서글픈 장벽이 형성되었다. 내가 결코 아시아를 제대로 이해하지 못하리라는 것은 사실인 듯하다. 그렇지만 그게 크게 중요한 것은 아니다. 사람들은 세상을 이해하지도 못하면서 세상을 산다. 그저 세상으로부터 먹을 것과 애무와 사랑만 얻으면 되는 것이다. 파타야에는 먹을 것과 애무가 서구 기준, 심지어 아시아의 기준으로 보아도 값이 싸다. 사랑에 대해서는 말하기 힘들다. 나는 이제 확신한다. 내게 발레리는 찬란한 예외였을 뿐이라고. 그녀는 누군가를 위해 자신의 목숨을 바칠 수 있고, 그것을 매우 신중하게 자신의 목표로 삼을 수 있는 그런 사람들에 속했다. 그 일은 참으로 신비가 아닐 수 없다. 그 속에는 행복과 솔직함과 기쁨이 있다. 그렇지만 나는 여전히 어떻게, 그리고 왜 그런 일이 일어날 수 있는지 알지 못한다. 만일 내가 사랑을 이해하지 못했다면 그 나머지를 이해한들 무슨 소용이 있으랴.

끝까지 나는 유럽의 혈육, 근심과 수치의 혈육으로 남으리라. 그러므로 내겐 사람들에게 전할 아무런 희망의 메시지도 없다. 서구에 대해 나는 증오심을 느끼지는 않는다. 기껏해야 큰 경멸감을 느낄 뿐이다. 내가 아는 것이라곤 단지, 존재하는 한 우리는 이기주의, 마조히즘 그리고 죽음의 악취를 풍긴다는 것이다. 우리는 그저 사는 것이 불가능해져버린 체제를 만들어냈다. 게다가 여전히 그것을 외국에 수출하고 있다.

어둠이 내리고 비어beer 바 차양에 달린 울긋불긋한 꼬마전구 장식 줄에 불이 들어온다. 중년의 독일인들이 자신들의 굵은 손을 데리고 온 젊은 여자의 엉덩이에 갖다대고 있다. 독일인들은 다른 모든 국민들보다 더 근심과 수치를 느끼고 있고, 또 부드러운 살결, 매끈하고 한없이 상큼한 피부에 대한 욕구를 느낀다. 그들에게서 영국인 섹스 관광객들처럼 실속을 차리고 쉬이 만족을 느끼며, 끊임없이 서비스와 가격을 비교하는 그런 천박한 태도를 찾아보기는 힘들다. 마찬가지로 그들이 운동을 하며 몸매를 유지하는 일도 보기 힘들다. 전반적으로 그들은 너무 많이 먹고, 맥주도 너무 마셔대서, 몸에 안 좋은 지방이 쌓여간다. 대부분은 별것 아닌 일로 죽을 것이다. 그들은 대개 상냥하고, 농담하기를 즐기며, 기꺼이 한잔 사면서 이야기하는 것을 좋아한다. 그렇지만 그들과 함께 있으면 마음이 진정되면서 슬퍼진다.

이제 나는 죽음을 이해했다. 죽음이 내게 크게 고통스러우리라고는 생각하지 않는다. 나는 증오, 경멸, 노화 그 밖에 여러 가지 것들을 겪었다. 심지어 짧은 사랑의 순간도 있었다. 내게서 살아남을 것은 아무것도 없을 것이며, 그 무엇이 살아남는 것 또

한 내게 마땅치 않다. 나는 어느 모로 보나 보잘것없는 개별적인 존재일 것이다.

까닭은 모르겠지만 나는 내가 한밤중에 죽으리라고 생각하는데, 육체와의 연이 끊어질 때 있을 고통에 대해 생각하면 아직도 약간은 불안하다. 생명이 끊어진다는 것은 아무 고통도 뒤따르지 않으며 전혀 의식하지 못하는 것이라고 나 자신에게 타이르는 것도 힘이 든다. 내가 잘못 생각하고 있다는 것은 당연히 알지만, 그렇다고 해도 여전히 나 자신을 설득하는 것은 어렵다.

원주민들이 며칠 후 나를 발견할 텐데, 그것도 꽤나 빨리 발견할 것이다. 이런 기후에서는 시체들이 곧 악취를 풍기게 되니까. 그들은 나를 어떻게 처리해야 할지 몰라 아마도 프랑스 대사관에 문의할 것이다. 나는 전혀 가난하지 않으니까 서류 처리는 쉬울 것이다. 분명 내 계좌에 많은 돈이 남아 있을 테지만 누가 그걸 가져갈지 알 수 없다. 아마 국가가 가지거나 먼 친척들이 상속받게 될 것이다.

아시아의 여느 국민들과는 달리 태국 사람들은 유령을 믿지 않으며, 시신의 운명에 대해서도 별 관심이 없다. 그래서 대부분의 시신은 곧장 공동묘지에 매장된다. 나는 유언을 남기지 않을 것이므로, 나 또한 그렇게 될 것이다. 이곳과 멀리 떨어진 프랑스에서는 사망진단서가 작성되고, 신분증명 서류 공란에 체크가 될 것이다. 동네에서 나와 자주 마주쳤던 떠돌이 상인들은 고개를 설레설레 흔들겠지. 내 아파트는 새로운 거주자에게 임대될 것이다. 나는 잊힐 것이다. 아주 빨리 잊힐 것이다.

논쟁적 작가 미셸 우엘벡

미셸 우엘벡처럼 상반된 평가를 받는 작가는 드물 것이다. 한편으로는 현대사회의 모습을 사실적으로 그려냈다는 격찬을 받는가 하면, 다른 한편으로는 인종차별주의자, 반이슬람주의자, 형편없는 글을 쓰는 작가라는 혹평을 받는다. 특이한 것은 그러한 평들이 소리 없이 이루어지는 것이 아니라, 치열하게 그리고 떠들썩하게 이루어지고 있다는 것이다. 예컨대 문예지 『리르』와의 인터뷰에서 "세상에서 가장 멍청한 종교가 이슬람교다. 코란을 읽으면 사람들은 절망에 빠지고 만다"라고 말해 법정에서 벌금형까지 선고를 받을 정도로 그에 대한 반응은 시끌벅적하다. 그것은 긍정적이든 부정적이든 그의 글이 오늘날의 사회에서 커다란 반향을 불러일으키고 있다는 반증이다.

그렇다면 그런 반응의 이면을 어떻게 읽을 수 있을까? 제3세계로의 섹스 관광, 그것으로 돈벌이를 하려는 관광업체, 변태적인 성행위와 그것의 노골적인 묘사, 뚜렷이 드러나는 이슬람교에 대한 반감, 여성을 쾌락의 도구로 생각하는 봉건적인 사고방식 등 과연 우엘벡의 글에는 폄하할 만한 충분한 요소들이 있다. 그러나 글과 작가를 어디까지 동일시할 수 있을까? 창조적 자아로서의 작가와 일상적 자아로서의 작가를 혼동하는 것은 위험한 일일 것이다(물론 이슬람교에 대한 편견은 일상적 자아에서도 확인이 가능하지만). 어쩌면 그의 글은 우리가 보고 느끼고 생각하는 현대생활 속의 우리 모습들, 그렇지만 감히 입 밖으로 내놓지 않는 것들을 거침없이 쏟아내놓은 것일지도 모른다. 금기시되는 것들, 이를테면 성에 대한 환상, 종교에 대한 개인적 의견 등 사회라는 테두리에서는 적나라하게 드러내지 말자고 암묵적인 동의가 이루어진 것들에 대해, 그 룰을 깨뜨려 우리의 위선을 조롱하고 현대인의 왜소함을 비웃는 그를 보면 마치 삶에 있어 '나자빠져버린 자'를 보는 느낌이다. 가끔씩 속에서 울컥 치밀어 오르는 물음들, '그래서 어떻단 말인가?' '대체 그게 뭐 때문에 안 된단 말인가?' 등등, 이런 것을 억누르는 것은 사회의 통념, 윤리, 가치관 등이다. 그는 그 밑바닥을 들추어 우리가 어떤 거짓 위에 굳건히 자리잡고 있는가를, 아니 자리잡고 있다고 믿고 싫어하는가를 보여주는 심술궂은 작가다. 그렇지만 그렇게 '나 자빠지고' 난 이후 우리에게 남는 것은 무엇인가? 그는 현대인의 삶을 뒤집고, 부수고, 무너뜨리는 파괴 행위 이후에 아무 대안도 (설령 개인적인 해결책이라 할지라도) 제시하지 않는 걸까? 그가 내미는 해결의 한 가닥을 미셸과 발레리의 사랑에서 찾을 수 있지 않을까 생각한다. 거대한 정글이 되어버린 대도시, 지하철에서 강간 사건이 발생하고 교외에서는 폭동이 일어나는 도시, 유명 상품이 자신의 존재를 지켜주는 양 과시의 욕망에 휩쓸리는 도시인들, 진리와 광기를 구분할 수 없는 사상과 종교, 현재와 미래가 도저히 개인의 행복을 보장할 수 없는 이런 불투명한 상황에서 미셸과 발레리 역시 인간의 욕망을 이용하려 한다. 그것은 성, 종족 보존의 본능에서 이탈하여 쾌락 추구의 수단이 되어버린 성, 쾌락을 배가시키기 위해 온갖 파행이 이루어지고 있는 성에 대한 욕망이다. 그들은 결코 쾌락을 배제하지는 않지만 그렇다고 무분별하게 쾌락만을 추구하는 것은 아니다. 마치 격렬한 성행위의 순간이 지나고 나면 자신을 잃어버리는 듯한 아득한 시간이 찾아오듯 상대에 대한 탐닉의 짧은 순간이 지난 후 진정 서로를 아끼며 사랑하는 시간이 온다. 머뭇거리고, 주저하며, 상대를 탐색하여 자신의 욕망을 채우고 나면 끝이 오는 것이 아니라 새로운 시작이 열리는 것이다. 개인을 억압하는 모든 기

제에서 벗어날 수 있는 곳, 자연이 친화력을 지니고 있는 곳, 그
곳에서 세속적인 욕망, 즉 돈이라거나 출세에 등을 돌린 채 둘만
의 새로운 삶을 꿈꾸려 하는 미셸과 발레리의 사랑은 이 소설을
단순히 '몇몇 상투적인 주제들을 가지고 마케팅 효과를 최대한
누리려는' 싸구려 소설에서 벗어나게 해준다.

　역자로서 어려움을 겪었던 것은 노골적인 성 묘사를 어떻게
옮길 것인가 하는 것이었다. 언제든 번역자는 자신의 존재를 투
명하게 만들어야 하겠지만, 그것은 결코 이루어질 수 없는 이상
이어서 어떠한 방식으로든 필터의 간섭 현상이 일어나게 마련이
다. 되도록 작가의 말을 그대로 옮기려고 노력하였지만, 과연 제
대로 되었는지는 알 수 없는 일이다.

　　　　　　　　　　　　　　　　2002년 가을
　　　　　　　　　　　　　　　　김윤진

지은이 **미셸 우엘벡**
1958년 프랑스 해외 영토 라 레위니옹에서 태어났다. 스무 살 무렵부터 시를 쓰기 시작했으며, 러브크래프트 전기로 세상에 알려졌다. 이후 여섯 편의 소설 외에도 시집, 평론집, 영상 수필집 등을 냈다. 『소립자』로 노방브르상을, 『어느 섬의 가능성』으로 앵테랄리에상을, 『지도와 영토』로 공쿠르상을 받았다. 그 밖의 작품으로 『투쟁 영역의 확장』『복종』 등이 있다.

옮긴이 **김윤진**
서울대학교 사범대학 불어교육과를 졸업하고 동 대학원에서 문학박사 학위를 받았다. 서울대학교와 이화여자대학교, 한국외국어대학교 통번역대학원 등 여러 대학에 출강하였고 현재 한국문학번역원에 재직하고 있다. 저서로 『불문학 텍스트의 한국어 번역 연구』 등이 있으며, 옮긴 책으로 파트릭 모디아노의 『잃어버린 젊음의 카페에서』『혈통』『한밤의 사고』, 앙투안 드 생텍쥐페리의 『어린 왕자』『인간의 대지』, 알퐁스 도데의 『별』, 귀스타브 플로베르의 『감정교육』, 르 클레지오의 『조서』 등이 있다.

문학동네 세계문학
플랫폼

1판 1쇄 2002년 12월 12일 | 2판 1쇄 2015년 9월 9일

지은이 미셸 우엘벡 | 옮긴이 김윤진 | 펴낸이 강병선

책임편집 김두리 | 모니터링 이희연
디자인 김현우 최미영 | 저작권 한문숙 박혜연 김지영
마케팅 정민호 이미진 정진아 전효선 | 홍보 김희숙 김상만 한수진 이천희
제작 강신은 김동욱 임현식 | 제작처 미광원색사(인쇄) 경일제책사(제본)

펴낸곳 (주)문학동네
출판등록 1993년 10월 22일 제406-2003-000045호
주소 413-120 경기도 파주시 회동길 210
전자우편 editor@munhak.com | 대표전화 031) 955-8888 | 팩스 031) 955-8855
문의전화 031) 955-1927(마케팅) 031) 955-2691(편집)
문학동네카페 http://cafe.naver.com/mhdn | 트위터 @munhakdongne

ISBN 978-89-546-3729-9 03860

www.munhak.com